百变王牌

♥ ♦ ♣ ♠

独眼杰克
WILD CARDS

【美】乔治·R. R. 马丁 / 编

冯 圆 / 译

重庆出版集团 重庆出版社

Wild Cards VIII: One-Eyed Jacks
Copyright © 1991 by George R. R. Martin and the Wild Cards Trust.
Expanded edition © 2018 by George R. R. Martin and the Wild Cards Trust.
This edition arranged with The Lotts Agency Ltd. through Andrew Nurnberg Associates International Limited.
Simplified Chinese edition copyright © 2022 Chongqing Publishing & Media Co., Ltd.
All rights reserved.

版贸核渝字（2017）第140号

图书在版编目（CIP）数据

百变王牌. 独眼杰克 /（美）乔治·R.R. 马丁编；冯圆译. —重庆：重庆出版社，2022.11
书名原文：Oneeyed Jacks（Wild Cards #8）
ISBN 978-7-229-15900-9

Ⅰ.①百… Ⅱ.①乔… ②冯… Ⅲ.①长篇小说—美国—现代 Ⅳ.①I712.45

中国版本图书馆CIP数据核字（2022）第063789号

百变王牌·独眼杰克
BAIBIAN WANGPAI · DUYAN JIEKE
[美] 乔治·R.R. 马丁 编
冯 圆 译

责任编辑：唐弋淄 许 宁 唐 凌
装帧设计：冰糖珠子
封面图案设计：罗 烜
责任校对：朱彦谙

重庆出版集团 出版
重庆出版社

重庆市南岸区南滨路162号1幢 邮政编码：400061 http://www.cqph.com
重庆出版社艺术设计有限公司 制版
重庆市鹏程印务有限公司 印刷
重庆出版集团图书发行有限公司 发行
E-MAIL:fxchu@cqph.com 邮购电话：023-61520646
全国新华书店经销

开本：890mm×1230mm 1/32 印张：13.375 字数：353千
2022年11月第1版 2022年11月第1次印刷
ISBN 978-7-229-15900-9
定价：68.80元

如有印装质量问题，请向本集团图书发行有限公司调换：023-61520678

版权所有 侵权必究

目录
Contents

序   1

流浪女孩   沃尔顿·西蒙斯   著   1

幸运女神的垂青   克里斯·克莱蒙特   著   9

宝贝最懂我   沃尔顿·西蒙斯   著   45

黄金与琥珀之塔   凯文·安德鲁·墨菲   著   54

马   刘易斯·夏尔纳   著   98

无名氏进城   沃尔顿·西蒙斯   著   130

雪龙   威廉·F.吴   著   144

无人知晓我的困苦   沃尔顿·西蒙斯   著   173

如今克兰西也不能歌唱   维克托·米兰   著   182

不被爱的人不过是无名氏   沃尔顿·西蒙斯   著   230

暗室中的断线   卡里·沃刚   著   239

没有人是傻瓜	沃尔顿·西蒙斯 著	273
十六颗蜡烛	史蒂芬·利 著	277
我是无名氏	沃尔顿·西蒙斯 著	323
恶魔三角	梅琳达·M.史诺德格拉斯 著	330
无名氏归家	沃尔顿·西蒙斯 著	370
亡者的心跳	约翰·J.米勒 著	381
无人生还	沃尔顿·西蒙斯 著	406

编者的话

《百变王牌》这部作品完全架构在一个虚构的世界中，它的历史与现实历史完全平行。《百变王牌》中呈现的所有姓名、角色、地点和事件纯属虚构，或当虚构使用。任何与真实事件、场所及在世或已死亡的真实人物的相似之处，纯属巧合。例如，本选集中的论文和文章以及其他相关文献都是虚构之作，本书完全无意于描述或暗示任何真实存在的作者或诸如此类的人物曾经确实写过、出版过或对本书中的论文、文章及其他相关文献作出过贡献。

乔治·R.R.马丁

序

"超级英雄"的文学之旅

对我来说，长久以来，古代、太空歌剧或幻想的第二世界都是我的兴趣点，凡是现当代的通俗文化产品，我更希望是描写自己熟悉的生活场景，显而易见，这样更能引起共鸣，也更能获得享受，而不是非得去一大堆自己完全陌生的地点、食物、玩笑、音乐等中间刨梳和理解。因此我把《百变王牌》自然而然地划归"美国都市社区传说"一类。

作为乔治·马丁的译者、研究者和狂热爱好者，在相当长一段时间内，我疯狂地寻找和阅读了乔治·马丁所有出版过的文字，但对占用他创作时间第二位（除《冰与火之歌》之外）的《百变王牌》系列，却一直束之高阁（部分原因也是该系列篇幅太长）。直到最近几年，随着阅读眼界的不断拓展，观看这套书的理由不断累积，我才说服自己拿起书本来试一试。好奇我的理由吗？具体而言，打动我的有如下几个方面：

其一，我终于明确了一点——其实这一点原本就非常明确，无奈提到超级英雄，总不免第一时间想到漫画——《百变王牌》是文字小说系列，在这个领域，它能直接发挥乔

WILD CARDS

治·马丁作为作家的特长，也能让熟悉和景仰马丁的我较为轻松地进入。《百变王牌》的确脱胎于美国超级英雄漫画的文化，乔治·马丁也的确从几岁起就是超级英雄漫画的粉丝……但它的基础载体是小说，它是文学宇宙，不同于DC或漫威的漫画宇宙乃至电影宇宙。

从基本介绍中即可得知，《百变王牌》先后有超过四十位作家参与，而乔治·马丁作为总编辑和作者是其灵魂人物。该系列小说不但均由他过目和整合，而且他自己还实际参与了其中若干中短篇的写作。《百变王牌》至今（截至2018年底）已出版了二十七部小说，大致可分为三类：

A类，同一故事背景下不同作者创作的中篇小说合集；

B类，单一作者的长篇小说；

C类，"马赛克小说"，即长篇小说的各部分由不同作者写就，最后经马丁本人发挥"导演"和"乐队指挥"的功能，将其融为一体。其中最后一类是马丁的得意之作，最能彰显他的创作成就。

其二，《百变王牌》源自桌面角色扮演游戏。虽然我对超级英雄漫画说不上知根知底，对美国文化背景更显陌生，但作为游戏迷和奇幻迷，对角色扮演游戏却是熟悉和喜爱的，尤其是《龙与地下城》及其衍生和改编的各类电子游戏。

整理和翻译《梦歌——乔治·马丁作品回顾集》的时候，我就清楚乔治·马丁对角色扮演游戏的狂热。他于1980年搬家到新墨西哥州圣塔菲市（至今依然定居于此），不久便加入了当地的角色扮演游戏聚会（聚会成员一半以上是作家），起初玩的是"克苏鲁的召唤"，1983年开始玩"超人世界"，从此一发不可收拾。乔治·马丁喜欢游戏主持人（GM）的角色，在游戏过程中创造了数以百计的NPC和反派（据说其中许多人物至今还没捞到在《百变王牌》小说里的出场机会！），也创造出《百变王牌》的基础设定。很大程度上，《百变王牌》的创作过程就是我们自身"跑团"经历的翻版（跟《龙枪》的诞生过程非常相似），这大大拉近了我跟它的心理距离。

其三，《百变王牌》虽根植于美国文化，与我们中国人的日常生活环境相距颇远，但乔治·马丁的指导理念是一脉相承的现实主义。《百变王牌》与其他超级英雄作品在立意上的最大不同，在于它的创作者是一群思想活络的作家（而非单纯的漫画从业者），他们从最初的游戏过程开始就彼此"争奇斗艳"，试图把笔下人物当成活生生的"人"来考察。它并不像许多超级英雄作品一样追求肤浅的"合家欢"，回避现实中怯于提及的问题，它不但着重考察了超级英雄（即《百变王牌》中的"王牌"）对人类社会方方面面的影响，还把力量对超级英雄自身的影响作为重点。

此外，《百变王牌》横跨二战以后的整个时空，故事背景从上世纪40—50年代种族主义和麦卡锡主义泛滥的美国一直到当前的网络社会。它的视野并不若我最初以为的那样局限于"乡土美国"和"都市美国"，真实的历史人物和历史事件在

WILD CARDS

小说中频频出现，从西方到东方，从总统选举到世界和谈，光怪陆离的多元化犹如《冰与火之歌》中神秘莫测的魔法一样吸引着我。

基于这三点，我从最初的排斥到逐步试探，展开了对《百变王牌》系列的了解和阅读。根据乔治·马丁及其同伴作家们的说法，他们当年并不甘心自娱自乐，舍不得告别自己创造的精彩人物，于是在一年多酣畅淋漓的游戏之后，萌生了将游戏的设定和故事进行商业化、推向市场的念头，由此诞生出《百变王牌》。梳理从上世纪80年代中叶商业化至今的全部作品，这个IP（一度号称世界上延续时间最长的共用世界系列）大致可分为如下几个发展阶段：

第一阶段，黄金时期。乔治·马丁等人最初寻找的合作者是著名的巴兰亭出版社，于1987年到1993年间一共推出了十二部小说（包括上面提到的中篇合集、长篇小说和"马赛克小说"这三种形式）。作为巴兰亭出版社重点栽培的书籍，《百变王牌》系列不负所望地一炮走红，并在评论界获得极大赞誉，1988年即进入雨果奖决选，只是惜败给阿兰·莫尔那本极其出色的《守望者》。它也迅速被改编为漫画、桌面角色扮演游戏，并卖出电影版权，培养了大批至今仍支持着它的忠实读者。

顺带一提，重庆出版社简体中文版《百变王牌》最初出版的七本小说全部来自这个时期，它们是"元祖三部曲"的《百变王牌》《王牌云巅》和《疯狂鬼牌》，"木偶师四部曲"的《王牌旅途》《深入污秽》《最后王牌》和《亡者之手》。

通过这些最经典的著作,读者可迅速进入《百变王牌》的世界。

第二阶段,沉沦时期。随着《百变王牌》在巴兰亭出版社的销量缓慢走低,马丁等人为了眼前利益,轻率地将出版权转交给较小的巴恩出版社。1993年到1995年间该出版社出版的《百变王牌》第十三到第十五部小说在商业上迎来惨败,此后便是长达七年的空白期。2001年,马丁等人寻到新出版商IBOOKS,然而到2006年为止,勉强推出《百变王牌》的第十六和第十七部小说(及再版了以前的部分小说)之后,该出版商宣告破产。

不过,乔治·马丁的《冰与火之歌》系列前三卷就出版于《百变王牌》的七年空白期之内,并让他的作家生涯更上一层楼。真可谓塞翁失马焉知非福,或者说失之东隅收之桑榆——如果《百变王牌》不遭遇滑铁卢,说不定读者们还看不到《冰与火之歌》呢!

第三阶段,复兴时期。2007年IBOOKS破产以后,美国最大的幻想文学出版社托尔出版社趁机将《百变王牌》纳入帐下。此后伴随乔治·马丁声誉的节节高升,也得益于市场大环境的变化(如超级英雄题材在电影领域的极大成功),《百变王牌》逐渐恢复了过去的辉煌。2008年到2018年这十一年间,托尔出版社一共出版了十部《百变王牌》的新小说,再版了以前的大部分小说,还在网站上发表了近二十篇中篇小说,《百变王牌》也再度被改编为漫画和桌面角色扮演游戏。

更激动人心的消息来自2018年底,HULU电视台宣布将

WILD CARDS

与马丁合作开发两个《百变王牌》的电视剧。在这个眼球经济的时代，这无疑是该系列顺利延续和发展的最大利好。

那"百变王牌"究竟是什么？《百变王牌》系列又在说什么呢？本着不剧透的态度，我可以简单地回答，"百变王牌"是与地球人高度相似的塔基斯星人研究出来的一种改写基因的外来病毒，其研究的最初目的是制造超能力，却发生了可怕的意外。它于1946年被释放在美国的纽约市（当即造成近两万人的死亡），随后又经携带扩散到世界各大城市。

事实证明，"百变王牌"病毒是可怕的，它对所有人一视同仁，没有免疫可能；但它同时又像神奇的阿拉丁神灯，透过人类的潜意识诱发变异，经由人类的欲望、个性和恐惧而产生神奇的力量。"百变王牌"的基因还可以在人体内潜伏下去，并以百分之五十的概率传递给后代，所以该系列的宇宙里，至今仍有人会突然激发自己的能力，由新时代的欲望而产生新的英雄（或怪物）。

成为英雄的条件非常苛刻，也非常不公平。一百个人中，九十个人会抽到"黑桃皇后"（变异失败，迅速死亡），九个人抽到"鬼牌"（变成怪物，甚至宁愿自己去死），只有唯一的一人能抽到"王牌"（激发潜在能力，成为超级英雄）。

《百变王牌》讲述的，就是这百分之一的英雄的故事。

屈畅

流浪女孩

沃尔顿·西蒙斯 著

　　二人沐浴在午后的暖阳中。她裸身躺在床上，双手交叠放在腹部，双目微合。他俯视着她身体的轮廓，回味着片刻之前她为他带来的欢愉和满足。但这份感觉正在溜走。这是欢愉过后的余韵，女子往往可以品味得更长久一些，但最终她的回味也淡去了。

　　"你可以再多待一会儿。"杰里说道。他努力把这件事说得好像妙趣横生，假装他们的关系依旧亲密如初。

　　"不了。"维罗妮卡睁开眼睛，坐起身来。她棕色的长发被汗液浸湿，粘在脸庞和脖颈上。杰里希望她是因为他过人的技巧才发了这么多香汗，而不是因为八月的酷暑。她待了片刻，起身走向浴室，关上了门。"帮我叫辆出租车。"

　　"好，'两出租车'！"杰里早料到这样没法逗笑她，所以也没有多么失落。他听到她打开淋浴喷头的声音。他穿上短裤，走向隔壁房间。在卧室红木梳妆台的最上层抽屉里，放着五百美元钞票，还有两条黑色的丝绸内裤，以及与之配套的镂空文胸。这是他们两人之间的一种惯例，这套内衣也许她下次会穿，也许不会。

　　他拿起电话，迟疑了一瞬，手指差点做出旋转的动作。他还是没有适应按钮式拨号。毕竟二十多年来，他都被关在动物园里，被人当成巨猿对待。他感到一阵寒冷、恶心，每当这种感情来袭，就连维罗妮卡也无法帮他舒缓。他努力想要摆脱这种感受，但并没有用，结果只是让它来得更加猛烈。这些年间，世界发生了天翻地覆的变化，一

WILD CARDS

切都再也回不到从前。

他的父母听信了几个蠢货灵媒的话，相信杰里被人绑架到了密西西比州的帕斯克里斯琴，于是搬到了那边。后来他们在一场飓风中遇难，尸体挂在三英里开外的树枝上。其实他一直都待在中央公园动物园里，有五十英尺高，浑身长满毛发。他咬着嘴唇，大力按下拨号按钮。

"这里是星线出租车公司。"电话里传来一个满是厌恶的声音。

"派辆车来东77街13号，乘客是一位女士。"

对方停顿了一会。"东77街13号。五分钟后就到，谢谢。"对方挂断了。

杰里回到卧室，爬上床。阳光可以驱散他肌肤的寒冷，但却无法温暖他的内心。

维罗妮卡从浴室里出来，胡乱而迅速地穿上衣服。

"你留下来多待一会儿又不犯法，"他说，"我们可以偶尔一起去吃顿饭，或者看场电影什么的。"

"我对不犯法的事情没有兴趣。"她转过身背对着他，搭上裤子的搭扣。

"是吗。"他翻身趴在床上，不想被她看到自己脸上的痛苦。有时候她简直就是个贱人。如今大部分时候都是。

"抱歉，"她伸出手指划过他的小腿，"我尽量看看有什么能帮忙的，但不能保证。我可是很忙的。"

对讲机响了。

杰里立刻直直地坐起来。除了维罗妮卡，几乎没人会上门找他。他连忙跑到对讲机前，按下接听键。

"你好。"

"杰里，我是贝丝，你肯定把今晚的筹款活动忘到脑后去了。你不能丢下我一个人和那些律师和政客周旋。"

"天哪，我真的忘了。你等一下，我马上下楼。"杰里快步走向衣橱，抽出一件衬衫和一条裤子。

"是我弟弟的妻子，你真应该见见她。你肯定会喜欢她的。"

"律师的妻子？"维罗妮卡连连摇头，"你开玩笑吧。"

"你没准会很惊喜呢，她真的特别好。"

"我走了。"维罗妮卡说着便走向房门。杰里正费力地穿着鳄鱼皮鞋，一蹦一跳地来到门边。"好吧，我爱你。"

维罗妮卡头也不回地挥挥手，带上门。

杰里叹口气，走进浴室。他梳理好自己那一头红得过分的头发，点上几滴古龙水。他听到电梯停靠的声音，又等待了几秒，确认电梯已经下楼。他不想让贝丝看到他和维罗妮卡走在一起，她肯定只会说些傲慢无礼的话。

他确认自己带好了钱包和钥匙，便急匆匆来到楼道，按下电梯按钮。

贝丝就等在楼下。她的金发微微过肩，身着一件花卉图案的衬衫，配一条浅蓝色的裤子。

贝丝笑了。"你今天打扮得还行，可能以前比这更差劲。"

"我走的保守路线。咱们走吧。"

"快点儿，老兄，我的车没放在停车位上。"她拉住他的胳膊，走向大门，"我刚才看到有一位棕色皮肤的美女从这儿走了。"

她挑挑眉毛。"是你认识的人吗？"

他竭力装作吃惊的样子。"不是。是你认识的人吗？"

贝丝笑了。"你撒谎撒得还不错。"

"走，我们办事去吧。"

舞厅里烟雾缭绕，挤满了嘈杂的民主党有钱人。他们都努力装出

WILD CARDS

一副还没喝醉的样子。早些时候，为显示民主党内部的团结，科赫和杰西·杰克逊共同来到了会场。有传闻说杰克逊今天会上台演说，但其实当天并没有这样的安排。

杰里痛恨这种需要正装出席的场合，但是贝丝答应会陪他看三场电影当做回报。

只有他们三人坐在自己的桌边。肯尼斯用手臂揽着贝丝，她肩膀的肌肤裸露在外，只有蓝丝绸裙子的肩带搭在上面。杰里感到一阵嫉妒，他和维罗妮卡从没有像这样在公开场合露过面。维罗妮卡曾经明确表示了拒绝。

"真难以相信民主党人提名了杜卡基斯。"肯尼斯说道，"就连理查德·尼克松都比他强多了。"

"他在全国代表大会上太不走运，"贝丝说道，"哈特曼也许有机会。"

"也可能没有机会，公众对于王牌的看法就是这样的，那个问题有可能就此让他完蛋。你不是著名王牌其实是好事，你应该为此感到庆幸。"肯尼斯站起身来，"我要去见几个人，马上就回来。"他吻了吻贝丝的前额，走向人群。

"但我根本就不是王牌。现在不是了。"杰里吞下一大口红酒，"我猜这样是最好的。"

"你好，施特劳斯夫人。"一个年轻男子来到肯尼斯离开的椅子旁，他身材高挑，一头金发，英俊得如同一位希腊的神祇。杰里立刻对他感到一阵嫉恨。

"大卫，"贝丝微笑着示意他坐下，"我不知道你也会来，见到你真高兴。你认识杰里吗？他是肯尼斯的哥哥。"

"不认识。"大卫伸出手来。

"杰里，这位是大卫·巴特勒，莱瑟姆先生的实习生。他工作极其出色，他们一直让他全职上班。"

杰里和他握了握手,他感到大卫的手掌有一股强大的力量。杰里收回手来,勉强挤出一个微笑。"你都做些什么工作呢,大卫?"

"只要是莱瑟姆先生交代给我的任务,我都负责完成。"大卫冲贝丝微笑着,"你今晚真漂亮,你的丈夫竟然把你一人丢在这里,真是太傻了。"

"哦,我这里有人陪着,大卫。"贝丝把手搭在杰里的衣袖上。

大卫匆匆瞥了一眼杰里,用手指敲着桌子。"我该走了。莱瑟姆先生想让我多和那些大人物交往,他说这样对我有好处。"他翻了个白眼,站起身来,"很高兴见到你,施特劳斯夫人。"大卫转身走开了。

"他一定是个同性恋。"杰里说道。

贝丝咯咯地笑。"我看不是。"

"那他有钱吗?"

"恐怕是的。"

"这个世界太不公平了。"杰里喝光杯中的酒,四处寻找侍者。

贝丝调整了一下礼服的绑带。"你不必因为他年轻多金又英俊潇洒就嫉妒他,杰里。"

"我某种意义上也年轻多金。"在杰里变成大猩猩的这二十年间,他的身体没有变老。但在法律意义上,他已经四十多岁了。

"你又在顾影自怜了?"肯尼斯说道,他已经重新回到自己的座位。

"我一直都这样。"杰里说道。

"好吧。我帮你介绍过的那些拍电影的人,你都联系过吗?你很有这方面的才华,我和贝丝都很欣赏。"

"我会抽时间联络的。我总是喜欢拖延。"杰里说道,"我知道你为此费了很大功夫。"

"去年你重新出现的时候,我为了证明你没有在法律意义上死亡,费的功夫更大。"肯尼斯笑了笑,"谁都不愿意相信你当了十多年的

5

WILD CARDS

大猩猩。承认这件事,不知要开多少法律上的先例。"

杰里叹气道:"抱歉给你带来这么多麻烦。"

"这些都没关系,你懂的,像我们这样生来就富有的人们,理应担当起更重的社会责任。"

杰里耸耸肩。"我比较喜欢想成是我在努力避免破产。这是我的一种浪漫。"

贝丝笑了笑,但肯尼斯却摇头道:"你的浪漫可能会给你惹上麻烦。你可以花钱让人们不称呼你施特劳斯先生,但到了关键时刻,他们根本不在乎。并不是因为你富有,人们才爱你。相反,应该说你这么富有,人们还能爱你,真是太难得了。"

杰里此刻并不想听这番言论。他转向贝丝。"你为什么要嫁给这个人?"

贝丝笑着举起双手,两只手掌之间比画了大概一英尺的长度。

"真淘气,"杰里说,"我猜这是家族遗传的。"

肯尼斯用手指拨弄着自己的袖扣。"我不想总说让你痛苦的事,但我会一直催促你联络他们的。你需要找些事情做。"

人群中爆发出一阵掌声,人们纷纷起立。杰西·杰克逊从房间后方缓缓走来,不时地与周围的人握手。

"估计可以听到他的演讲了,"杰里挠挠后颈,"我宁愿回家看电影。"

"民主党真是烂透了,老兄。"贝丝说道。

"说得好,我敬你一杯。"杰里拦住一名侍者,示意再为他倒些葡萄酒。能够比政治更快麻醉他的只有酒精了。

♠

和有钱有势的大人物们摩肩接踵一个晚上,他感觉就像熬夜一样疲倦。杰里有时会住在斯塔顿岛的家宅里,肯尼斯和贝丝也住在那里。他回去时把房间彻底检查了一遍。他的十六毫米放映机已经破旧不堪，成罐的电影胶片也已经老化变脆。他只好换了电视和录像带。现在早已没人收集电影胶片，但录像带一点也不浪漫，它廉价又简单。但考虑到他和维罗妮卡之间的关系，杰里并没有资格批判喜欢录像带的人。不过维罗妮卡并不廉价，而且他们的关系也越来越不简单轻松了。

他在看《花街杀人案》。他选的这部电影不太好，至少维罗妮卡和他亲热时是不会戴手表的。不过她可能也从来没有高潮过。

轻柔的敲门声响起，贝丝探头进来。杰里暂停录像带，示意她进屋。"请进，我在看《花街杀人案》。你看过吗？"

"看过至少两遍。"她靠着他坐到沙发上，"我特别喜欢她吃完猫粮，舔一舔勺子的那一幕。"贝丝舔了舔嘴唇。

"你真病态。"

"有可能。"她从桌上又拿起两盒录像带，"还有什么电影？《花街神女》，还有《花村》。"她顿了顿。他明白，她是在等着他说些什么。

"嗯，我喜欢混着看。凶杀悬疑、年代剧还有喜剧。我想要每种都看一点。"他耸肩，"我要补的东西太多了。"

她拍拍他的肩。"你不太想聊这些，我懂。但对我来说，说出来总是能让我感觉好些。几年前，多亏我的好朋友们和那位心理分析师，否则我早就和肯尼斯离婚了。"

"我都不知道你们还有过矛盾。"

她笑着说："嫁给律师可不容易。我总会觉得，我说的每一句话都会成为呈堂证供，被他拿来针对我。有时候他真的会这样。我知道他不是故意的，至少我希望他不是故意的。但有时候这很难说，你永远不能变成别人，彻底明白他们的心思。这有点吓人，但最终你只需决定要不要去相信他。我决定相信肯尼斯，我不后悔。"

WILD CARDS

"我真替你高兴。"这话说出口，比杰里想象的还要显得恭维，"真的，你给我的帮助太多了，我知道我适应得还不够好，但我以后会努力的。"

贝丝吻了吻他的脸颊。"你可以随时找我聊天。"她指着电视屏幕，"想知道谁是杀手吗？"

"不必了，谢谢。我还是想自己猜，猜错了再嫌自己蠢。"

"晚安。"她关上了门。

杰里把电视和录像机都关上，反正他也不太喜欢这个电影的故事走向。他穿过房间，来到更衣室。三十年过去了，这里没有什么变化。当年，他还是电影放映员的时候，就经常在这里的镜前变化成亨弗莱·鲍嘉和马龙·白兰度的模样。鲍嘉在杰里成为王牌之前就已经去世了，白兰度则已经衰老发福。他坐下来，拉开一个抽屉，拿出一张维罗妮卡的照片和一顶假发，这顶假发是他能找到的最接近维罗妮卡的发色的。

他把照片塞在镜子的一角，盯着它看了一两秒，随后又看向镜中的自己。他的外表开始发生改变，肤色渐渐变深。头发依旧是个难题，他还不能随心所欲改变头发的样子。曾经他能彻底变化成女人，但这样总让他感觉很奇怪。他戴上假发，闭上双眼，过了片刻才睁开。

"我爱你。"

听起来可信度太低，比维罗妮卡亲口说过的那几次还要虚假。贝丝说得对，你永远不可能知道别人的心思或感受，你不可能真正变成另一个人。他把假发和照片扔回抽屉，用力把它合上。

不过，谁又愿意变成别人呢？

幸运女神的垂青

克里斯·克莱蒙特 著

他们一听到她的目的地,就都不愿意载她了。有的出租司机表示了歉意,有些显得很轻蔑,还有些人摆出粗鲁的手势,口吐脏话。如果飞机能够准点到达的话,在调度人员都还没下班的时候,情况也许会好些。但是由于机械故障和途中的恶劣天气,飞机延误了很久,降落的时候已经过了午夜,没有工作人员可以帮助她。

有一个司机直截了当地问科迪为什么要去那个地方。她为了让司机回心转意,说自己是"去面试"。

"去哪里面试?"他问道,"那边根本没有人招聘。"

"去一家诊所。"她答道。

"该死,你可以去强点的地方,干点更好的工作,别把时间浪费在那个鬼地方,相信我。"

"说得没错。"一个人插话道。他的口音太重,科迪几乎听不懂他在说什么。

"体面的女人是不会去那种地方的,"司机继续说道,手在空中比画着。他喝了一口咖啡,继续说,又抽出一根万宝路烟,其间他的手一直在挥舞,"该死,根本没人会去那种地方。除非……"他突然起了疑心,眯起眼睛看向她。"除非你和他们是同类。"

他故作自然,十分刻意,徒劳地掩饰着他突来的恐惧和敌意。这份态度引起科迪的注意,她偏过头,用完好的那只眼睛看着他。

"什么的同类?"她问,一副真心疑惑的样子。

"他们的同类，"他说，好像这句话的含义已经明显得不能再明显了，"鬼牌，王牌——所有那些该死的家伙们。"

"我只是一个医生。"

"警察们管那个片区叫'鬼牌镇'。我和你说，这外号起得真是太合适了，难道你们那里病人还不够多吗，你干吗非要去照顾那些人？女士，我不是有意冒犯，但我觉得你不是当特蕾莎修女的料，你明白我的意思吧？"

"说得没错。"那个人又插话道。

"好吧……"她叹口气，旅途劳顿和内心的忧虑让她的声音强硬起来，让出租车司机绷紧了身体，下意识地后退半步。

"我只是想进城而已。如果你们都不载我，至少告诉我还有什么办法能过去？"

"行啊，"另一名司机故作幽默地说，"你可以走着去。"

没有人笑。科迪瞪了他一眼，这眼神是她当年到越南后两天之内学会的，在之后二十年的外科医生生涯中，被她磨炼得炉火纯青。那司机挨了一瞪，内心里宁愿自己刚才没有耍小聪明。

"嘿，别放在心上。你可以先坐 Q33 路公交到罗斯福大道/杰克森高地站，再去坐 F，就能到鬼牌镇了。"

"什么是 F？"她问。

"就是地铁，"另一个人答道，"F 代表第六大道线。坐它就能进城。"

"谢谢。"她对他说道，背起双肩包和文件包，沿着他指的方向朝公交站走去。

"医生，你最好多加小心，"他在她身后喊道，"城里的人简直都是野兽，你根本不懂。"（说得好像你就懂似的，她腹诽道。）"一看到像你这样的人，那些该死的怪人估计会活活吃了你！"

科迪没有反驳。毕竟据她所知，此言非虚。

独眼杰克

虽然她坐的已是本日倒数第二趟地铁了,但里面竟然很挤。这些人都是从哪里冒出来的?她疑惑不已。公交车司机说这一站上车的人很多,有时会比现在还挤。她耸了耸肩想,在我住的那个城市,可能深夜只有这一班公交呢。但问题是,刚才地铁进站时,她注意到别的车厢都没有这么挤。

车厢里没有座位,站立空间也很狭窄,只能勉强挪动一下身体。地铁上形形色色的人都是城里的夜猫子,仿佛在标榜着自己永远不需要睡觉。他们都沉浸在自己的世界里,对外界的一切不屑一顾,并且极其抵触和别人扯上关系。没有人多看她一眼,没有人注意到她的存在,也没有人在乎这些。很好。现在她需要的就是低调。

她侧了侧身,让自己站得更舒服一些。地铁在隧道中行驶着,她瞥了一眼漆黑的车窗映出的自己。她的身高对于一个女人来说太高了,仅有的一件女士套装与她瘦高的身材非常不搭配。她已经多年不穿这种风格的衣服。天哪!她边细数过去的时光,边感叹着,上次穿这种衣服,难道是在本去世的时候?真的已经过去那么久了吗?在老家的时候,她已经习惯总是穿着舒适的工装或者T恤,而不在乎自己打扮得时尚与否。毕竟她的衣服除了要被汗浸湿外,往往还会沾上血迹。她很喜欢怀俄明州淳朴的风土人情,那里的人们并不会以貌取人——至少我是这么以为的,她突然苦涩地想。然而在这里,外表的重要性少说也和内在一样大。管它呢,自己怎么轻易就被那个出租车司机影响了呢?她耸耸肩,唇角浮起一抹微笑。也许改变一下形象对我有好处。不过,那双该死的高跟鞋还是很难受。长久以来,她已经习惯了穿登山靴和旅游鞋,所以非常不适应正装鞋。她脱下一只鞋,脚踩在另一只腿的胫骨上,放松着足弓。

她下意识地继续打量着自己,刚才在机场的化妆间简单整理了自己的仪表,希望这样可以掩饰一些长途飞行过后的憔悴。她的头发是黑色的,只有右眼上方有几丝白发。即使用发胶梳理很久,也依旧是

WILD CARDS

乱蓬蓬的。岁月已经让她的疤痕淡化，但科迪仍然觉得，这道浅色的伤疤在她被晒成棕色的皮肤上还是十分刺眼。它分成三道，从她的右侧颧骨往上划过眼睛，一直延伸到发际线处。原本她差一点就会脑袋分家，但在当时，她不知怎地退缩了一瞬，躲了过去。那天的火灾混乱至极，四处飞来的弹片和流弹仿佛要把夜晚撕碎，在一片混沌中，她根本不知道该往哪儿躲。她只是失去了一只眼睛，并没有丧命。后来，回到岘港之后，所有人都说她已经算十分走运的了，但是直到现在，她依旧不这么认为。

她一侧的头抽痛得厉害，每次她感到有压力的时候就会这样。也许这是神经性头痛，无论是什么引起的，总之按摩没有什么作用，但还是聊胜于无。她半握起拳，轻轻用手掌根部按压着眼罩和空洞的眼窝。她过去也并不漂亮，而这道伤疤更是雪上加霜。

地铁在女王广场站停靠时，刹车太猛，有的人没能闪开身子，发出吃痛的叫声，还有的人被踩到脚趾，低声咒骂。她听到有人小声道歉，还看到许多人露出痛苦扭曲的鬼脸。车上的乘客对这样的情况已经习以为常。随后车门打开，科迪艰难地让开过道。

科迪用余光瞥到，原本等在后面那节车厢外的人突然都冲向前面的车门，只有几个人从后门上车，但随即就退了出去，脸上满是尴尬和恶心。人流涌向前面的车厢，科迪被挤来挤去，终于来到车厢后部的连接门处。她惊讶地发现，后面这节车厢空空荡荡——只有一坨灰色的东西卧在右边的长椅上。一开始，她还以为那是一名流浪汉。

随着列车再度开动，它的身体来回滚动，一只触手从灰色毯底下伸出来。科迪没有多想，打开连接门径直走进后面的车厢。熏天的臭气像一堵有形的墙壁一般，拦住她的去路。

她想起在夏洛国家公园的那个清晨，彼时她正等待着直升机救援，空气中尽是血腥和腐烂的味道，还有汽油味、烟味以及烧焦的尸体的气味。她拿着一把十二口径猎枪，还搀扶着一名轻伤员，在废墟

独眼杰克

上不断进行搜救,一遍遍确认没有遗漏任何一名生还者。她一直坚持到分区总部。她在停尸间忙了一个月,直到走进食堂,闻到新鲜食物的味道,她才终于感觉到过去的一切是多么的恐怖。她刚刚走进去两步,深呼吸了一下,就失控地跪倒在地,呕吐不止。

而这气味较之当年更甚。

这个鬼牌随着呼吸发出阵阵咕噜声,当他在睡梦中翻身时,她注意到他赤裸着身子,是个男性。他的腿像树干一般,末端有触目惊心的伤疤盘错在一起。但她发现那其实是脚蹼,因常年跋涉在水泥和柏油路面上而伤痕累累。

他的皮肤是斑驳的灰、蓝、黑三色,上面的分泌物闪着油腻的亮光。他的肩膀上生着两组触手,主触手和人类的胳膊差不多粗,但有两倍长,末端是扁平的片状,内侧布满吸盘。在两侧的腋窝下,是另一组触手,两边各有六只,比主触手短小很多。它们不断扭动翻腾,缠绕在附近的任何物体上,好像自己有独立意识一般。

它的头部仿佛只是躯干上长出的一个肿块,但当他打鼾时,那里会露出一排锯齿状的牙齿,让她意识到这的确就是头部。他的眼睛是闭着的,这让她松了口气。颇为恶意的是,塔基扬医生带来的病毒并未感染阴部:他的阴茎和人类还是十分一致的。

科迪下意识跌坐在地上,尽可能避免自己引起他的注意。她也不懂自己为何要感到恐惧,她的理智告诉自己,对于这种可悲的生物,她明明只应该感到怜悯。她听到地铁的隆隆声中夹杂着许多粗鄙的声音——前面车厢里的乘客透过窗户看着她,嘲笑她,要她采取些什么行动。

列车驶进纽约东河下面的隧道时,那个鬼牌动了动。科迪心想,也许是他感应到了水的存在?那他为什么还要在陆地上生活呢?我的天哪,除非是因为它有着适合在水中生活的身体,却没有能够在水下呼吸的鳃!或许这还算不上是上天开的最残酷的玩笑,但仍令人感到愤懑。即使他是两栖性的，如果在病毒爆发时他已经长大成人，就意味着他要放弃一切前往一个全新的世界，放弃家人、朋友、事业，放弃一切生活的目标和意义。他要前往一个无异于外星球的陌生世界，在那里他只能独自一人生活。如果换做是我，我又会做出这样的选择吗？

随后她想到造成这一切的罪魁祸首塔基扬医生，那个人——她轻轻苦笑起来，她觉得他一点也不像个"人"。他带来百变王牌病毒，把人类社会的秩序彻底搅了个底朝天。她不知道自己是否应该因为他的所作所为而憎恨他。可是，在之后的四十多年间，他也一直竭尽全力弥补自己的过失，为受病毒感染的人们的福祉而不断奋斗。如果不和他携手合作，也许现在的局面会更加糟糕。

他睁开眼。他的黑眼睛像鲨鱼一样，扁平而迟钝，没有深度，没有感情色彩。它们黑得像发亮的油漆，仿佛要把看到的一切都吸进去。他看向科迪。她试着站起身，想要原路返回，退到相对比较安全的前一节车厢。但当她移动的时候，他也随着动了动。虽然幅度不大，但足以告诉她，他明白她的意图。

该死，她心想。她有一把枪，自打越南战争以来就一直带在身上，但现在放在行李箱的最下层，完全派不上用场。她的肩胛骨缩了缩，好像脊背下方瘙痒似的。她的双臂在胸部下方交叉起来，紧紧围抱住自己。

下方一点隐约的闪光吸引了她的视线，她看到自己的皮肤竟和那个鬼牌一样反射出油滑的亮光。一瞬之间，骨头和身体组织好像流动起来，不再坚实，而是化作触手卷曲蠕动。她看向那个鬼牌，他朝她露出牙齿。

她发出嘘声喝止他："快住手，别碰我！"

有什么东西在她的衬衫下面蠕动着，她的腋窝下感到一阵瘙痒，科迪发狂似的在车厢里到处寻找自卫武器。"快滚！"她嘶吼道，"别

独眼杰克

碰我！"

列车驶入莱克星顿大道站，这是进入曼哈顿岛的第一站。一阵颠簸、冲撞和尖厉的噪声，刹车又出故障了。科迪被绊倒，整个人扑倒在地。那个鬼牌伸出一只触手固定了自己，又朝着她伸出其余的触手。

科迪咬紧牙关，伸手把鞋脱下来，现在她倒是很感谢这双鞋的高跟。她用尽全力把鞋向那东西的脸砸去，那手感就像砸在海绵橡胶上似的，所有冲击力都被吸收了。但那东西却发出愤怒和吃痛的号叫，抽身远离了她，用一只触手护住自己的脸，另一只再次伸向她。科迪下意识地冲向连接门，门竟然奇迹般地及时打开了，她听到一声怒喝，看到一个穿着深蓝裤子的人跨过她冲进车厢，随后听到警棍抽打在那个鬼牌肢体上的声音。这次他没有发出叫喊，终于放开了她。

一股黑色的油状液体在他的座位下扩散开来，散发出科迪根本未曾想象过的恶臭。她知道，只消吸进一口，她和救她的人肯定都会没命。

有人伸手帮助科迪站起来，她尴尬地发现，对方竟是个十分年轻的女子，几乎还是个孩子。她穿着交通警察的制服，脖子上挂着一条项链，上面有一个十字架和圣克里斯托佛像。

车门关闭前的蜂鸣声响起，那名女警搀扶科迪来到站台上，把她的行李递给她。

"你还好吗？"她问，片刻后又接着说："你好像受了不小的惊吓，我用对讲机叫人来帮忙，你可以就在这里等着，如果你能坚持，也可以去楼上的售票亭。"

她用脚别住车门，不让门关上。

"什么，"科迪结结巴巴地说，"那你呢？"

"车上只有我一个警察。"她简单明了地说道，随后便回到车厢里。

WILD CARDS

"不要。"科迪喊道,扑向车门,而列车已经开动。

"别走!"她叫道,步履蹒跚地沿着站台追着列车。列车开始加速,她筋疲力尽,倒在站台上。列车的尾灯消失在漆黑的洞穴前方,伴随着她最后的呼喊:"别走!"

从站台去楼上要走五十级台阶,还没走到一半科迪就崩溃了,只能紧靠楼梯扶手站住。她的牙齿不停打颤,独眼直直盯着空荡荡的站台,仿佛这里就是雨林,随时可能有越南军的袭击。被女警叫来的护理人员也是一名老兵,他一眼就认出了这种眼神。

他问她感觉如何,她只是点点头,并没有听进去他说的内容。她眼神发愣,双手紧紧摸着自己的腋窝,想要确认那里依旧是自己的身体,而不是什么恐怖的触手。她喘着粗气不断前后摇动着,回想着那双黑漆似的眼睛差点就对她做了什么。

那不是鬼牌,她突然意识到,他是王牌!是一个怪物!而且,无论他是谁,无论他是什么东西,他现在仍然逍遥在外,仍然在寻找着他的猎物。下一个被他盯上的女人,可能就没有她这么幸运了。她想到刚刚那名女警,她的低吼变成一声愤怒的叫喊,响彻整个车站。人们纷纷探头张望,小心翼翼地躲着她走。太疯狂了,她心想,甚至都没注意到扎进自己皮肤的镇定剂。太疯狂了!

在最后一点清醒的意识中,她想到:我现在成为了见证地狱的但丁……

……而我的世界,我的家乡,是十壕地狱。

♦

不用睁开眼睛,她就知道自己身处哪里。医院自有一种独特的味道,急诊室尤其如此。但问题是,她睁开眼的时候不敢相信,有两个男人站在她旁边。

"您还好吗,女士?"左边的人问道。

"怎么谁都爱问我这个问题。"还好她现在声音沙哑,掩饰了她的惊讶。

那男人是个半人马,种类属于帕洛米诺马,活像是从迪士尼卡通片中跳出来的角色。他金色的毛发一直过度到上半身的肌肤上,仿佛是一种非常完美的日晒肤色,再搭配上浅金的头发和马尾。他有种大男孩般的活泼气质,与脸上忧虑的神情和身上的白大褂不甚协调。在他的左胸口袋上,缝有布莱思·范·伦斯勒纪念医院的标志,上面还别着他的名牌。

"芬恩医生。"她看着名牌上的姓名说。

"那么您叫什么名字呢?"他问。

"科迪·哈维罗。"

"您知道今天是周几吗?"

"这取决于我昏迷了多久。当时是周四——不对,"她揉着自己隐隐作痛的额头,"不是周四,对吧?飞机降落的时候已经过了午夜,所以应该是周五。"

"现在还是周五呢,"芬恩愉快地说道,在表格上做了个记号,"未见认知功能障碍迹象。"

"本来也不会有的,"她小声嘀咕,语气中透露出一丝暴躁,"我只是休克,又不是脑震荡。"

"那么,这位女士……"他说道。

"医生。"她纠正。

"什么事?"芬恩还以为在叫他。

"不是,"她耐心地继续说道,"我是医生。"

"你好呀,少校!"在她失明的眼睛的那一边,传来一个男人的声音。她转过头想要看清来人。第一眼看上去,这个鬼牌似乎很正常,很多人甚至都没有注意到他的缺陷。但其实,这缺陷又是那么地突出——突出得就像他的大鼻子一样——他没有眼睛。并不是眼窝空

WILD CARDS

空如也，而是根本就没有眼窝，只有一道平滑的曲线从前额延伸到鼻子。但是相应的，他有一只连吉米·杜兰特都要自叹弗如的大鼻子，这鼻子比寻血猎犬还要灵敏。

"好久不见，中士。"科迪招呼道。她从床上仰起身子，迎接他的拥抱。

"对呀，真是好久了。"

"森特[1]，你们互相认识？"

"我们认识快二十年了，医生。"盲眼鬼牌回答道，"她是美军有史以来第一位女性战地医生。"

"您参加过越南战争？"芬恩问道。

"鬼牌部队。"他不无厌恶地补充道。

"你要明白，医生，"森特对年轻的半人马医生说道，"过去那个时候是很现实的，根本没人在乎我们的死活。当时人们的态度就是：鬼牌死了更好，死了就不会继续污染人类基因库了。当时的普遍状况是，如果鬼牌受伤，被救援直升机运回救助站，那么用不了一天，就会有人从西贡过来把他运走。他们一般会说，是把他送到鬼牌专用的医疗中心。说得挺有道理，至少当时很多人都相信了，毕竟我们的普通军营都在隔离区域。可问题是，那个所谓的医疗中心，离我们有一小时的飞行里程，位于南中国海。不用多费事，只要从千米高空把人扔下去，再拍个电报，告诉家人他牺牲了就行了。但科迪没有受骗。那些人去她那里的时候，她叫他们滚。于是他们带了几个穿卡其衫的人来撑腰……"听到这里，芬恩有些疑惑。

"就是美国驻南越军援司令部里面军衔高的长官。"科迪向他解释道。

"……幸好那时候有人带着照相机去她那里采访。她让他们把来

---

[1] 森特（Scent），原意为气味。

的人拍摄了下来，又确保记者已经记录了她刚才说的伤亡数据。纸包不住火，那些人只好作罢。从那以后，鬼牌们如果受伤，费尽力气也一定要去找科迪。她就像会魔法一样——没有一个伤员死在她的手术台上。"

"不过，恐怕我的努力都白费了。"还有很多事情也白费了，科迪心里想道，"我并不想显得不知感激，但我为什么在这里？我对纽约的地形不够了解，可我记得在地铁线路图上面，布莱思离我之前在的地铁站有好几公里远吧？为什么没有送我去近一点的医院呢？"

芬恩回答道："警方认为地铁里有百变王牌活动的迹象。这种情况下，按照规定你必须被送到布莱思·范·伦斯勒纪念医院来。"

"反正你也是要来这里的，对不对？"森特插嘴道。

"对，我可真幸运。"科迪话略带嘲讽，但森特刻意无视了。

"说得对，少校。如果说有哪种做法是最恰当的，那就是你现在的做法。在我看来，这就叫幸运。"

"芬恩，那趟地铁，"对方疑惑地看着她，她解释道，"地铁上有一名交通警察，一名女警，救助了我……"

"我们没听到相关的报告，但可能并没有人来向我们报告。我可以去问问。"

"拜托你，务必去问问。车厢里……有一个生物，看上去像鬼牌，但是……"她停住，刚刚的回忆令她战栗，"我不确定。我一直觉得有某种东西的气息……"她的声音渐渐弱下去，努力回忆刚才的情景，但脑海里全是当时想要逃命的冲动。

"请问我能离开这里了吗？"她问，"另外，如果可以的话，我能不能在去见塔基扬医生之前找个地方梳洗一下？"

不等芬恩回答，森特就抢着说道："楼上有个休息室，是他们长时间值班时打盹的地方。我带你去。"

"真的出事了，森特。"他们坐电梯上楼的时候，她对他说道。

WILD CARDS

"这是不是'主的福音'——小心。"他突然提醒她。但科迪已经敏捷地跳了两步,绕了过去。那个人的身体就像瘫软的意大利面,从椅子里掉下来,横躺在走廊中间。

"躲得好。"

"至少我还没失去这份敏捷。"

"如果你是个男人的话,一定能在美国橄榄球联盟大红大紫。"

空调没有开。森特告诉她,由于夏日的酷暑,空调坏掉了,而他们又没钱修理。空气非常差。现在窗外的天空只有一丝隐隐的曙光,等到日上三竿,真不知道要怎么挨过去。科迪知道,纽约的夏天热得相当难受,而今年的八月又比往常更甚。

"森特,出事了。"

"这里天天都在出各种事,科迪。一切都很糟糕。"

"那夏洛国家公园呢。"

"嗯,当时你也在。对,"他叹了口气,"夏洛国家公园的事。这里可能比那时候还要严峻。糟糕极了。但我猜,你们医生就喜欢这样的情况……"

"那是过去,那时我们又年轻又穷,一口气能连着工作四天四夜。"

"别说啦。对了,一会儿你如果饿了,我知道几条街以外有家不错的餐厅,他们家的早餐很棒。"

"到时候我想去的话就告诉你。"

"保重,少校。"

"谢谢你,中士。算我欠你一个人情。"

♥

令人意外的是,塔基扬医生的办公室十分普通。屋里有标准的办公隔间,窗外能够看到河流以及布鲁克林的海岸。一面墙的书架里放

独眼杰克

满了医学文档，一张桌子上放着两台电脑，还散落着许多光碟。塔基扬的办公桌是斜着摆放的，以便他在面对来客的时候还能同时看到窗外景色。他的办公桌是一件古董，虽然科迪并不能判断它的年代和风格，但她看得出这东西十分华美，跟后面角落里的边柜一样。窗户大开着，前面放了一架屏风。窗台上杂乱地堆叠着许多文件。天色阴沉，阵阵的风吹动纸张。飓风肯定马上就要来了。她本能地走上前去，绕到办公桌后面，把那些文件挪到地板上，随后把窗户半掩起来。仅有的一点空气流通被阻断，房间里立刻变热了不少，但至少这样不会让屋里的东西被雨淋湿。科迪盼望这场雨能够结束今夏的酷暑，但她也知道希望不大。今年全国大部分地方都非常干旱，到处都是 38 摄氏度以上的高温。西部有人传言说，又会发生大萧条时期那样的沙尘暴。她第一时间就知道了自己深爱的家乡山区遭受了旱灾。美国国家公共电台的早间新闻报道了黄石的森林火灾。针叶林燃烧的刺鼻气味立刻就在她的记忆里复苏。

"哈维罗医生，看来你在我的办公室待得十分自在，希望你也能从容应对面试。"

她惊得跳起来，这才发现自己不知不觉已经非常放松，坐在了办公桌后面的椅子上。同时她心里暗暗愤怒，门偏偏开在右边，是她看不见的那一边。她结结巴巴想要道歉，随后又作罢，只微笑着耸耸肩掩饰了自己的失态。

他的声音就像是经典的贵族吸血鬼角色，流露出自然的高雅，这让她笑得轻松了些。塔基扬医生本人和他的办公室风格截然相反，显得十分独特。他们错过身子，互换位置的时候，科迪低头看了看他，发现他比自己矮了一头。她下意识地伸出了左手，与他握手。塔基扬医生的右臂只延伸到手腕，在那以下光秃秃的。

他伸出左手，温和地握了握手，露出一抹很淡的笑容，表示自己已领会科迪的好意。

WILD CARDS

"我一直盼望与你见面，已经很久了。森特——不知道你是否清楚，他是越战老兵扩展项目的总指挥——这些年来经常赞扬你。"

他示意科迪自己搬一把椅子。她见过他的样子，但全都是通过照片，尤其是地铁里的招贴画看到的。他的古怪仅止于服饰，让人很容易就忽略掉，于是他本人则变得十分平凡，就像从庸俗的电视剧里走出来的角色。

"但是，"他继续说道，"似乎你不是这么期待见面。"

"我表现得这么明显吗？"她回答道，同时在心里刻意默念：还是说你读了我的思想呢？

和照片相比，他真人看上去依旧很怪异，而且令人印象深刻，活脱脱就是一名典型的 18 世纪贵族。他穿着紫红色的裤子，裤腿塞在灰色麂皮海盗靴里；绿衬衫外面套着一件橙色双排扣马甲。本该与这身衣服搭配的酒红色礼服大衣被挂在墙角，取而代之套在他身上的则是白色实验服。这鲜明的对比更加让人过目难忘。

"多谢你。"他看着挪动过的文件，无视了她刚刚的问题，无论是说出口的还是内心默念的。

"这里太杂乱，我很容易就会疏于打理。你可能也看出来了，我远远不是那种井井有条的人。而在鬼牌镇，好秘书又实在太难找。"

他的五官绝对不符合传统意义上"英俊"的定义，但不可否认的是，它们组合在一起，又显得很有魅力。科迪也经常被人这么说。不过她觉得，塔基扬医生的面容显得更加精致一些。他的右臂吊在胸前，残肢上绑着崭新的绷带，显然是最近受的伤。他写信请她来纽约时，并没有提这件事。我在和火灾作斗争的时候，都错过了什么？她心想。不过这也解释了他那略显疲惫的态度，她在急诊病房见过太多这样的人。她又想起自己，当时她从麻醉中清醒过来，发现自己的右眼不见了，也是这样的反应。

"这就是你想让我干的？"

独眼杰克

"看了你的简历后,我有些不能确定。"他疑惑地看向她,"你说话总是这么直接吗?"

"对。"她简扼地回答道。

他的眼中突然划过一丝阴翳,科迪意识到自己触碰了他的底线,唤醒了他痛苦的回忆。她因抵触和愤怒涨红了脸,同时不屑于掩饰自己在这小小胜利中的得意。你以为自己是谁啊,混账?她在心里暗暗咒骂道,同时希望他听到了。你有什么资格偷窥别人的思维?该死,我就没有隐私了吗?

"原来如此。"他继续说道,仿佛什么都没发生。科迪发现他的这份镇定自若虽然令她十分愤怒,但也让她相当欣赏。"最近发生了这么多事,换做是我也会忘记信件内容的。我预料到了你不会回信。"

"绝望甚至能克服最原始的恐惧。"

"真是聪明的答案。我只看到新闻里播报的内容,到底发生了什么?"

她耸了耸肩。"我说了轻率的话,结果就丢了工作。"

"你这说法让我很不舒服。"

"那我应该介绍你和我儿子认识认识,他也是这么想的。"

"我很愿意见一见他。我自己也有一个孙子。"

"恭喜你。"

"谢谢,这的确是我的福气。"他说这话的时候语气实在太缺乏感情色彩,令她怀疑他是否是真心的。

"我很替你高兴。"

"但我还是很好奇,到底发生了什么。"

"哎,"她叹了口气,"克里斯出生之后,我就结束了城市生活,搬到山区。我的家人把农场留给了我,它并没有传说中那么大,连自给自足都做不到,但在那里生活还是不错的。于是我在那里挂起招牌,开始当小镇医生,还兼职做急诊外科医生。我觉得事情会好起来，可是后来发生了火灾。

"到现在还没有被扑灭。去年春天，我们当时都不知道将会遭遇什么。林业局的人按照政策，没有管被闪电击中着火的地方。但后来气候变得越来越恶劣，没有降雨，太阳把森林烤得干燥极了，风一吹就爆发了火灾。几乎全国的消防机构都接收到了求助。印第安人成了主力，他们是做得最好的。

"医生，你有没有想过，你的病毒可能也感染了地球本身？有一些印第安人就是这么想的。他们觉得这个世界，以及人类社会，是一个活着的整体。他们看到百变王牌病毒对人类的所作所为之后，怀疑这病毒也会导致地球的扭曲，甚至灭亡。"

"这太荒谬了。"塔基扬深受打击。她并没注意到，沉浸在回忆里。那时候她和一队筋疲力尽的人身处山区，累得已经站不起来，更不要提逃命。他们惊恐地看着二百米外熊熊的火焰仿佛一面墙，仅仅五分钟，大火就吞噬了一整排树林。

"或许吧。对我们来说，火焰就是像活的一样，聪明、卑鄙又邪恶。林业局找了一些鬼牌，在火势比较小的地方帮忙干重活。他们本来不应该有事的。可能在往年的夏天，在过去的火灾中，他们都没事。但是后来发生的事情你应该也猜到了。"

"情况有多糟？"

她直视着塔基扬的双眼。"有一个分队的鬼牌碰上火情复燃，烧伤状况很严重。我当时在黄石公园里面负责一个急救点。他们到的时候，有七个还活着。伤势都非常严重，但还有一点希望。我们把他们运上直升机，想送他们去专门的对接医院，但医院拒收，说没有床位。这当然是胡扯，我们事先疏散了他们那里半数的病人，就为给我们的伤员腾位置。但他们态度强硬，就是不接收。我们能够对接的还有三家医院，结果他们的回复全都一样。直升机只好又把他们送回来。我们那里只是一个急救点，目的是尽最快的速度把伤员送上飞机，送去设备和人力完善的医院。我们没有办法再做别的什么了，我们没有人手，也没有医疗器械。他们挨了两天才咽气。其中一个人，到后来药物已经不起作用了。他不停哭叫，像个婴儿一样，声音大得盖过了火场的噪声。我开始到处找斧头或者铲子，一边恨自己怎么没把手枪带在身边。我想把那可怜家伙的脑袋砸扁，让他不要再出声。我当时完全失去了理智变得异常疯狂。我找到几个记者，在晨间新闻上接受了现场直播的采访。"

"我看到了。当时你情绪非常激动。"

"这件事让我学到了不少东西。医院把自己的过错完美地掩盖起来，还义愤填膺地回过头指责我，有理有据地说这全是我的错。考虑到当时的状况，那的确不是一个捍卫鬼牌权益的良好时机。我应该更成熟些的。"她的声音变得柔软，像刚刚塔基扬医生一样，他们两个都无法接受至今为止发生的事情，"那里是我的家，我在那里把儿子养大——而我在新闻上出现的五分钟，彻底葬送了我的家，就像大火把森林都烧光了一样。林业局"——说到这里，她做了个鬼脸——"很快派来直升机，把我带走。回家之后，我发现我在当地医院的排班全被取消。不到一周，病人都不来找我了。不到一个月后……

"我开始重新求职，全都吃了闭门羹。我太能招惹麻烦了，谁也不想和我扯上关系。"

"没有人站在你这一边吗？"

"你不懂人们有多恐惧。"恐惧你带来的病毒，她在心里默默把话说完。

他的眼角微微下弯，露出一个悲伤的浅笑，他竭力掩饰的痛苦告诉科迪，他其实懂得比这更多。

"那么，"终于，他继续说道，"你来到这里是因为……"

她在心中帮他说完：因为你没有别的选择。"我是个医生，而这里是所医院。并且，我需要找一份工作。"

WILD CARDS

"我们这里有医生，科迪，我不需要医生。我需要的是我的右臂。"他轻微地动了动自己的残肢，并没有掩饰眼中闪过的痛苦。他的语调和态度中有一种试探，在科迪看来，这无异于是羞辱。

"我们塔基斯星人是高傲的种族。我们对于思想、行动和身体有一套自己的理念。而残疾的人将会被驱逐。但是你也看到了，我现在有了缺失。我用行动赢得了自己的名声和地位，然而我的身体却配不上它们了。也许，这就是我的终极赎罪，惩罚我把百变王牌病毒带来地球。"

她没有回答。

"我需要找一个能够信任的人，帮我经营这家诊所。"

"为什么找我？"她问。

"主要是因为……"他停顿了一下，科迪不知道他此时是在谁的脑中搜寻思想，是他的，还是她的？就是这一点让她非常恼怒——她永远不知道塔基扬是不是在窥探她的思维。随后，她又想到他有可能看到的思想。她要面对自己内心里盘错扭曲的角落，就已经相当艰难了，对他来说又会如何？而且她只需要操心自己的事情就好，而塔基扬则可以看到所有人内心的秘密。即使是内心最为坚韧的偷窥狂，也承受不了这些。她拉回思绪，听塔基扬继续说。

"是森特向我提起你的，"他说，"我是一个自尊心极强的人，科迪，但即使是我也不能否认我需要帮助，他们也需要帮助。"

她叹了一口气，逃避似的看向窗外。天空的蓝色此时深得发黑，暴风雨就要来了。最终，她说道："我也不确定。"

"那你为什么要来呢？"

"因为我觉得……"因为什么呢？她默默问自己。突然，一阵劲风倒灌进房间，从附近的河道带来一阵咸腥的气息。她下意识就站了起来，跃向门边，本能地把手伸进包里拿自己的手枪。

她突然动弹不了了，像个瞠目结舌的雕像立在那里。这时塔基扬

独眼杰克

医生从书桌后面走出来,紫色的眼睛中流露出震惊和忧虑。他轻轻把柯尔特式自动手枪从她手中拿出来,随后把背包从她肩上摘下,放在桌子上。她依旧动弹不得,只是看着他拿出一只水晶杯,倒上白兰地。随后,他解除了思维控制。

虽然她很想就此倒下,但终究没有,而且她也没有揍他。

她谨慎地啜饮了一口白兰地,火辣辣的十分美味。"今天凌晨的遭遇一定给你留下了不小的心理阴影。"他低声说道。

"看来是的。"她表示赞同,同时竭力想要控制自己的双手停止颤抖,"我把一切都尽量详细地向芬恩医生描述了。"

"我知道。你遇到的那个鬼牌不在我们的档案里,不过这并不意外。"

那不是鬼牌!你不明白吗?她在心里大喊道。

但放下杯子后,她还是说道:"医生,我觉得我们都明白了,这是个错误。我不应该来这里的。抱歉。"

"其实,我认为你是对的。无论王牌还是鬼牌,人们都对他们避而远之,渐渐地,所有人都站到了和他们相反的立场上。你认识的人可能突然就变得极为陌生,你信任的人可能会背叛你——或者是更糟糕的情况,他们会一口咬定你背叛了他们。我们这里医治的不仅是身体,还有心理;即使是这里的普通员工,我们也不能容许有这样的心理状态和潜伏的敌意存在,更不要提我的左膀右臂。"

科迪开口道:"你一定可以找到更合适的人选。"但声音渐渐低了下去,因为他们两个都知道,这只是一句敷衍的谎言。

她即将走出诊所的大厅,这时沉痛地发现,除了自己和偶尔露面的几个工作人员,这里的人外貌全都千奇百怪,不成人形。她总能听到低声的咒骂,当森特走上前来找她时,更是听到一些声音不低的奚落。

"少校,你这么快就走了,太遗憾了。"他说。

"有得必有失，森特。我们应该习惯这种规律。"

"今年夏天——在那个该死的协议之后——我觉得我们已经泛滥了。可能所有人都自以为聪明，趁能逃的时候逃了。"

"嗯。"

"我不是为这个来的。你碰到的那个鬼牌——我不能确定，因为没亲眼见到，但我觉得他们已经把他抓来了，送到医院的时候已经死亡。"

"在哪里？"

"停尸房。"

"可以带我去看看吗？"

♣

停尸房里没有别的工作人员，只有一个看门的病理医生。对于本市医疗系统的官僚作风，他满腹怨言，毕竟他被发配到这样一个没人爱来的地方。他认识科迪，感觉他们算是某种意义上的同类；他们都反抗过体制，结果因此被贬。她觉得他就是个怪人，但并不打算把这一点挑明。

尸体躺在检查台上，科迪感到意外——即使它已经死掉，也和活着的时候一样让人感到不安。

"的确很恶心。"一旁的病理医生附和道。

她埋头检查，并没有立刻应声。她在心里对比着眼前的尸体和她印象中的形象。"你们以前见过类似的吗？"最终她发问。

"你开玩笑吧？天哪，肯定没有。而且，病毒在每个人身上的表现形式都是不一样的。"

"理论上的确如此，"她说道，"有阳性鉴定吗？"

"屁也没有，请原谅我讲粗话。我们只知道这是个女性。"

"女性？"她声音尖厉地问道。

"没错。"他耸了耸肩,"仔细看看。虽然乳房看不出来,但能够识别出女性的外阴。我也可以检查一下内部结构是否也是女性的。"

"尽快查。"她命令的语气极其自然,他直接把她当成自己的领导,在笔记本上记下了她的命令。

"她的身份呢?"

"没有手,所以也没法采指纹;也没法通过视网膜鉴别;至于牙科记录……?"他指了指那张嘴中的尖牙,"她的身体特征完全是个异类——当然,除了很容易鉴别她是鬼牌这一点之外。这就是个具备水族特征的生物,然而却无法在水中生活。她有用来游泳的脚蹼,却没有长鳃。"

科迪看了看她的"脚"——厚重的脚蹼,过于粗大,甚至有些笨重。

"你们还掌握了什么信息?"她问。

"你指的是什么,"——他忍住没打哈欠——"我都已经说了。"

"身上有没有磨损?"

"你可以自己看看。如果你光着脚在这座城市走路,脚上也会长这种东西。"

"也就是她没有光脚走很久?"

"有可能。只要光脚走一段时间,脚上就会长出又硬又糙的茧子,也就是由于不断的冲击和摩擦造成的疤痕组织。可能也有腿骨压迫的因素——你看,她的脚和我们描述的完全不一样,它不是用来走路的。"

"而且她显然是得罪了什么人。"他把布罩拉开,露出这个鬼牌的残肢,上面有两道骇人的伤口,"你见过咬伤吗?"他问道。科迪点点头。"我在医学院的时候,见过一个被虎鲸咬死的尸体。咬伤的结构和这个一样。很有趣。"他后退几步,整体观察着尸体——此时科迪对于这个人的看法有所改观;虽然他的行为有些烦人,但专业素养还是很好的。"如果我不够了解情况的话，可能会以为这个鬼牌是自己咬的自己——齿印的弧度也差不多，其实稍大一点，牙齿结构是一样的。但她不可能咬到自己的这个部位。"

"会不会是双胞胎？"

"你认真的吗？天哪，但愿不是。"

她又查看这个生物的肩膀。伤口直接穿透骨头，心脏附近的血管网络一片血肉模糊。"死因？"

"失血过多导致的心脏停搏，是严重的外伤引起的。"

"谁发现的她？"

"我猜是地铁的工作人员，听说他们吓得魂都飞了。该死，真不懂为什么有人乐意在那地洞里工作。"

"在哪发现的？"在他停下喘口气的时候，科迪插嘴问道。

"你把我问住了。"他低头看看笔记，"我们还不知道详细的信息，可能是在我们的片区，也可能是在路途上。因为负责运输的人和我抱怨，他们要把尸体送到这里来，而别的救护车要把生还的人运送到贝尔维尤去。所以范围至少可以缩小到曼哈顿。医生，你发现什么了？"

"我不确定。给我一只镊子。"

"给。看上去很闪亮，可能是项链的一部分，被戳进了伤口里。天哪！"看到科迪满不在乎地拿起那条项链和上面的吊坠，他不禁喊了一声。圣克里斯托佛像还很完好，可惜圣克里斯托佛没有保佑戴项链的人。

"医生，你没事吧？你脸色发白，要不要喝点水？"

她挥挥手回绝了。科迪一只手握成拳，压在桌子上支撑着自己的身体，另一只手拿着镊子。可怜的女孩，她想，当时那种转变在我身上刚开始就结束了，而在她身上完成了。那个该死的家伙不只是个王牌，还是个捕食者。

"取一份血样。我要检测百变王牌病毒。"

"干吗浪费这时间?自己睁开眼睛看看就行了,她是个鬼牌,非常明显。"

"拜托了。"她用眼神给了他一点提示,他立刻懂了,"请尽快。"她说。"然后把结果送到塔基扬医生那里去。"

♠

她坐在塔基扬的办公桌前,努力想把自己的思绪写下来,但只是一味盯着眼前的拍纸簿,手中转着钢笔。钢笔的笔尖很优质,写出的线条清晰而优雅——不仅满足使用需求,还多出一份奢华。就像塔基扬一样。她希望塔基扬是左撇子,或者是左右手都很灵活的人;毕竟练习用不灵活的那只手来写字太痛苦,而且永远无法练得和以前一样熟练。每写一个字,都是在反复提醒他——他是怎么说的来着?——他的"缺失"。

她想到自己的身体也有缺陷,但不知为什么这没有影响她的生活。按理说,她没法继续当外科医生——她只有一只眼睛,没法准确判断远近,但她却并没有遇到过这样的问题。她似乎总能找到准确的位置,而且总能够快半秒,预感到别人要做什么事情、将要移动到什么位置。身边的人管这叫运气,她自己偶尔想到这件事的时候,某种意义上也认可这种说法。

她脸色一变,咒骂一声。如果她真运气好的话,过得应该比现在富裕很多。随后,她开始在纸上书写。布拉德·芬恩说,塔基扬被叫到当地片区"怪人堡垒"去了。科迪不清楚这和那个女警是否有关系,也不知道她的消息会引起什么反响。掠食王牌已经够糟糕的了,而这个还会满城跑,把正常人变成鬼牌,这简直让人们回忆起去年春天的恐怖,克罗伊德搅得整个城市不得安宁,曼哈顿都暂时戒严了。她想过告诉芬恩——她很喜欢那个半人马——但她不确定他是否值得信任。在怀俄明发生的事情依旧令她记忆犹新；她的熟人会用谎言欺骗她，她曾经相信的人都背叛了她。她决定再也不能如此不设防备。而她能够全身心信任的森特，却早就回家了。

她本想在这里等到塔基扬回来，但是随后发现自己根本坐不住，大雨倾盆，闪电和雷声的间隔很长，这是坏兆头，表明风暴的中心还没有到来。恶劣的天气并没有舒缓氛围，反而加重了压抑感。她在办公室逡巡，不明白自己为什么如此焦虑、机警，自从越战结束以来，她还从没有这样过。氤氲的空气和降雨，让她几乎把曼哈顿当成了当年的湄公河三角洲。在黄昏的阴暗光线下，所有人都知道越共的军队就躲在铁丝网的另一面，等着天黑后就进攻。

她把报告和证据封入一个大信封，放在塔基扬的书桌上，随后便打算离开。

然而，当她来到诊所门厅，向人打听这里能不能拦到出租车时，却遭到嘲笑。保安把电话借给她，让她试试电话叫车。多数公司的电话都占线，只有几家公司在她等了很久后才有人接听，但她一说出地址，对方立刻就挂断了。这时有一辆出租车停在门前，走下一个鬼牌，车里的司机也是鬼牌。但当科迪走到路边，司机看到她是正常人的时候，便用自己鸟爪子似的手对她比了一个骂人的手势，随后故意从她面前的水坑边开过，溅了她一身。

"真该死。"她疲惫地嘟囔道。她讨厌正常人对鬼牌的歧视，但同样厌恶鬼牌对正常人的敌意。也许到中国城或者小意大利比较好打车。至少能够在那边吃顿饭，下了飞机之后，她还什么都没有吃。

街上空无一人，所有心智正常的人都在室内躲雨。雨下得极大，几乎像是成块的水直接砸下来。下水管线全部瘫痪，所有角落都变成深及脚踝的水坑。这里的街道和建筑一样，都是19世纪建成的。由于今年夏天没有进行路面养护，柏油路面的磨损处露出了过去的鹅卵石路面，走在上面十分凹凸不平。

独眼杰克

她觉得自己走的方向是对的,这是保安给她指的路。但是街道的样子看上去不太对劲。曼哈顿的街道都是正南正北、网格状排列的,几乎不会让人迷路。但这里却并非如此。很多街道都像小巷子一样,从主干道分支出来,沿着自然地形延伸出怪异的角度。这里的建筑都很老旧,大部分是上个世纪后半叶建成的无电梯公寓楼,它们从未经历过经济景气的年代,未来大概也没机会了。科迪想象着百变王牌病毒也感染了建筑物,于是它们变成了活物,一起玩着抢椅子游戏,故意让人迷路。她嘲笑着自己,但其实在内心深处,她有一点把这个设想当真。窗户会不会是楼房的眼睛,注视着她的一举一动,而门廊是楼的嘴?如果她在门廊下避雨,会不会被吃掉?她嗤笑一声,但还是远离了路边,走在马路的中央。她在心中为自己开脱:这是为了方便拦下出租车。除非司机要开车撞倒她,否则一定得为她停车。当然,前提是如果有车路过的话。她已经走了很远,应该已经到达鬼牌镇的外围,但是视野范围里一家中餐馆也没有。

随后,她在街角看到一个亮绿色的球安放在深绿色杆子上的标志——想起那是地铁站的意思。什么玩意儿,她心想,随后快速冲下楼梯,像个落汤鸡似的甩掉身上的水,从包里翻出一美元准备买票。在询问了工作人员后,她才知道自己走错了站台。这是进城的方向,这边的列车将穿过东河,去布鲁克林。

"有地下通道能过去吗?"她问道,就算只是横穿一下马路,她也实在不愿意再回到瓢泼大雨中去。

"有也没用。"工作人员答道。科迪惊讶地发现他也是个鬼牌。他从小窗口递给她车票。"站台关闭了,技术人员在施工。"

"那可真是太好了。"

"他们现在应该干完了,这种工作一般都在夜里干,以免影响白天的交通,特别是高峰时段。但是可能暴雨影响了进度,下得太大了。"他同情地说道。

"的确太大了，"她表示赞同，"那么至少请您告诉我一下这是哪条线，我在外面没看到标志。"

"这是 F 线，女士。在这里走的是 IND 第六大道线。"

科迪没有认真听他最后一句话，她缓慢而谨慎地扫视一圈车站，看向站台的眼神就像监视敌军藏身的树林。她用力摇了摇头，心中责备自己的幼稚。鬼牌镇的确是个是非之地，但她也并不简单；她能够保护自己，但并不是以如此谨小慎微的方式。

"那么我想出城的话，该怎么办呢？"她问道。在视野中没发现有别人，她感到安心。

"乘坐 F 线到杰伊街–区公所站，然后上一层，去出城方向的站台。这时候您有两个选择，可以坐 A 线或者 F 线。F 线可以直接到曼哈顿岛中央，A 线的换乘站比较多。您想要地图吗？"

她正好把之前那张弄丢了。"谢谢。"她微笑着说道。

"这是我们该做的。您是不是长皮疹了？"她疑惑地看着他，不知道他在说什么，"您一直在用力挠自己的手，肯定很痒吧。"

科迪低头看了看，她完全没注意自己的动作——她的皮肤是不是麻木了？她感到一阵由内而外的恶寒。她的手背在荧光灯下反射出一丝诡异的银色亮光。

她看向台阶。雨水不停地流淌，就像喷泉景观里的小瀑布一样。站台有微微的倾斜，水流从她身边流过，随后又流过转门，流向地铁轨道。她能听到其他地方的瀑布声——头顶的通风装置里，还有人行道边的水沟里。

上一次她得救了，而那个女警付出了沉重的代价。那是我的错吗？她扪心自问。我怎么可能想到呢？这些事之间有什么联系？随着进一步的推测，她眯起了眼睛。可能这就是关键——她逃脱了。这个王牌看上去像鬼牌，而且有能力把所有人变成和他自己相似的生物。不，她灵光一现，突然意识到：不是所有人，而是女人！百变王牌病

独眼杰克

毒的所有感染者的症状全都不尽相同,每一个深受其害的人都只得忍受孤独的生活。而那个王牌的情况尤其严重,他已经不可能拥有任何伴侣。但是,如果他的能力正是为自己制造同伴呢……?颇有道理——那个女警就是有利的佐证。科迪很明白被他所害的人是什么样的感受,并且直觉告诉她,她和那名女警并不是仅有的受害者。但如果事实果真如此,为什么至今没有引起任何人的注意;如果有别的受害者,她们现在怎么样了?

她一边考虑着这些,一边走向检票口,不时前后环视,密切注意着眼前的一切。她通过十字转门的时候,感觉噪声大得惊人——所有声音都变得很大,因为她的感官高度紧张,自战争结束以来,这是第一次。目前为止,她的视野里还没有别人。

她在心中对自己说:继续把线索拼凑起来,看看能得到什么。首先,那个王牌专门让女人变形——很好理解,他独身一人,十分孤单——只不过女方很不情愿。随后她又想起那名女警的尸体上留下的牙印。她把头懒洋洋地倚靠在后面的瓷砖墙上。之所以到目前为止都没有人目击到和他一样的生物,会不会是因为他杀了她们?她举起自己的手端详,努力安慰自己那片银色的闪光并没有越来越亮。她是他还没追到的猎物,就像亚哈船长还没追到的白鲸莫比·迪克一样。塔基扬把她的枪拿走时顺便解体了它。她检查了一下弹夹里的子弹是否仍然是满的,随后把它安回枪托,打开安全栓,塞进了后腰与腰带的间隙。这个临时枪套不是很舒适,而且枪很重。但她希望在急需的时候能立刻掏出枪,而不必费事在自己的包里翻找。她的包也是个累赘,其实并不必要。

隧道里刮过一阵风,远处出现了两个光点,她感觉仿佛经过了很久,光束才渐渐变大,细长的银色金属车厢终于穿过黑暗,出现在面前。随着列车减速,她向每一节车厢里窥看,企图寻找那个王牌的身影——但每节车厢里面都有人。她又向下一节车厢看去,可列车员似

WILD CARDS

乎并不想在这个车站久留,她在关门前一秒连忙冲上了车。有几名乘客打量着她,可能想知道她是否也是鬼牌的一员,就像今天凌晨的那几名出租车司机一样——那时候的事对于科迪来说已经恍然如隔世。她瞪了回去,就像当年刚从越南的战场回来时一样,同时走向车厢尾部,检查每个座位。她想打开车厢间的连接门,但这辆车和今早的不一样,门是上锁的。该死,她心里骂道,给我造成了不必要的麻烦。但至少,她能透过肮脏的车窗看到下一节车厢里有人在,因此可以排除它,直接再去下一节。

车在约克街站停靠时,她抓住机会,车门刚一打开就冲向别的车厢。有一些乘客正在鱼贯上车,她还来得及加入队伍。问题是,她专为面试准备的鞋子完全不适合这种场合。高跟鞋不能提供有力的支撑,摩擦力也不足。但是没有办法,她只能利用现有的条件将就一下,这种情况她也不是第一次遇见了。

这节车厢也没有问题,下一节,下下节都没有问题。她渐渐觉得自己有点可笑,像个疯女人似的横冲直撞,全副武装,但她寻找的家伙可能在地铁的任何地方,纽约的地铁加起来有好几百英里呢。她能遇到他的概率太小——他肯定根本不在这里,甚至不在这条地铁线上。如果真的遇到他——她不无挖苦地想,那么这究竟是走运还是倒霉呢?但是这样找下去,总比没线索好。可她究竟为什么要这么做?这既不是她的工作,也不符合她的天性——她不是警察,也不想当英雄。她只是很固执。

强烈的麻木感蔓延至她的整个小臂。她自问道:这难道是某种感应,表示我们彼此接近了?墙上写着卡罗尔街站。车门打开后,她仍旧冲了出去,但在湿滑的地面上打了个趔趄,背包的重量让她无法及时找到平衡,重重地摔在水泥地上,一侧的膝盖先着地。她努力试图站起来,却听到车门即将关闭的提示音。她一边嘶哑地喊着,希望列车员等一等,一边赶向离自己最近的车厢门。但列车员必须遵守时刻

独眼杰克

表,车门在她眼前关闭。"该死!"列车渐行渐远,她不断喊着,"该死!该死!该死!该死!该死!"

她知道,一切都没用,只能等下一辆列车。她的膝盖有一些出血,当她小心翼翼地把体重压在膝盖上面时,感到阵阵刺痛,而且已经抽丝的丝袜更是破烂不堪。不过,当她站直身体后,发现它依旧可以承担得住自己的体重。感谢这小小的幸运,她心想。随后,她闻到一股退潮时沼泽地的气味。

该死,她想,同时迅速做出反应,速度比她预料的快得多。她纵身一跳,拉开了一些距离,也争取到了拔出枪的时间。这个举动救了她一命,她感到强有力的一击擦到自己的后脑勺,让她眼冒金星。如果没能躲开,她早就被打晕了。但她着地时极其狼狈,整个人趴在水泥地上。科迪绝望地滚向一侧,想要开枪打他,但子弹只射中了天花板。随后,一只粗壮的触手把枪从她手中打飞,她也被打下地铁轨道。摔在地上时,她听到一声清脆的撞击声,手枪掉到了下面一层,那是同向行驶的另一趟列车的轨道。她从污泥中爬起来,口中尽是海腥味,那是这个王牌排泄物的臭气,浓烈得让她每呼吸一口都想呕吐。科迪明白他找的是她,但是不知道接下来究竟会发生什么。就算他不打算杀她,也一定会做非常恐怖的事情。

于是她开始逃命。

离开车站后,轨道似乎在向上倾斜,在不远的前方,她看到一丝亮光,应该是通向地面。的确如此,地铁从这里逐渐向上倾斜,钻出地面。雨还在下,她就像是跑进巨大的淋浴喷头下,狂暴的雨滴打得皮肤生疼。从海港吹来的强风几乎把她吹回地下。科迪蹒跚地靠在一侧的墙上,想要翻越过去,但她的手却没地方可抓。她突然吼叫了一声,原来是墙上方的有刺铁丝网扎到了她的手。

此时她听到一阵轰鸣声——不如说是感受到的——从身后传来。她的大脑一片空白,好像被下药了一样;待到她真正意识到有一辆列

WILD CARDS

车正在逼近,已经太晚了。虽然她拼命挥手、喊叫,但司机和乘客都没有注意到她。她看到前方的高架转弯处有一个车站。不算太远,她心想,我很轻松就能跑过去。她丢掉仅剩的一只鞋,不去管石子和杂物扎得自己双脚刺痛。

一开始还算顺利,和在山路上晨跑差不多,她并没有回头看那个王牌是否还在追自己。狂暴的雨滴有一种甜美的气息。她已感觉不到雨滴打在自己的身体上,仿佛有一层防水保护膜包裹住了自己。她的精神突然从身体中抽离出来。她意识到自己中了对方的陷阱,发出一声愤怒的嘶吼,同时感到一阵熟悉的瘙痒在皮肤下方蔓延。她看到的皮肤不再是小麦色,而是油亮发灰的银色,她的手臂(她无声地念叨着,这是幻觉,求求你了,这一定是幻觉)不再像刚刚一样坚实,而是变得柔软弯曲,好像没有骨头似的。她的牙齿挤压在一起,身体的每一处都好像要爆裂一样。她的皮肤被拉伸,紧绷得要命,而皮肤下的骨头则像刀片似的让皮肤生疼。每跑一步都极其艰难。她的腿并没有变形,但也有了乳白色的光泽,而且臀部和膝部的关节开始变得僵硬,她只能摇摆整个身体来迈开腿。她已经接近高架桥的转弯处了,这里比六层楼还高,虽然她可以跳下去,但旁边没有建筑物可以着陆。车站是唯一的希望。

他抓住了她。

他对自己的力量十分自信,动作也非常粗暴。他用触手缠住她的脖子,把她摔在地上。巨大的冲击让她无法呼吸,也动弹不得。他重重落在她身上,用最粗壮的触手钳住她的手臂,其余的触手在她的衬衫上摸索,解开扣子,撕开衣服和内衣。在两条轨道分开的地方有一块水泥地面,那就是他们所在的位置。如果天气正常,车站的人很容易就能看到这里的情况,但今天这样的天气则不行。他转换了一个姿势,下体像一根大棒一样放在她的肚子上。他为了撕开她的裙子和内裤,松开了几条触手。于是她用最大的力气打他,但只是让自己的拳

独眼杰克

头生疼而已。她试着打眼睛,但对方已经有所防备。他抓住了她的手臂,按回地上。

在狂暴的动作中,她听到另一个声音直接进入了自己的脑海,呼唤着自己的名字。"塔基扬。"她大叫着,不知是在脑海中大叫还是喊出了声音,抑或二者皆有。

你在哪里?这真是他的声音吗,又或者这只是她大脑幻想出的救命稻草?

没时间了。她回答道。她感到由内而外,身体的每一处都在沸腾,失去原本的构造。他控制了她,正在把她变成和自己一样的怪物。她知道,只消几分钟,他就要大功告成了。

那就快协助我,塔基扬对她说道,打开你的思维,科迪,我要先看到他,才能救你!

来吧。她想到。但什么都没有发生。她没有感到精神控制,或是别的什么。她在无数小说漫画中看到过的情景,一个也没有发生。

但那个王牌的眼神忽然呆滞了,他的身体变得僵直,停下了所有的动作。

我冻结了他,科迪,塔基扬说,但我不确定可以控制多久。

她一边扭动一边把胳膊从触手底下抽出来,尽量蜷起双腿,最后一次调动起全身的力气,拼命向上抬起他的身体。他动了动,身体蠕动起来——不需要塔基扬通过心灵感应告诉她,她也知道这意味着什么——她像举重选手似的发出一声大吼,双臂抬起,双腿发力,将他扔了下去。他像个矮胖的玩具似的向下滚去,他的体重太重,重心太低,根本没法找到平衡让自己停住。此时,有一趟车开出车站,刺眼的车灯照亮了眼前的一切。随后她又看到一阵更亮的闪光,他的一条触手碰到了输电轨,火花四溅,他发出痛苦的尖叫。电流流过他的身体,他弹跳着,浑身痉挛。有一瞬间,科迪担心他有可能逃脱。但她忘记了地铁列车的存在。司机一看到他,立刻就踩下了刹车,可行驶在下坡路上的列车惯性太强，而且雨水让轨道变得湿滑。等到列车在刺耳的噪声中停下来时，已经把那个生物撞成了一摊血浆。

工作人员们慌忙冲上前来帮助她，她听到警笛的鸣响从四面八方传来，很快，车站就被人群包围了，远处的站台上亮起此起彼伏的闪光灯。她筋疲力尽，没有动弹，只是侧躺在地上，看着冒出青烟的事故现场，全然不顾乘客们愤慨、震惊又好奇的眼神。

此时，她的思维中突然出现了另一个人——塔基扬，他正从下方的史密斯街赶过来。他从她的意识中调出她最喜欢的地方，当发现那竟然是被放到越南高地上的夏洛国家公园消防站时，他也很贴心地并没有做什么反应。在意识世界里，她的外表和主观世界中一样，这说明在她心中并没有故意美化自己的形象。但是这里的她有一种放松、自信的力量，就像一块岩石，可以供任何人倚靠，可以为任何人提供庇护。塔基扬也将自己融入这个意识世界，用他标志性的不快语气咕哝着，说军用迷彩服太过难看（配色设计太差）。随后，他缓慢、轻柔地将科迪的幻想世界与外面的现实世界融合在一起。等他彻底离开科迪的精神世界时，她已经挺过当时的冲击，精神并未崩溃。然而她的身体早就超过能力的极限，彻底崩溃了。

◆

科迪醒来的时候，正身处布莱思·范·伦斯勒纪念医院的顶层单人病房，这是她从窗外的景象中推测出来的。她沉溺在身为人类单纯的狂喜之中。她动动自己的手指，看着朝阳照射在手臂上，惊叹于手臂上的反光只是最简单的人类汗液造成的。

"睡得还好？"塔基扬问道，从墙边的座椅上起身，背痛让他轻轻呻吟了一声。

她对他报以微笑，有些惊讶于自己的放松。她本以为再也不会这样了，回想起过去几个月以来承受的压力，她才震惊地发现自己受了多么严重的影响。放下重压，是多么地舒畅。

她心中渐渐浮现一个疑问，但是甚至没等到她整理好思绪，他就回答了她。

"对，我在这里待了一整晚。"

她不知道自己是不是应该生气——很明显，他们当时的精神连接留下了一定的痕迹，可能会给他们两个人都造成不小的麻烦——但她最终决定不去想这种没有意义的事。发生的事情就是发生了，重要的是如何去应对，如何继续前行。

"真是令人赞赏的人生哲理。"塔基扬赞同道。听到她暴躁地叹口气，他笑了笑。"不过，事情并没有那么糟糕。你睡觉时，我一直在监控你的思维。"

她想象着塔基扬像个哨兵似的，在她精神世界的大门口来回巡逻，忍不住咯咯笑了。她脑中的图景也让塔基扬的嘴角浮现一丝笑意。

"为了确保，"他继续说道，"与'淤泥'的遭遇没有给你留下阴影。"

"你是怎么知道他的名字的？"

"任何精神接触，都会导致一定程度上的记忆共鸣，所以我被动接收到了一些信息。而'淤泥'——"他耸耸肩，半是轻蔑半是厌恶，"他的思维相对单纯，完全依自己的欲望行事。无论从哪个角度理解，他都算不上是智慧生物。他拥有的是狡猾，而不是智慧。'淤泥'是他给自己起的命根子。"

"他是王牌吧？"

"是的，验尸结果证明了这一点。并且，验血结果表明医院停尸间里的那具遗体是普通人。我们推测，他已经在地铁和其他地下管线中流窜很久，主要对离家出走和无家可归的人下手。他们是社会的底层，即使消失也没有人留意。而我们都没有注意到——"

"有多少人?"

"受害者吗?"他吸口气,盯着窗外——但她知道,他是在回顾那个王牌的记忆,"具体的数量已经不得而知了。'淤泥'的认知能力非常有限。但我认为人数一定不少。"

"他把她们都杀害了。"

"他吃掉了她们。"

良久的沉默,科迪隐约听到医院的广播里有人在说话。她咬紧牙关,防备着可能出现的疼痛和虚弱,站起身来。她拔掉自己左臂上的输液管,小心翼翼地迈出几步,来到塔基扬跟前。近在眼前的他显得非常矮小,但她印象中的他非常强大坚韧,和理想中的自己一样。她贴近他的后背,用双臂环抱住他的肩膀,忍住没把自己的下巴放在他的头顶上。无须确认,她就知道他的眼神一定是清醒而又忧虑不安的。当她没能救活自己的患者时,也常常露出这种眼神。

"常有人说,"他开口道,声音中露出一丝苦涩,"'人们总是会亲手杀死所爱',这件事倒给了这句话一个全新的解释。"

"还有那句话,"科迪忍不住说道,"'你吃什么食物,就是什么样子'。"

他笑了,高亢的笑声连续不断,把他俩都吓到了。随后他冷静下来。"你当时为什么那么急匆匆地走了?"

"我就是这么急躁。我想你当时也明白我的意思。"

"布拉德·芬恩亲自去片区了。显然,我刚好和你错过。埃利斯警官开着警车在鬼牌镇到处找你。后来我们听到报告说,在卡罗尔街有人开枪……"

"然后我就听到你的喊声。"

"谢谢你听到了。"

他转过身来面对着她。"你不懂。在这么大的城市里,意识'噪声'太多,想进行心灵感应的话,需要很强的防护措施。想要'听到'某个人的话,我要与他相当熟悉才行。只简单见过一面的人,几乎没有成功过。"

"那么,看来我们的见面并不是那么简单。"

"显然不简单。"

"塔基扬,无论原因是什么,我都很感激你。"

"很快,我们的精神共鸣就不会这么密切了。偶尔,我仍然会对你比较敏感,但不会再不由自主扫描你的思维了。"

"有多偶尔?"

"说实话,我也不知道。这样的事以前从没发生过。抱歉。"

"你救了我的命,为什么要道歉?"

"那个怪物是我创造出来的。被'淤泥'杀害的那些可怜女人,她们的死都怪我。"

"我明白这种感受。"

"你不明白。"

"我是外科医生,当过三年军医。我懂。但那又怎样?"

"那是我的责任。"

"好吧。"她故意牵起他残疾的右臂,"那就负起责任来。你不能改变过去,就像我不可能把死去的患者、或者我杀了的人复活一样。对,"——她点了点头——"我的手上也是沾满鲜血的。毕竟那是一场战争。如果以后还有什么后果,那我就应对它。那又能怎么样呢?都已经发生了。但至少,我与它达成了和解。过去,我曾否认它的存在,但现在我把自己的恐惧从角落中拿了出来,与其他的噩梦摆在一起,我正视它们,也正视我自己。这并不代表我就不会感到痛苦。未来我也会很痛苦。但它就存在在那里,而我能够应对它。你也可以试试,或许会有惊喜呢。"

"我需要你,科迪。"他简单明了地说。

"塔基扬,我是医生,不是拐杖。"

WILD CARDS

他从吊带中抬起自己的残肢，随后放下，整个肩膀都垂了下去。"那么，你打算离开了。"他说。

"我得找几个人帮我照看农场——我在科罗拉多认识几个人，是兽医，应该能胜任。我先给他们打个电话，再通知一下克里斯，然后回去收拾东西，好回城里安顿下来。"他惊讶地看着她，不确定自己有没有听错，"当然了，前提是，"——她故作严肃的语调被嘴角的笑意打破——"我们能谈好薪酬。"

他得体地轻咳一声。"这个，哦，我们一定能谈好的。"

"还是不要擅自抱太大的把握为好，你说呢？"科迪说道，收敛了自己的笑容。

她伸出手。

塔基扬则露出笑容，握住了她的手。

♠ ♥ ♦ ♣

宝贝最懂我

沃尔顿·西蒙斯　著

塔基扬的办公桌左侧堆满了表格和文件，右侧几乎是空的。杰里努力不去看他的假肢，但内心阴暗的一面又总是唆使他瞥一眼。塔基扬没有注意到。塑料的假肢一看就很硬，与他并不协调，而且和他原本的肤色相比太白了些。

"你最近适应得怎么样，杰里米亚？"塔基扬看了看杰里，随后透过办公室的窗户看着鬼牌镇。

"挺好的，虽然有的事还是很艰难。"杰里笑了笑。塔基扬看上去比平时还要疲惫。他的皮肤比平日更加苍白，以塔基扬一贯的标准，他今天的红发梳理得并不好。

"你确定吗？你看上去有点……沉默。"

和塔基扬说话时，杰里总觉得自己仿佛是透明的，就像克莉萨里斯的皮肤一样。但克莉萨里斯死了。杰里对美好人生的虚假认知也随之破灭。"嗯，我只是，有时候觉得和女人打交道很困难。她们让我感到很别扭。更糟糕的是，她们让我充满欲望。我甚至——"杰里及时住口了，"我只是希望找到一个能看到真实的我的人，并且能够爱那样的我。"

塔基扬缓缓点头。"这是所有人都渴望的，杰里米亚。我想，你其实是十分被爱的，也许你只是没有意识到。要知道，爱情总是在我们寻找得厌倦时，突然出现的。记住这一点，你就能更有耐心。对于异性感到陌生，这是我们共同的困扰。我的问题好像尤其严重。当然，我毕竟是从塔基斯星来的，这是我固有的自身原因。"

这不是杰里想要听的。他早就不想耐心了，也并不是想让塔基扬帮他解决女伴问题，并不是任何女人都能让他轻易忘记维罗妮卡。"你的建议听上去也许挺好，但说起来容易，做起来难。"

警笛声呼啸而过。杰里看到在一条街开外，一栋楼边有红色的警灯不断闪烁。塔基扬也向那边看了看。杰里从没见过他把百叶窗合上，虽然窗外的景色永远只有破旧的楼房和垃圾，以及偶尔经过的车辆和鬼牌。杰里每月只来鬼牌镇一次，那就是来这家诊所。

"还有一些事，"杰里说道，试图重新引起塔基扬的注意，"我的能力又回来了。"

塔基扬盯了他好一会儿。"你的能力从来没有消失过，杰里米亚。你受的心理创伤太严重，你已经不再信任它了。但你的变形能力重新显示了出来，这说明你对它的信任也渐渐回来了。如果你感到开心，那么我也很替你开心。但考虑到现在的政治气候，你最好还是把这件事保密。公众都认为你的王牌能力消失了。继续保持这个形象是最有利于你的，相信我。"

"你说得对。"杰里看出塔基扬想让他走。他从大衣口袋里掏出一张支票，小心地放在办公桌的左侧。"这是九月的赞助款。"

塔基扬用自己完好的手拿起对折的支票，用笨拙的动作把它打开。他微笑着点点头。"这对我们的帮助非常大，杰里米亚。如果能有几十个像你这样的人，诊所或许就能收支平衡了。"

"这是我乐意做的。"杰里说道。这是真话。他给出去的钱，只有很少的几个地方会好好地使用，而且一个月两千美元对于施特劳斯家族来说只是九牛一毛。

门开了，走进来一位身穿实验室工作服的女性。她的头发是深色的，戴着一只眼罩。她越过杰里，看向塔基扬。"又有两名伤员。"她说。她的声音非常克制，但透出一股怒气。"其中一人也许能挺过来。另一个就……"她揉了揉额头。

杰里退到一边,绕过她走向办公室的门口。塔基扬却说让他等一等。

"杰里米亚,这位是新来的外科主任,科迪·哈维罗医生。医生,这是我们诊所的一位朋友。"他拿起支票,"也是我们的赞助人。杰里米亚·施特劳斯。"

科迪转过身,看着他。杰里觉得,对于一名权威人物来说,她已经很漂亮了。科迪伸出手,露出一个勉强的微笑。杰里回以微笑,和她握了握手。她握手时有力而坚定,和他想象中医生的手一模一样。

"幸会,施特劳斯先生。"

"幸会,医生。"杰里很庆幸,他用头衔称呼了她。她既盛气凌人,又让人感到舒适。虽然戴着眼罩,但显然她的外表是很具有吸引力的。他绝对不希望给她留下男权至上的混蛋富人的印象。

"下个月见,杰里米亚,"塔基扬说,"除非你找我有事情。如果有任何需要,尽管给我打电话。"

"你下周会去王牌云巅吧?这是我第一次去海勒姆的百变王牌纪念日晚宴。"

塔基扬叹口气。"对,冲着海勒姆,我必须得去。不过我觉得肯定不会很欢快的。"

杰里点点头,走出门口,带上了门。他感觉塔基扬想要和科迪独处。杰里并不怪他。他想象着维罗妮卡躺在黑丝绸床单上,全身赤裸,只戴着一只眼罩。

停,他心想。最近他约了她三次,而她拒绝了两次。去找个别人吧,不用花钱的那种女人,能有多难呢?

"和我一样艰难,孩子。"他的脑海中,亨佛莱·鲍嘉的声音说道。

WILD CARDS

♥

今晚的王牌云巅就像一场杂乱的视听盛宴。新鲜面包、红酒酱料与高档肉类和奢侈香水的味道蹂躏着他的鼻孔。这里的来宾也很不一般。但海勒姆的百变王牌日晚宴向来如此。他们去得很早。他和贝丝都想看各路名人入场。肯尼斯对于杰里邀请贝丝感到颇为不满,但他又拒绝了一同前来,说工作太忙。

杰里站起身来。"想在前菜上来之前先吃点什么吗?"

贝丝叹口气。"不了,我等着吃主菜。"她挥挥手,把他打发走了。

杰里缓缓踱向一张大桌,上面摆满沙拉、肉酱、面包和一些他认为并非食物的东西。上面有一幅四王牌和塔基扬的移动画面,墙上还有许多著名王牌的全息图像。杰里很有自知之明,并没有费工夫去寻找自己的图像。他拿起一个盘子,穿过人群,和"幻想"① 擦身而过。她两手各挽着一名年轻小伙子。杰里在世界环游时与她见过。虽然那段时间的记忆对他来说十分模糊,但他的确记得,幻想是他见过的最为撩人的女人。今晚,她穿了一件珍珠色的长裙,搭配一件成套的半透明上衣。杰里看向她的方向时,一直盯着那对娇小乳房上的深色乳头看。他希望贝丝没有注意到他一直在看幻想。杰里往盘中盛了一些意面沙拉,随后转身去拿菠菜乳蛋饼。

一个棕发男人向杰里走来,他目光敏锐,脸上挂着放松的微笑。"真男人都是不吃乳蛋饼的。如果你想给幻想留下个好印象就别吃。"

杰里把公勺放下,看了看桌上其余的食品。"好吧,多谢提醒。"

那个人的盘子里各种食物都装了一点,他放下盘子,伸出手来。"我叫杰伊·阿克罗伊德。"

---

① 幻想,指阿斯塔·伦泽。

独眼杰克

杰里和他握握手。"我叫杰里·施特劳斯。"对方似乎并不熟悉这个名字,"我曾经是'电影放映员',后来变成了巨猿。现在,我只是一个有钱人。"

阿克罗伊德咧嘴笑了。"在这座城市,有钱就足够了。"他从口袋里掏出一张名片,"如果你以后有私人侦探方面的需求,敬请联系我。我偶尔也想找个有钱的客户。如果你想追求幻想,那你可真勇敢,祝你好运。我可是有点害怕被她青睐。"

杰里接过名片,把它放在燕尾服的上衣口袋里。房间突然安静下来,一个男人缓缓走进来,步态有些跛。他的外表颇为正常,但杰里听到有人小声说着"鬼牌",又提到"比勒陀利乌斯"这个名字。四下悄然响起的私语声里饱藏着一种敌意。趁着没人注意自己,杰里在盘中盛满食物,溜回自己的桌子。贝丝还坐在那里看着菜单。

杰里没看到海勒姆,但这也正常,他杀了鬼牌镇的女主人克莉萨里斯,从此一直受到新闻的关注。整个鬼牌圈子立刻就一致敌对海勒姆了。他们的想法是丑恶的,而且审判还远远没有开始。不过,这一次的百变王牌纪念日晚宴还是不太可能会像两年前,赛特大闹会场一样可怕。杰里很庆幸那一次他没法参加。

从阳台上刮来一阵飘摇不定的凉风。杰里把菜单放在一边。他富有,又感染百变王牌病毒,这还是给他带来了一些好处。

"我打算点法式菲列牛排。"他说,"你呢?"

贝丝抬起头来,咬着嘴唇。她今天穿了一件黑色中长裙,搭配浅紫色上衣。"看到了那位小姐的胸脯,让你很想吃肉吧。"

"天哪,我除了你就什么都不能看了吗?你如果是个男人,也会看的!"

贝丝笑了。"我是女人,但我也看了。我可能只是嫉妒吧。真希望我也有那份身材和态度,敢于穿那种衣服。"她放下菜单,"我不吃主菜,过去拿点水果沙拉就行。女人对脂肪的恐惧是很可怕的。"

"但你一定要吃点餐后甜点。"

"好吧,如果你一定要我吃的话。但别告诉肯尼斯,他总担心我会变回学生时代那么胖。"

"你现在的身材好极了。"杰里刚要接着说下去,突然看到一对男女坐到远处的一张桌子边。那个男人身材瘦高,一头黑发。他的双眼发出荧光,周身的空气仿佛缠绕着他不断飘动。他身边的女子身穿一袭红裙,好似一层喷在身体上的彩漆。那名女子十分漂亮。她正是维罗妮卡。杰里把椅子转过来,不再面对着他们。所以,维罗妮卡显然不是不愿意和人上床,她只是不想和他上床。

"你没事吧?"贝丝摸了摸他的手。

"没事。我只是在想事情。我在想以后的人生要怎么办。"

"是啊。"她说。

他知道她并没有被敷衍过去,但他很感激她没有揪住这件事不放。

他们为塔基扬举行了欢迎仪式。杰里很意外,塔基扬的女伴竟然不是科迪。可能他们只是单纯的工作关系。

有些桌子仍然空着。就杰里所知,这在百变王牌纪念日晚宴上还是第一次。

塔基扬入场后,海勒姆很快也到了。他穿着一件剪裁得极好的深色正装,但和上次杰里在旅行时见到的相比,消瘦了一些。

海勒姆举起酒杯,稍作等待,宾客们也纷纷效仿。"敬喷气机小子。"他说。"敬喷气机小子。"杰里和贝丝与众人一起说道。他们碰了杯,将酒一饮而尽。

杰里听到维罗妮卡的笑声。她可能是故意要气他。不。可能她满脑子都在想着和那个男人翻云覆雨,根本没时间注意他。

"谢谢你们大家的到来,"海勒姆继续说道,"希望你们在这个特殊的日子里,好好享受晚宴。希望来年的一切能顺利平安。"

独眼杰克

稀稀拉拉的掌声响起。海勒姆走向塔基扬的桌子，握了握他完好的那只手，随后就进了厨房。

"他一般不都会飞到天花板上去吗？"贝丝问道。

"是啊。但他可能觉得这样不太合适。我想，海勒姆现在有点在意别人对他的看法，"杰里说道，"关于克莉萨里斯的事，对他来说一定像是噩梦一样。"

"克莉萨里斯更倒霉，老兄。她被打成了肉酱。"

杰里想要开口说些什么，但被贝丝打断。"不，你不必说了。我已经知道不该说了。他看上去人很好，但并非所有王牌都是好人，你也知道。"

"我知道。"

"布什会赢得下届选举的。如果你觉得百变王牌的问题现在已经很尖锐，以后就走着瞧吧。不用等他的任期结束，百变王牌热潮就会彻底冷掉。"

"可能会比50年代的时候还糟糕。"贝丝伸出手，摸摸他的脸颊，"你过去经历了那样的事，我只是不希望你以后再被伤害。"

杰里笑了。他很享受被她关心的感觉，如果维罗妮卡对他的关心有贝丝的一半就好了。"谢谢，我没事。"

侍者走过来。"您想点些什么，女士？"

"请给我一份水果沙拉吧。"贝丝说道。

♣

他和自己保证过，不要再去想维罗妮卡。距离晚宴已经过去三天，这一天的晚上，他正坐在自己的家里。肯尼斯和贝丝正在讨论着布什当政带来的影响。杜卡基斯豁免了一名涉嫌强奸罪的鬼牌——威利·霍顿，这件事带来了决定性的影响。有一张海报变得家喻户晓，上面表现了杀人成性的鬼牌被扔出旋转门，流落街头。民主党人对此

WILD CARDS

义愤填膺，但这张海报成功地影响了民意。杰里感到这一切太让人沮丧。他给维罗妮卡的店打了电话，约到了她。

　　杰里很确定，她没有认出他来。他考虑过变形成一个男模的样子，但最终还是选择了一张更为粗犷的脸。他把头发变得又黑又直。他现在也能控制头发了。维罗妮卡看起来和以前没什么两样。她的白色棉质裙子，让她不必主动说些什么，就能抓住男人的注意力。杰里很熟悉她裸体的样子，但仅仅有记忆是不够的。今晚不够。今晚，他想和她零距离接触。

　　带她来看电影也许是个失误，这件事最容易暴露他的真实身份。但他还是很想来看德姆的《鬼牌妈妈》。他看腻录像带了。

　　"我的朋友和我推荐了你。"杰里说，"那天你和他去了百变王牌纪念日晚宴。他说你棒极了。"

　　"你认识克罗伊德？"

　　"不是很熟。"杰里说道。克罗伊德指的一定就是沉睡者克罗伊德·科伦森。杰里听说过一些他的传闻，大多不是什么好事。显然维罗妮卡并不是在找好男人。

　　大银幕上，一群戴着人类面具的鬼牌配合紧密，控制了一间银行，但碰巧遇上一个长着鸭子头和一个老鼠头的人，也来抢劫这间银行。

　　杰里用手臂环住维罗妮卡，紧紧搂着她。她退缩了一下。过了很久，她才抬起手来，抚摸他的手。

　　她认出我了，他心想。也许她的大脑还没意识到这一点，但她的身体已经认出这是我了。他感到一阵寒冷，好像身体里有什么坏掉了。

　　"不好意思，"他挨近她说道。她今天没有用他送的高档法国香水。"我有点不舒服。我想带你回家。"

　　维罗妮卡抬头看着他，十分惊讶。杰里向她手中塞了两张百元钞票。她的手很冷。

"感谢你花时间陪我。"杰里说。他用的声音和自己原本的声音太像了。"对不起。"

他牵着她的手,离开了放映厅。背后的大银幕传来枪声。大厅里满是过分油腻的爆米花和陈旧的糖果味道。他打了个招呼就进了男厕所,尽量小声地呕吐了。

他回到大厅时,她已经走了。

♥ ♠ ♦ ♣

黄金与琥珀之塔

凯文·安德鲁·墨菲 著

1988 年 10 月 1 日

特鲁迪·皮兰德罗下了出租车,心不在焉地付了钱,仰望着黄金色的摩天大楼。巨大而浮夸的镜面楼体闪闪发光,是极为耀眼的金色。她记得这里以前是邦威特·泰勒百货公司,那时候这里的门灯就像是珠宝的瀑布倾泻而下,上面还饰有巨大的女性雕像,赤身裸体,与绸带共舞。

但是裸体雕像已经不在,女装百货也搬走了。现在唯一值得一逛的店只有蒂芙尼,但特鲁迪忍住了诱惑,没有去看那些饰品。她以后随时可以来逛街。

门卫为她开门,特鲁迪走了进去,来到金光闪闪的安检台前,后面是同样金闪闪的电梯。她从自己大而空的爱马仕包中掏出一个金色信封。她的包和她今天穿的大衣成套,都是秋季庄重的黑白配色,如同喜鹊一般。她的裙装点缀着珠宝,十分漂亮,但不如她平时的风格那般大胆。不过这件衣服有口袋。它很适合今天这样的场合,同时令人忧伤的是,也很适合她的年龄。特鲁迪已经六十多岁,她虽然还注意保持着身材,但终于不再染发,放任自己的头发变白。不过她的头发依旧美丽,和玛瑙、钻石的简约搭配很协调,尤其适合她戴在卷发之间的羽毛发饰。她忘记这套首饰是如何得来的了,但她很喜欢这种复古又闪亮的风格。她非常喜欢抓住机会炫耀它们。

独眼杰克

保安是个中等身高的鬼牌，身上长着棕色的鳞片，看上去就像是个身穿西装的蜥蜴。"抱歉，皮兰德罗女士，"他说，"晚宴七点半开始，宾客七点之后才能入场。"

特鲁迪认出了他，报以愉快的微笑。"没关系。"这个像蜥蜴的人是哈维·康德，是怪人堡垒的一名侦探。这里离他的工作区域很远，他显然只是晚上来这里做一个兼职。"我可以等。"她以前和他打过交道，但她每次去鬼牌镇都是乔装打扮的，这是老规矩。警察不会和有礼貌又漂亮的人找茬，所以特鲁迪不会惹上麻烦。

她把请柬装回包里。反正，在这种场合，来宾才是最有趣的。虽然有些有失风度，但提前到场还是有好处的。

随后到的是一名神色匆忙的父亲。他穿着一件灰色定制礼服，缀着成套搭配的珍珠和白金质地的领扣和袖扣。一个金发小女孩活泼地拉着他，她身穿碎花连衣裙，满脸雀斑，鼻子翘翘的，大约八岁。"快点，爸爸！不要错过了参观琥珀厅！"

"还有几分钟的时间呢，杰西卡。"男人喘着气，掏出一张请柬，整个人几乎趴在了安检台上。

康德验视一下请柬。"哦，范·德·施塔德特先生，宾客七点后才能入场。"

"我现在就想看琥珀厅。"杰西卡瞪着他，直截了当地说。

她的父亲很明显在流汗，随着康德开口，他出汗更厉害了。"你的爸爸为布什的竞选活动进行了很慷慨的捐款，才能带你来这里。你难道不想和奎尔先生、托尔斯先生共进晚餐吗？"

"不想。"小女孩看上去又迷惑又厌恶，"我只想看琥珀厅。"

蜥蜴男的表情几乎让人猜不透，但特鲁迪对人类有很深的研究，也包括鬼牌。康德显然不是共和党人，今天也并没有拿到很高的报酬。邓肯·托尔斯举办的晚宴上，每一道菜的价格最低要一万美元。虽然这些钱绝大部分都会落到他的口袋里，但是托尔斯很聪明地声

WILD CARDS

称,今天筹到的钱款将会被用于布什的选举和他新入手的琥珀厅的修缮工作,但却并不说清钱款将会如何具体分配。

"抱歉,亲爱的,你需要再等等。"康德听到有人如此蔑视共和党人,自然很高兴,但这个小孩子的跋扈又让他反感,因此他十分矛盾。

"你想不想看看我的大象?"杰西卡改变策略,甜甜地问道。

"好呀。"康德一笑,就露出了他的蜥蜴牙齿。见杰西卡没有被吓得退缩,他笑得更灿烂了。看得出来他十分开心,因为这个小孩子并不对鬼牌感到害怕或是好奇,哪怕她有些被惯坏了。

杰西卡把手伸进裙子的口袋,但她掏出的并不是毛绒玩具,而是一个象牙质的古董蟋蟀笼,上面雕刻有两只小小的大象。笼子里还有一只大象,只有仓鼠大小,是活的。

"他叫蒂莫西,"她话音刚落,大象就缩小了一点,放在笼子里正好合适,"我把他缩小了。"

康德那双蜥蜴般的眼睛惊恐地瞪大了,但特鲁迪朗声说道:"原来你是王牌呀!"

杰西卡骄傲地点点头。"请问,蒂莫西和人家可以去琥珀厅了吗?"

"蒂莫西和我,"她爸爸自动纠正道,随后停顿了一下,"你说了'请问'。很好,杰西卡"——他紧张地笑了笑——"但即使是王牌,有时也是要等待的。"

"如果我是公主呢?"

"即使是公主也一样。"特鲁迪插话道,为他解了围,"飞象女孩就既是王牌又是公主,她就会耐心等待,我见过的。"

"你见过飞象女孩?!"

"只见过一次,"特鲁迪承认,"但她可能不记得我。"她宁愿对方不记得。"但我一直都会记得她的。"这是真话。特鲁迪现在还留着那个漂亮的红宝石吊坠,那是她从那位爱尔兰-孟加拉公主的额头上抢来的。

"那你是王牌,还是公主呢?"

"我不是王牌,"特鲁迪骗她道,"也不是公主。我只是一个有钱的老太太,经历了第一次百变王牌纪念日。"

杰西卡瞪大眼睛。"你害怕吗?"

"有一点,"特鲁迪说,"但不像别人那么害怕。我年轻时很坚强。"她瞥了一眼大象。"你还缩小过什么呢?"

"一整个农场!"杰西卡开心地说道,康德更加恐惧,"里面有马、有牛、有猪、有鸡——什么都有!"

"连拖拉机和马车,你也缩小了?"

"没有。"杰西卡噘嘴,"我只能把活物缩小。爸爸给我买了一个玩具屋,但那个不一样。"

"你爸爸也为你买了看琥珀厅的门票,"特鲁迪指出,"而且你还是个很厉害的王牌!你真是个幸运的小姑娘。"

"说得对。"杰西卡发自内心地拥抱了她的爸爸,"我爱你,爸爸!"

"我也爱你,杰西卡。"她爸爸说道,同时用口型对特鲁迪说谢谢。待女儿放开他后,他便伸出手。"我叫雅斯佩尔·冯·德·施塔特。"

他的手部保养良好,细腻而柔软,握手时很有商人的风格。他还戴着一只劳力士金表。"我叫特鲁迪·皮兰德罗。"她猜想雅斯佩尔是一位股票经纪人,或是其他种类的金融业从业者,而且可能是一位鳏夫。但愿这不是他女儿的王牌能力造成的。但考虑到她的年龄和性格,事实很有可能就是如此。

这时一群人走进来,打断了特鲁迪的思绪。他们浑身散发着酒气,仿佛刚从酒吧出来。康德验视了他们的请柬。"莱瑟姆,施特劳斯，共五人，对吗？"

领头的男人目光冷峻，外表出众，身穿一件白色礼服，戴着钻石袖扣。"对。"他简短地回答道。特鲁迪猜他就是莱瑟姆。在他身边的是一名高挑的金发男子，他的礼服和袖扣与莱瑟姆成套，外表英俊非常，看上去只有十六岁年纪。他们旁边，还有一位二十出头的美丽女性，肤白胜雪，身穿缀满亮片的绿色裙装，上面装饰着层层叠叠的枫叶图案，搭配珍珠项链和水滴状珍珠耳环。特鲁迪当过很多次女伴，根据经验，她很快便判断出莱瑟姆身边的男子是一名助手兼门徒，而那名女子是高级应召女郎，或是那种为装点门面才被娶进门的妻子。她听到莱瑟姆提到他们的名字，大卫和黛安。

姓施特劳斯的男人身穿黑色燕尾服，戴着金属包边的八角形玛瑙袖扣，样式古典，大概是他父亲的。他告诉康德自己名叫肯尼斯，身边蓝色衣裙的金发女子是他的妻子贝丝。她戴着一套蓝宝石首饰，特鲁迪很欣赏。但她摸了摸自己的项链，随后又牵着丈夫的手，特鲁迪猜这些首饰是她丈夫新近才送她的礼物，可能是在生日或是结婚纪念日时送的。于是特鲁迪决定不偷这套首饰当纪念品了。随着年龄的增长，她变得有些多愁善感。

"托尔斯先生邀请我们提前入场参观，对吗？"莱瑟姆提醒道。

杰西卡瞪着他，嘴巴惊讶地大张着。"可是我想第一个看到琥珀厅，爸爸，你答应我的。"

"没事的，亲爱的，"贝丝说道，"我们可以带上你一起。对不对？"她问莱瑟姆。

这是一种不失礼貌的高压攻势，莱瑟姆只是点了点头。康德望向电梯的方向，那里站着一名身穿中档西服的男人。"马丁警官？"他叫道。

马丁中等身材，一头黑发，生着一对高颧骨。他条件反射地微微一笑，露出一口完美的牙齿。是个普通人。特鲁迪联想到她在鬼牌镇

独眼杰克

听到的种种传言,判断这就是欧尼·马丁。对于遵纪守法的人和法外之徒,他完全是两副面孔。康德走近马丁,和他耳语了几句。马丁瞥了一眼杰西卡,他迷人的微笑逐渐消失。而后者依旧骄傲地拿着自己的大象。

坐电梯上楼的时候,杰西卡把蟋蟀笼举得高高的,好让所有人都能看到。"他叫蒂莫西!"

他们原本没有邀请特鲁迪一同去,但早在她年轻漂亮的时候,就深知想要混进一群人里面是很容易的,虽然现在她已经是个年迈的老妇,这个手段依旧好用。就算她是个十英尺高、浑身长满紫色斑点的鬼牌,依然可以不引起任何人的注意。

电梯门刚一打开,她就看到马丁把一个人拉走,说了些什么。她一眼就认出那个人是兰姆斯海德[①],鬼牌镇的另一名警察。他长着一对灰色的螺旋状羊角,很容易认出来。她怀疑整个鬼牌镇的警力都被找来了。像今天这么重大的场合,托尔斯先生应该会调集自己手下的所有安保力量,再请来警方力量支援。他大概把鬼牌都分配到安检台或是电梯安保之类的岗位,这样晚宴会场内的共和党富翁们就不必直接看到鬼牌的身影。

楼上的大厅里有白色的大理石柱,上面装饰着镀金的字母,还有水晶质的枝状大吊灯和金色的镜子。装潢的整体风格就像是劣化版的克罗伊斯国王宫殿,只是把黄金和象牙替换成了镀金和大理石。兰姆斯海德带领着他们来到一扇装饰繁复的洛可可风格双开门前,当门打开后,之前大厅里的一切都黯然失色了。

琥珀厅闪闪发光,如同珠宝,它也的确全是由珠宝组成的。墙上的装饰嵌板全部用琥珀拼成,颜色从白色到极深的樱桃红,一应俱全,这是正宗的18世纪典雅装潢。房间内的主要色调是各类黄色

[①] 兰姆斯海德(Ramshead),原意为羊头。

WILD CARDS

——蜂蜜色、蛋黄色、奶油糖的颜色，还有白兰地色。一切的装饰品、花环、图画和画框都是用琥珀拼接而成，甚至圆玻璃护板上的纹章都是用琥珀镶嵌的，缝隙之间嵌着金叶子。

特鲁迪踏上年代久远的木地板，上面用传统的镶嵌工艺拼凑出阿拉伯风格的纹样。中间是一块菱形的紫檀木，四周是罗盘状的花纹和叶形装饰。叶卡捷琳娜二世在琥珀厅里玩牌从未输过，她觉得地板上的纹样就是自己的吉祥物，但特鲁迪认为肯定是她身边的侍臣不敢赢过她，和她本人的运气并没有关系。

地板上的其他曼陀罗状纹样大多被挡住，这里摆了二十四张宴会桌，每张桌子可坐十四人。其余的椅子都挤在后面，显然没人在意防火问题。特鲁迪心算了一下。这里可以容纳三百三十六位客人，完全置火灾隐患于不顾，挤得每个人只剩一小块空间。托尔斯真是太会捞钱了。

但愿不会发生悲剧。琥珀是高度易燃物，这和在墙上刷汽油没有区别。

但是托尔斯自己也要冒这个风险，特鲁迪猜想这些安保人员不仅要负责防盗，还有防火的任务。众多宴会桌的中央让出了一条走廊，地板的纹样在那里依旧清晰可见。走廊尽头是一个稍高的主宾台，上面有四把华丽的镀金椅子朝正门摆着，前面有一张稍小些的桌子，上面也镶满琥珀。桌子的正中央摆着一套橙黄两色的琥珀棋子，黄色在左，橙色在右。特鲁迪希望这只是一个摆设。一想到要听托尔斯和奎尔谈话，她就感觉够受的了，实在不想再看他们两人对弈。

特鲁迪和莱瑟姆、施特劳斯一行人走进大门，门廊里装饰有一个金色琥珀质的王冠，用橙色琥珀做出了光线四射的图案。在左右两侧，各有一扇相同的门，门上方分别刻有一名头戴双角帽、肤色金黄、一丝不挂的匈牙利青年，置身在洛可可风格的木制镀金装饰之中。他们隔着整个房间，向彼此投去充满爱意的眼神。

独眼杰克

　　是一对同性恋人吗？抑或只是装饰？这有可能描绘的是金童——杰克·布劳恩，但他只有永生的能力，并不会穿梭时空，因此不太可能自己和自己恋爱。也许是象征双子座的卡斯托尔和波吕克斯，他们也是宴会厅的守护者。

　　特鲁迪对于自己的猜想并不确定，但她经常待在博物馆，从解说员那里耳濡目染学到了很多。而且，当时的人如果想请一位意大利设计师来设计这样一个房间，难免要加入一些希腊罗马神话元素。特鲁迪觉得很庆幸，还好杰克是民主党人，今天不可能会出现。否则就太尴尬了。

　　在对面的墙上，金色双子的中间，有三扇高高的拱形窗户，上面又有三扇小一些的窗户，加起来有两层楼高。透过窗户，可以看到夜空和中央公园。它们中间立着两个圆柱，和上面的小窗户一样高。柱子上装饰着油画绘成的盾徽，中间画的小天使好像并不清楚要拿这些大型盾状物怎么办。在每一幅画的下面，都有一个仙女的镀金胸像，背后衬着洛可可风格的镜子，它们环绕着中央的大窗户，以及下面的四把座椅和棋盘。

　　她转过身来，仔细环视着大厅。墙上的装饰嵌板全部大约十三英尺高，宽三到五英尺不等，上面是三英尺宽的木质镀金台口，高度和第二层小窗户、油画、枝形烛台一样。在低一些的地方，每一块嵌板上都挂有一幅椭圆形的画，上面用樱桃红色的琥珀雕刻着花环和垂坠的装饰。这些画和画框全都是用琥珀拼成。上面还挂着竖直的长方形画框，这些画框和里面的画也全部是用琥珀拼成。特鲁迪发现，它们的摆放模式稍有变化，有一些椭圆形装饰画稍小一些，为下面的椭圆镜子让出空间，有四幅方形挂画里面插入了彩色图画。

　　不对，不是图画。她又看了一眼，立刻明白了。那是用不同颜色的宝石拼成的佛罗伦萨风格的马赛克。她要凑近仔细看一看。

　　装饰嵌板上还挂有更多的女子胸像，她们裸露的胸部从金色树叶

WILD CARDS

状装饰中探出来。衬托她们的镜子有二十多面，环绕整个房间，反射出其他烛台的光亮。有的烛台小一些，但华丽程度毫不逊色。它们排列在天花板的边沿，后面隐藏着监控摄像头。在双层窗户的前面还有一排烛台和监控，有几个摄像头正对着她刚刚走进的大门。

特鲁迪暗暗数着监控摄像头的数量，假装正在欣赏天花板上的叶状装饰。房间的四角镶嵌着四幅图画，图中四位小天使分别表现着一年的四个季节。天花板上画着的天堂图景意外地非常多元化。正中间的圣母玛利亚似乎正在对耶稣和抹大拉的关系表示认可，旁边的一朵云上，酒神狄俄倪索斯正在吃一串葡萄；另一朵云上，丘比特扑闪着翅膀射出一支箭，指向又一朵云彩，上面有两个女人分别用曼陀铃和手鼓演奏音乐给天神们欣赏。还有一个可爱的小天使故意摆着露出屁股的姿势，毕竟，谁不喜欢看小天使的屁股呢？

特鲁迪收回目光，想要再多看看琥珀厅里的珍宝，但目光却被一名大约四十岁的高个子男人吸引。他的白色燕尾服看上去材质非常高档，但是剪裁得很不合身。他的钻石衣扣和袖扣大得夸张，让人觉得他只是在炫耀。说他的肤色和发色不属于大自然似乎不太合适，屋里的一些亮黄和浅橘的琥珀就是这样的颜色。但这种颜色的确不属于人类，除非这个人感染了百变王牌病毒，或是染了发、做了肤色美黑。

"欢迎来到我的琥珀厅，"邓肯·托尔斯开口说道，"真是世界上最壮观的东西，是不是？"

特鲁迪没有见过这位地产大亨本人，以前只在电视和报纸上看到过，他本人和媒体上相去甚远。他给人的印象就像是一名社区剧院里的 P. T. 巴纳姆，但是更加庸俗。"它多么大啊！巨大！"邓肯·托尔斯说话时有着很浓重的纽约皇后区口音，"但它对我的顶楼来说还是太小，所以我又加了几块嵌板，把它扩大了一些。"

他脸上的表情极其洋洋得意，满足得像是卡通片里的青蛙。他指了指窗户右边几块被几盏聚光灯照亮的新嵌板。护墙板上的圆玻璃上

独眼杰克

刻着托尔斯的纹章——一个花体的字母"T",看上去就像一座德式高塔。颇为讽刺的是,托尔斯的祖父弗利茨·图姆移民来美国后,以开妓院为业,里面用的代币上也是这样的标志。特鲁迪收藏了一些。但在这里,它被粉饰得像是贵族家徽,被浅橙黄色的琥珀簇拥着,颜色和邓肯·托尔斯的肤色一样。

在它上面,有一幅长方形的琥珀拼贴画,非常逼真地再现了黄金大厦的景观。特鲁迪很清楚,一定是用电脑进行的配色。再上面是一幅邓肯·托尔斯本人的肖像,露出一成不变的自以为是的微笑。这幅肖像主要使用黄色和橙色的琥珀,只在他的牙齿上用了白琥珀,并且用极其稀有的蓝琥珀拼出了他的眼睛。上面的女子胸像静静俯视着这惨不忍睹的审美品味,她们的胸脯做得比18世纪的那些胸像还要丰满。

"棒极了。"莱瑟姆说道。但他的语调暗示的完全是相反的意思。

特鲁迪以为除托尔斯之外,每个人都听懂了他的弦外之音,但显然她猜错了。"的确棒极了,是吧?"J. 丹福斯·奎尔说道。他是乔治·布什的副总统人选,身穿黑色礼服,发色和金色的琥珀一样。他给人的感觉就像是一个冲浪运动员在去海滩的途中迷了路,转而去从政。"我们刚才正在说这个呢,是不是,玛丽琳?"

"是的。"他身边深色皮肤的马脸女人——普通人意义上——回答道,语气和莱瑟姆一样。她身穿一袭紫色裙子,搭配蕾丝披肩和紫水晶首饰。特鲁迪相当喜欢,对偷走它并不抱有什么内疚之情。

托尔斯继续说着他新添的嵌板。就在奎尔夫妇站的地方,他把原本的房间扩建了,新加的木地板镶嵌成星条旗的图案。护墙板上刻的鹰不再是俄罗斯皇室的式样,而是代表美国的雄鹰。上面挂的是白宫的拼贴画,人物肖像则是乔治·赫伯特·沃克·布什和丹·奎尔,两人都露出笑脸,和竞选时使用的照片一模一样,只是更大了,也是用琥珀拼成。

WILD CARDS

丹·奎尔站在自己的肖像下面，露出一模一样的愚蠢笑脸。玛丽琳·奎尔站在微笑的布什的下方，并没有微笑，而且从她的气质和品位看来，现在她显然有些尴尬。

"我叫圣·约翰·莱瑟姆，"莱瑟姆自我介绍道，"是莱瑟姆·施特劳斯律师事务所的。久仰大名。"他的眼睛轻轻瞥了瞥玛丽琳·奎尔，特鲁迪注意到她轻得几乎看不出来的点头。虽然丹·奎尔是副总统候选人，但莱瑟姆和玛丽琳·奎尔才是谈话的主角。

特鲁迪环顾着房间，注意到还有好几名其他片区来的警察，有些是她认识的，和托尔斯的安保人员混在一起。欧尼·马丁在角落里和某个人说着些什么，轻轻指了指杰西卡。在门口处，兰姆斯海德一边点头，一边听着一位瘦高的男人说话。后者长着棕色头发，轻微有些脱发。他身穿一件与众不同的蓝色紧身衣，搭配一件斗篷。虽然室内没有风扇，但他长及脚踝的斗篷正在无风自动。他叫飓风，是保卫旧金山市的王牌。如果《王牌！》杂志的推测准确，他即将成为参议院王牌资源强化委员会的下一任会长。他的王牌能力最适合灭火。

兰姆斯海德关上门，飓风飞向他们，他的斗篷在身后飘扬。这样的场面让人惊叹，他显然也希望形成一种威慑力，但杰西卡只是兴奋地喊道："你和我一样，也是王牌！"飓风的斗篷立刻垂下来，表情也泄了气。杰西卡举起自己的大象。"他是蒂莫西！"

"他挺……可爱的，"飓风说，"你是来看琥珀厅的吗？"

杰西卡兴奋地点头。

"那就让她尽情地看吧，"邓肯·托尔斯说道，看都没看蟋蟀笼一眼，"我来带你参观吧，甜心。你知道是谁建造了琥珀厅吗？他叫腓特烈，是普鲁士皇帝。和我的祖父名字一样……"

托尔斯继续说着，沉醉在自己的嗓音中。不过听他讲讲琥珀厅的来历还是不错的，特鲁迪看到人群分散开来。莱瑟姆、施特劳斯和奎尔夫妇待在一起，贝丝吻了吻丈夫的脸颊，跟着托尔斯参观琥珀厅，

独眼杰克

飓风飘在空中跟着他们，大卫也跟在后面。黛安犹豫了一下，也加入了他们。

特鲁迪跟着人群，一位侍者为她端上香槟，但她只拿了一杯气泡矿泉水，同时留意着还有哪些人是不喝酒的。警察们都没有喝酒，这是理所应当的；飓风也没有喝，他显然是在保卫奎尔夫妇，有趣的是他也在保护托尔斯。

她赶上人群的时候，正听到托尔斯说："后来，腓特烈的儿子把它送给了彼得大帝。他的确伟大，了不起，让俄国再次强大了。几年以后，彼得送给腓特烈一只象牙杯，还有五十五名巨人。"

"巨人？"杰西卡问道，"他也是王牌吗？"

"不是，那个年代还没有王牌呢。彼得只是长得很高，腓特烈这个怪人，专门喜欢找个子很高的士兵。他圈养他们，就像塔基斯星人一样。晚上他让他们在自己的卧室踢正步，就像在数绵羊催眠。"

杰西卡咯咯笑。"我睡觉时也会数绵羊。很好玩的。"

"每个人都有自己的爱好，但腓特烈的爱好太奇怪了。彼得大帝的爱好就很正常。他的孙子彼得呢？就不太正常。他是个怪人，长大之后还是爱玩士兵玩具。有一只老鼠啃掉了小人身上的颜料，他以叛国罪判那只老鼠绞刑。你能相信吗？但是彼得的妻子，叶卡捷琳娜，德国人，她也很伟大。叶卡捷琳娜大帝。她让彼得走人，他就走了。然后她就在琥珀厅开了一场盛大的派对。她特别喜欢马儿。"

"我也喜欢马儿！"杰西卡喊道，"我有一个马厩。"

"叶卡捷琳娜也有。"托尔斯笑道，眼里闪着光。

雅斯佩尔·冯·德·施塔特仰头喝下他的香槟，随后又取了一杯。

特鲁迪觉得颇为有趣，她一边跟随着人群，一边检视着"货物"。靠近打量这些巴洛克风格的琥珀嵌板，就能看到各式各样的图案，有天使、双头鹰、狮子、骑着海豚的人鱼，还有士兵一手举着王

WILD CARDS

冠,一手拿着被砍下的巨人头颅。还有一幅雕刻,上面是一艘小船行驶到一座城市,城里有一座德式天主教堂。还有更加精美的樱桃红琥珀雕成的花环与桂冠。虽然把其中的几块拿下来很容易,甚至把整片马赛克拿走也可以,但回家之后要把它们重新拼好实在是很痛苦。

窗边还有两幅画,同时还有很多镀金装饰品——天鹅、女神像和小天使——它们都很可爱,但宝石拼成的画不像普通的画布,即使她摘掉画框,也无法把它塞进自己的手包里,而且镀金饰品看上去又太重了。还有四幅佛罗伦萨画派的马赛克拼贴画。特鲁迪仔细一看,发现它们表达了一个共同的主题——五种感官:视觉、听觉、味觉、触觉和嗅觉,其中最后两种是合并在一张画里表现的。

特鲁迪相当想要那张。上面是两对男女带着宠物狗在一起约会,远处有喷泉和城堡。其中一个男人从花瓶中抽出玫瑰,送给他的女友闻,另外一对男女抚摸着彼此的脸颊,作势要搂住脖子接吻。他们的宠物狗同时表现了嗅觉和触觉,一只在闻另一只的屁股。背景中还有一尊潘神的胸像。这幅画并不算特别精美,但它毕竟是用珠宝拼成的,而且连叶卡捷琳娜大帝都认为好的东西,对她来说就足够了。

但她仍然没办法把这幅画放进自己的手包里。

特鲁迪不知道邓肯·托尔斯有没有收藏叶卡捷琳娜大帝的色情家具。但肯定不会放在琥珀厅,至少他会把它们放在一个单独的房间,只有受到特别邀请的人才能参观。她看过照片和新闻,知道那些家具现在的下落。苏联的腐败官员们已经把沙俄王朝的珍宝低价拍卖,其中肯定包括叶卡捷琳娜大帝的种种色情主题家具。

但是共和党人想要大谈《民主的力量》《保护文物免受战争摧残》,显然琥珀厅更合适,色情家具是不行的。如果哪个民主党人进行过见不得人的幕后交易,或是给克格勃提供帮助以换取艺术品,那么共和党一定会严惩他。可如果是共和党内部的人进行这种勾当呢?那就没什么问题,只要把色情物品藏好就行。

独眼杰克

琥珀厅中的二十四张宴会桌中央全都摆放着琥珀装饰品，特鲁迪决定就从这之中挑选今天的纪念品。它们分别是：黄琥珀基座上的红琥珀王冠、华美的俄式复活节彩蛋，上面有一只王室雄鹰、八音盒、珠宝盒、水果碗、刻有浮雕的啤酒杯、座钟、德式天主教堂模型、俄式天主教堂模型、蜜蜂和蜂窝、猫头鹰、船只模型、插有玫瑰花的花瓶、中式石狮子、橙色花猫、蟾蜍、乌龟、三套马车玩具、俄式茶壶、鲤鱼、公牛、苹果树、一串葡萄，还有一组三名女子组成的小雕像。特鲁迪猜这尊雕像表现的是美惠三女神，这是最为经典的美女像题材。这些装饰品体积都很大，可只选一个拿走又太难。还好，特鲁迪拥有足够的时间来做选择。

"来，"房间的一头响起邓肯·托尔斯的声音，"我来给你们看看我最喜欢的一样收藏品。"特鲁迪竖起耳朵，连忙来到摆着船只模型的桌子边上。这件艺术品十分精致，船的木板部分是用深棕色琥珀做的，黄铜部件则使用不透明的黄琥珀代替。工匠还极其巧妙地使用了稀有的绿琥珀，雕刻在船锚和船头的美人鱼雕像的尾巴上，看上去就像是粘着水草。

为和18世纪的风格保持一致，美人鱼的上半身一丝不挂。这也是为了迎合托尔斯的审美，他把小船拿起来给大家看的时候，手指玩弄着美人鱼的胸脯。"这里还有个秘密机关。"托尔斯的手相比于他的身高来说，显得太小。他的手滑到美人鱼的下半身，按了按一个更加下流的位置。这时突然响起八音盒的声音，这首乐曲在德国叫做《哦，亲爱的奥古斯汀》，在苏格兰则叫做《你可曾见过那个姑娘》。小船被隐藏起来的轮子带着，开始移动起来，仿佛在看不见的波涛上行驶。金琥珀做的大炮在炮口处时隐时现，小船偶尔会掉头，向着新的方向行驶。

"真是最绝妙的艺术品，是不是？"托尔斯说，"这原本是饮酒时做游戏用的，就是古代的转酒瓶游戏。小船最后停在谁的跟前，谁就要喝一杯酒。"

小船演奏的音乐停止了,船头正对杰西卡·范·德·施塔德特。同时,藏在桅杆瞭望台上的一面黑白琥珀做成的海盗旗立了起来。"这是一艘海盗船!"她兴奋地喊道,"爸爸,这艘船的大小正好能放得下我的所有宠物!"

"没错,宝贝。"

"看!"杰西卡打开蟋蟀笼,受惊的大象跑到甲板上,倚着扶手向下观望着遥远的桌面,随后用鼻子发出一声小老鼠似的叫声。

邓肯·托尔斯也发出一声类似的声音。

"宝贝,"雅斯佩尔·冯·德·施塔特紧张地对她说道,"你应该把蒂莫西收回来。你要先征得别人的同意,才能动别人的玩具。而且,一会儿还有人要在这里吃饭呢。它在这里大便的话怎么办呢?"

"蒂莫西会很听话的,"杰西卡的保证暗示了蒂莫西以前并不听话,"对不起,爸爸。"

"去和托尔斯先生说。"

杰西卡仰望着这位地产大亨。"对不起,托尔斯先生。"

"没关系,"托尔斯紧张地说,"这只小象是哪里来的呢?"

"是我用王牌能力变的,"杰西卡开心地说,"圣诞老人没办法把蒂莫西送给我,它太大,不能从烟囱进来。所以爸爸就带我去挑了一只,让我把它变小了。"杰西卡打开蟋蟀笼,雅斯佩尔用口袋方巾帮她把大象赶回笼子里,随后把大象拉在甲板上的迷你粪便擦干净了。"每天早上上学之前,我都要把我的宠物变小。"

"否则它们就会长大,直到变回原来的大小为止。"雅斯佩尔解释道。

"真是奇妙的能力。"特鲁迪又说了一遍。

但邓肯·托尔斯似乎并不觉得这能力是什么美妙的东西,雅斯佩尔·冯·德·施塔特也不觉得。"那么,"杰西卡的父亲接着说,"你刚才说，俄罗斯人把琥珀厅藏在壁纸后面，但还是被纳粹军队发现了？"

"没错，"托尔斯答道，用高谈阔论掩饰掉了慌张，"纳粹把它带到了哥尼斯堡。虽然大家都以为琥珀厅和城堡一起烧毁了，但事实并不是这样。纳粹军队只是把它藏在地窖或者酒窖里了。后来哥尼斯堡改称加里宁格勒，苏联内部又一团混乱，于是就出现了一个机会。而我抓住了这个机会。"托尔斯挥手示意整个琥珀厅。"是不是棒极了？"

"的确棒极了！"一个女人说道。她轻盈柔软得像仙子一样，跳舞似的穿过华丽的木地板，来到托尔斯身边，搂着他的胳膊，把头倚靠在他的肩膀上。她戴着一顶蜂蜜色假发，造型精致，梳着德式发辫，戴着亮金色的隐形眼镜，还有琥珀首饰。特鲁迪发现，她身上的琥珀色丝绸长裙很像她在时装周时盯上的一款。特鲁迪认出了这个女人。她是阿斯塔·伦泽，纽约芭蕾舞团的首席舞者。她的花名幻想更加为人所知。她的舞姿能吸引所有男人的目光，甚至也能吸引一些女人。这就给特鲁迪创造了很多机会，让她能够偷偷拿走自己盯上的各种物品。

"幻想！"特鲁迪兴奋地说道。这是她没有想到的惊喜。

幻想用迷离的目光看了看她，显得十分心不在焉。大多数人都以为，这是她独有的一种艺术气质。但有经验的特鲁迪知道，这是吸毒过后的反应。幻想的手包里永远都放着最高档的毒品。特鲁迪心想，不知道今天，她的琥珀串珠手包里放着什么样的好货。"我们以前认识吗？"这位芭蕾舞者问道。

"没有，"特鲁迪说道，"但我买了你的演出季票。我是你的狂热粉丝。"

"我也是你的粉丝。"大卫说。他向前一步，站在特鲁迪身前。这个年轻人一身酒气，显然是喝了太多的香槟。"你是世界上最性感的女人。我知道你现在有男伴，但如果一会儿你有空……"

幻想笑了。"年轻人，你连香槟都吃不消，肯定也吃不消我这个人。"她从侍者手里的托盘中拿起一杯香槟酒，仰头一饮而尽，"过几年再来找我吧。"她把空杯子放回托盘，舔了舔自己金色的嘴唇。

大卫满脸通红。是那种只有金发白肤的人脸上才有可能出现的颜色。黛安把手搭在他的肩上，轻轻按捏着，就像一名经验丰富的高级应召女一样。她带着大卫离开幻想后，才翻了翻白眼。

托尔斯洋洋得意地听着幻想阿谀奉承自己。随后他说道："哦，邓肯，你看，其他宾客也到了。"

特鲁迪向后看去。兰姆斯海德带领着许多共和党人来到了琥珀厅里。他们都衣着考究，但高档程度显然不如莱瑟姆和施特劳斯等人。后者肯定花了一笔不小的钱才能提前入场。黛安回到莱瑟姆身边，贝丝也走回自己丈夫身边。特鲁迪一边小口啜饮着矿泉水，一边在人群中穿梭。她打量着女人们戴的珠宝和男人们的手表、衣扣和袖扣。有一些很不错的东西，但这类货色在芭蕾舞剧院、歌剧院或者百老汇就可以轻易偷到。

特鲁迪看到奥罗拉①优雅地走进琥珀厅。在 70 年代，她是百老汇和好莱坞的明星，现在名气已经不如从前，但她的王牌能力并没有变弱。她制造出流光溢彩的极光，飘浮在自己的头顶，映照得琥珀厅更加熠熠生辉。安保人员惊恐地喊道："有火情！"

"不是的，"她伤心地说，听上去既疑惑又受伤。安保人员把她包围了，他们年轻得能当她的儿子。"我发出的光是冷的。是无害的。我是奥罗拉。"

他们面面相觑。终于，一个人说道："你是指那个红头发的王牌吗？她就是纵火犯。"

---

① 奥罗拉（Aurora），原意为极光。

独眼杰克

奥罗拉摸了摸自己的招牌红发。她的一头秀发依旧美丽动人,但毫无疑问,如今她已经必须依靠染发才能保持这种颜色了。"那只是我饰演的一个电影角色。"她咬住自己唇妆精致的嘴唇。"那是在70年代……"

安保人员依旧满脸疑惑。一个人说道:"等等,你是不是演过我小时候看的《爱之船》?"

奥罗拉悲伤地点点头,她的钻石手镯和项链反射着炫目的光芒。但特鲁迪知道,她一般戴的是人工钻石。她就被骗过。

特鲁迪向前走去,从侍者那里拿起一份餐前小吃,是一块琥珀色的香槟啫喱,上面点缀着奶油和鱼子酱。她从来不知道奥罗拉是共和党人。也许,她只是陪某位共和党人出席活动,或者她的确是演艺圈里少有的共和党人。这种人多少还是有一些的。又或者,她只是不愿放过任何一个在公众前亮相的机会。

特鲁迪并不在乎。她从她的手包里偷来的药品全都很廉价,就像她的人造钻石首饰一样。无非只是避孕药和去痛片等。让她自己留着吧。

越来越多的共和党人鱼贯涌入,房间里变得拥挤起来。特鲁迪在墙角处的琥珀边桌稍作停留。桌上放着一个多层点心架,上面摆着琥珀糖果。幸好琥珀色的糖里面包裹的不是蚂蚁之类的昆虫,而是可食用花朵。特鲁迪拣起一颗糖果,一边品尝一边看着来宾思索着。

莱瑟姆已经和奎尔打过招呼,随后又去找一位共和党议员攀谈。他带来了自己十几岁的儿子,后者一脸无聊,前去找大卫聊天了。"哦,是盖里?"大卫说着,为他们拿了两杯香槟。

"嗯。"男孩应道,接过杯子,喝下了这个年纪本不应该喝的酒精饮料,"但我的朋友们叫我'盖罗'。"

哦,小年轻……特鲁迪翻了个白眼,继续搜寻有意思的事物。随后,她看到了德西蕾·文德米尔,一位畅销浪漫小说作家。

WILD CARDS

　　她看上去就和书腰上的作者近照一样：一头深色黑发，脸色白皙，五官精致。她穿着大胆的低胸裙，年轻给了她暴露的资本，特鲁迪有些嫉妒。德西蕾的服装是文艺复兴主题的，配色和她身后的琥珀拼贴画中的女性服装一样，都有着棕色和赭褐色的装饰，不过其中融入了现代元素，使得这条裙子更像一件秋季礼服。她戴着成套的黄玉首饰，看上去是真的。她的手包也有着文艺复兴设计元素，上面点缀着颜色协调的琥珀珠子。她正摆出造型，让《纽约时报》的记者拍照。

　　特鲁迪躲开镜头，这是她一贯的做法。同时她思索着，虽然自己很喜欢那套黄玉首饰，但不应该偷它。她很爱看德西蕾写的小说，不想打扰到她创作下一部作品。这个系列小说的主人公叫做露西亚·雷文斯伍德，她年轻漂亮，是一位不为人知的王牌。更加不为人知的是，她还是个珠宝大盗。在每一部小说里，她都会找到一位新的情郎，但到最后，这些人不是下流坯子就是骗子。她唯一遇到的真命天子，也在小说的最后壮烈牺牲了。

　　露西亚的能力是操控光线。她可以用强光使敌人目眩，可以通过改变光的折射来隐身，甚至可以让物品隐形。她的故事有一些不太真实，但有一些简直就像是特鲁迪自己经历过的事情，这让特鲁迪不由得怀疑，德西蕾到底是善于搜集背景资料，还是自己真的做过盗窃的勾当？

　　特鲁迪不是在场的唯一粉丝。"那么，"欧尼·马丁问道，"你的下一部作品里，会不会出现英俊的警官角色呢？"

　　"有可能。"德西蕾卖弄风情地扑闪着自己的睫毛，"但他必须当坏人，你会介意吗？"

　　"有点介意。"欧尼露出他迷人的微笑，"但我是警察。我已经习惯当坏人了。"

　　德西蕾轻轻一笑。"在下一部小说里，露西亚的情人是伊利亚·

罗曼诺夫，他是罗曼诺夫王朝的末裔，在寻找琥珀厅，当王朝复辟以后，他就能够以此作为物证，登上王位。但和过去的男主角不一样，伊利亚不会死掉。他需要和王室的人结婚来传承沙皇的血脉，他需要寻找真正的公主。可以是玛格丽特女王的女儿，或者瑞典、西班牙、荷兰等国的公主。也许是塔基斯星来的公主也说不定。我还没有想好，但这是一种具有悲剧性却又高贵的义务。露西亚会非常心碎，但她也许会投入一位英俊警官的怀抱……"

"那么伊利亚的王牌能力是什么呢？"欧尼问道，"瞬间移动？"

"哦，不要这么常见又俗气的。"德西蕾挥了挥手，仿佛在驱赶这个想法。"伊利亚十分强大，这虽然是很常见的，但他还可以通过图画穿越空间，然后露西亚会用幻象掩盖他们的痕迹。现在我构建情节的唯一难点就是，他们要如何才能把琥珀厅的墙面嵌板取下来，而又不破坏它们。"

特鲁迪一边喝着水，一边翻了翻眼珠。如果伊利亚有瞬移能力的话，轻而易举就能把固定嵌板的螺丝拆开。

"我们还没有考虑罗曼诺夫王朝的事呢。"欧尼温柔地对德西蕾说，特鲁迪也在一旁偷听着，"我们现在知道有些俄罗斯人想把琥珀厅要回去，而德国人也想要，东德和西德的都有。他们想把纳粹的战利品要回去，好和俄罗斯人交换俄罗斯人抢走的德国艺术品。但复辟王室是怎么回事呢？"

"以前确实发生过。"德西蕾指出。

特鲁迪吃完琥珀糖，继续向前走去。她听说，现在不仅仅是德国和俄罗斯人想要琥珀厅。从波兰到文莱，所有国家的人都想要它。琥珀厅是一个巨大的政治筹码，托尔斯利用共和党的势力，进一步宣示了自己对它的所有权。

现在房间里变得非常挤，宾客纷纷落座，因为已经没有可以站着的地方了。特鲁迪很好奇这里究竟还有多少人抱着和她一样的目的。

WILD CARDS

现在随时可以进行抢劫，俄罗斯、东德、西德、波兰等国家一定会根据间谍提供的情报派遣精英小队，更不用提国际文物走私团伙和私人收藏家了。特鲁迪觉得自己就像一只小鸟置身在一大群巨大而凶狠的猛禽之中，不过，这的确又是一场为布什的竞选筹集资金的宴会。她在购买入场券时就很清楚这一点。

不过聪明的喜鹊依旧能够带着自己心仪的小小战利品全身而退，任那些猛禽为大奖而激烈竞争。

她看到放着琥珀海盗船的桌子上还有一个空位。她决定把海盗船带回家。"我可以坐在这里吗？"她尽量露出老妇人的慈祥微笑，问贝丝·施特劳斯，把手搭在她正对面的椅子上。不巧的是这个椅子正好挨着大卫。这张桌子位于房间最前方靠右，离托尔斯很近，靠近棋盘中橙色棋子的那一边。不过幸好在这里她是背对托尔斯坐的。

"请便。"贝丝说。

特鲁迪坐下来，微笑着转过身扫了一眼主宾台。幻想坐在托尔斯身边，装着毒品的手包放在自己身边，处于琥珀桌子的最外侧。即使今天特鲁迪没能成功偷走海盗船，也不至于白跑一趟。虽然特鲁迪从不把"工作"和享受混为一谈，但是回家后，她可以尽情享受。再说，这个手包也不一定只是安慰奖。毕竟，她自己的包可以同时装下幻想的手包和海盗船。

雅斯佩尔·冯·德·施塔特和杰西卡相邻而坐，他另一边坐着贝丝，对面则是肯尼斯，后者正在和一位穿着紫色衣服的年轻女子说话。杰西卡的蟋蟀笼放在她面前的桌子上，她仍然充满内疚地看着桌子上的海盗船。它位于贝丝、肯尼斯、黛安和大卫四人的中央。船头的美人鱼正对着大卫，他已经喝多了。"没事的，杰西卡，"雅斯佩尔说道，"我已经不生气了。你看，还是有人愿意坐在这里的。"

"为什么你觉得别人会管这里叫便便桌呢？"特鲁迪向杰西卡说，把她逗笑了。雅斯佩尔对特鲁迪做了一个非常感谢的表情。

独眼杰克

杰西卡对面的座位仍然空着，而飓风坐在她旁边，他对杰西卡说："我的女儿也是王牌。"

"真的吗？"杰西卡问道，她的蓝眼睛瞪大了。

他点点头。"她叫作西北风。"

"她的能力是什么？"

"和我一样。"飓风说。

杰西卡翻了翻眼珠，似乎并不相信。但特鲁迪知道，虽然听上去不太真实，但这是真的。随后，一名男子走向了唯一的空位。"这里似乎是王牌聚集区。我可以坐在这里吗？"

他看上去二十多岁，瘦高身材，一头黑发，两眼散发着微光。他周围的空气有如涟漪似的不断波动，就像沙漠里的热浪，让人很难看清他的真实面目。他看了她一眼，眨眨眼。"嘿，特鲁迪。好久不见。"

她转过头来。她以前从未见过这个人的样貌，但王牌能力在他周身造成了如此独特的效果，只要见过一次，她是绝对不会忘记的。随后她想到了答案。"克罗伊德？"

他咧嘴笑了。"就是我。"他重重地坐下，打了个哈欠，"抱歉。我很久没睡了，但很想来参加今天的晚宴。"

特鲁迪叫来侍者。"给我的朋友来杯咖啡。要双份意式特浓。"

侍者点点头，同时克罗伊德又打了个哈欠。他匆匆拥抱了她，向她耳语道："有没有更带劲的？我联系不上之前那个贩子了。"

"等我几分钟。"特鲁迪小声回答。

克罗伊德就是沉睡者，他是第一批王牌。当他状态好的时候，简直是盗窃的天才，但他的毒瘾是一个麻烦。至于这究竟是谁的麻烦，就取决于你是他的同伴还是敌人了。不过根据特鲁迪的经验，幻想的手包里永远有充足的各类毒品。

"谢谢，特鲁迪，你真够朋友。"他又拥抱了她一下，"能再帮我

WILD CARDS

个忙吗？帮我偷个东西？"

"你想要什么？"

"什么都行，"克罗伊德激动地耳语道，"我和西德的人做了一场交易，只要我给他们拿点什么东西，他们就能给我外交豁免权。他们以为我是个特别厉害的王牌，但这次我的能力不好使了。我以为多练练就能好，但是不行。"

"我尽力，但这次算你欠我的。而且好处要对半分。"

"成交。"

特鲁迪瞥了一眼其他桌子中央摆放的装饰品。蟾蜍和乌龟显然是最好的选择，基本上它们就是雕刻精美的大型琥珀镇纸。而那一串琥珀葡萄是用金线串在一起的，有可能被压坏。偷那个音乐盒也可以，但前提是她能把幻想的手包塞进音乐盒里。很有难度，但是，她的水平也很高超。

特鲁迪默默监听着餐桌上的谈话。穿着紫色衣裙的年轻女性就是莱瑟姆刚才提到的国会议员的女儿。那名议员坐在桌子的另一端，身边是他的妻子和儿子盖罗。他的父母叫他盖里，他直勾勾地盯着幻想，眼中全是青春期男孩的欲望。

侍者端来了克罗伊德的咖啡，也拿来了菜单。晚餐的菜肴是以琥珀厅的历史为主题的：普鲁士风味的牛排肉和鸡油菌，甜点是德式鸡蛋面饼搭配康尼斯堡烤杏仁糖；俄式鳟鱼排搭配图拉姜饼；以及美式上等腰肉牛排配白兰地樱桃酱汁，甜点是黄金大厦的标志性塔状巧克力蛋糕，上面撒着可食用金粉。可以自己选择搭配，她希望价格都是一万美元。

特鲁迪选择了鳟鱼排和杏仁糖。反正她已经很久没吃过了。她把菜单交还给侍者，随后看到装着方糖的小碗长出了腿，自己走到她面前。她用胳膊肘推推克罗伊德，轻声问道："是你干的吗？"

"对，"他小声答道，"我可以把各种东西变成活物。但这个能力挺没用的。我还以为自己能够控制它们，让它们坐下，待着，或者跟我回家。但结果它们只是随心所欲地乱动。不过看着倒是挺好玩。"

特鲁迪看着小碗在桌子上继续漫步，走过大卫跟前，他又喝了一杯香槟，还在回头充满欲望地凝视着幻想。特鲁迪突然想到一个完美的主意。也是个可怕的主意。是个既完美得可怕，也可怕到完美的主意。

但是还没等这个想法成型，大卫就醉倒了，趴在了她的身上。特鲁迪把他推到黛安的怀中。后者看上去对他更有同情心一点，或者说这是她收了钱要扮演的角色。黛安轻抚着大卫的头发，口中说着一些安慰的话。随后她注意到雅斯佩尔·冯·德·施塔特在盯着她看，他的嘴巴大张着，脸上写满和盖罗一样的欲望。肯尼斯·施特劳斯也是一样的表情，而他的妻子贝丝看上去只是一脸慌乱。而小杰西卡则瞪大眼睛看着这一切，咯咯笑起来。

特鲁迪转过身来。幻想站起来，手中转动着她的手包带子，就像皮条客转着自己的表带一样。她轻轻晃动臀部，勉强像是在跳舞。她吸引了全场所有男性的目光，甚至还有很多女性。她把手包晃了几次，随后用力一抛，让它飞跃整个主宾台，正好打中飓风的脸。

幻想站到椅子上，转身背对众人，扭动着臀部，随后又登上桌子，上前一步踢飞了琥珀棋盘上的棋子。她在邓肯·托尔斯和丹·奎尔中间起舞。玛丽琳·奎尔环顾着整个房间，似乎是希望安保人员采取什么行动。但邓肯·托尔斯雇用的工作人员几乎全是男性，只有几名女性调酒师。她现在才发觉这一点，而特鲁迪早就发现了。

所有男人都盯着她，一动不动。所有女人也在盯着她看……而特鲁迪则一脸怀疑。她以前也见过幻想跳舞，很多次，有时她没有怎么吸毒，有时则吸了很大的量。但这次，虽然不知她吸的是什么，但一定不是好东西。她的舞姿一点也没有阿斯塔·伦泽的影子。她现在所谓的"舞蹈"，看上去就像是一个青春期男孩假扮成应召女在跳脱

WILD CARDS

衣舞。

幻想的长裙被脱下来，狼狈地扔在地上。随后她把内裤也脱下来了。她把衣物踢起来，粗略地卷了卷，丢向盖罗，让它们全都掉在他的头上。她抖动着一边的胸脯，接着又抖动另外一边，艰难地脱下内衣，好像以前从没有戴过这种东西似的。她把脱下来的内衣放在邓肯·托尔斯的头上，就像是什么兄弟会的入会仪式似的。接着，她又摘下假发，露出假发帽，攥着发辫甩动着假发，随后扔在丹·奎尔的金发上。她转身面对托尔斯，全场的人都惊呆了。幻想开始跳扭臀脱衣舞，但显得完全不够色情。

特鲁迪默默评估着整个房间的状况。虽然幻想的舞蹈毫无艺术性，所有人却还是目不转睛地盯着她看。克罗伊德、飓风和雅斯佩尔·冯·德·施塔特全都大张着嘴，脸上写满欲望。杰西卡也看着这名醉酒的裸女起舞，咯咯笑着。糟糕。没有人注意到大象蒂莫西。

大象蒂莫西消失了，然后出现在特鲁迪手中。

她假装自己的餐巾掉了，然后低下身子，把它放进了自己的手提包。同时，她从桌子底下瞥了一眼，看到了幻想扔出的手包掉在一边。它也消失了，随后出现在特鲁迪的包中。

她一直喜欢利用幻想吸引别人的注意，没想到这次她做得这么出色。

这名赤身裸体的王牌把双手高高举在空中，在监控摄像头的眼皮底下不断抖动着自己的胸脯，随后弯腰，拉起邓肯·托尔斯的手伸向自己的胯部。她回头看了一眼众人，与特鲁迪的眼神短暂交汇。随后又转了一下头，便昏了过去，跌在桌子上。她朝后仰着，屁股坐在棋盘上，头部和手臂耷拉在桌子外面，两腿放在邓肯·托尔斯的两侧。

"呃，怎么回事？"大卫醒过来，含混不清地说道。

看来，冥冥中还是有报应的。这个粗暴无理的男孩完全错过了这场好戏。

独眼杰克

"什么玩意儿?!"邓肯·托尔斯大吼道,他脸上的古铜色化妆品花了,喷着淡金色染发剂的头发支棱着,就像蓬头彼得一样。他抽回自己的手,幻想滑下桌子,瘫在地上。

丹·奎尔呆坐着,头上歪戴的德式发型假发让他显得更蠢了。"一定是什么人让她吸毒了……"

"其实就是她自己。"玛丽琳·奎尔告诉自己的丈夫。

"真是害人的毒品……"特鲁迪柔声说道,环顾四周,希望找回一些体面。

黛安说:"可能是那种新型毒品,叫做狂喜。我听说它很可怕。"

大卫醉醺醺地笑了,盖罗笑得更厉害,兴高采烈地拿着幻想的内裤。他妈妈喊道:"盖里,快把衣服还给她!真是可怜的女人!"

兰姆斯海德捡起幻想的内裤,也"捡起"幻想本人。托尔斯咆哮着:"把她带走!让她清醒过来!让监控室的那些傻子赶紧销毁所有记录!哪怕有一帧画面泄露到社会上,我就把他们都解雇,起诉他们!"

兰姆斯海德点了点头。两名安保人员把幻想架走,托尔斯还在怒吼:"还有你!我放进来的报社走狗!"他用短小的手指指着后面一名《纽约时报》的记者,"我猜你一直流着口水,根本没来得及照相。就说这是'一场即兴舞蹈表演'!你敢再多说一个字,就再也别想来出席我的任何活动!别跟我提什么公众的'知情权'。公众只需要知道,你们全是一群骗子!"随后他又看向中央摆着琥珀公牛的桌子,那里坐的似乎是整条华尔街的精英人物,也包括《华尔街日报》的编辑。"你们明白了吗,先生们?"

记者们纷纷点头,玛丽琳把丹头上的假发摘下来,一名安保人员正在捡地上散落的棋子,她顺势把假发交给他。四下响起紧张的谈话声,男人们纷纷向自己的妻子道歉,妻子们有的接受了道歉,有的还在提更多要求。特鲁迪掐指算着,静静等待。当她数到七时,杰西卡·范·德·施塔德特尖声叫起来，让整个房间都安静了。"蒂莫西！我的大象！爸爸，我的大象不见了！"

"你没有好好锁住笼子吗，宝贝？"雅斯佩尔·冯·德·施塔特忧心忡忡地问道。

"我锁好了，爸爸！我锁好了！"杰西卡打开笼子给他看，同时也就毁掉了证据，没有人知道她当时到底有没有锁好了，"你看！"

"又怎么了？！"托尔斯怒吼道。

"我的大象，托尔斯先生！"杰西卡解释道，"我的大象不见了！请您帮我把他找回来！"

托尔斯摆摆手。"反正你爸爸一定可以给你买一只新的。"

"不行。"杰西卡跺着脚，涨红了脸，"没有大象比得过蒂莫西！"

"世界上的大象多着呢。"托尔斯敷衍道。

"不行，"杰西卡坚持着，"而且我说了请。"

"好了，杰西卡，别生气，"她父亲请求道，"托尔斯先生，请不要激怒我的女儿。她一旦生气，后果很严重的。"

"我说了请，爸爸……"

"杰西卡说得对。"特鲁迪站起身来，带着老妇人的冷静从容，"她的确说了'请'。我们共和党人都注重传统文化，是不是？我们可以花几分钟帮一帮她，侍者们一定可以帮我们把食物保温的。"她拿起自己的水杯，用茶匙敲了敲来引起众人的注意。"大家，请注意！有一个小女孩丢了一只大象！它和老鼠一样大，叫它'蒂莫西'就会有反应。起身的时候请小心，不要踩到它！请记住，它可是我们党的吉祥物！一定不能让媒体抓住这方面的把柄，是不是？帮杰西卡找回她的大象吧！为了布什，为了胜利！"

"为了布什，为了胜利！！！"人们一呼百应。

特鲁迪放下水杯和茶匙，拿起自己的包，里面放着"丢失"的大象和幻想的手包。她打开手包，在里面摸索着，找到了放毒品的小口袋。有一只小药瓶没有盖好,里面的白色粉末洒出来了一半。她抛开它,继续在各种小药盒中翻找,终于找到一盒安非他命。

"给你。"她分了一半给克罗伊德,又把水杯递给他。克罗伊德坐在椅子上,仍然在打哈欠。他周围的空气不断浮起涟漪,他的餐刀像一条毛毛虫似的在桌子上爬来爬去。"你自己决定吃多大量。"

克罗伊德秉承自己的一贯作风,一下就吞了两片。

特鲁迪对他耳语道:"照我说的做,我们来一场世纪大抢劫。"

克罗伊德怀疑地看着她,于是特鲁迪把自己的疯狂计划悄声告诉了他。也许吸毒对他此刻的心态有所影响,不过基本上,克罗伊德是什么都愿意做的人。

她拿起自己的手包,开始有规律地在房间中巡视,寻找"丢失"的大象。与此同时,她以交错状的路线取下监控摄像头的镜头,这样一来,监控室的人就不能看录像回放来缩小嫌疑人的范围。

这一过程花了较长时间,当特鲁迪做完时,杰西卡仍旧心烦意乱,坐在椅子上哭。她的爸爸一边安抚她,一边求她不要做任何冲动的事。有几个人还在房间里到处找大象,但大多数人已经把她的焦急抛到脑后,开始聚在一块谈论政治。

"看看我找到了什么,"特鲁迪说道,把合起来的双手放到杰西卡面前,随后把蒂莫西瞬移到手掌中间。她打开手掌。"是你的共和党吉祥物。"

杰西卡开心地大叫起来。"谢谢你!"她把蒂莫西接过来,放回笼子,认真锁好,又用她爸爸的口袋方巾擦干眼泪。"你是在哪里找到的?我们到处都找过了!"

"我也到处都找过了,"特鲁迪说,"然后我看了看最后一个地方——我的手提包。这个可怜的小东西,一定是从桌子上摔下来,掉进了我的包!"

杰西卡笑了。"哦,快看!它高兴得跳起舞来了!"大象的确正在笼子里来回摇摆，晃动着鼻子，呼扇着耳朵，"它的鼻子上沾的白粉是什么？"

"是糖霜，"特鲁迪撒谎道，"是从我今早吃的面包圈上掉下来的。"

"谢谢你，"雅斯佩尔·冯·德·施塔特说，"太感谢你了。"他紧张地笑了笑。"我们可能应该走了。我们已经惹了够多麻烦。"

"哦，没这回事，"特鲁迪坚定地说，"共和党人都像大孩子一样，而且你也付了和别人一样多的钱。只要去和托尔斯先生示好一下就可以了。我会在这里陪着杰西卡的。"她转向杰西卡，"你也想留下来吃晚餐，是不是，亲爱的？"

"是的，"杰西卡说。"我喜欢炸肉排。我奶奶就喜欢。"

"你看，是不是？"特鲁迪说，"就这么定了。"

雅斯佩尔点了点头，就去找托尔斯了。特鲁迪陪着杰西卡，她坐在了飓风的位子上。飓风飘在天花板附近，处在抹大拉的玛利亚和小天使中间。"你没事吧，亲爱的？"特鲁迪问道。让这么小的孩子经历这种事，让她感到有一点自责，但也仅此而已。而且大象也没受到什么伤害，实际上，它比刚才开心多了。

"没事，但是……"杰西卡停顿一下，看向主宾台，她爸爸正在向托尔斯道歉，而后者怒视着他，他的头发已经重新梳理好，但嘴唇仍涨得发紫，好像刚吃了个烂李子。杰西卡坦白道："我想把托尔斯先生缩小，但爸爸说我不能。永远都不能这么做。但他真是太欺负人了……"

"既然爸爸不让，那你就最好不要这么做。"特鲁迪指指他们周围的琥珀墙壁嵌板，"这个房间如果能变成娃娃屋，该有多棒呀？"

"是啊，"杰西卡说，"但我只能把活的东西缩小。"

"你能把这件事保密吗？"特鲁迪温柔地问道，"而且这件事可以让托尔斯先生很不高兴。"

独眼杰克

杰西卡热情地点了点头。于是特鲁迪把克罗伊德叫回座位。"这是我的一位老朋友,克罗伊德先生,他有一些王牌的能力。我也有秘密的王牌能力,而且拥有这个能力很久了。三个王牌凑在一起,没有什么是我们做不到的……"

♠

晚餐的食物对宴会而言已经很不错了,但是鉴于如此高昂的价格,也理应有好的品质。特鲁迪很庆幸自己点了鳟鱼排。她看着邓肯·托尔斯坐在主宾台上,一个劲往自己的牛排上倒番茄酱。出于安保考虑,飓风坐在了他旁边原本属于幻想的位子上,他一边和奎尔聊天,一边吃着自己的牛排。

等他们都吃饱后,特鲁迪把自己的餐巾放在桌子上,随后瞥了一眼克罗伊德和杰西卡。他们同时看向邓肯·托尔斯和丹·奎尔。"我们可以让这个国家再次伟大起来!"托尔斯大喊道……当他说到伟大这个词的时候,他头顶的三幅画——拿着盾徽不知所措的小天使,还有窗户间柱子上衬有镜子的女子胸像,一起颤抖起来,好像它们是用凝胶做的似的。它们从墙上掉下来,在半空中变得只有书签大小,随后消失了。

特鲁迪感觉到它们在自己的手提包里蠕动。她不知道可卡因对于微缩的、活的装饰画和胸像会造成什么影响,但愿没有什么问题。一般来讲镜子上可以盛放可卡因,而不是镜子可以吸可卡因。

琥珀厅里的所有人都看到了这一切——除了坐在主宾台上的四人。但托尔斯注意到台下的所有人既没有看着他,也没有听他讲话,于是回头看了看,同时其他三人也效仿。所有人都沉默着,最后丹·奎尔决定打破沉默,说出了所有人都看出来的事实:"它不见了!"

说得没错,丹,特鲁迪心想,的确不见了。她看向另一块墙面嵌板,有十六英尺高,上面挂着以触觉和嗅觉为主题的佛罗伦萨风格马

WILD CARDS

赛克拼贴画，是她最中意的那一张。它也颤动着从墙上掉下来，消失了。它也被收进了她的包中。

特鲁迪决定了顺序，由杰西卡帮助她。琥珀厅共有十五块墙面嵌板。在下面坐的人中，有十一个人是特鲁迪知道名字的。在主宾台上，还有四个人她也认识。这就是个很简单的加法。而八岁的杰西卡了解字母表的顺序。幻想的本名叫阿斯塔①，因此 A 嵌板是第一个被偷的，也就是带有三幅画和女子胸像的那块。而 B 则是贝丝②。

"又有一个消失了！"奎尔喊道。

C 则代表克罗伊德③。大门右边，挂着听觉主题拼贴画的那块嵌板开始抖动，缩小，然后消失了。

这是克罗伊德的主意，他决定制定饮酒游戏一样的暗号。规则很简单：当托尔斯说出"大""大联盟""伟大""巨大"，或者"太棒了"，他们就动手偷下一块嵌板。每当奎尔说出什么蠢话，也是动手的暗号。

"飓风！"托尔斯对身边的王牌喊道，"快做点什么！出大问题了！大问题！"

名字以 D 开头的有四个人。前两个是丹和大卫④。特鲁迪出于尊重，决定跳过奎尔的首字母。房间两侧有两块嵌板开始颤抖，缩小，然后凭空消失了。第一块是新添的嵌板，上面挂着布什和奎尔的竞选肖像、白宫的图画，还有总统印章。第二块是上面挂着视觉主题拼贴画的那块嵌板。

飓风采取了行动。他飞向空中，突然的气流把托尔斯的头型又变回了蓬头彼得。飓风就像个人形的西班牙花球挂饰似的四处巡视，寻

---

① 阿斯塔，英文拼写为 Asta。
② 贝丝，英文拼写为 Beth。
③ 克罗伊德，英文拼写为 Croyd。
④ 丹和大卫，英文拼写分别为 Dan 和 David。

独眼杰克

找着任何可疑的蛛丝马迹，带起的风吹乱了众人的餐巾和装饰用的鲜花。特鲁迪忍不住想唱起一首西班牙民歌。杰西卡咯咯笑着。

"你觉得这好笑吗，小姑娘？"托尔斯质问道。

"请不要激怒我的女儿，托尔斯先生，"雅斯佩尔警告道，"如果你不听，可能遇到更严重的麻烦。"

"你也会有麻烦的。"托尔斯威胁地回敬道。

D代表的还有黛安[①]，她坐在大卫身边，他们身后的嵌板没有什么特别的，只有一只代表俄国皇室的老鹰和镜子。它颤抖着，缩小，消失了。

"到底是怎么回事?!"托尔斯质问道。

"有个人在使用王牌能力。"奎尔答道。

事实上有三个人。D代表的最后一个人是邓肯[②]。房间尽头，窗边的嵌板，以及其他新添的嵌板都动起来，连带着上面的托尔斯家徽、黄金大厦和邓肯·托尔斯的肖像画全都活了起来。仙女的胸脯颤抖起来，目光从托尔斯的肖像转移到他本人身上，随后整块嵌板摇摆着晃动起来，变窄变小，"噗"的一声消失了。

托尔斯站起来，环视四周，随后指着坐在他附近的克罗伊德。"你，你是谁？你的眼睛……是你干的。"

"不是我干的。"克罗伊德的眼睛变亮了一些，"我只是天生眼睛会发亮，我花了一万美元来你这里吃一道连火候都没掌握好的牛排。我明明听说共和党是欢迎鬼牌的。还是说，你们的'大帐篷'政策完全是胡扯？"

"我，呃……"丹·奎尔支支吾吾，绝望地看向玛丽琳。

玛丽琳并没能帮助他，但托尔斯示意了一下自己身边的安保人

[①] 黛安，英文拼写为 Diane。
[②] 邓肯，英文拼写为 Duncan。

员。其中一人试图拉住克罗伊德的胳膊。沉睡者克罗伊德用力一甩自己的胳膊，把那人挣开，后者摔在原本安放嵌板的地方，现在全露出丑陋的墙面。"我也很强，所以我猜自己可能也是个王牌。不过强大的人到处都是，没什么大不了。你想针对王牌的话，怎么不去针对那个人形大花球？"他指着飓风。

"我是为参议院王牌资源强化委员会工作的，"飓风指出，"而且我只是控制风。"

"随你怎么说吧。"克罗伊德又吞下一片安非他命，"不过我在电视上见过你。明明只拿着公务员的工资，你家的房子倒是挺豪华的嘛。"

"我的父母家就很富有。"

托尔斯又看向远处那张摆着音乐盒的桌子。一道美丽的极光就像警示灯似的飘浮在一名客人的头顶上。"那就是你干的，"他指着奥罗拉，"彩虹女，或者随便你叫什么名字。"

她头上的极光黯淡了一些，但奥罗拉并不能隐藏她身上戴着的钻石首饰的光亮——或者是假钻石的光亮。"我只是有发出美丽光线的能力。这种光线是无害的。"她悲切地说道，绝望地看着身边家缠万贯的男男女女。

特鲁迪终于想明白了。原来如此。奥罗拉希望重新开启她的演艺事业，所以想来引起一些戏剧投资人和制作人的注意，好能得到新的角色。

"好吧。"托尔斯接着四下环顾，想要指认犯人。但雅斯佩尔·冯·德·施塔特却挡在自己女儿的身前："不许你怀疑我的女儿，托尔斯先生。"

"但她能够把东西缩小，不是吗？"

"但并不能让东西消失，"雅斯佩尔厉声说道，"而且她只能缩小活物。相信我，我可以用娃娃屋的收据作证。"

"也许她又觉醒了新的能力。"

雅斯佩尔·冯·德·施塔特激动地说:"你就不知道羞耻吗?"

托尔斯似乎把这当成了一个反问句。"已经有人在处理这件事了。我们可以等警察过来,做个血液检查,看看到底还有谁是王牌。"

"那样就违反了宪法第四修正案,"肯尼斯·施特劳斯指出,"而且如果在场的人中,耶和华见证者教会的教徒达到了一定的数量,你也违反了第一修正案。"

"肯尼斯。"莱瑟姆警告道。

"闭嘴,圣·约翰,"施特劳斯回敬道,"我的兄弟已经深受其害,现在又要欺负一个小孩子吗?而且,仅仅是感染了王牌病毒,并不能说明任何问题。"

托尔斯轻蔑地挥挥手。"可以找一个会心灵感应的王牌来。"

"这样还是有违第四修正案,"肯尼斯指出,"而且我可以基于律师-当事人特权拒绝被读心。再说,我们的下一位副总统就在这里,共和党人真的希望请一名心灵感应能力者来吗?"

"这连我都没想到。"丹·奎尔说道,玛丽琳闻言翻了个白眼。而G代表盖罗①,房间对面的嵌板动起来。它左侧的双子雕像中的一个突然活过来,冲所有人笑着,雕像下面的双开门缓缓打开。它缩到九英寸大小,看上去就像是小娃娃。随后它们都消失了。

门外,一群侍者瞠目结舌地呆立在大厅里,透过那扇门原本存在的地方,望向琥珀厅内。

"太棒了!"托尔斯大吼,琥珀厅没了,他的理智也不见了,"真是太棒了!"

房间另一边的两块嵌板迅速相继活动、缩小、消失。这两块相对简单,是上面挂着镜子和雄鹰以及味觉主题马赛克拼贴画的那两块。

---

① 盖罗,英文拼写为 Gyro。

WILD CARDS

因为 J 对应的是雅斯佩尔和杰西卡[1]。

"它们说消失就消失了。"丹说道。

与 J 相对应的还有圣·约翰[2]。于是他们身边的嵌板，也就是另一扇门和另一尊双子雕像，也摇动、缩小、不见。

门的另一边，露出一间摆满 18 世纪家具的华美客厅。这一次，杰西卡抢在丹的前面，说出了每个人都看到的事实。"爸爸！"她一边叫嚷，一边用手指着，"有一张用巨大的小鸡鸡做成的桌子！"

那真是叶卡捷琳娜大帝那张臭名昭著的桌子——木头雕成的四条巨大男根，像鲸鱼似的，支撑着一张桌面。下面的睾丸就像是巨大的乳房，因上面雕刻了乳头。而在镀金的桌面边沿上，还刻着更多的男根图案。这张桌子是房间的中心，它周围还放着许许多多色情的家具。

盖罗和大卫起哄地笑起来，真是醉酒的青春期男孩最典型的反应。而雅斯佩尔·冯·德·施塔特大叫着："快闭上眼睛，杰西卡！闭上眼睛！"

K 代表肯尼斯[3]，贝丝的丈夫。杰西卡挣脱她爸爸的手，另一块嵌板也摆动着，变小，消失了。特鲁迪的手提包鼓鼓囊囊，而且不断蠕动，毕竟里面放满了无数会动弹的琥珀娃娃屋零部件。她紧紧攥着提手，把包夹在她和克罗伊德的椅子中间。

"只剩三块嵌板了。"丹说。

M 代表玛丽琳[4]，他的妻子。于是她身边的嵌板也蠕动，缩小，然后被瞬移到特鲁迪的手提包里。

"每次你一说什么就会有嵌板消失，丹。"玛丽琳说道。此时托

---

[1] 雅斯佩尔和杰西卡，英文拼写为 Jasper 和 Jessica。
[2] 圣·约翰，英文拼写为 St. John。
[3] 肯尼斯，英文拼写为 Kenneth。
[4] 玛丽琳，英文拼写为 Marilyn。

独眼杰克

尔斯正在指挥他手下的安保人员组成人墙,挡住那间放满色情家具的房间。欧尼·马丁就在人墙之中。

"真的吗?"丹问道。

T代表特鲁迪①。她极其愉快地看着克罗伊德把那块带有边桌的嵌板变活,而杰西卡偷偷把它变小。特鲁迪把它瞬移到自己的包中,而桌上的琥珀糖果尽数摔在地上,碎片四溅。

"什么也别再说了。丹。"玛丽琳命令道。所有人一齐望向最后一块嵌板,那是琥珀厅原本的出入口。但还是有很多人在试图越过人墙瞥一眼叶卡捷琳娜大帝的色情家具,欧尼也是其中之一。

"你说得真是太棒了。"托尔斯说。

V代表弗农②,也就是飓风的本名:弗农·亨利·卡莱尔。最后一块嵌板——装饰着金色王冠和光线四射图案的门廊,也被特鲁迪收入囊中。现在她的包蠕动得相当厉害。

特鲁迪瞥了一眼克罗伊德和杰西卡。按照事先说好的,下一步要偷的是地板。精美的镶嵌花纹开始从角落剥落,就像某种诡异的海底植物。随后,它飞速缩小成一块图拉姜饼那么大,有如被魔法师抽去的地毯一样,一下子从众人脚下抽离,静静躺在二十四张宴会桌的正中间,裸露出原本的水泥地面。

随后它就被瞬移到特鲁迪的手提包里,她的包几乎再也放不下别的东西了。

几乎。

天花板中央的穹顶画掉下来,在空中飘舞着,就像一只身上画着天堂和祥云图案的巨大毯章鱼。众人瞠目结舌地看着它缩小成一块彩绘丝巾,随后消失不见。这是特鲁迪的包里能放下的最后一样东西

---

① 特鲁迪,英文拼写为Trudy。
② 弗农,英文拼写为Vernon。

了。她啪的一声把包合上，不让任何一块微缩宝贝逃跑。

但是天花板四角还有四幅穹顶画。它们一个接一个从墙上跳下来，其中三幅顺利缩小，消失，出现在特鲁迪的手心——她把蠕动的邮票似的穹顶画偷偷放在衣服口袋里。只有最后一张画还没到手，在它刚刚从画框中跳出来时，飓风终于明白了状况，迅速飞过去。他努力想要抓住变活了的穹顶画，后者则像是一只身上画着洛可可风格彩绘的蝠鲼，与他搏斗着，用画布的四角抽他的脸。飓风的斗篷挡住了杰西卡和特鲁迪的视线。当他落回地上时，手里拽着那张缩成一张邮票大小的画，自豪地对托尔斯说："我抓住了——"

他话未说完，那张画便消失了。现在，它和其余三张一起躺在特鲁迪的口袋里。

压轴大戏迅速上演。特鲁迪的手依旧放在口袋里。整个房间里，宴会桌中央的装饰品全部颤动起来：王冠、复活节彩蛋、音乐盒、珠宝盒、水果碗、啤酒杯、座钟、两座教堂、蜂巢、猫头鹰、船、花瓶、中式石狮子、花猫、蟾蜍、乌龟、三套马车、俄式茶壶、锦鲤、公牛、苹果树、葡萄串，还有美惠三女神像。只有棋盘没有动，它上面有太多麻烦的小零件，处理起来太困难。

石狮子和花猫开始对着彼此发出威胁的嘘嘘声，蟾蜍眨着大眼睛，锦鲤倒在桌子上，不断喘息着。随后，这二十四件琥珀艺术品一个接一个缩小，只有珠宝盒除外。随着肥皂泡破裂似的一串声响，它们都消失了，这些精美的小玩意尽数落入特鲁迪的口袋里，仍然只有珠宝盒除外。最后，它保持着原本的大小，没有发出声音，如海市蜃楼般消失，出现在特鲁迪的口袋里。

一切戛然而止。现在，唯一剩下的就是那个琥珀棋盘。

邓肯·托尔斯一把将盛着牛排的盘子推开，把棋盘拉向自己，像一只戴着金色假发的橙色恶龙似的死死守着它。用橙黄两种琥珀雕成的棋子几乎和他的颜色融为一体。"出去！"他吼叫着，"你们全都给

独眼杰克

我出去！尤其是那个讨人嫌的小丫头，还有你那只吓人的小象！"

整个房间被沉默笼罩。雅斯佩尔·冯·德·施塔特开口打破沉默："别生气，宝贝，求你了。"

"不行，爸爸，"杰西卡说着，从她爸爸身边挤出来，"只有欺负人的大坏蛋才会不给我们所有人吃饭后甜点就让我们去睡觉。只是因为某个人可能做了什么事情。这不公平。"

"去你的公平！"托尔斯怒骂。

"你答应过大家，我们的饭后甜点是世界上最精美的巧克力蛋糕。"杰西卡说道，"那么我现在就想吃巧克力蛋糕。我们都想吃。请你履行诺言。"

"真是个讨人嫌的小丫头……"

"我才不小呢，"杰西卡回敬道，"小的是你。"

她话音刚落，邓肯·托尔斯就开始变小，他的白色晚礼服从身上滑落，掉在主宾台上。他的叫喊声越来越尖细："我不小！不小！不小！……"

丹·奎尔站起身，从滑落一地的衣服中捡起一个三英寸高的小人。"托尔斯，"他讶异地说道，"你真小啊。"

他们依旧要遵守克罗伊德想出的游戏规则，于是特鲁迪从棋盘上橙色的那一边瞬移走一颗棋子。奎尔把托尔斯放在棋盘上空出的那块地方，取代了城堡棋子的位置①。他不断挥舞着手臂，但他愤怒的叫喊实在细不可闻。

雅斯佩尔·冯·德·施塔特不断在微缩托尔斯和自己女儿之间看来看去，终于，肯尼斯·施特劳斯上前说道："这是我的名片。你可能会需要请律师。托尔斯可能会起诉你女儿涉嫌人身攻击，但你女儿

---

① 托尔斯的英文拼写为Towers，与国际象棋中城堡棋子的拼写tower仅一字之差。

的犯罪意图是很好辩护的，而且她可以起诉托尔斯涉嫌故意精神伤害。"

"我们扫了大家的兴，真是太抱歉了。"雅斯佩尔不断道歉。

"我们才没有扫别人的兴呢，爸爸，"杰西卡说，"托尔斯是个欺负人的大坏蛋。现在他不是了。"

"对，宝贝，"她爸爸说道，"现在我们回家吧，好吗？不要再对别人发火了，杰西卡。求求你，不要再发火了。"

这句话彻底引爆众人的恐慌。三百名共和党人拼命涌向房间尽头的出口，冲向电梯。"你能帮我拿着包吗，克罗伊德？"特鲁迪问道，"有点太重了。"

"没问题。"克罗伊德吞下最后两片安非他命，拿起手提包，望向挡住色情家具的保安人墙。他盯着那个方向，眼睛发出的光变亮了一下。"跟我来，快。"他对特鲁迪说道。他们穿过拥挤的人群，走向电梯。

特鲁迪把城堡棋子放进另一个口袋，回头看了一眼棋盘上的托尔斯，随后转向杰西卡和雅斯佩尔·冯·德·施塔特。"我们一起坐电梯下去吧，好吗？"

"好，"杰西卡开心地答道，"来吧，蒂莫西。"

她一蹦一跳地走过水泥地面，手中拿着蟋蟀笼中的大象。雅斯佩尔·冯·德·施塔特再次用口型对特鲁迪说"谢谢"。

"她真是个可爱的孩子，"特鲁迪夸赞道，"而且她的王牌能力真是棒极了。"

特鲁迪终于明白克罗伊德为什么行色匆匆，也明白了为什么没有保安拦着他。保安全都被隔壁房间的骚乱吸引了注意力。

一张躺椅蠕动着，向保安爬来。特鲁迪没有见过这张躺椅的照片，但是她可以肯定，这一定也是叶卡捷琳娜大帝的收藏品。椅子腿是男根的形状。扶手的上半部分也被雕刻成男根，下半部分则是张着嘴的女子头像。欧尼·马丁正躺在椅子上，对付这些张着嘴的女子头像。而椅子上方，木头雕刻的萨提尔或是梦魇正伸出舌头舔他的耳朵，同时有一个木雕人用美腿把欧尼盘住，死死夹着他的脖子。"快把这玩意儿拿走！"欧尼尖叫着，"把这该死的玩意儿拿走！"

雅斯佩尔·冯·德·施塔特一把抱起杰西卡，便开始在人群中飞奔，特鲁迪紧随其后，还有施特劳斯家的几个人。特鲁迪原本担心他们赶不到电梯口，但她低估了杰西卡礼貌的"请"所发挥的力量。他们一路来到队伍的最前面。有些人并不知道身后究竟有什么，而其他人则宁愿面对活过来的色情家具，也不敢触怒杰西卡·范·德·施塔德特。

乘电梯下楼时，特鲁迪在口袋中翻找着琥珀海盗船。现在它已经停止蠕动，只是一件小小的琥珀摆设。她把它瞬移到自己的另一只手中。她瞥了杰西卡一眼，用手指抵住嘴唇，示意她安静。雅斯佩尔的目光对着面前的电梯门，同时听着肯尼斯·施特劳斯提供的法律建议，而贝丝则扮演着贤妻形象，把手搭在她丈夫肩头，并在他说话时不断点头表示赞同。特鲁迪偷偷给杰西卡看了看只有娃娃屋大小的琥珀海盗船。

杰西卡满脸兴奋，但没有出声，默默把它放进裙子的口袋里，随后给了特鲁迪一个拥抱。特鲁迪充满爱意地抚摸着她的头发。

电梯门打开后，康德警探出现在他们面前。"晚上好。我需要盘问你们几个问题。"

"康德警官，"肯尼斯·施特劳斯严厉地说道，"他们是我的客户。刚刚托尔斯明显对杰西卡进行了故意犯罪。要逮捕的话，就逮捕托尔斯吧，他给儿童看了淫秽物品。"

"而且是惊悚的淫秽物品，"贝丝补充道，"那张沙发凳一路追着我们。"

康德吐了吐自己的蜥蜴信子。"在我们查清状况之前，谁也不能离开黄金大厦。这是委托人的要求。街道都被封锁了，我们在排查车辆，确保琥珀厅不会被……嗯……被瞬移走。"

"我想回家，爸爸。"杰西卡不满地发牢骚。

"请不要激怒我的女儿。"雅斯佩尔·冯·德·施塔特强调，"拜托你。"

"听我说，"康德说道，"我会尽量减少你们的等待时间，但你看到那边的队伍了吗？想要出去，必须要排队经过检查。我们还要检查所有人的包。"

特鲁迪看了看。他指的队伍很长，至少有五十人，克罗伊德站在队尾，拿着她的包，边打哈欠边等着她。队伍的最前面站着兰姆斯海德和另外几名警官，还有一名瘦高、俄国人长相的警官，留着细心打理的小胡子。只有他戴着的镜面墨镜较为吸引人的眼光。因为现在是晚上，并不需要戴墨镜。他是萨沙·斯塔芬，曾经在水晶宫当酒保。特鲁迪知道，其实在墨镜镜片的后面，他根本就没有眼睛。而且，他是一名能力捕捉范围很广的心灵感应者，可以通过读取周围人的表层意识来共享别人的视野。

面对会读心的人，只有走为上策。除此之外还有什么对策呢？那就是偷偷给他们下迷幻剂，或者自己服用迷幻剂。但特鲁迪不想再让杰西卡经受太多这种事情。她伸手在幻想的手包中摸索。雅斯佩尔拉着杰西卡来到队尾，站在施特劳斯一行人后面。特鲁迪正在考虑对策。如果有朝一日要供认出自己做的所有事情，她希望那是在自己度过了长寿的人生，垂垂老矣的时候。那时，警察已不能拿她怎样，只能赞叹她的神机妙算。而现在呢？换做是露西亚·雷文斯伍德的话，她会怎么做呢？

浪漫小说作家德西蕾·文德米尔在队伍的前面。"你问这个吗？"她问道，拿起自己的手提袋，从里面抽出一本精装书。"这是我最新一本小说的样书，《操纵光的女子和希望之心》。"

独眼杰克

兰姆斯海德对着这本情色小说点点头,但萨沙说道:"不对,它不是——这是叶卡捷琳娜大帝的首饰盒!"

幻象消失了,精装书露出真面目,是琥珀首饰盒。特鲁迪看过她写的小说,很快明白接下来会发生什么。德西蕾·文德米尔用充满戏剧性的动作举起一只手,发出一道刺目的强光。

兰姆斯海德和其他警官被光线晃得头晕目眩,但是对于天生没有长眼睛的人,这一招就很难奏效。特鲁迪看着萨沙·斯塔芬徒劳地对着空气挣扎,德西蕾·文德米尔也在不远处挣扎。她和小说里的形象再度重合起来。这一招对于盲眼的心灵感应能力者并不奏效……

但特鲁迪也有自己的办法。她利用这片刻的混乱,走到墙边,将火灾报警器上面覆盖的玻璃瞬移走,按下报警器,随后又把玻璃放回原位。

德西蕾·文德米尔明白了这个暗示。火灾警报刚一响起,前厅的另一头就出现了巨大的火舌和浓重的黑烟。现在和《操纵光的女子和燃烧的欲望之心》里面的情节一样,在书里,露西亚也是利用自己操控光的能力使出了这个计策,逃离了摩纳哥的王宫。

特鲁迪拉着克罗伊德,拿起自己的手提包,一边向大门冲去,一边大喊:"着火了!着火了!"许多人也是一样的反应。雅斯佩尔、杰西卡、贝丝和肯尼斯紧紧跟着她,几百名共和党人也跟了上来。萨沙喊着这是假象,但他的声音完全淹没在火灾警报中,而兰姆斯海德和其他警官仍被晃得睁不开眼。房客、餐厅顾客和共和党人争先恐后涌出黄金大厦,冲垮了警察设立的警戒线。

雅斯佩尔抱起杰西卡,后者哭着:"爸爸,我想回家!"

"我这就带你回家,宝贝。"

他们逃离东五十五街,刚跑了一会儿,克罗伊德就打着哈欠,步履蹒跚起来。"对不起,"他道歉,"我实在是太困了。"

特鲁迪将预留的一颗安非他命瞬移到自己手中。"给你。"她以前就很了解克罗伊德了。

"你真是我的好朋友,特鲁迪……"

"不用谢。"她拦下一辆出租车,"我的朋友要去西德领事馆。"

"可是,有警察在——"出租车司机说道。她往他手中塞了几百美元,他立刻就住口了。"西德领事馆,没问题,女士。"

特鲁迪把克罗伊德送上车,把琥珀厅交给他,随后偷偷把最后一颗安非他命塞给了他。她看着出租车开走,有一辆警车靠近,想要进行检查。随后,警车的左侧车轮掉了出来,她又把轮毂盖和车轮螺母瞬移到身边的垃圾箱中。

她回到施特劳斯一行人和施塔德特父女身边。"只是去吐个口香糖。"她解释道。

"你是不是把包落在出租车里了?"贝丝问道。

"天哪,是的!"特鲁迪大喊一声,"哦,算了,大不了再买一个好了。"

"你的朋友没事吧?"肯尼斯问,"他们现在在到处追查王牌呢。"

"他没事。"

"克罗伊德先生去哪里了?"杰西卡问。

"他很累,他有很长时间没睡觉了,急需回去休息。"

"他以后还能和我们一起玩吗?"杰西卡问,"我想和他一起拼娃娃屋。"

"也许会的,"特鲁迪说,"但现在他真的需要好好休息一下。"

她很好奇西德人会付给克罗伊德多少钱,而她又能得到多少。但她不应该太贪婪。她已经留下四幅画,二十多件琥珀艺术品,可以放满一整个古董柜,而且还得到一件纪念品,能放在自己的陈列柜里。

她拍拍口袋里的城堡棋子。真是一件可爱的纪念品。

"我真不知道该怎么感谢你,"雅斯佩尔对她说,"你帮了大忙。我们在城里的住处离这儿不远。我把杰西卡安顿好之后,你愿意来喝

独眼杰克

一杯吗?"

"好的,"特鲁迪说道,随后冲杰西卡眨了眨眼,"我们两个淘气女孩就喜欢一起玩。"

杰西卡咯咯地笑了。

♠ ♥ ♦ ♣

马

刘易斯·夏尔纳 著

咖啡桌对面的女人一头金发剪成平头,戴着金属边框眼镜。她大约四十岁,没有化妆,穿着一件白T恤,外面罩着灰色男士运动衫,搭配一条宽松的系带裤子。同性恋。这是维罗妮卡对她的第一印象,而到现在为止她并没有改变这一印象。

"现在事情有点失控,"维罗妮卡说道,"这不是我的错。我只是需要一点时间。"

这个女人名叫汉娜·乔登。她叹了口气,说道:"这种话我早就听腻了。"她摘下眼镜放在桌子上,揉了揉眼睛,"你有毒瘾,维罗妮卡。我一眼就能看出来,不用巫子告诉我,就能知道。你的症状太典型了。"她又戴上眼镜。"我要让你参加治疗项目。服用美沙酮。这种药可以让你感觉好些,让你恢复一点生气,但治不了毒瘾。只是用美沙酮上瘾来取代海洛因上瘾而已。"

维罗妮卡说:"我可以戒毒——"

"拜托,"汉娜说,"别说了,别再让我听这种说辞。我只是想告诉你一些事情,然后请你考虑考虑。我们第一次见面,也只能做到这一步。"

"好吧。"维罗妮卡说。她把双手放到大腿底下,因为她的手有一点发抖。

"你对毒品上瘾,是因为你不想面对你身体内部的情况。你并不是在自杀,你已经死了。"她停顿几秒,接着说,"你给巫子做什么

独眼杰克

工作？"

"我是——"她原本想要说出"艺伎"这个词，这是巫子要求她们使用的说法，但她停住了，"我是一个妓女。"

汉娜微笑了一下。维罗妮卡心想，只要做出一些努力，她也可以很漂亮。选对衣服，化好妆，再戴一顶假发，遮住那个可怕的头型。现在这样真是可惜。"好，"汉娜说，"你终于说出了一次事实。谢谢。"她拿出一张纸，递过来。"开始美沙酮戒毒项目吧。我明天来见你。"

◆

走在第七大道上时，一辆载着大喇叭的小货车从她身边开过去。这提醒她，今天是大选的日子，她应当去行使宪法赋予自己的自由权利。毫无疑问，民主党付出了代价。在亚特兰大发生那样的事之后，所有人都希望布什取得压倒性的胜利。

一个男人从货车里探出身子，说道："嘿，美女，今天你投票了吗？"她对他竖起中指。她的中指也是竖给美国的整个政治体制看的。投票的选择范围只有政客，还有什么自由可言？

她在美沙酮治疗中心门外排着队，把外套裹得更紧了。她既觉得冷，又觉得丢人。她被许多瘾君子包围，自己也被别人当作瘾君子，她也不知道哪边更糟糕。这些人大多是黑人女性和留着油腻长发的白人男孩。

她心想，至少自己还有一份工作。巫子给了她三个选择：去戒毒所，去找汉娜，或者去找别的工作。

轮到她了，窗口里的女人递给她一个纸杯。里面是掺了美沙酮的橙味饮料。维罗妮卡喝完，把纸杯团了起来。她身后的黑人妓女踩着高得不可思议的高跟鞋，说道："噫，快点，快给我那个神水。"

维罗妮卡把纸杯扔在地上，看看手表。离她的晚餐约会还有足够的时间，能够进城去一趟波戈夫家。

♥

今晚的客人是用"赫曼·格雷格"这个名字预约的餐厅，她看到这个名字就应该猜出他是谁的。但直到她来到餐桌前，才明白过来。

"我的天哪，"维罗妮卡说道。餐厅中的光线虽暗，但足够让维罗妮卡认出对方。"哈特曼议员。"

他虚弱地笑笑。"我已经不是议员了。我现在只是一名普通的公民。但你一定能理解，今晚我不想一个人待着。你也知道，人们对于政治和奇怪的床伴都是怎么说的。"

"我不知道。"维罗妮卡说，"他们是怎么说的？"

哈特曼耸耸肩，拿起菜单。"你饿吗？"

"我随便。如果你想直接上楼去，也没关系。"他已经告知她，他在楼上的凯悦酒店定好了房间，"你不是必须要请我吃晚饭，搞得好像是真的约会似的。"

"这和我期待的似乎有些不一样。我听说福尔图纳托手下的女人都很不一般。"

"对，但是福尔图纳托已经走了。现在状况不如以前。如果你不乐意，那就算了。"

"我并不是在抱怨。我感觉你比我期待的更有人情味。我挺喜欢这样的。"

维罗妮卡站起身来。"我们走吧？"

在电梯里，他十分安静，并没有摸她，也没有做别的事。他们出去时，他只是碰了碰她的胳膊肘，为她指明房间的方向。进入房间后，他锁上门，打开电视。

"不用开电视就能知道大选结果，不是吗？"维罗妮卡问。

独眼杰克

"但我要知道。"哈特曼说着脱下外套,搭在椅背上,脱下鞋子,整齐地摆在地上。他松了松领带,坐在床的边缘,从他后背的弯曲就能看出他的疲倦。"我要知道结果究竟有多糟。"

维罗妮卡穿着胸罩和内裤从浴室里出来时,他还维持着相同的姿势。布什的选票几乎领先一倍,很快败方就要发表败选演说。她帮哈特曼脱下衣服,为他戴上安全套,和他摆好姿势。

他并不想玩什么花样,只是直接切入正题。他与她翻云覆雨时,电视里正在播报大选的初步统计结果:"得克萨斯州目前有58%的选票投给布什,而我们现在在刚刚统计全部地区的37%。"哈特曼结束得很快,他几乎要哭出来。他的后背刚刚开始出汗,维罗妮卡轻抚着他的后背,说着一些安抚的话。他刚从她身上爬起,电视里就有一个记者提到他的名字,他充满负罪感地坐直了。

"今晚,我们很多人心中都不断重复着相同的问题,"记者继续说着,"如果格雷格·哈特曼参选,他会赢过布什吗?仅仅两个半月前,在亚特兰大举行的民主党全国代表大会后,哈特曼退出了竞选。我们会一直铭记那一次代表大会,不仅仅是因为流血事件,还因为它是一个分水岭,标志着全国人民对百变王牌病毒感染者态度的变化。"

她把用过的安全套拿到卫生间,打了个结,包在卫生纸中丢掉。精液的味道让她恶心得几乎想吐。她坐在浴盆边上,清洗着身体,一遍又一遍地刷牙,心中告诉自己,现在自己不需要嗑药,现在还不需要。

夜里两点过后,哈特曼才把电视关掉。哈特曼对她说,布什就是个笑话。他手下的中情局在美国中部做出那种事情,足以说明他的宣传完全是诈骗。他的内阁不可能兑现选举时的诺言,他口中"更加善良、更加温和"的美国也一定是容不下王牌和鬼牌群体的。

维罗妮卡并不是很在乎百变王牌病毒引发的这些社会问题。那个领她走上妓女生涯的男人——福尔图纳托,就是一名王牌。她的母亲就是福尔图纳托手下的艺伎,她原本想供维罗妮卡读大学,找一份像样的工作。但维罗妮卡并没有走上那条道路。她更愿意,轻轻松松赚钱。于是米兰达和福尔图纳托决定,既然她想要出卖身体,不如就帮她找对门道。福尔图纳托带她回到自己的住处,想要把她调教成完美的女人,但并不成功。她爱他,就像是爱着某种美好的、不属于人世间的存在。

以福尔图纳托为契机,她认识了很多王牌和鬼牌,并与他们上床。他们对她来说也很不真实。而且他们的数量并不多,和那些未婚生子的母亲、孤寡老人和流浪汉相比,他们并不值得受到更多的关注。而且这也并不是艾滋病之类有传染性的病。

这个念头让她突然感到一阵寒意。曾经有一段时间,百变王牌病毒的确是有传染性的,和她断断续续保持关系的男友克罗伊德·科伦森就是一名传播者。他和她有过亲密接触,幸运的是她并没有被传染。她不愿意多想这件事。

哈特曼终于睡着了,他肚子上柔软的皮肉随着低沉的呼噜声而颤抖着。维罗妮卡静静躺着,细数着许多、许多她不愿意多想的事情。

♣

直到凌晨时回到巫子那里,她一直都没有睡。一想到要见汉娜,她就辗转难眠,寒意阵阵。

她在将近正午时分起床,做了些早餐,却并没有吃下去。巫子搀着她出门,把她送进出租车,凭她自己可能连这都做不到。当她要求司机停车,准备下车的时候,甚至发不出声音。她感觉仿佛回到修道会女校,要去见校长——那个世界上最老、最恐怖的修女。

她走进楼上汉娜的办公室,感到自己的腿已经麻木。她坐在汉娜的方形灰色沙发上。今天,汉娜穿着一条牛仔裤,上身是男式衬衫搭配开襟羊毛衫。维罗妮卡一直盯着编在羊毛衫里面的金色丝线看。

独眼杰克

"你回去考虑了吗?"汉娜问她。

维罗妮卡耸了耸肩。"我很忙,没有很多时间考虑事情。"

"好,那我们就从这里谈起。和我说说你都做了什么。"

并非出于刻意,维罗妮卡说起了哈特曼的事。汉娜不断问着细节问题。他脱下衣服是什么样的?结束之后,她嘴里究竟是什么味道?她的口气听上去仿佛只是有些好奇。当他进入时,是什么感觉?

"我不知道,"维罗妮卡说,"我没有什么感觉。"

"这是什么意思?他进入了你,而你却没有感觉?你是不是要问问他进来了没有?"

维罗妮卡笑起来,随后又哭了出来。她不知道自己为什么会这样。好像自己变成了一个陌生人。"我不想陪他,"她说。是谁在说话?"我不想让他进入我。我想让他离开,让我一个人待着。"她抽泣着,整个身子都随之颤抖。"太荒唐了,"她说,"为什么我会哭?我这是怎么了?"

汉娜走到她身边,用胳膊揽住她。她身上有一股香皂的味道。维罗妮卡把脸埋进了金丝羊毛衫里,感受到了衣服下面柔软的胸部。她的大脑放空,尽情哭起来,直到眼泪哭干,直到她觉得自己就像一块被挤干的海绵。

♠

维罗妮卡在路边排着队,紧张地抖着腿。在她身后,一名长头发男孩用单调的声音唱着一首有关注射毒品的歌。"我找不着我的毒品。"他唱道,好像根本没意识到自己在唱歌。

维罗妮卡感到自己迫不及待想要得到美沙酮。他们在这里面加了什么?她心想。随后趁自己没有再次失去控制、转笑为哭,连忙不再去想。

她把手伸进口袋里,紧紧握住一张折叠的纸片,上面写着汉娜的

WILD CARDS

电话号码。

◆

　　维罗妮卡走进门，带进一阵冷风。她站定片刻，揉搓着自己的手。

　　"有送给你的花。"梅勒妮说道。她正在值班负责接电话，面前还放着一本摊开的俄语课本。梅勒妮是新来的。她仍然相信福尔图纳托的计划，相信自己是艺伎，并不是妓女。她相信男人们真的在意她们会说几种语言，在意她能不能和他们一起谈论后现代主义艺术批评。值班结束后，她可能会去上烹饪课或是辩论课。然后，到了晚上，她就会为某个男人张开大腿，但那个男人只在乎她浓密的红发和丰满的胸脯。

　　"又是杰里吗？"维罗妮卡问道。她把外套一扔，瘫坐在沙发上。

　　"我不明白你反感他哪里。他很好。"

　　"他没有什么地方让我反感，但也没有哪里让我喜欢。他只是一个无名之辈。"

　　"这个所谓的无名之辈非常有钱，还为你神魂颠倒。总之，我替你接受了他的预约，今晚十点之后。"

　　"今晚？"周围的墙壁仿佛向她挤压过来。她感到无法呼吸。"我不行。"

　　"你有预约了，没有登记在电脑上吗？"巫子在夏天买了一台麦金塔电脑，把办公全部电子化了。她手下的姑娘们要时时更新自己的时间表，如果有人搞砸，所有人都要挨骂。

　　"不是，我……我不舒服。"

　　"他已经交钱了，别的也都搞定了。"

　　"再给他打个电话吧，好吗？我得上楼了。"

　　她步履蹒跚地回了房间，没脱衣服就倒在床上。她蜷起身子，抱着一个枕头。她在床上看着外面的街道渐渐暗下来，车灯的光亮飞驰而过。她养的灰色猫咪利兹爬到她拱起的胯上，开始发出响亮的呼噜声。"别出声了。"维罗妮卡说道。

利兹也让她想起福尔图纳托。它一直是维罗妮卡养的，但她并没有很关心这只猫。后来，福尔图纳托和这只猫咪建立了某种深厚的关系。利兹总是跟在他的后面，在他的房间走来走去，喵喵叫着。只要他一坐下，它就立刻跳上他的膝头。福尔图纳托去日本以后，留给维罗妮卡的念想只有这只猫了。

利兹终于安静下来，小声打着鼾。维罗妮卡无法放松，很快开始浑身颤抖。这种颤抖和她犯毒瘾时不一样。她并没有毒瘾发作的症状，这是一种前所未有的感觉。她不知道这是不是美沙酮导致的，或许是某种诡异的过敏反应。这种症状持续的时间越长，她越感到失控。她控制不住自己，不断地发抖。她是不是要死了？

她笨拙地摸索着，拿起电话，拨了汉娜的号码。"我是维罗妮卡。"她说，"我感觉很不对劲。"

"我知道，"汉娜说，"你过来怎么样？"

"过去？"

"来我的住处。"

"我不知道能不能坚持到你那里，我感觉很难受。"

"你肯定可以。站起来。"

维罗妮卡站了起来，感觉竟然还可以。

"你站起来了吗？"

"嗯。"维罗妮卡说。

"好，把地址写下来。"

几分钟后，维罗妮卡上了出租车。她看了看自己的腿，羊毛 A 字裙皱得厉害。她从包里拿出一面镜子，看了看自己花掉的眼线和充血的眼睛。"我控制不了！"她大声说道，说完又开始大哭起来。

WILD CARDS

她明白自己正处在某种事情的边缘，但又没有足够力量阻止自己向下坠落。她能够感受到面前的深渊有多深。

汉娜住在公园大道南边某栋建筑的三楼。楼梯中间的清漆都被磨掉了，楼梯平台是裸露的水泥地。汉娜站在门口迎接她。"你坚持住了。"她说。她看上去松了口气，很高兴见到她。

维罗妮卡只能点点头。汉娜的公寓有两个房间和一个厨房，里面几乎没有家具，只有榻榻米地板和坐垫，还有一套昂贵的立体声音箱。墙上悬挂着裱在廉价树脂画框里的日式钢笔画。这种亚洲式的简约风格让她想起曾经和福尔图纳托同居的房间。

"随便坐，"汉娜说，"我给你倒些茶。"

音箱里播放着新世纪风格的纯音乐。是木吉他的诡异和弦，搭配很多打击乐。这就和这个房间一样，也和汉娜一样，散发出一种维罗妮卡无法感受的宁静。汉娜端来的茶盛在一个杯壁很厚的小茶杯中，杯子没有把手。茶汤是绿色的，有一丝甜味。

汉娜盘腿坐在她身边的沙发上。"你看上去很缺乏睡眠。"

"我感觉身体里面一团糟。可能是因为服了美沙酮。"

"不是美沙酮。是你沉积了三年的感情想要被发泄。"

"这里冷吗？"

汉娜摸了摸她的手。她抖得更厉害了。"不。"汉娜说，"不是因为美沙酮，也不是因为温度。是因为你自己。"随后她缓缓前倾，吻了维罗妮卡的嘴唇。

她的吻很温柔，但并不是一种姐妹之情的吻。这个吻温暖，但并不充满欲求。维罗妮卡颤抖着，抱住自己，感觉就像是拼命逃离淹没的窒息。"你这样让我很困惑……"

"你一直很困惑。你有多久没有享受过做爱了？已经有多久，不能舒适自在地躺在某人身边？你还觉得自己值得享受幸福吗？你不用回答。我已经知道了。"

独眼杰克

她站起身来,牵起维罗妮卡的手。维罗妮卡跟着她,但和她预料的不同,她们没有走向卧室,而是进入了浴室。汉娜打开水龙头,小心地为她脱下衣服,并没有不必要的触摸。房间里渐渐充满水蒸气。"进来吧。"汉娜说,于是维罗妮卡跨进浴池。热水包围了她,让她的脸上飞起一片红晕。"你的身体仍然很美,"汉娜说,"看来你扎注射针孔的时候很小心。"

维罗妮卡点了点头。热水让她放松下来,不再打颤。她感觉自己被下药了。刚才的茶里有什么东西吗?

汉娜脱下自己的衣服,把眼镜放在洗手池边。她的腰上有一些赘肉,没有了牛仔裤的管束,她的肚子隆起了一点。她的内衣在腰上和胸部下方留下两圈红印。但是看在维罗妮卡眼中,她仍然十分美丽——浅色的乳头,还有双腿间谨慎的三角区毛发。维罗妮卡发觉自己正要伸出手去触碰她的身体,连忙停住,感到既羞耻又疑惑。

汉娜向浴盆中倒入入浴剂,水中泛起泡沫,空气中充满野花的味道。她倚在浴盆边上,再次吻了维罗妮卡。维罗妮卡的嘴违背了主人的意志,擅自张开了,她尝到汉娜吐息中薄荷茶的味道。"你在对我做什么?"她低语着。

"我在诱惑你,"汉娜说,"如果我做的事吓到你,或是让你感到不舒服,你可以说不。"她把手掌放在维罗妮卡的脸颊上,然后缓缓向下移到脖子上、肩膀上。维罗妮卡闭上眼睛,向后靠在浴盆边上,呼吸变得急促起来。汉娜小而柔软的手触到她的胸部。"哦。"维罗妮卡说道。她感觉自己要融化了。她的身体就像液体,感觉不到身体和浴缸中热水的分界。

汉娜又吻了她,这次维罗妮卡把身体向前倾去,双臂抱住了她。

汉娜扶她上床的时候,维罗妮卡已经没有自主意识。她没有力气,无法思考,只剩下感官。汉娜行动缓和、温柔而大胆。她知道该摸哪里,也知道该用多大力道。第一次的高潮是维罗妮卡经历过的最为强烈的。它持续的时间极长，长得她几乎对这种感觉感到陌生。之后她又经历了好几次高潮。这一切混合成一场绵长的愉悦。

最后，她终于沉沉睡去。

♥

阳光唤醒了她。她睁开眼睛，看到深绿色的被单。其余的记忆复苏了，她连忙坐起来，用被子挡住自己。汉娜躺在她身边，看着她。

"你对我做了什么？你给我喝的茶里有什么？"

"什么也没有，"汉娜说，"我们做爱了。就这么简单。"

"这太诡异了。我必须离开。"她环顾房间，到处寻找自己的衣服，不想在汉娜面前裸体从床上起来。

"等等，"汉娜说道。维罗妮卡发觉她有一种难以抗拒的沉静。"我知道你是怎么回事。我曾经是个酒鬼，酗酒十年，现在已经戒酒六年。我曾和一个男人结婚，但我恨他。我恨他，只是因为我不想和他做爱。这不是他的错，只是因为我就是这样的人。没有人能为我点明原因。"

"那和我有什么关系？你是说我是酷儿吗？"地上有一条浴巾。她用浴巾裹住身体，望向浴室。她的衣服整整齐齐地叠放在地板上。

"也许你不是同性恋，"汉娜提高一点声音，刚好能让维罗妮卡听清，"不过我认为你是。这不重要。你痛恨自己，因为你这样对待自己的身体。这让你感觉很无助。而无助感是让人对毒品上瘾的关键原因。"

维罗妮卡穿上起皱的丝绸上衣，拍了拍裙子的折痕。"我得走了。"

"我今天下午三点预约了你。也许你想再来聊聊。"

"只是聊聊吗？还是你会和每一个患者上床？"

短暂的沉默。汉娜有些受伤。"你是第一个。我原本应该觉得自己违背了所有职业道德，但我没有这么觉得。"

维罗妮卡打开门。"我会考虑的。"她说着穿好大衣，跑下了楼。

♣

她回去的时候，看到杰里正在等她。

"梅勒妮说你病了，"他说，"我想来看看能不能帮上忙。"

"不用，杰里，谢谢你们的好心，不用了。"

"你去哪里了？去见别的客人了吗？"

维罗妮卡摇头。"我只是去看医生。"

杰里上下打量她，决定不去揭穿她的谎言。他坐在沙发上，看着自己昨天送来的花，仍被放在桌子上，卡片并没有拆开。"我就是在浪费时间，是不是？"

"杰里。你想听到什么回答呢？你本来就不应该爱上妓女。所以说，你究竟在想什么呢？难道你以为我可以先租后买吗？"她坐在他的身边，摸了摸他的脸颊，"你是个好男人，杰里。你完全可以让女人们为你发狂，而且是真正的女人。她们才是真正和你相配的。不是我这种波多黎各杂种妓女，况且还有毒瘾。"

~~毒瘾~~，她心想。自己真的说出这个词。

"我只想要你。"杰里说道，眼睛盯着地板。

"你甚至都不了解我。你什么都不知道。你想要补上遗失的二十年，你把我当成了一种捷径。没有这么快的捷径。你要给自己足够的时间。"

"我今晚能见你吗？"

"不行，今晚不行。"她停顿一下，鼓起勇气，"以后也不行。永远不行了。"

"为什么？我爱你。"

"你不懂什么是爱，你不懂自己在说什么。你对浪漫的认知都来自你看的那些电影,但那些愚蠢的概念和现实生活毫无关系。我不能忍受,我没办法扮演你虚假世界里的唯一支柱。我没那么坚强。"

她站起来。

"维罗妮卡,求你!"

她没办法看他。他的脸非常扭曲,似乎在忍住不哭出来。"对不起,杰里,"她说,"你会找到新欢的。一定会的。"她跑上了楼。

♠

还没到中午,但她已经十分清醒。身体状况这么好,反而让她很紧张。她冲了个澡,穿上牛仔裤和毛衣,准备去服用今日的美沙酮。十一月的太阳照在她的头发上,她排队时心想,好吧,我现在能承认自己有毒瘾,也能承认自己厌倦了当妓女。这会带来什么改变?

巫子帮她们所有女孩存款。每个月,她们挣的钱有一半都被存起来,用新电脑谨慎监管。如果维罗妮卡结束妓女生涯,她就能把钱取出来。这笔钱足够供她过几年。然后呢?找一个像杰里这样的老实人,结婚生子吗?

轮到她了。窗口里,一名身穿白大褂的男孩检视了她的卡片,给了她今日份的药。她喝光药,把杯子扔进已经满了的垃圾桶。这种药不够劲。不足以抚平痛苦,不足以满足她的渴望。海洛因比这强力许多,它不仅仅能抚慰痛苦。它是一种急流般的感觉,一阵愉悦,一道冰冷的火焰穿过她的全身,如同上帝垂怜的爱。

她从钱包里拿出一本破旧的电话本,开始打电话。前两个都没有人接,她只好留了语音留言。第三次,运气来了。"克罗伊德?"她说。

"就是我。你在哪里,亲爱的?"他说话的尾音有些不清楚,伴随着咔咔声。她已经三个月没见过他。他肯定是在这次睡醒之后,身体又变形了。这不是问题。维罗妮卡可以透过现象看本质。

独眼杰克

"我在切尔西,"她说,"想一起爽一爽吗?"

◆

他在东河附近的公寓,那是他们两年前第一次共度良宵的地方。那是在百变王牌纪念日,钦天士杀了卡洛琳,福尔图纳托离开纽约,去了日本。

但当她沉浸在毒品带来的快感里时,就不会被这些回忆所困扰。

克罗伊德开了门,维罗妮卡站在原地久久地盯着他看。"我想吻你,"克罗伊德说,"但又怕伤到你。"

"没事的,算了。"原来,她在电话里听到的咔咔声是他的鸟喙互相撞击的声音。他现在有超过七英尺高,浑身长满羽毛,胳膊和体侧间长着薄膜。"你能飞吗?"

他摇头。"太重了。真可惜,是不是?我可以从二楼跳下去,滑翔一小段。也不是彻底没用。"

他的眼睛黑得发亮,眼睛上部的羽毛褶皱让他的眼神看上去十分睿智。"可能我白来了。"她说。

他张开鸟喙,露出一个微笑。"我的翅膀没用,但身体的其他部分还是很好用的。"

维罗妮卡摇摇头。"我有麻烦了,克罗伊德。你有可卡因吗?"

他们坐在厨房里的餐桌边。餐桌桌面是一大块松木,上面涂着清漆,有烟头烧坏的痕迹。维罗妮卡吸了两条,随后把吸管递给克罗伊德。他把粉末吸进喙根部的小黑孔里。维罗妮卡用食指把镜子上剩下的粉末抹下来,揉进口香糖里。"好点了。"她说。

"你真的不想去床上接着聊吗?"

她摇摇头。"我现在需要朋友的陪伴。我身上发生了很怪的事情。我不知道怎么处理。"她和他说了汉娜的事,还说了上次"约会"过后几乎呕吐的事。

克罗伊德专心地听着。至少是做出了一副专心的样子。听完,他说道:"我这么说可能有点蠢。毕竟,这有违我自己的利益。但是,你无法背叛自己真正的感受。你要再去见见那个女人,在白天的时候去,想明白你对她的感情。也许你就是同性恋。那又怎样呢?你难道会在乎其他那些混蛋对你性生活的看法吗?"

"我感觉好像自己只有十四岁,"维罗妮卡说,"我的感情像坐过山车似的极不稳定,我控制不了。"

"要我说,干脆不要控制。顺其自然。如果你遇到麻烦,可以给我打电话。"似乎话说到这里就告一段落了,但克罗伊德还在犹疑,好像还有什么想说的,"没有发生别的事吧?我是指,没有……没有症状吧?"

他指的是病毒传染的事。她摇头。"没事。我没有突然获得王牌能力,也没有突然长出脚蹼来。我觉得它对我没有影响。"

"我只是……觉得我应该负责,就是这样。"

"不用担心。"

他送她到门口,虽然他身上的羽毛散发出一种怪异的酸味,但她还是紧紧地抱了抱他。他的手伸平,抚着她的背。"我必须要小心,"他说,"如果我的手弯起来,爪子就会露出来。"他露出爪子给她看。他看着爪子时,眼中闪过一丝愉快的光芒。

"再见,克罗伊德,"她说,"谢谢你为我做的一切。"

♥

快四点时,她才来到汉娜的办公室。"我迟到了。"她说。

汉娜为她开门。"没关系。下午没有别的患者预约。"随后又说,"我很高兴你能来。"

可卡因让维罗妮卡感到头晕目眩,她很紧张,没办法好好坐下。汉娜和平时一样,坐到沙发对面,书桌后的椅子上。

"美沙酮有效吗？"汉娜问。

"挺好的，"维罗妮卡说，"很好。"她走到沙发后面，转过身，靠着沙发后背。"不，其实不好。劲不够大。我还是想嗑药。我很需要嗑药。"

"为什么？"

"'为什么'？这问题太蠢了，因为我想要舒服。因为嗑药的时候，我就可以不去在乎所有那些肮脏的东西——"

"什么肮脏的东西？"汉娜说，"你指的是什么？现在你又退步回去了。你虽然不能控制自己的生活，却以为可以控制自己的毒瘾。其实是相反的，只是你不明白。你无法控制海洛因。它控制着你。海洛因的外号叫马，但其实是它在骑你。这是所谓的十二步计划中的第一步。你必须要承认，自己没有力量控制毒瘾。然后，你才能学着对人生的其他方面负起责任。这就是'负责任的能力'。不是责怪的能力，也不是控制的能力，而是负责任的能力。这就是你能够承受的东西。"

维罗妮卡摇头。"你说起来容易，但我根本就没有什么生活。我妈妈现在不当艺伎了，开始给我拉皮条。我从来不知道我爸爸是谁，我妈妈肯定也不知道。我没有兄弟姐妹可以投靠。我学会了福尔图纳托教会我们的东西，但这并不是大学学位，我没法凭这个找工作。你自己设想一下。我以后的下场一定和当初在学校的同学一样，又老又胖，不是离婚就是被丈夫家暴。"难以置信。随着她说话，可卡因的效果渐渐消退了。

"那你想要的是什么呢？"

"我想逃避。我希望有个帅哥，开着跑车，带上很多钱，带我逃到别的地方。"

"然后怎样呢？"

"然后我们从此幸福地生活在一起。"

WILD CARDS

"这是胡扯，维罗妮卡。你的想法比这成熟。如果你真的只是想要男人，那你很容易就能得到。你依赖男人和依赖毒品有什么区别？没有。你自己也明白。"

维罗妮卡想到杰里，只要她愿意，他就可以带她远走高飞。"你为什么要在乎我会怎么样？"

汉娜走到窗边，俯瞰着街道。"你走进来的时候，我看到了六年前的自己。你心中燃烧着火焰，欲情，感情，精神，你已经承受了太多。你必须借助海洛因的力量，才能不被它们反噬。"她转过身来，直视着维罗妮卡的眼睛。"我想要你的火焰。我想要你的一切。我们两人，一起燃烧，直到把彼此燃尽。"

维罗妮卡喘不上气来。她站起身，感到毛衣摩擦着自己紧皱发痛的乳头。她走到门边，锁上门。她的牛仔裤勒得大腿难受极了。她甩掉鞋子，一把脱下毛衣。

"做给我看。"她说。

♣

十五岁时，她曾经爱上过一名十八岁的墨西哥裔小流氓，抓住一切机会和他做爱，在他车的后座上，在公园里，甚至是在学校的楼梯间里。每一次都是迅猛而野蛮的，结束之后，她会回到自己的房间，心中想着那个男孩，自己让自己高潮，这是他没给过她的。

从那之后，她已经和上百个男人做过。在那之中，也从未有一个人能让她高潮，甚至福尔图纳托也没有过。她说服自己，所谓的爱只是一场谎言。

但汉娜改变了这一切。她们一天会做五六次。一切都是那么地平等。汉娜拥有的一切，维罗妮卡也拥有。结束后，她们相拥而眠。汉娜温柔的手指和舌头让她感到一种前所未有的共鸣，过去，她从未曾想过能与任何人拥有这种感情。

独眼杰克

"女人不会仅仅因为被男人进入就高潮,"汉娜告诉她,"有些书里说我们应该会高潮,我听说有的女人的确会,但我从没见过。我见过的所有女人都需要更多的东西。"

"更多,"维罗妮卡说,"我想要更多。"

只有在去服用美沙酮时,她才会离开汉娜的公寓。必须要穿衣服的时候,她就穿汉娜的衣服。她按照克罗伊德的建议去做了。她不再与自己抗争,彻底沉浸在官能之中:汉娜的气味和触感,汉娜为她准备的异国风味的食物和茶水,还有百无禁忌的、感情和肉体都合二为一的漫漫长夜。

维罗妮卡一连几个小时地谈论着自己的童年。天主教教会学校的恐怖,还有她的姑妈、姑父和表亲之间复杂的血缘关系,以及天主教对于性的虚伪。

汉娜也谈论着自己的童年,还谈到她的前夫,她的父母。她是一个充满创造力和激情的情人,无所畏惧。她让维罗妮卡读关于毒瘾、女权主义、素食主义、马克思主义的书,这都是组成她的生活的部分。但她从没有谈起过自己的转变,没有讲过她是如何从酗酒的婚姻生活走出来,开始戒酒并当上戒毒顾问的。

但她的话中有一些暗示。她参加过某个激进女权主义团体,但从没提过具体名字。她只是说:"她们有很多思想是我难以接受的。"

"什么样的思想呢?"

"如果你仍然充满愤怒和痛苦,可能就会被那种思想吸引。但如果你想要继续前进,就要从这种思想里走出来。"

维罗妮卡猜她说的是暴力。爆炸、暗杀或是别的非法行为。由于汉娜不愿意细说,维罗妮卡也就不再提起。

是维罗妮卡先说的"我爱你"。

当时时近黎明。她们躺在一起,手放在彼此胯下,嘴唇轻吻着。强烈的快感让她几乎没怎么经过大脑就说出这句话。汉娜抱紧她,说："你说这话让我感到害怕。人们用'爱'这个字当做一种武器,我不希望我们之间也变成那样。"

"但我就是爱你,无论你怎么说,无论你喜不喜欢。"

汉娜向后挪了挪,直视着她的眼睛。"我也爱你。"

"我不想再服美沙酮了。我想彻底变得干净。"

"好。"

"我是指现在就开始,今天就开始。"

"会很痛苦的。我可以给你服一些缓解的药物,但还是会很艰难。你真的准备好了吗?"

"这的确是我想做的。"

"再等一周,你需要多和外界接触。如果一周过后你仍然想要戒美沙酮,我们就试试。"

♠

那天下午,她们一起去看了一场电影。她们像青春期的孩子一样牵着手。晚上一起吃中餐时,汉娜说:"我觉得你可以把一些个人物品拿过来。衣服什么的,还有你的猫。"

"你是说搬过来同居?"

"可能我就是这个意思吧。"

"我觉得可以。"维罗妮卡说。她用餐巾按了按眼睛。她们都装作没看到她的眼泪。"我该怎么和巫子说呢?"

"不要问我。你的答案呢?"

"你又进入到戒毒顾问模式了。"

汉娜耸了耸肩。

"我想,就和她说我要搬走,说我克服了这些事。她可能已经猜出来了。"

独眼杰克

◆

巫子的确已经猜出来了。"我希望你能够非常幸福,"她说着拥抱了维罗妮卡,"我可以看出,你已经很幸福了。拿着这些钱,以后的日子能好过一点。"支票上的数额比维罗妮卡预估的高出很多。"这是你的储蓄,还有我加进去的一点。"

"我不明白……"

"拿着吧,"巫子说,"现在时代变了。我对这个生意感觉也不如以前。我在周遭的世界看到太多的仇恨。他们憎恨王牌和鬼牌。我刚刚来到这个国家时,人们因为我是日本人而恨我。太平洋战争期间,福尔图纳托的爸爸只得把我们藏起来,否则我们就会被关进集中营。人们彼此恐惧,彼此伤害。对此,我的艺伎们也束手无策。利用女人,并不会让男人成为更好的男人。役使黑奴也并没有让白人成为更好的人。最终,他们只是相互仇恨。"

"什么意思?你想要停业吗?"

巫子耸肩。"我最近越来越频繁地考虑停业了。我承受的压力太大,很多黑帮和有钱人想要把生意抢走。如果我关张,他们就不会再来骚扰我。我已经有足够的钱了。再说,谁在乎钱呢?"她把支票推给维罗妮卡,"去吧,过快乐的生活,寻找自己的爱情。"

维罗妮卡上楼,收拾好东西。终于,她知道没办法再拖延下去,便去敲响了妈妈的门。

米兰达从巫子那里听说了很多事,其余的事情她靠自己猜到了。她牵着维罗妮卡的手,一言不发地握了很久。最终她说道:"我不在乎你爱的是女人而不是男人,你知道的。你也知道我很高兴你结束了这种……生涯。我一直也不希望你过这种生活。"她叹口气,"只是一定要小心,亲爱的,一定要。你刚认识这个女人多久呢,两周都不到?"

维罗妮卡抽回手，站起身。"拜托你了，妈妈。"

"我不是故意想给你泼冷水——"

"不，你就是在泼冷水。"

"我只是说你还没有很了解她。我希望你们能有一个好的结果，我真的很希望，但也许会有问题，那——"

"够了，"维罗妮卡说，"我不想听。就这一次，希望你能为我的幸福感到快乐。如果你做不到，那就不要再来多嘴。"她走出房间，重重关上房门，把行李拿到楼下，汉娜已经在出租车边等着她了。

♥

坐车回汉娜家的时候，利兹紧张地在维罗妮卡膝头缩成一团，维罗妮卡开始打颤。

"你没事吧？"汉娜问道，"你今天服美沙酮了吗？"

"服了，"维罗妮卡说，"不是因为这个。"虽然症状十分一致。她感觉湿冷，肚子里仿佛皱成一团。"我只是很害怕。"

汉娜用手臂抱住她。"害怕？你在怕什么呢？"

"我的整个人生就摆在我面前，我不知道该拿它怎么办。"

"去过你的人生就行了，"汉娜说，"就是这样。一天一天地过。"

♣

之后一天的下午，她们走在第五大道上，向橱窗里张望着。维罗妮卡被一条缀满蓝色亮片的无肩带长裙吸引。"天哪，"她说，"真漂亮。"

汉娜挽着她的胳膊，微笑着把她拉走。"但是也非常不正确。这只是男人为你戴上的枷锁。来吧，趁你还没把钱挥霍在没用的东西上之前，还是赶紧把钱存起来吧。"

她们走进大通曼哈顿银行。柜台前的人们依照红色天鹅绒绳子划出的路线排着队。维罗妮卡来到队尾,现在已经排了六个人,又有两个人来到她的身后。

"我去别的地方逛逛,"汉娜说,"我最讨厌排队。快让我犯幽闭恐惧症了。"

汉娜的眼中有一种紧张的神情,这是维罗妮卡没有见过的。她想起她妈妈说过的话,意识到她对于这个自己爱着的女人,事实上知之甚少。"你不是在开玩笑吧?"

"不是,"她说,脸上的微笑一闪而过,就像坏掉的荧光灯似的,"我没开玩笑。"她跨过天鹅绒绳子,走到大厅开阔的地方。维罗妮卡情不自禁地注视着不远处一名英俊的金发年轻人,他正在服务台填表格。汉娜也注意到他,转头又看了一眼。

维罗妮卡感到一阵嫉妒。那个男孩将近二十岁,穿着昂贵的卡其色裤子、乐福鞋、一件V领毛衣,黑色大衣随意地搭在一只手臂上。他的头发垂到耳边和领口,脸上有很浅的胡楂,散发出一种不经意的性感,他周围的每一个人都能感受到。

汉娜笑着摇摇头。似乎她不是在笑那个男孩,而是在笑自己。她走远了。排在维罗妮卡后面的男人大声清了清嗓子。维罗妮卡抬头一看,发现队伍已经往前走了,连忙跟上去。她回头看了一眼汉娜,刚好看到她开始步履蹒跚。

"汉娜……?"维罗妮卡说。

汉娜找回平衡,踉跄了几步,似乎她的鞋跟太高了。但汉娜从来不穿高跟鞋。她转头望向维罗妮卡。

她的眼神不对,眼神和微笑中透露出一股疯狂。维罗妮卡看了看身后的长队。她不想重新排队,但如果汉娜真出什么问题……

突然,汉娜跑起来。

她跑得笨拙而缓慢,但是保安看呆了。她从他的枪套中抢过枪,趁他还没反应过来,就把枪口指向他的头。

WILD CARDS

"汉娜!"维罗妮卡尖叫道。

枪的后坐力在汉娜的手中爆发。子弹打碎了大理石墙面,之后一瞬间的沉默十分漫长。保安被打飞到墙边,他的脸颊上开了个黑色的大洞,整颗头支离破碎。他瘫倒在地,在浅色的墙面上留下一道长长的血痕。

维罗妮卡想要跳过天鹅绒绳子,脚却被绊住。她摔倒在地时,汉娜转向她,再次开枪。子弹贴着维罗妮卡的头飞过。沉默被惊恐的尖叫声和呼喊声打破。警报响起,却几乎被尖叫声淹没。前来办理业务的客人大多是穿着深色西装的男人,他们纷纷奔向大门。汉娜转头看着这一切,脸上带着骇人而丑恶的愉悦。

维罗妮卡挣扎着站起来,跑向汉娜。楼里的保安从四处赶来,手中举着枪。其中一人向维罗妮卡喊着什么,似乎是说"嘿,女士,快趴下!"另一名保安朝汉娜的头部开枪,汉娜向他开了两枪。

同时,维罗妮卡跳了起来。

她抱住汉娜的腰,两人滑过光滑的地面。汉娜松开手,枪旋转着飞远了。剧烈的恐惧让维罗妮卡瞬间有了很大力气,她把汉娜的胳膊死死按在她的头上方。"是我啊,该死!"维罗妮卡大喊,"你这是怎么回事?"

大厅另一头,传来一个人瘫坐到地上的声音。

是那个穿着毛衣的金发男孩。他目瞪口呆,动弹不得,好像中风似的。他的脸扭曲了,充满着恐惧和一些其他的东西,某种怪异的存在。他把一只手伸到眼前,随后像一只笨拙的人偶般向前爬动。

就在保安冲上来之前,维罗妮卡看到汉娜眼里的光恢复了正常。她的嘴动了动,但没有发出声音。两个人上前把维罗妮卡拉走,另外两个保安和一名警察用枪托打着汉娜的脸,大叫着不许动。几秒之后,他们就铐住了她,把她带到门外。

维罗妮卡试图挣脱,但保安抓得更紧了。她努力扭过身子,想要

独眼杰克

寻找那个金发男孩的身影。

他不见了。

他们把她带到一辆警车里。一开始他们只是问她的事情,一遍又一遍地问。维罗妮卡告诉他们,她和汉娜是室友,她说了海洛因的事,还说了自己拿支票要去银行的事。他们问她银行里到底发生了什么,她说自己不知道。"那不是汉娜。"她说。

"有十几名目击人都说就是她。"

"我是说,当时她体内的不是她自己的意识。就像她是……我也不知道,就像被附体了。"

"附体?难道是恶魔控制她干的?"

"我不知道。"

她一遍又一遍说着发生过的事,甚至都不理解自己说出的话了。

后来有一名穿西装的警察从夜色中走进来,问她:"你听说过一个叫 WORSE 的团体吗?"

"没听说过。我能喝点水吗?"

"稍等一会儿。你能告诉我这是什么的缩写吗?"

"我说了,我——"

"追求性别平等女性组织①。"

"不,我——"

"去年 WORSE 的人在一家流产医院门外引发了骚乱,有五名示威者和一名警察被送进医院。"

"活该。"维罗妮卡说。

"那名警察死了。你现在还觉得有意思吗?这个团体在去年至少引起了七场暴力事件。过去雇用你的人——福尔图纳托,也被她们卷

---

① "追求性别平等女性组织",英文名称为"Women's Organization to Reach Sexual Equality",英文首字母缩写即为"WORSE"。

121

进来了。"

"这和汉娜有什么关系?"

"没什么关系,她只不过是这个组织的主席而已。"

"什么?不可能。"

"难道你了解她的一切吗?你认识她才多久?十天?"

"她说她已经不和那些人往来了。"

"你刚刚说你没听说过 WORSE。"

"她从没提过具体名字。她说她曾经参加过一个激进组织,但是不赞同她们的手段。她说她很久之前就和她们没有往来了。"

一个谢顶的小个子男人说道:"她是清白的,卢。她说的是实话。"这个男人是一名低等级王牌,拥有最弱的那种读心能力。警方有十到十五个他这样的人被当做测谎仪用。

"那就算了,"穿西装的男人说道,"我们这就放了你。但你不能处于一小时以上接不到电话的状态,明白吗?"

"我想见她。"维罗妮卡说。

"不行,她有律师。只有这些了。"

"谁是她的律师?"

穿西装的男人叹了口气。"巴德?"

一名警察翻阅着文件。"律师的名字叫芒迪,"他吹了个口哨,"是莱瑟姆·施特劳斯律师事务所的。大人物啊。"

"现在你可以走了。"穿西装的男人说。

两名穿制服的警察开车把她送回了家,又把她送进家门。他们有搜查特许。她坐在地板上,看着他们四处翻查。其中一人在床头柜里找到了情趣玩具。他举起一个球给他的搭档看,然后转头看向维罗妮卡。

"去死吧,"维罗妮卡说。她满面通红,几乎哭出来。"放下那个东西。"

独眼杰克

那名警察耸了耸肩,把球放下。他们终于走了。维罗妮卡认真看着他们的一举一动。公寓里什么也没有,没有任何能表明汉娜和 WORSE 有牵扯的证据。

他们离开后,她立刻给莱瑟姆·施特劳斯律师事务所打了电话。接线员记下了她的号码。她挂上电话,在房间中走来走去,把树脂画框和钢笔画重新挂回墙上,把衣服叠好放回抽屉,擦干净衣橱。

电话响了。

"维罗妮卡?我是迪扬·芒迪。"

"谢天谢地。"

"你打来电话的时候,我也正要联系你。是汉娜要求我联系你的。她想告诉你她没事,他们没有伤害她。"电话那边的女声听起来从容自信,还有一种虚假的温暖。维罗妮卡想象对方留着长及下巴的金发,戴着金戒指和三圈珍珠项链。"现在我还没办法带你见她。她能够理解,让我带她向你转达她的爱意。"

泪水划过维罗妮卡的面颊。"到底发生了什么?她有没有说发生了什么?"

"她努力和我解释了,但实话说,她说得匪夷所思。她灵魂出窍了。她感到被什么击中,头晕目眩,然后精神突然就飞到了别处。她就像是从很远的地方旁观着自己向保安开枪。我不知道这种说辞在法庭上能有什么作用。她有过情绪障碍病史吗?她的家族有这种病史吗?"

"这完全不是汉娜的问题,"维罗妮卡说,"她杀害那名保安的时候,是被别人控制了。那不是汉娜。"

"她也是这么说的。"

"那个金发男孩呢?"

"什么金发男孩?"

"汉娜被⋯⋯被控制的时候,在场的还有一名金发男孩。他跪在地上，像个僵尸似的。后来汉娜的精神回到自己的身体，我发现那名男孩就不见了。"

"我不明白。你认为这背后有什么？"

"我不知道。但我觉得那个男孩好像和这事有关。"

长久的停顿。"维罗妮卡，我知道你现在心烦意乱。但你要相信我，我们是全市最好的律师事务所。如果说有谁能够救她，那就是我们了。"

♠

她睡不着，不断想象着汉娜被关在一间潮湿恶臭的牢房，因为幽闭恐惧症而备受折磨。维罗妮卡知道，当时扣动扳机的不是汉娜，而是某种别的存在，但她无法说服警方，甚至汉娜的律师也不相信她。

她给克罗伊德的每一个号码都打了电话，但没人接听。杰里一定会愿意帮助她，但他哥哥的律师事务所已经在处理这个案子了，他还能帮上什么忙呢？再说，当时整个银行大厅里的人都是目击证人，律师也无力回天。

被褥上仍残留有汉娜的气味。维罗妮卡的渴望膨胀得几乎令她发疯。就像海洛因毒瘾一样，撕扯着她的五脏六腑。她不能再在这里躺下去了。她穿上运动鞋，出门来到街上。

周五晚九点。这个城市没有她，还是照常运转，就和平时一样。她朝着百老汇的光亮和喧嚣踱去，感到身边的每一副脸孔都面目可憎，她想要跳进川流不息的黄色出租车的车流中，撞在车上，尖声大叫，让周遭的世界放下手中的一切，赶来救她。当你快乐时，纽约就是全世界最适合你的地方，然而当你陷入绝望，它就是最让你痛苦的地方。它凌驾于痛苦的人之上，绝尘而去。它从他们身边飞驰而过，没有留下一句道歉，留下他们跋涉在满地的垃圾中。

没有了汉娜，人生黯然失色。没有了汉娜，她可能又会回去开始吸毒，在别人的车后座里给人服务，十美元一次。

就在这时，她看到那把枪。

在一家当铺的玻璃橱窗里，它就躺在吉他和音响的后面，刚好能被看到。它有着镀铬表面，枪身厚重，在她眼中，仿佛就是"力量"这两个字。

她走进当铺。柜台后面的男人五十岁年纪，穿着打扮却装得像是二十出头。维罗妮卡见过无数像他这样的嫖客。他戴的假发的颜色和耳朵边露出的头发都不一样。他穿着绿色涤纶衫，上面印着马的图案，样式已经过时十年。他敞着衣服，露出胸毛和脖子上的金链。

"那把手枪多少钱？"维罗妮卡问他。

"像你这样的漂亮小姑娘，干吗要买这么个笨重的史密斯威森.38呢？"他盘起胳膊，向后倚靠在墙上。他肩膀上方的电视里，正在演着两只美式足球队互殴。

"我现在不想多废话，哥们儿。那把枪多少钱？"

那个男人微笑着摇摇头。"这种事我见得多了。漂亮小妞生气，可能是发现自己的金主出轨之类的，然后就非得要开枪打死他不可。这就是电视对我们社会的荼毒。所有人都满脑子想着开枪杀人。"

"哥们儿，听我说——"

那男人把身子向前探来。"不，你听我说。法律规定，我得对自己卖出去的东西负责。我看你不顺眼，就可以不卖给你。"他站直，语调柔和了些，"所以你就当个乖女孩，回家找你的金主去吧？"

那一刻，维罗妮卡感到自己的人生就是一场又一场的屈辱。一切都是男人强加给她的侮辱，他们都自以为有权去决定她的命运。她想起那从未和自己相认的生父，教会自己如何穿衣、如何卖弄风情的福尔图纳托，还有只因为自己爱她就想要她也爱自己的杰里，又想到无数利用过她后就拍拍屁股走开的男人。她受够了。她希望自己也能拥有福尔图纳托那样的王牌能力，把这个傲慢又丑陋的小男人打成肉泥。

　　她头顶的灯管闪了一下。这原本应该分散她的注意力，但她却有种与它融为一体的感觉。灯光随着她的呼吸而闪动，她知道是自己控制了它。她感到电力顺着电线，从电网流入她的精神中。是百变王牌病毒。克罗伊德。终究还是发生了。电视上的画面模糊起来，随后变成雪花。电视旁边，电子座钟的秒针停了，随后像是钟摆一样摇动起来，和灯光的明灭节奏一致。那男人转头看了一眼电视，脸色煞白。他慢慢坐下，胳膊抱得更紧了，好像他很冷似的。他的脸上划过大滴汗珠。

　　"你受伤了吗？"她问他。

　　"我不知道。"他声音虚弱，比之前尖细了。

　　看来她并没有把他变瘫。除此之外她根本不在乎。"把枪给我。"

　　"我……我不知道这样是不是违法。"

　　"给我！"

　　他跪在地上，用手撑着爬到橱窗前，笨拙地用钥匙打开锁。他用双手才把枪拿到柜台。维罗妮卡伸手拿走，才意识到自己究竟在做什么。她为什么需要枪？

　　她跑到街上，伸手招呼出租车。

◆

　　拘留所门外，一名肌肉发达的红头发警卫拦住了她。维罗妮卡试着对他发动刚刚在当铺里用过的能力。但是什么都没有发生。

　　她感到一阵惊恐。她并不知道这种力量是什么，也不知道它的原理。如果她现在不能直接发动能力呢？如果她需要当铺里的某种东西当催化剂，而这里没有，该怎么办？

　　"女士，我已经说过，这里禁止进入。你是选择主动离开，还是

独眼杰克

等我叫人把你赶走？"

惊恐变成了无助，无助感又化作愤怒。如果她不能用这份力量救汉娜，那还要它何用？然而，力量随着怒火涌现了。灯光开始闪烁，拘留所里传出的音乐变成了电磁噪声。她能听到被拘禁的人们惊声尖叫。警卫趔趄着，向前倾着身体，用桌子支撑着自己。"天哪，"他说，"天哪。"

"钥匙在哪？"

"你对我做了什么，女士？我连胳膊都抬不起来了。"

"钥匙。"

警卫瘫坐到椅子上，从皮带上解下钥匙串，从桌子上滑给她。维罗妮卡身后响起另一个男人的声音："查理？"

维罗妮卡没有转身，只是把精神集中在这个声音上，随后就听到这个男人倒在地上。她试到第三把钥匙的时候，终于打开拘留所铁门旁边的一块控制面板。电机的声音响起，铁门的锁打开了，但并没有滑开。她意识到自己仍然在干扰这里的电磁场，于是强迫自己冷静下来。

门开了。里面有四间牢房。其中三间里关的都是醉鬼、瘾君子和流浪汉。第四间牢房里有四名黑人妓女，还有汉娜。除了汉娜，其他人都在尖叫着求救。

汉娜用裤子吊在天花板的一根管道上。她的脸又紫又肿，舌头从松弛的口中吐出来，眼睛也突了出来。有一束头发被裤子上的拉链夹掉，她的头皮上仍然留着干掉的血迹。

维罗妮卡趴在铁窗前，她的尖叫被其余人的尖叫淹没。

她感到钥匙被人从手中抽走，一名妓女从里面打开了牢房的门。维罗妮卡跑向汉娜，一只胳膊搂着她的腰，另一只手把裤筒从她的脖子上摘下来。

她拒绝思考。现在还不能。她还没有试过一切手段。她把汉娜平

WILD CARDS

放在黏答答的灰色地板上,把肿胀的舌头拨向一边,用手指从汉娜的喉咙中向外挖着呕吐物。她不断向她的肺中吹着空气,直到自己也喘不上气来。

有一名妓女一直站在她后面。她看着维罗妮卡,说道:"她死之前非常疯狂,彻底发疯了,我从没见过这阵仗。我们都没法靠近她。"

维罗妮卡点了点头。

"我试着制止她,但根本没办法。她疯了,就是这么回事。"

"谢谢你。"维罗妮卡说道。

随后无数举着枪的警察包围了牢房,她只得举起双手,被他们带走。

♥

她等到只有两名警探审问的时候,才再度发动能力。他们瘫倒在地,几乎失去意识。她离开审讯室,走到夜色中。

街上充斥着车灯的光亮、喇叭声、四处飞驰的车辆和叫喊声,一切都太刺眼、太吵闹,几乎将她淹没。她的内心里也是如此。她的心里乱极了。汉娜是她的生命,是她唯一在乎的东西。为什么汉娜死了,她却还活着?

这个念头十分炽热,痛苦得无法触碰。她心想,不如就当自己已经死了。她希望来一辆公交车直接轧死她,她很好奇被轧在车轮底下会是什么感觉。

随后她想起在银行里,汉娜倒在地上,意识终于回到体内时她脸上的表情。她想起牢房里的那个妓女。她说,这女人彻底疯了。

有人陷害了汉娜。在这个城市的某个地方,有一个人知道这一切,知道一切的原因。

没有死,维罗妮卡心想。汉娜死了,而我没有死。有人知道这一切的真相。

独眼杰克

　　这句话就像一句咒语，平复她的绝望。凭着这唯一的念想，她回到汉娜的公寓。她躺在汉娜的床上，把脸埋进汉娜的衣服，嗅着那上面的味道。利兹爬上床，在她身边打起呼噜。她们静静躺着，不知道第二天的太阳是否还会升起。

　　♠ ♥ ♦ ♣

无名氏进城

沃尔顿·西蒙斯 著

杰里按了一下门铃上的对讲机，直视着闭路电视的镜头。冷风吹过，他的脸颊和耳尖感到一阵刺痛。虽然经历了感恩节的大吃大喝，但他积累下的脂肪还是不够抵御冬日的寒冷。不过现在只是十二月初，他还能继续努力增脂。

"哪位？"对讲机里传来一个礼貌的女性声音。

杰里听出这是巫子。"我是杰里·施特劳斯，想上楼和你谈谈维罗妮卡的事。或者至少让我暖和暖和。"

一阵蜂鸣声，自动门的锁打开了。杰里推门走进去，来到客厅，不停搓着手。一名女子坐在矮沙发上。她身材高挑，留着一头棕色长发，眼距较宽，线条柔和。她的目光越过杰里，望向外面的街道。杰里走到巫子的办公室门前，敲响了门。

"请进。"

杰里侧身进门，坐到巫子办公桌对面的椅子上。这间办公室比杰里想象中更加现代化。她的书桌上摆着一台电脑，还有一排显示器，连接着房子外部和客厅里的监控摄像头。杰里只看到过一个监控摄像头，其余的一定是隐蔽起来了。巫子身穿一件深蓝色裙子，看上去很疲倦，但还是努力朝他微笑了一下。

"谢谢你同意见我，"杰里说，"我只是想问问，究竟有什么办法能够找到维罗妮卡，或者至少和她取得联系？"

巫子摇头。"几周之前，她把所有个人物品都搬出去了。她没有和我说她日后的打算。"

"那你有什么推测吗?"

"没有。"巫子将双手的指尖合在一起,"我真的不知道。你是否愿意换一位姑娘来当你的女伴呢?"

"不。我也不知道我为什么会这样,我原本不是这样的人。我猜是因为维罗妮卡很特别。"

"每一个女人都是特别的。男人也是。"巫子站起来,"很抱歉我不能为你提供更多帮助了,施特劳斯先生。"

"我只是来试试而已。"杰里说道,也站起身,向门口迈了一步。

巫子抬头看向显示屏,其中一个显示屏的下方亮起了红灯。两名亚裔青年正盯着镜头看,其中一人拿出一罐喷漆。他举起喷漆,凑近镜头,随后显示屏陷入一片漆黑。

"该死。"巫子说道,按下对讲机,接通客厅,"黛安,快过来。"

杰里听到一阵脚步声,门被猛地打开,几乎撞到他。一名年轻女子冲进来,关上门。她原本就白皙的肌肤更加煞白。"他们就在门外,"她说,"两个白鹭。"

"发生了什么?"杰里从门口走回房间,和黛安、巫子一起来到书桌后面。

"他们是'白鹭会'的人,一个街头黑帮。"巫子答道,"因为我们拒绝向他们交保护费。我一直说我儿子会回来,用这个威胁他们,但已经过了太久,这招不管用了。"

"你是指福尔图纳托吗?"杰里问。

"否则还能是谁呢。"黛安的声音有些颤抖,但仍然瞪了他一眼,让杰里感觉自己就像个六岁小孩。

杰里看向巫子的办公桌,上面摆着一张福尔图纳托的照片。他拿起照片,坐回椅子上,开始研究它。

"你在干什么?"巫子的声音冷静而充满好奇。

"我要做些力所能及的事,"杰里说,"你们有镜子吗?"

黛安从手包里翻出一个粉盒递给他。杰里照着粉盒里的镜子,开始变化自己的五官和肤色。

"天哪,"黛安说,"怪不得维罗妮卡觉得你吓人。"

杰里无视她的话,把粉盒还给她,转向巫子。"我现在看上去如何?"

"前额再饱满一点。"她说。

办公室的门被敲响了,随后传来一阵笑声。

"黛安,让他们进来吧。"杰里说道,努力让自己的声音中充满威严。

黛安打开门,后退了一步。两个白鹭会成员大摇大摆走进来,就像狐狸走进鸡笼。他们看到杰里,立刻停下了。

"你们有什么事?"杰里说。

"交钱。"两人中比较壮实的那个上前一步说道。杰里缓缓站起身。他只能把自己的身高变高有限的一点,但已经是极限了。

"滚,渣滓。"杰里双臂交叉,模仿着他心目中充满神秘的姿势,"滚,否则我就把你们变成这样。"

杰里彻底改变了自己的脸,他的下巴拉开,吐出一条巨大的蓝色舌头,鼻子变平,又拉长耳朵。他前额的皮肤溶解下垂,流到眉毛以下。

白鹭会的人拔腿逃命,冲出办公室门口时还撞到了一起。其中一人的手枪掉了出来,旋转着划过地面。杰里绕过办公桌,把枪捡起来。它很冰冷,泛着蓝光,沉甸甸的。他把枪塞进外套口袋。

"他们可能会在外面伏击我。"杰里解释道。

"你的脸,"黛安畏缩地对他说,"快变回去吧。"

杰里闭上眼睛,把自己的脸变回正常的模样。

"你帮了我一个大忙,"巫子说,"如果你铁了心想要找维罗妮卡,我知道一个叫做追求性别平等女性组织,她们可能把她藏起来了。我建议你请一位专业人士帮你处理。据我所知,那个组织里都是危险的女人。"

杰里点点头。"谢谢你。"他盯着黛安看,后者移开了视线。吓唬黛安意外地十分有趣。他朝她抛了一个飞吻,缓步走出办公室,来到寒冷的街上。

♣

阿克罗伊德坐在办公桌后,桌上物品杂乱,正中央的一个文件袋十分显眼。他的右眼有一些青肿。"想喝一杯吗?"杰里坐下时,他问道,"这都是我们服务的一部分。"

陈旧的金属椅子随着杰里的动作发出吱吱的响声。"不了。哦,那好吧,恭敬不如从命。"

阿克罗伊德打开抽屉,拿出一瓶威士忌和一只玻璃杯。他用餐巾纸擦了擦玻璃杯。"不加冰块行吗?"

"没问题。提前一周庆祝一下圣诞节,没什么的。"杰里需要喝点酒来安抚一下神经。桌上的文件袋相当厚,或许关于维罗妮卡的事情比他预料的还要复杂。"你不来点吗?"

阿克罗伊德耸了耸肩。"今天我有点头疼。"

"我注意到你的眼睛受伤了,但愿不是做我委托的工作时受伤的。"杰里拿起杯子,吞下一大口酒液。

"鬼牌镇越来越混乱了,主要是普通人来闹事。就好像禁渔期结束,开始渔猎期了一样。"他打开文件带,"这也就牵涉到属于你的这位女士——维罗妮卡。"

"她并不是属于我的女士。"杰里现在并不确定维罗妮卡是他的什么人。他真的在乎她吗?又或者,她已经成了一种挥之不去的执念?

"好吧。从你和她失去联系的时间点说起,她认识了一位名叫汉娜的女人,后者与一个激进女权组织有所牵扯。"

"追求性别平等女性组织。"杰里说道。

"太好了。"阿克罗伊德摸了摸下巴,"你竟然没有告诉我。希望以后你能把你知道的一切信息和我共享,这样也有助于我开展工作。总之,汉娜和维罗妮卡之间是否存在性关系仍然不能确定。你听说过前几天在银行发生的命案吗?"

"好像听说过,有个女人开枪打死了一名保安,然后在监狱自杀了。"杰里在脑海中想象维罗妮卡和一名女人在一起的画面,又喝下一大口辛辣的威士忌。

"那个女人就是汉娜。维罗妮卡闯进拘留所,发现了她的尸体。很显然,她拥有一种让男人感到极度不适的能力。我自己就认识几个有这种能力的女人。总之,她就是用这种能力冲破了警察的阻拦,之后,就不知去向了。有传言说,是和汉娜一伙的人把她藏了起来。我可以试试渗入追求性别平等女性组织,但很可能因为身体条件而失败。你在她身边的时候,有没有感觉到不适?"

"不是你指的那种不适感。"杰里缓缓呼出一口气,"如果她真的有某种王牌能力,那她也从没在我身上用过。"

"我只是好奇才问问。"阿克罗伊德小心翼翼地抚摸着眼睛下面的肿块,"还有一个有趣的信息。有传言说,汉娜在射杀保安时,似乎是被别人控制了。也许不是,也许是中了什么人的王牌能力。"

"那么汉娜的死可能不是自杀。"威士忌的酒劲开始显现,杰里努力不去想象维罗妮卡的头倚在她的情人两腿之间的场景。

"很难说。我会密切注意相关消息。"阿克罗伊德拿起酒瓶,"用现金结账的顾客可以额外再来一杯。"

"不了,谢谢,你继续找维罗妮卡吧,"杰里挺起肩膀,"我来调查汉娜的死。主管这个案子的警官是哪位?"

独眼杰克

"金中尉,他主管杀人案件。不要惹他。"阿克罗伊德偏偏头,"你真有意思,为什么不把侦探该做的工作交给我呢?我是经过训练的专业从业人员,在侦探学校经过了好几年的严格训练。好吧,其实是好几周。我懂得这个行当的规矩,而你——"

"我真的想要做这件事,是我发现了追求性别平等女性组织。"几周以来,这是杰里第一次感到集中精神。也许这真的是他的目的,又或许这只是威士忌酒在起作用。"金有多高?"

"不到六英尺。"阿克罗伊德缓缓地打量了一遍杰里,"我了解一点你的过去。不知道我的建议是否对你有用,不过,现在公开你的王牌身份并不合适。"

"我的能力已经消失了,阿克罗伊德先生。如果你对我的过去真有足够的了解,就会知道这一点。"

"随你怎么说吧。如果我得到更多维罗妮卡的信息,会随时通知你。"阿克罗伊德微笑了一下,嘴唇显得很僵硬,"你要小心。"

♠

这间办公室和杰里想象中的不太一样。奶油色的墙纸和胡桃木质护墙板营造的氛围和鬼牌镇的贫瘠格格不入。比勒陀利乌斯是一名十分成功的律师,否则海勒姆·沃切斯特也不会请他。

"施特劳斯先生,感谢光临。"比勒陀利乌斯伸出他的大手。杰里和他握了握手,坐下来。比勒陀利乌斯用手理了理白发,坐回椅子上。"如你所知,海勒姆·沃切斯特雇了我来为他辩护。由于环游世界时你和他都在,我想也许可以请你来做品格证人。"

"但我对沃切斯特先生并不是十分了解。当时我自己还自顾不暇,你应该也知道。塔基扬医生最近才帮助我从巨猿变回人形。认识他的人都说海勒姆的行为十分怪异,尤其是在日本的时候。不过这算是二手的消息了。"杰里摊手,"在那之后,我在个别场合又见到过海勒姆先生，他一直是彬彬有礼、行事体面的。我不知道这些对你是否会有帮助。"

"这不好说。有时候不起眼的细节会发挥很大作用。我们有可能需要你的证词，也有可能不需要。"比勒陀利乌斯将架在鼻梁上的金属边框眼镜向上推了推，"最近你有出差或是出游的计划吗？"

"没有，"杰里说道，"目前就我所知，没有这样的安排。"

比勒陀利乌斯点点头。"好的，感谢你抽时间过来。如果需要你来作证，我会联系你的。"

"只是好奇，我想问问你打算如何辩护？因为我弟弟是名律师，"杰里解释道，"如果不替他问问，他一定会失望的。"

"出于职业礼仪，我给出的回答是我们不认罪。"比勒陀利乌斯深呼吸了一次，"行为能力下降。我原本并不屑于从这一点出发进行辩护，但这个案子比较特别。"他嗤笑一声。"当然了，所有人都这么说。"

"谢谢。如果需要我，就请通知我。"杰里站起身，走向门口。他不想让比勒陀利乌斯送他，听说他的腿不好。"祝你好运。"

比勒陀利乌斯仍然坐在桌子后面。"谢谢，施特劳斯先生。我们很有可能会需要你的。"

◆

杰里靠着栏杆，向西边凝望着艾利斯岛。斯塔登岛渡轮是他变成巨猿的多年间，为数不多几样没有变化的事物。肯尼斯静静站在他的身后，立起衣领抵御寒风。寒风阵阵从水面上吹来，搅起白色的浪花。

"已经到冬天了。"杰里说。

"是啊。我想今年一定很冷。"

"圣诞礼物都买好了吗？"杰里问。

"还有些东西没包装完。你呢？"

"说出来你也许不信，我都已经办完了。"杰里举起戴着手套的手贴紧脸颊，对着手呵气，试图让自己的鼻子暖和些，"但愿贝丝喜欢我买给她的礼物。这种拥有一切的女人，我真的不知道该送她们什么。"

肯尼斯的表情令杰里难以揣摩，看上去似乎并不开心。"你送什么都不会有问题的。"他说，仍旧盯着水面看。

杰里停顿良久，才开口说道："爸爸和妈妈为了我的事情那么大费周章，是不是给你带来了困扰？"

肯尼斯转过身来，直视着杰里的眼睛。"那个时候，我为此很恨你。他们忽略了我，还为把你找回来而丧了命。"

"哦。"杰里移开目光。

"现在我不这么想了，并不是你使得他们忽略我，这是他们自己的选择。但我害怕我会恨他们，所以转而选择恨你。我年轻的时候被仇恨蒙蔽，自以为是的愤怒会让人看待事物简单化。我想，或许我们年轻时都倾向于这么做。"肯尼斯的手搭上杰里的肩膀，"相信我，我真的很开心你能回来。你的存在让我们更有家的感觉。"

杰里耸耸肩。"如果你们想生孩子，早就生了。现在你们不得不接纳我这个累赘。我本来是你的哥哥，但我现在觉得自己就是你的负担。"

肯尼斯挑起一边眉毛。"骗律师来夸奖你可不是那么容易，哪怕我是你的弟弟。不过鉴于你总是需要别人的安慰和保证，我还是可以告诉你，你是一名很受欢迎的家庭成员。"他顿了一下，"而且贝丝非常喜欢你。"

杰里听到这话很开心，他真希望肯尼斯说这话的时候也是开心的。"谢谢。没有她，我真不知道要怎么办。"

"我也一样。"

杰里上前一步。"我可不确定她是否知道你这么想。"

"我想她知道。虽然工作很重要，但贝丝才是我生活的中心。几年前她离开我的时候，我就发现了这一点。"肯尼斯缓缓呼出一口气，鼻息化作白色的雾气，"我以为我很坚强，但后来才认识到事实并非如此。我认为我们在这方面没有误会。"

"说起工作，你最近的工作怎么样？"杰里感到一阵剧烈的恶心。

肯尼斯顿了顿。"和我在法学院里学的不一样，要做出的妥协比我想的还要多。我总是为有钱人辩护，很多时候正义是要用钱买的。如果是十五年前，我可能还会给那边的鬼牌钉子户辩护呢。"他朝远处指了指。渡轮即将靠近艾利斯岛。

杰里猜肯尼斯并不想继续谈工作的事。他基本上一直不爱谈。"天哪，我突然难受极了。"他的胃仿佛打了结，比平时还要难受。

肯尼斯用手捂住嘴。"我也是，但愿不是得了流感。圣诞节期间可不能得病。"

"但愿如此，兄弟，"杰里说，"我们找个地方坐一会儿吧。"

♥

杰里深吸一口气，他不知道这回能不能搞定。他没想到金中尉是个黑人，虽然改变肤色和发质对他来说并不难，但他很清楚自己的内在完全是个白人。这是很难伪装的。

金在每周四总是会花较长时间吃午饭。离本尊回来至少还有半小时。杰里咬着嘴唇，走进房间。

他视野里的每一个人都突然看向他，他们中有很多人在看书或读报纸，在他进来时立刻放下或藏起来了。办公室突然复活，充满打字和翻动纸张的声音。人们都很害怕金。这是好事，杰里可以利用这一点。一名戴眼镜的矮个子年轻人立刻走上前来。

"您提前回来了，长官，"年轻人说道，"有什么事吗？"

独眼杰克

"这你也要问吗?"杰里努力装出一种严苛的语气。他尽量放松,享受自己的能力给别人带来的威吓。"把汉娜·乔登的卷宗给我拿来。"

对方的头突然向后一摆,仿佛有人朝他的鼻子丢了一只马蜂似的。"但是……"

"现在就要。我回办公室了。"杰里转过身,手轻微发抖。阿克罗伊德很不情愿地给了他这里的地形图,于是杰里向着金的办公室走去。门是关着的。杰里拧了拧把手,门上了锁。

杰里感到胃里一阵恶寒,一下子靠在了橡木门上。该死,他心想,现在怎么办?他从口袋里翻找出自己的钥匙,用指尖抵住锁孔,然后把骨头和肌肉组织变柔软,把指头向里面伸。随后他又把那一段手指变硬了些,锁孔里传来咔哒一声。杰里又把手指变软,抽了回来。变了形的手指上还残留着疼痛,他迅速把它变回正常的样子。门打开了。

考虑到办公室主人的中尉军衔,这间办公室算不上很大。杰里坐下,打量着办公桌。上面摆了一沓纸质文件,几个文件夹,还有一套金色的文具套装,是服役十五年的纪念奖品。杰里向后仰着身子,靠进宽阔的靠背。刚刚的年轻人走了进来,放下卷宗,用充满期待的眼神望着他。"就这些了吗,长官?"

杰里点点头。"出去的时候带上门,不要打扰我。"

"是,长官。"他侧身走出去,小心翼翼带上门。

汉娜的卷宗大概有二十页厚,上面有她接受审讯时的笔录。杰里只是大致扫了一下。她说有人和她交换了身体,在那期间杀害了保安,而警方并不相信她的话。对话双方都毫不让步,但汉娜的措辞看起来并不歇斯底里,也没有自杀倾向。至少在杰里眼中是这样。他迅速地翻了一下她尸体的照片。即使在活着的时候,她也并不是很漂亮。他不明白维罗妮卡为什么愿意和她上床。在卷宗的最后附有一张

WILD CARDS

合成图画,上面贴着"嫌疑犯"的标签。上面画的那个年轻人很眼熟,但杰里一时无法把他和自己认识的人联系起来。随后,他突然恍然大悟。

"这一定是大卫,圣·约翰·莱瑟姆家的男孩。"他轻声说道。

或许世界上真的有神,而这就是神送给他的圣诞礼物。

♣

街上刮着冷风,灯光昏暗。杰里把戴着手套的手尽可能深地伸进短夹克的口袋里,他需要找些事情做来打发时间。肯尼斯和贝丝正在沙发上卿卿我我,他并不想看他们亲热的前戏。他觉得跟踪大卫一定不会无聊。而且,如果大卫和汉娜的死真有什么关系,杰里就可以成为抓到他的英雄。今晚,杰里变成了一个俊俏的男孩,因为他猜大卫会喜欢和外表光鲜的人打交道。他正位于鬼牌镇,在这里,外表光鲜的人并不多。杰里从一个面庞消瘦的鬼牌手里买了一顶破旧的帽子,来掩藏自己的普通人外貌。

大卫在马路另一边,离他大概三十码远。杰里不想太靠近他。至少现在不想。或许警方的合成图像与他相似只是一场巧合,不过这里毕竟是鬼牌镇,什么事都有可能发生。

大卫的脚步慢下来,停在一条小巷的入口处,转头向里面张望。他停了一下,随后就走了进去。杰里穿过马路。一阵风吹起一份《鬼牌镇泣语》杂志,拍到他的脸上。杰里一把丢掉杂志,小跑着来到巷子入口处。前面传来脚步声,他猜那是大卫的。他还听到压低声音的笑声,还有仿佛尖叫的声音。

杰里感到口干舌燥,这和他预想的不太一样。像大卫这样的美少年,应该是来街上狩猎美女,或者至少也是钓男人的。杰里深呼吸一下,走进小巷。

杰里绕过大垃圾桶,看到一道亮光,大卫正要走进去。杰里慢慢

独眼杰克

走上前去，装出一副随意而有些好奇的样子。入口就像是镶嵌在肮脏的小巷砖墙上似的。一名鬼牌站在门口，静静地看着他。他穿着黑色的丝绸服装，完全遮盖着形状古怪的身体。他的笑容非常僵硬。

杰里想要越过他，走进门去，但那名鬼牌抓住他的肩膀，强迫他转过身来。

"不行，"他温和地说，"这个俱乐部不对外。"

杰里转过头，愤愤地看着他，这时门里面又传来一阵尖叫声。他后退一步，向小巷深处走去。路过垃圾桶时，杰里向里面张望，一件破旧的灰色外套露出了一角。杰里心里暗暗嘲笑着自己。他很有钱，很少被任何场所拒之门外。他小心翼翼地把自己的短夹克藏在一堆不那么恶心的垃圾下面，然后抽出那件灰色外套。他抖了抖它，表情立刻扭曲起来。在鬼牌镇，就算是被冻硬了的垃圾仍然臭气熏天。杰里把自己变丑了些，让耳朵和鼻子变大，并且让自己整张脸都长出浓密的毛发。现在，那个身材像是一大兜子土豆的门卫一定认不出他。

他把自己的一条腿变短，缓缓大步走向俱乐部入口。

他几乎就要进去了，但这时门卫嘟哝着什么，又把他拉了出来。杰里惊讶地张开自己变形的嘴。

"你以为稍微变装一下就能骗过我吗？"门卫挥挥手，把他赶走，"我说了，我们只接待特别的顾客。"

滚吧，该死的东西，杰里心里想道，随后又好奇这个鬼牌是不是能读他的心。他只好小步跑回垃圾桶边上，拿回自己的短夹克，回家去了。

♠

"可能你已经知道了，汉娜原本的辩护律师是莱瑟姆·施特劳斯律师事务所的迪扬·芒迪。关于维罗妮卡，目前没有新的消息。可能比较蠢的人会和你谈钱的事，但我知道你不在乎钱。不过……"

WILD CARDS

刚刚，杰里正在自己最喜欢的海鲜餐厅试着和一名女服务员搭讪。她的回应非常冷淡，搞得他多喝了好几杯威士忌。他回家后做了一壶咖啡，在来律师事务所之前，已经喝了至少半壶。

他见过迪扬·芒迪几次，但并没有和她深交。她至少有六英尺高，体格就像东欧国家的运动员，一头棕发一丝不苟地束在脑后。她戴着眼镜，流露出不愿意多费口舌的态度。杰里去她办公室时，她正好处在两次会议的间隔。她的办公桌并不杂乱，角落里放着一张全家福。她比她的丈夫和两个孩子加起来还要壮实。窗台上摆着一排半死不活的植物。

"您有何贵干，施特劳斯先生？"她似乎对他的约见感到有些困惑。

"我想来谈谈汉娜·乔登的案子，"杰里说道，"我知道你是她的辩护律师，虽然时间很短。"

迪扬靠回椅背，合上指尖。"我可以把自己知道的仅有的一些信息告诉您。她被指控犯有一级谋杀罪。我和她简述了这个案子，她非常困惑，但头脑是清楚的。她一口咬定是别人控制了她的身体。她的自杀令我很震惊，这不符合她的总体行为模式。我想，也许这种事情永远无法预测。"

杰里点头。"你单独和她见面了吗？"

"并没有。在莱瑟姆先生的要求下，大卫也一起去了。但我们刚要到监狱时，他感到非常不适，我们只得走了。"

门外突然响起响亮的敲门声。没等迪扬回答，门就开了。莱瑟姆走进来，关上门。

"芒迪女士，即使你作为律师的工作经验非常有限，也应该知道不能这样随意地谈及案件细节。我想施特劳斯先生只不过是想来找一点茶余饭后的谈资罢了。"他目光尖锐地看着杰里，"我想芒迪女士还很忙，一定也希望尽快结束与您的谈话。"

独眼杰克

　　杰里站起身来。"很抱歉给你们带来了麻烦。"他快步走过莱瑟姆身边,后者在他身后关上了门。看来,今天下午对迪扬·芒迪来说会很难熬。

♠ ♥ ♦ ♣

雪龙

威廉·F. 吴 著

……这是为报复她的父亲、她的兄弟、她的母亲、她的北欧祖先……

在本·蔡的身下，吱吱作响的小床和褶皱的被单上，白人女孩丰满圆润的胸脯有节奏地抖动着。她淡金色的长发散落在汗湿的枕头上，眼睛被屋顶的灯泡晃得眯了起来。她的呼吸越来越急促。小屋的门外，传来有人在公厕冲水的声音。

……这是报复她所有的白人同胞、三K党、雷欧·巴内特、报复他所喜欢过的所有白人女孩的父亲。这是他对他们所有人的报复。

◆

渐渐地，他的呼吸平复了，本从莎莉·斯文森大开的双腿间坐起来。他靠向一侧，贴着墙面上脱落的黄色漆皮，伸直被她的膝盖压着的腿，从床边垂下。被单滑落到地面。

她仰起身，在头下垫了两个枕头，用一双温厚的大蓝眼睛看着他。

"这里总是这么热的吗？"她问，"就算是在这么冷的季节？"

"对。"本瞥了一眼窗户。在窗户的外侧，扭曲的冰晶让街灯的光变得模糊起来。在内侧，浓重的冷凝水沿着窗棂流下，划出道道痕迹。

他转头看着她。她向他报以怯生生的微笑，心形的脸庞上仍然挂着一层薄汗。她很喜欢刚刚他对她干的事。这也是他对她父亲的报复，无论他是谁。

"那你不是要多付很多暖气费？"

"不用。"他把挂坠从肩膀上转回胸前。那是一枚祖父寄给他的中国古代钱币，项链的绳子从硬币中央的方孔穿过。

"暖气费是包含在房租里的？"

"对。"本无所事事地把手伸到她的大腿上，用指尖翻弄着她金色的毛发。她是天生的金发。"这个房间又小又破，不过房东负责交暖气费。暖气片很难控制，所以我宁愿热一点，也不想被冻死。"

"很有道理。"

他端详着她的盆骨和大腿区域。她的皮肤非常白，没有任何发黑的迹象。可能她太白了，根本不会有地方变黑。

"楼下是什么地方？我们进来的时候一片漆黑。"

"是杂货店。"她似乎并不在乎就这么两腿大开地躺着聊天。她真的很白，透着纯净的粉色。

"是卖中国商品的吗？"

"当然。"他耸耸肩，"那里什么都有，真的。"

"你不介意我问你问题吧？"

"不介意。"

"你不嫌弃这个房间吗？它太小了，甚至连电话都没有，是不是？"

"我总是泡在扭龙酒吧。有人要找我的话，只要去那里就行了，或者给那边打电话。这里只是我晚上睡觉的地方。"

"或是和女孩亲热的地方。"她咯咯笑了，胸脯也随之颤动。

"是啊。"他是几个小时之前，在扭龙酒吧和她搭讪的。她在那里独自徘徊，睁着一双好奇的大眼睛，显然毫无防备。在一群街头混混和鬼牌之中，这个略微有些婴儿肥的漂亮姑娘吸引了所有人的目光

WILD CARDS

——但本很清楚，她是很聪明的。

又来了一个猎物。本，你只是憎恨所有女人吗？还是你最恨自己呢？

想起自己的姐姐薇薇安的指责，本咬紧了牙齿。她说过很多遍这种话，它不断在他脑海中回响。

"我以前从没来过中国城。"莎莉害羞地说道。

"你也没来过鬼牌镇吧？"

她摇摇头，脸上挂着难为情的微笑，两眼亮晶晶的。

"你想找个人带你四处转转。"本露出玩世不恭的笑容。

她的脸也红了起来。

你就喜欢又蠢又无助的女人，是不是？薇薇安说过无数次。更不用提丰满的胸脯了。

"我想去喝一杯。"本推开莎莉的腿，站起来。就连陈旧的木地板都是温热的。他捡起刚才扔在地上的衣服，挑出内裤。是万星威牌的，前面有个小口袋。他开始穿衣服。

本在一件灰色保暖内衣外套上一件黑色高领毛衣，穿上牛仔裤和靴子。犹豫片刻，他又加上一件蓝色毛衣。穿好后，他从衣兜里掏出一叠白纸，包裹在一团餐巾纸里。

那是一个很复杂的折纸作品，最近他经常练习这个，形象是一条中国龙。检查确定它保存完好后，他又把它收了起来。随后，他拿起小桌上放着的梳子。他注意到她在看他，便停下来。她没有动。

"你想让我陪你去吗？"她问。

"随便。"他转过身去对着镜子，开始梳头。

"你想让我留在这里？"

"随便。"

"我今晚能在这儿过夜吗？"

"随便。"

独眼杰克

他丢下梳子，套上自己的加绒棕色皮夹克。这件夹克的广告海报上写着："喷气机小子同款！"这是用渐隐最近给他的报酬买的。

"你为什么穿那么肥的裤子？"她又笑了。

本咬咬牙。"我要去扭龙酒吧。"

她仿佛被这句话刺伤，只是转动着蓝眼睛，看着他大摇大摆走出房门。

他很清楚，自己这种冷淡的态度比任何拒绝的言辞都要伤害她；但他并不在乎。屋里并没有什么值钱的东西。他没有关门，头也不回地走了。

♥

本走进扭龙酒吧，在门口停下拂去身上的雪，脱下皮夹克。外面的雪很小，风也不是很冷。但他已经习惯自己那过于温暖的房间，现在的冬夜显得格外寒冷。而且，路边商店里那些五颜六色、闪闪发光的圣诞灯饰让他心情很差。这是属于白人的节日，和他的文化背景毫无关系。

但是我喜欢圣诞节。每一年，薇薇安都是用同样的说辞回应他对圣诞节的抗拒。

即使在扭龙酒吧里，他们也在播放圣诞颂歌。两英尺高的塑料圣诞树在吧台一端闪烁着红绿相间的灯光。他走向远离圣诞树的一边。

"嘿，懒龙[①]。"

本转过身。

"你认识克里斯蒂安吗？他想见你。"戴夫·杨向他走来。他矮壮结实，是白鹭会的成员。戴夫露出熟练但勉强的微笑，伸出大拇指

[①] 懒龙，又叫一枝梅，出自明代凌濛初所著《二刻拍案惊奇》卷三十九：神偷寄兴一枝梅　侠盗惯行三昧戏。

朝自己背后指了指。

本认真打量着他的假笑，随后看到了坐在吧台椅上的金发英国人。他转过头看着他，脸上挂着得意的笑。克里斯蒂安是新加入的影拳会成员。

"我就见过他一面。"本浑身紧张，跟着戴夫来到吧台另一边，一言不发地盯着克里斯蒂安。

"你喝点什么呢，龙先生？"

"百利酒加冰。"本依然没有放松下来。

酒保点点头，转身倒酒。

"看来你喜欢甜食？"克里斯蒂安笑起来，整个消瘦的身体都颤抖着，"我认识的那些雇佣兵肯定会说这是女人才喝的，不过没关系，你给这个老笑话带来了新的笑料：'能随心所欲变成老虎、变成巨龙、变成任何猛兽的男人，他会喝什么？答案是：他随心所欲，想喝什么就喝什么。'"

本咬紧了牙。这个英国佬言辞貌似和善，实则充满嘲讽。

"那么，"克里斯蒂安继续说，"你的姓和名顺序是不是按照中文习惯排的？应该叫你龙先生，还是懒先生呢？"

"你找我有什么事？"本质问道。

"他们竟然还说英国人没幽默感。好吧。"克里斯蒂安啜饮了一口酒，一边摇晃着杯中的加冰威士忌，一边转过身看着戴夫。一瓶格兰威特威士忌酒摆在吧台后面。"你喝什么呢？梅酒之类的吗？"

"波本威士忌加水，"戴夫说着，又露出微笑，"你请客？"

"来一杯波本威士忌加水。"克里斯蒂安扭头说道，懒得再次确认酒保听清了没有，"你不能说得这么模糊，否则别人会给你上便宜货。"他的语气强硬起来。"你走吧。"

本没有从克里斯蒂安身上移开目光，用余光看到戴夫没多说什么，自己走远了。他很反感这个傲慢的白人在中国城这么颐指气使。

白鹭会是中国城的一个黑帮，而克里斯蒂安能让所有白鹭会的人听他指使。这种行为让本明白了克里斯蒂安的权势有多大。现在屋子里有很多白鹭会的人，他绝不能得罪克里斯蒂安。

"坐下吧，龙。我有事和你谈。"

本迟疑着。自从加入影拳会，他所有的行动都听渐隐的指挥，他还从没为别的人办过事。

"你肯定听说过，是不是，我在这里的组织联盟里有很大势力，我们控制着这一整片城区。"

本又咬了咬牙。或许克里斯蒂安想把他从渐隐身边挖走，又或许这是渐隐想要试探他的忠诚而设下的圈套。如果真是这样的话，渐隐可能正在利用他隐身的能力，坐在吧台旁边，观察着本的一举一动。

本耸耸肩，坐下来。他拍了拍口袋里的折纸和小刀，这是他紧张时的习惯动作。他必须非常注意自己的所有行为。

克里斯蒂安转过吧台凳，充满自信地靠近吧台。"我想让你帮我把一个包裹送到艾利斯岛。关于这件事，以及我跟你提的要求，你不能和任何人说。明白了吗？"

本点头，注视着前面的吧台。他明白，但至于是否会遵守，又是另一回事。酒保端上酒，但他并没有碰。

"包裹现在在恶魔王子手上。"

本惊讶地看着他。"你和鬼牌镇的街头黑帮打交道？"

"今天下午，他们打了影拳会手下一个跑腿的，抢走了我们的包裹。"

"所以你是想让我帮你收拾烂摊子。"

"没错。"克里斯蒂安窃笑着，伸出一只布满老茧的手，梳理着自己的金发，"白鹭会觉得自己很厉害，但其实他们就是一群装备精良的毛头小子而已。我听说恶魔王子是鬼牌镇上规模最大、手腕最凶狠的黑帮。"

WILD CARDS

"对。"本知道他们的黑帮只收鬼牌成员,老大叫做路西法。他们实施过一些小型犯罪,也会收保护费,但是遵循绝不伤害鬼牌的行为准则。

"我们的业余突击队员也许可以拿下他们,但没有把握。你来做吧。"

"是什么样的包裹?"

"很厚的牛皮纸信封,里面用塑料袋装着蓝色的粉末。"他用手比画出的大小正好能够放进本的夹克衫口袋。

可能是那种叫做狂喜的新型毒品,本猜想到。

帮人家运送毒品的,薇薇安用厌恶的声音说道。

"恶魔王子的人在哪?"

"你要自己找,老兄。"

"我怎么到岛上去?"

"我是你妈吗?学小鸟飞过去,或者像鱼一样游过去,我管不着。不过当心污水。"

他轻蔑的口吻让本心下不快,但他并没有说什么。

"你都没喝你的酒。"

"该谈的都谈完了?"

"谈完了。"

本耸了耸肩,喝下一口酒。他想努力找些话题;如果能引克里斯蒂安多说些话,他就能更好地了解他的立场。但他想不出能说什么。

最大的问题是,他不知道克里斯蒂安究竟有多大势力。他很清楚这个人在影拳会拥有举足轻重的地位。虽然他可以拒绝他的命令,但他无法估量这样做究竟会带来什么后果。

克里斯蒂安似乎能够随意使唤所有白鹭会的人;如果他想除掉本,根本不缺人手。但是,他提出的这个跑腿的差事也很让人讨厌。最终,他决定接下这份差事,但同时会密切关注这个新来的。至少,这是两害相较取其轻。

"我不得不说，我对你的名字颇有兴趣，"克里斯蒂安说道，"我猜是你自己起的？"

"对。我从中国的小说里挑的名字。他是个窃贼，但又算是个好人。"

"哦！原来是黄种罗宾汉。"

本淡淡微笑了一下。关于中国传统文化的知识是他少有的几个自豪之处。中国城也很少有人知道他名字的来历。

如果你不能以真正的懒龙那样的标准要求自己，薇薇安在他的脑海中嘲讽地说道，那么你就配不上这样的名字。

"聊得差不多了。"克里斯蒂安喝干杯中的酒，当的一声放下杯子。他没有再说什么，信步走向储藏间和厨房的方向。

今晚，本无法再从克里斯蒂安这里得到什么消息了。他又喝了一口自己的酒，挪开吧台凳，走向卫生间。酒精让他感到脸颊和喉咙发烫。

在卫生间里，他从脏兮兮的肥皂盒里拿出椭圆形的香皂，把它包在卫生纸里，放进另一个口袋。补充好武器之后，他又回到吧台前，穿上自己的夹克。

好几个白鹭会成员从酒桌和卡座朝他张望，但没人说话。从他们刻意的人员分布看来，本意识到他们知道他在为克里斯蒂安办事。他不知道他们对此持什么样的态度。

如果他们反对，过一会儿可能就会提着冲锋枪来见他了。

♣

本推门走向室外的冷风，四下张望着。街上人不多，都在朝鬼牌镇其他的夜生活去处移动。湿漉漉的雪片轻柔地从天而降，给马路和人行道罩上一层白毯，偶有几处脚印和车辙处露出深色的地面。

WILD CARDS

　　扭龙酒吧外面的积雪已被踩成泥水。其中有一双格外大的足迹，旁边还有双轮手推车的轨迹。是海象朱比，他在赫斯特街和包厘街的路口处开着一家报刊亭，夜晚常来鬼牌镇的各个酒吧兜售报纸杂志。从足迹看来，他还没走远，而且他一般总会热情地停下来和顾客聊天。

　　本急忙追了上去。

　　谁也帮不了你了，本。还好，刚才和克里斯蒂安对峙时，薇薇安的声音并没有出现。然而现在她的声音又回来了，而且居高临下的态度一点也不输给克里斯蒂安。无论做什么，他姐姐都没给过他鼓励。

　　"闭嘴。"他走在无人的街上，说出了声来。

　　毫无疑问，现在本两边为难。其中一边是渐隐，他已经给渐隐当了好几年的副手。而另一边是谁，他还不知道。

　　摆脱现状吧，本，摆脱你现在这样的人生，逃走吧。他们不会知道发生了什么的。这话薇薇安也说过好几遍。

　　"我不是懦夫。"本大声自言自语，但声音听上去却更像是在哭诉。

　　这不是懦弱。这是聪明的做法。

　　本紧咬牙关，试图屏蔽脑海中的声音。但并没有成功。

　　如果这是渐隐在考验你的忠诚，那么现在让你为难的两边其实都是他。你直接向他报告这件事，就能通过他的考验。

　　"当然了。"本咆哮道。

　　如果克里斯蒂安是在替别人检验你对渐隐的忠诚程度，或者是为他自己的目的而检验你，那你就绝对不能向渐隐报告。

　　本越走越快，几乎跑起来，想要摆脱脑内的声音。

　　同时，也有可能是某人想要彻底干掉你，所以故意派你去完成一件不可能完成的任务，或者是引你落入什么圈套。

　　接受这个任务可能就等于自杀……但向渐隐报告这件事可能也和

自杀无异；不报告也可能是一样的结果。

或许渐隐现在就在看着他。

本突然恐慌，转过身四下打量。虽然渐隐可以隐身，但他一定会在雪地上留下脚印。不过从扭龙酒吧出来的一路，都没有足迹跟随他。

薇薇安的笑声在他脑海中回响。

"闭嘴！"他对着空荡荡的大街喊道。他对自己十分生气，转回身，大步流星地走在雪中。他不会被任何人吓倒的。恶魔王子就是小菜一碟。

最终，他在查塔姆广场追上了海象。后者正从《鬼牌镇泣语》杂志社一摇一摆地走出来。他和往常一样，穿着随意的服装，皮肤蓝黑油亮，圆滚滚的，只有不到五英尺高。今天，他穿着一件红色夏威夷衫，上面有橙、蓝、绿色的天堂鸟图案。他正拉着手推车往厄妮和沃利酒吧走去。

趁还能抽身的时候快走吧，本。如果你死了，我也会死。

本无视了薇薇安，小心翼翼地跑着追上海象。他和他不是很熟，只说过几次话。海象永远有讲不完的笑话和小道消息，所有人都喜欢他，本也不例外。

"嗨。"本赶上海象后放慢脚步，上气不接下气地说道。海象只见过他的人类形态，知道他是鬼牌镇的一号人物。

"晚上好啊，本，"海象说道，一双眼睛从平顶帽下看着他。几簇发质粗硬的红发从帽子下面露了出来，一双尖牙从他的口中弯曲着支出。"我在扭龙酒吧把所有中文报纸都卖光了。你对其他的感兴趣吗？"

"算了，反正我也不认识中文。我想找恶魔王子的人。"

"嗯，他们不能算是我的顾客。我不知道他们是怎么读书的。我帮不上你。"

"拜托了，海象。你的消息最灵通。"

"有急事吧？你在下雪的晚上还在大街上跑，而且大过节的。"

"听我说，我现在的确没什么钱。但我早晚会走运的。"

"我只是个到处跑的健谈的家伙罢了。我不需要钱。"海象愉快地点点头，"但我不知道能不能帮上你，本杰明。"

本耸了耸肩，努力想着自己能拿些什么来和他作交换。

"我看到扭龙酒吧有一位新来的常客，"海象快活地说道，眼睛注视着飞旋的雪花，"从口音听来，是英国人。"

原来他想知道这个。本犹疑着；他不应该多谈影拳会的事。但他决定冒险试试看——毕竟他现在遇到了很严重的麻烦，连他自己都不知道究竟有多严重。"他叫莱斯利·克里斯蒂安。新来的，地位很高。听说他总说自己在世界各地当过雇佣兵。"

"看来你并不相信。"

本耸耸肩。

"今晚我去海力餐厅推销报纸，但生意并不好。我想那些混街头的家伙可能大多数是文盲。"

不，本。你并不欠克里斯蒂安的。

"谢谢你，海象。"本露齿一笑，转过身去。海象推着小车继续沿街走着，本则小跑着去了另一个方向。

本，快停下。我会制止你的。早晚，我要用某种办法制止你。如果今晚不能，我早晚也要做到。不要再糟蹋我们的人生、我们的家了！

这些话本以前全都听过。他继续沿着寒冷的大街跑着。至少现在，她闭嘴了。

海力餐厅外面，本放慢脚步，让过了几个行人，随后看向大落地窗。有八个恶魔王子的成员围坐在屋子后方的一张大圆桌边。老大路西法不在。今天领头的是个头上仿佛长满紫色葡萄的人，只有眼睛和嘴周围留出黑色的一圈,他穿着一件昂贵的黑色皮夹克。在他旁边,有个长着比目鱼脑袋的家伙正用鱼鳍似的手拿起披萨往嘴里塞。

桌子上堆叠着高高的空盘子。这群人彼此打趣,大笑着。他们的武器——AK-47、冲锋枪和AR-15,都随便地挂在椅背上。

餐厅里其余地方空无一人。海力和他的帮手们也都躲进了厨房。恶魔王子的人们在吹牛聊天,包括他们在内的所有人都坚信影拳会一定会做出反应。

没有人为他殿后,本是绝不会考虑交涉的。

在他为渐隐办事时,总能有人帮他保护精神出窍时处于昏迷状态的身体。但现在他单枪匹马。本快步绕过街角,走入小巷,从裤子口袋里掏出龙形折纸。

在小巷里,他停在一个桶盖打开的垃圾桶边,小心翼翼打开包着折纸龙的餐巾纸,确认保存完好后,他把龙扔到雪地上。他抓住大垃圾桶的边沿,纵身一跃,骑在垃圾桶上,缓缓滑进散发着臭气的纸板箱、旧报纸和垃圾堆之中。幸好天寒地冻,臭气相对弱了些。

至少要当心一些,薇薇安充满抵触地说道。

本在垃圾桶里蠕动着,直到找到一个相对舒服的姿势。随后他闭上眼睛,把精力集中在垃圾桶外的折纸龙上。

片刻之后,他感到自己在变大。

折纸渐渐变成爬虫类的肌肉、内脏和鳞片,本用龙的眼睛从小巷口窥探着。本迈动短腿,驱动着自己四十英尺长的身躯向前行走。没有人注意到他走上了寒冷的人行道。

当他转过拐角,人行道上的行人纷纷躲到街上,谁也不敢惹他。本的爪子没办法抓住门把手,他只好盘在门外。

透过玻璃,本看到葡萄头突然从椅子上半站起来,指着他的方向。本向前一冲,用庞大的脑袋冲破了门。他冲向餐厅里的过道,门框从墙上扯下来,卡在他的脖子上。在他面前,恶魔王子的人纷纷拿起武器射击,一边寻找掩体。

本可以感觉到一道道的子弹射入他的身体,但他依旧向前冲刺着,撞上了桌子。门框的残骸挂在他的脖子上,就像一个衣领。他在目瞪口呆的鬼牌们面前停下,一口就将一个人咬成两半。他们的射击更加密集,但现在他们开始往门外飞跑。

他像一条巨大的响尾蛇,追在他们身后,一口咬断葡萄头的腿,把不断喷溅着鲜血的断肢扔到桌子的残骸上。他又向前一冲,一口把比目鱼脑袋的头咬了下来。他吐出他的头,听到门廊处传来沉重的脚步声。

痛觉渐渐让本的视觉模糊起来,他看到剩下的几个恶魔王子成员奔向门口一个戴着兜帽、披着黑天鹅绒斗篷的巨大身影。来人虽然非常高大,但比本现在的龙的身体仍然小很多。他的黑兜帽下戴着一副击剑面罩,怒气冲冲地走过来。

这是那名叫做异人的鬼牌,穿着他的冬装。

本以前并没有见过他,但他立刻判断出来者是敌人。他转过身体,面对着自己的对手。痛觉在长长的躯干中十分尖锐,他失去了协调能力,反应也变得很慢。虽然这副冷血爬行动物的躯体非常结实,但子弹已经把全身的筋肉从骨头上打飞,让他难以好好活动身体。

"这里是鬼牌镇,"异人凶狠地说道,用的是他三个声线中最为严厉的一个,"这里的事不归你管,王牌。这里的黑帮也用不着你管。"

本能够看到黑色斗篷下的躯体不断变化。异人曾经是三个人,后来他们融合在了一起,而他们的身体永远都在痛苦地来回扭曲组合。他想要回敬几句,但只能通过龙的声带发出嘘嘘的咆哮声。

"你是不是懒龙?"异人缓步上前,伸出一只肌肉发达的手臂和一只纤细的女性手臂——他的手臂都强壮有力,但也优美而敏锐,"我听过关于你的传闻。无论你是什么人——你都要明白,不要来找鬼牌的麻烦。"

本振作力气，再次向前冲刺，张开下巴。但他没有咬到异人，后者伸出手臂死死圈住他闭上的嘴，像个鳄鱼训练师。原本纤细的那条手臂慢慢变得粗壮；很快两条手臂全都变成肌肉发达的模样。本努力想要张开嘴，但对方力气太大了。

本在地上打滚，狂野地摆动着，周围的桌椅全被打飞。门框仅有的残骸也碎裂了，从他的脖子上掉下来。玻璃和杯盘碗碟全都摔得粉碎。异人也被甩得踉跄起来，巨大的身躯给四周造成了更大的破坏，他的黑色斗篷上洒满恶魔王子成员和本的血。

本焦急地盯着异人，挥动着短腿想要站起来。另一边，异人站了起来，艰难地跨过散落一地的家具残骸。

本刚刚觉得自己的爪子找到了着力点，异人就伸出了手臂。他张开嘴，朝着异人的腿冲去，但他的颈部肌肉已经不听使唤。本的牙齿狠狠咬住了空气。异人再次死死圈住了他的嘴。

这副龙的身体已经坚持不了多久了。本的视野越来越模糊，不断扭动着试图挣脱异人。但现在痛觉越来越剧烈，身体也越发不听使唤。本甩动着头，让异人的身体撞到了墙里，墙板和房梁四分五裂，但异人丝毫不松手。

一阵炽热的剧痛让本猛地一摆龙尾，从下方打中了异人的脚踝。异人跌倒，松开了本，打碎了更多的杯盘。本再次张开血盆大口，疯狂地咬下去，但只咬了一嘴的天鹅绒斗篷。

本甩掉斗篷，对着异人的身体再次发起攻击。他现在缓慢又笨拙，已经不能很好地操纵自己硕大的身躯。异人再次用胳膊圈住他沾满血污的长吻，伸出一条粗壮的腿蹬住地面，这次，是异人扭动本的身体。

本被对方强大的力量翻转过来，他看着天花板上的道道灯光，感到一阵恐慌。突然，异人向一侧横跨一步，戴着击剑面具的脸出现在

WILD CARDS

本一侧的眼睛前,仿佛面无表情的嘲讽,随后猛地一扭本的脖子。他听到响亮的断裂声——

……然后便发现自己正躺在阴冷的垃圾桶里,被垃圾堆包围。

本现在不敢引起异人的注意。他从扭龙酒吧拿来的香皂还没有雕刻好;如果异人或者任何别的人追击他,他没有任何能够自卫的武器。他静静等着,竖耳聆听。

今夜越来越寒冷。大片雪花不断从夜晚的天幕深处飞旋而下,他静静躺着,感到风越发刺骨。偶尔,有车开过,碾过街上的雪水,随后雪水又很快凝结成冰。在杀戮面前,所有人都不敢打破沉默。

他听到有人小心翼翼地低语,便知道海力餐厅门外聚集了几个人。他听到异人走出一片狼藉的餐厅,走向鬼牌镇的深处。本爬出垃圾桶,跃向地面,向小巷拐角处张望。

人群已经散了。本的龙躯已经变回了残破的折纸,异人也不见了。今夜的大戏结束了。

本一边警戒地环顾周围,确认没有恶魔王子成员在之后,便溜进餐厅的废墟里,直奔他们刚刚在的位置。现在海力和他的助手可能还躲在后厨,也可能已经跑远。他忍不住看着几分钟前自己轻而易举撕裂的鬼牌断肢。

本踩到一块血肉模糊的人体残骸,突然觉得喉咙里翻江倒海。他努力压抑着呕吐感,看向别处。在战斗时,他化作龙形,肆意地对恶魔王子大开杀戒。但是现在,他的想法好像有所改变。但那场战斗是必需的,而且身为龙的时候,他就必须像龙一样去战斗。

简直难以相信,他和那个轻而易举就迅速杀掉那么多人的龙是同一个人格。

那就是你干的,薇薇安愤怒地低声说道。

本以前就以动物形态杀过人,以后肯定还会。但他以前并没有在变回人形之后再次面对自己杀害的人的尸骸。然而现在,这幅血腥的场景让他极为不适。这跟刚刚看到的完全不一样。

他咬紧人类的牙关,强迫自己继续找寻。

本并不能确定那个包裹一定在这里;也许某个恶魔王子成员带着它,也许他们早些时候已经把它藏起来了。也可能被逃跑的人拿走了。在他不断翻找的时候,冷风吹进餐厅,让杯盘碗碟的碎片发出咯咯声,餐巾纸到处飞舞。在家具和杯盘碎片中搜寻一会儿之后,他转向葡萄头的尸体。

本畏缩了,努力只去看他那件闪闪发亮的黑皮夹克,不去看他的断腿和周围的血迹。他快速拍了拍他的全身,在一个口袋里发现一处隆起。血腥的气味让他恶心,本吐了。

你没有资格感到恶心,薇薇安指责他,这一切都是你一手造成的。

本努力分泌出足够的唾液,吐在手上搓,然后用袖子擦干净手。他拉开对方的衣袋。本屏着气,从衣袋里掏出一个小小的牛皮纸信封。

远处传来警笛声,越来越近。鬼牌镇警方一般不会反应这么迅速。不过,他公然闹出这么大的事,即使是怪人堡垒的警方,也得做出点回应。

本需要再次进行确认。他打开信封,检查里面的内容物。信封里塞满装着蓝色粉末的塑料小袋。这是爱斯基摩人奎因的实验室研发的新型毒品——"狂喜"。这是在影拳会的支持下开发的,是彻彻底底的毒药。

你成了个运毒的,薇薇安说,声音中满是憎恶和轻蔑。

他合上信封,妥善地把它放在自己的皮夹克口袋里,快步离开海力餐厅,走入越来越大的风雪中。

♠

本穿过肮脏的门厅,走到自己家门口,才想起莎莉·斯文森的

WILD CARDS

事。但愿她已经走了，他打开门走进令人窒息的燥热房间中。借着门外投进的光亮，他看到她的金发仍然在他的枕头上散发着光泽，就和他走的时候一样。但由于太热，被子已经被她踢开，堆在脚边。她的呼吸沉稳而舒缓。

"莎莉。"他弯腰想要叫醒她，但又停下了。毕竟她看上去十分无害，而且他回来的时间连破晓都还没到。他现在不想和她发生任何争执。

他打开台灯，小心翼翼地关上门，同时不让门自己锁上。门已经变了形，可以自己卡在门框里。

你现在抽身仍然来得及。薇薇安绝望地说。

"希望能成功。"他无视了薇薇安的声音，自言自语道。他掏出牛皮纸信封，趁自己还没热出汗，开始脱衣服。脱光衣服后，他拿出自己的小刀和从扭龙酒吧拿来的香皂。

他停住手。像龙这样的冷血动物并不适合在寒冷的冬夜活动。他需要的是适应寒冬的生物，并且能够通过水路或者空路到达艾利斯岛，同时能妥善携带这个包裹。并且，它的外表要能够吓退可能会遇到的敌人。

"那就这样吧。"他嘟哝着，只是想说些友善的话给自己听。他着手干起来。结束后，他把香皂雕塑放在地板中央，爬上了床，躺在莎莉旁边。她没有动。他盖好被子，闭上眼睛，把精神集中在自己雕刻出来的北极熊身上。

几秒钟后，本用四条腿站了起来，驱动着健壮的熊的身躯。他轻轻用牙咬住门把手，后退两步，把门拉开。他用嘴衔起牛皮纸信封，心中怀疑自己的身体能不能穿过门。随后，他颇费了一番力气才把自己毛茸茸的身躯挤出门框。他终于穿过门后，听到陈旧的木头发出吱吱的声响。

门厅狭窄得让他几乎无法转身，但他还是勉强做到了。他暂时放

独眼杰克

下装毒品的袋子，把门拉上，直到听见门锁发出咔哒一声。确保了自己人类身躯的安全之后，他又叼起包裹，爬下楼去。

街道上甚至比刚才更冷了。大雪片快速飘落，被阵风吹拂着。大雪渐渐变成一场暴风雪，席卷了曼哈顿。不过，本现在的身躯对这种天气感到很舒适。

一头北极熊在街上散步，对于鬼牌镇这种地方来说算不上多么怪异的光景。本踏着雪走在运河街上，仅有的几名行人纷纷为他让道，但并没有什么更加意外的反应。现在，他最大的担忧是遇到心血来潮对他开枪的街头混混。

终于，他走到莱克星顿大道地铁站。他快步走下台阶，远离了冷风。他小跑着路过售票厅，一跃便跳过了闸机。

站在一边的警察把手放在武器上，但这只是一个防卫性动作。本跑向站台，一小群人惊叹着，纷纷让开。他看向他们，并没有人掏枪，他松了一口气。

"竟然是真的，"一个女人抽泣着，"快叫警察，该死，我真讨厌如今的地铁。"

"它肯定是个王牌。"一名年长些的男人说。

"我看像是鬼牌。"另一名年轻男孩嗤笑。

"安静；他会听见的。"最早开口的女人提醒道。

"我知道外面很冷，但这也太荒谬了，"另一个男人说道，"而且，他嘴里面是什么？"

"你自己问问去吧。"男孩说。

本无视了他们。列车到站，打开门后，车里的乘客惊讶地站在原地，盯着他看。随后他们慌忙从旁边的车门下车了，本上了车。

他只能在刚进门处的过道里坐下，但还是把入口堵得死死的。没有别人愿意和他上同一辆车厢，这节车厢里原本有的乘客一部分从别的门下车了，其余的人只是冷漠地看着他。

161

WILD CARDS

列车关上门,朝着曼哈顿岛的南端驶去,本感到松了一口气。每到一站,列车一打开门,本就立刻朝外小心张望。门外的人全都躲得远远的,有的人去了别的车厢,有的人干脆不坐这趟地铁。在这样一个风雪交加的夜晚,来坐地铁的人也并不太多。

终于到了巴特利公园站,他下了地铁,连忙离开了。他知道以自己的这副身体是没法通过出口转门的,只好又从入口闸机跳过去。他跑上楼梯,再次走入风雪之中。

本穿过风雪交加的公园,走到河边。这里是往返轮渡的码头,所以应该是离艾利斯岛直线距离最近的点。哈德逊河和上纽约湾交汇处吹来刺骨的寒风,他知道自己的推断是准确的。厚重的毛皮和脂肪让他很好地保存了体温。

现在到了最有意思的部分,他心想。他把牛皮纸信封放在雪地上,然后再次衔起。这一次把它完全包在了嘴里。

本用鼻子深深吸气,一头扎入冰水中。这副身体在冷水中依旧很舒服,让他松了一口气。他摆动着四条腿,眼睛和鼻子露在水面上,熟练地游着泳。

在他身后,曼哈顿岛上的灯火透过暴雪,散发着美丽的白色光晕。他没有抬头张望新泽西和其他的岛屿,担心光是游到艾利斯岛就会耗尽他所有的体力。他只把精神集中在艾利斯岛的灯光上。水浪拍打着他的脸,让他的视野有些模糊,但他的鼻息可以很好地隔绝想要钻进鼻孔的水。

北极熊的身体很有力量,擅长在冰冷的水中进行长途游泳。他不断在黑暗中摆动着四肢。虽然他不能很好地判断出距离,但也并不觉得疲倦,这让他很满意。

但是很突然地,他感到一种强烈的放弃的欲望,想要立刻掉头回去。这个念头让他十分惊讶;他努力压抑着放弃的想法,强迫自己注视着前方的灯光。水仿佛越来越沉重,波涛更加汹涌,风也更强劲。

也许他只是累了。他试着估算还有多远。也许只有几百码,但突然,这段距离好像很远很远。他强迫自己继续游着。

反正现在往回游反而更远,他告诉自己。其实他并不是觉得累,只是有种转身游回去的强烈冲动。

莱斯利·克里斯蒂安会看不起我的。

本用力地在水中摆着腿。

突然,一阵剧烈的恐惧淹没了他,让他的腹部跟着痉挛起来。没有逻辑、没有缘由;只是感到内心升起本能的恐慌,让他后脖颈和背上的毛都立了起来。他继续游着,但恐惧让他的四肢越来越无力。

又一阵恐惧袭来,他停下游泳的动作。皮毛和脂肪支撑着他巨大的身躯在水里漂浮着。艾利斯岛就近在眼前,却让他感到极度反感。他透过雪幕看着它,艾利斯岛变得模糊,似乎越来越远。

本眨着眼,挤出溅进眼中的河水,努力集中精神。雪片也仿佛全部朝着他飞来。他没有了方向感,心下恐慌,只想回家。

他强迫自己的四肢重新动起来,用狗刨似的姿势划着水。他没有回头,继续向前游去。他把精力集中在腿上,努力让它们动起来。对于艾利斯岛的未知恐惧,以及笼罩他的怪异恐慌感依然还在,但他努力忽略这一切。他的脑海中只想着一次动两条腿,向后划水。他一心只想着:一、二,一、二。

本继续游着。

这段路途似乎永远也没有尽头。终于,他游到一束黄色的灯光之中,才敢抬头看一看。那是一座楼上的一盏大灯,它周围的灯都熄灭了。艾利斯岛近似长方形,其中一条长边有一条轮渡斜引道,让整个岛呈现出凹字形。这个岛比他预计的要小,可能还没有两个街区的面积大。

他现在心中有了把握,便放慢速度,搜寻着人影。只有几扇窗户里透出灯光,显示出有人在那里,在这种恶劣的天气中也算正常。他

WILD CARDS

游到轮渡斜引道里,仍然四处张望着,最后,终于爬上码头,用前腿撑着身体上了岸。

他遵循着动物本能,甩了甩全身的皮毛,身上的冰水四处飞溅。

他找到方向后,闻到一阵恶心的气味。有点像垃圾桶里的臭气,但似乎气味的种类更加复杂,也更恶心。还好,强风把它吹散了。

他顶着强风,眯起眼睛看着。岛上的主要建筑是一栋六层高的砖楼,对着他的这一面比足球场还长。在建筑的四角,分别有四个铜顶的瞭望塔,比楼顶还高出四十英尺。这栋楼看上去很老旧,似乎是20世纪初建的,不过本对于建筑学并没有什么研究。

他有种被人从后方跟踪的恐怖感觉,脖子上的熊毛倒竖起来。他转身查看,但身后除了河水什么也没有。但这份感觉仍不消散,他仰头窥看,视野里只有密集的雪花从天穹飞下。

他左侧阴影里有什么动静,立刻引起了他的注意。他紧张地转过头,看到有人谨慎地上前了一步。

"你是来做什么的?"一个女人的声音问道。

本没有料到现在这种时候外面还会有人。他现在也没办法用熊的身体讲话,只是静静看着对方又上前一步。她至少有六英尺高,长着一张雪貂的脸:楔形的脑袋上长着黑色的鼻头和圆耳朵,眼睛周围带浅黄色的皮毛外覆盖着黑色的面具。她的皮毛在腹部渐变成了银色。最引人注目的是,她的口中生着一对两英寸长的獠牙。

"当心点,鼬鼠,"一个年轻男子的声音说道,"我以前从没见过这个人。"

本看向那个人。他就像是一人高的一捆钢灰色灌木,十分怪异。

"闭嘴,鲽鱼,"鼬鼠说,"鬼牌就是鬼牌。你叫什么?"

本摇头,试图做个耸肩的动作,眼神仍然没有离开他们。现在他至少明白了鼬鼠是干什么的;她的身体也和他一样,非常适应眼下的天气。但在夏天,她的身体应该比他现在更能应付高温。鲽鱼显然也能在这种条件下较好地保持体温。

"如果他不是鬼牌呢?"鲽鱼在劲风中大声喊道,"如果它是一只真的北极熊呢?"

"别胡扯了,行吗?"她又向本靠近一步。风吹动着她白色的皮毛。"你一点也不能说话吗?"

本小心翼翼地把头左右摇晃,确保鲽鱼不会误会。随后他用头指向大楼的门口,嘴依旧紧闭。

"最好让膨胀见见他,"鼬鼠坚定地说,"来吧。"她用极富弹跳感的步伐走向楼门,低着头抵御寒风。

本走近大楼,看到门口有一扇两层楼高的三重拱门。在拱门上方,用浮雕雕刻着某种标志,两边装饰着水泥雕成的鸟,上面都积满了雪。这么大的楼里至少能容纳几千人。

"膨胀是这里的头儿。"鼬鼠推开沉重的门,说道。

一阵强烈的臭气冲击着本敏锐的鼻子。他强迫自己走进去,胃里翻江倒海。鼬鼠和鲽鱼跟在他的身后。

显然,一楼过去是当做大厅使用的,里面的灯光晃得本一时睁不开眼。门在他身后关上,他震惊地停住脚步,看到了他至今见过的最令人作呕的鬼牌。

膨胀的身躯巨大,大概有五十英尺宽,八英尺高。他的头和脖子大小正常,生在身体顶端,肩膀和胳膊虽然也有着正常的形状,但只是毫无用处地从巨大的身躯里伸出来。五条管子扎进他的身体,向里面输送着什么。本闻到的臭气来自堆积在他周围地上的一摊黑色膏状淤泥。

他旁边还有几名形态各异的鬼牌,有的人几乎融进了大厅阴暗的角落里。在这个时间段,大多数人已经睡了。醒着的几个人纷纷带着怀疑和敌意的眼神,转头看向本。

"膨胀,"鼬鼠说,声音中有一种强烈的敬畏,"这个鬼牌刚刚上岸,他是一路游泳过来的。他连话都不能说。"

"真的吗?"膨胀的声音非常尖细,"又来了一位客人?欢迎你,我的朋友。"膨胀从高处俯视着他。和声音不同,他的表情中有一种怀揣恶意的怀疑。

本点点头,心中警觉起来。他对这个地方几乎毫无了解。

虽然鼬鼠说膨胀是这里的头儿,但莱斯利·克里斯蒂安并没有告诉他究竟该把毒品交到谁的手里。如果他要自卫,就必须吐出袋子才能咬人。

"他不是鬼牌!"膨胀尖叫道,"他是王牌!"突然,他对本怒目而视。"但你并不是个招人喜欢的小伙子,是不是?"

本一动不动,心跳飞快,不知道膨胀是怎么得知他的底细的。或许狂喜就应该交到他手上。

"对,"膨胀愉快地叫着,"那个包裹就是给我的!交来吧!"

本紧张地仰视着膨胀,突然意识到这名体型巨大的鬼牌能够看透他的思想。

周围的鬼牌纷纷充满期待地朝这边转过身来,敌意的目光锁定了本。本来回转着头,不让任何人漏出自己的视野。目前看来,他可以自卫,但和他们发生争斗对于完成自己的任务毫无帮助。

"看好他,"膨胀高声命令道,"别让他跑了。"

"让我来吧?"一个居高临下的男声问道。一名年轻人迈着跃动的步子,大步从阴影中走出。他身材苗条,浑身充满力量,大概十七岁,身穿肥大的紫色高领毛衣和牛仔裤。一名矮小的黑发女孩站在他身后。

本在他和膨胀之间打量着。

"哦,那好吧,大卫,"膨胀用一种夸张的纵容口吻说道,"你来确认一下。不过我已经读了他的思想,所以已经知道了。你去吧。"

大卫昂首阔步走向本。他露出整齐的牙齿,咧嘴一笑,一张俊脸已经长出了胡楂,需要刮脸了。一缕凌乱的金发垂在充血的眼睛旁边。他伸出一只手。

本迟疑着,认真打量大卫那副自信而又带有自嘲的笑脸。他现在不能说话,还被许多鬼牌包围,所以没有什么别的选择。他张开嘴,让信封滑出来了一点,同时闻到大卫的吐息里有啤酒的气味。

他听到头顶上传来杂乱的脚步声和紧张的尖细笑声。大卫仍旧笑着,谨慎地上前一步取出信封,本抬头看到在三楼的高度有一圈观景廊,几个模糊的人影在上面。

"呃,"大卫夸张地笑着,"北极熊的唾液。"

一开始,并没有人笑。随后,膨胀的尖声嘲笑打破了沉默,其他鬼牌才跟着他笑起来。

但大卫并不是鬼牌。他身后的女孩也不是。

"看来你并不认识他,"膨胀幸灾乐祸地对本说道,"那么……我也不打算告诉你!"他又被自己的机灵逗笑了。

本瞥了一眼大门。他能逃跑的可能性微乎其微。他的熊掌连门都打不开。

大卫拿出一包蓝色粉末,用小拇指尖在塑料袋上戳开一个小口,着迷似的注视着手上的一点蓝色印记。

"如何,大卫?"膨胀不耐烦地问道。

"是真货,"大卫轻声说,"狂喜。"他盯着自己的手指,狡猾一笑,随后两眼放光地仰视着膨胀。"我只是要确保,我交钱一定能得到应得的好处。"

"大卫,"膨胀发牢骚道,"我不会欺骗朋友的。"他环视一圈,找到一名瘦高的女人。"嗤笑,过来,美人儿。我答应过给你的。给她一点,大卫。"

嗤笑谨慎地蹑手蹑脚向前走来。她穿着宽松庞大的冬装和柔软的鞋子,但随着走动,她一直在无声地发笑。然而,她脸上的表情却是痛苦的。

"任何一点刺激都会让她痒得想笑，"鼬鼠轻声对本说道，"即使是衣服摩擦皮肤、脚踩在地上，也会让她发痒。所有的感觉都让她发笑，但她痛恨这样。"

"这叫做狂喜，"大卫说，伸出拿着包裹的手，"只要皮肤接触，就会起效……是我们这里最强力的货。"

嗤笑费力地前行着，伸出一根食指，戳进塑料袋的洞里。她拔出手指，端详着，先是害羞地笑了笑，但随后就从他手中夺过塑料口袋，在碰到塑料表皮的时候无助地咯咯笑着。她把粉末倒在手掌上，朝脸上、脖子上涂抹。她的喘息和笑声响彻大厅。

"这是膨胀的东西，"大卫警惕地说道，"而且很贵。"

但膨胀开心地尖声笑了，他看着嗤笑把塑料口袋丢在地上，脱下宽松的毛衣和下面的蓝色T恤。她跪在地上，疯狂地把狂喜往自己裸露的胳膊、肩膀、胸脯和肚子上抹。

"它不能减轻痒的感觉，"大卫充满恶意地看着她的享受，无所事事地用大拇指揉搓着手上的蓝色粉末，"但会让你变得享受这种感觉。"

所有人都注视着嗤笑，本则小心地环顾四周。没有别人的帮助，他无法逃出去。

嗤笑已经脱光了衣服，蹲在地上，朝大腿上抹狂喜粉末。她因为这份触感而发出咯咯的笑声，但脸上的表情不再痛苦。她脸上洋溢着一种如梦似幻的神态。

本看着她，心中升起一种脱节的恐惧。狂喜的毒性极强，而她正毫无顾忌地疯狂使用。不过眼下他还自身难保，并没有闲心担忧陌生人的安危。

膨胀笑得越来越大声，他周围的鬼牌也纷纷跟着笑起来。大卫欣喜地观赏着嗤笑，刚刚站在他身后的女孩来到他的身边，也盯着嗤笑看，漂亮的蓝眼睛里露出渴望。

"大卫，"她柔声说道，用手指转着一缕黑发，"那头北极熊是什么人？"

"你把我问住了，莎拉。"大卫说道，视线仍然没有离开嗤笑。

"我想和他互传，"莎拉说，"我很好奇北极熊磕了狂喜会怎么样。"

虽然周围嘈杂，本还是听到了她说的话，但其他人都没有听到。

本后退了一步，不明白她是什么意思。如果她只是想骑一骑他，本可以接受。如果那句话指的是做爱，那她也太疯狂了。本快速环视一圈周围，确认了他是所有人中体格最强壮的。但这并没有把王牌能力包含在内。

嗤笑被一圈鬼牌包围着，身上涂满蓝色，裸体跳起舞来。他们有节奏地一齐拍着手，又笑又叫，剩余的狂喜在他们手中传播着。膨胀边笑边嘲骂，胡乱挥动着自己的四肢。

突然，嗤笑看到了本。她一边笑，一边一摇一摆地大步走来，蓝色的脸上露出白色的牙。她周围的人群依旧拍着手，为她让出一条路，她一边旋转着跳舞，一边来到本的身边。

人们重新组成一个圈，把他们两个围在中央。有人领头跟着节奏喊："大熊！大熊！大熊！"嗤笑笑着，捏住本的耳朵，左右跳起来。

大卫和莎拉站在人群之中，本依然可以听到他们的对话。金发青年用他那双充血的、水汪汪的眼睛仔细打量着本。随后他伸出胳膊搂住莎拉，耸了耸肩："可以，你上吧，我不在乎。"

本紧张起来，死死盯着莎拉，做好向前冲或是躲避的准备。

她并没有动。突然有一股力量击中本的大脑，让他眩晕起来，精神逐渐脱离北极熊的身体。在他的视野中，浑身蓝色的嗤笑泛起涟漪，越来越模糊，拍手声和"大熊！"的叫喊声淹没了他。

他迷惑地后退，几乎毫无意义地咆哮着。在室内，皮毛和脂肪层让他燥热,他不知道这股力量究竟是怎么回事。这力量将北极熊的所有感官从他的意识中剥离,他觉得整个大厅好像翘了起来。

四角的黑暗吞没了他,最后,本只是感觉到莎拉似乎在他的意识中越来越大。他的意识难以继续驻留在熊的体内,惊慌之下,他开始把精神集中在远在中国城的人类身上。他想象着自己的房间,自己的床,床上是赤身裸体躺在莎莉身边的自己。他努力集中精神,终于,晕眩地沉到熟悉的黑暗之中。

◆

薇薇安感受到了本的困惑。她躺在黑暗的房间里,突然清醒过来。本的精神处于困惑之中,不再握有身体的控制权。这是源自直觉的判断,但十分可靠。

薇薇安的意识立刻清醒了。她连忙眨了眨他们的眼睛,动了动他们的四肢,确保这身体已经归自己支配。她接管了这副身体,再一次感受到了变化。

最初并不疼,但身体的改变导致的肾上腺素上升让她的头、腰肢和盆骨附近都肿胀起来。骨头改变形状时,她感到阵阵疼痛,盆骨变宽,肩膀和肋骨变窄。她的脸部轮廓也发生了改变,让她感到锐痛。她有种电梯突然下坠,或是过山车俯冲时候的感觉。

软组织的改变并没有那么难受,她的胸口隆起,大腿之间、面部和所有肌肉也发生了变化。最终,变化结束,她躺在本的房间里喘着粗气。她睁开眼,看到窗户上结的冰让外面的光线柔和起来。

每次掌握身体主导权后,她都会小心翼翼地用手摸摸胸脯。胸并不大,但显然是属于女性的。同时,她的另一只手摸向下半身,发现两腿之间的情况也如她所料。她是薇薇安,这是本从儿时起对她的称呼——她也是天羽,这是她对自己的称呼。

她轻轻清了清嗓子。是她自己的声音。

独眼杰克

她现在也能感受到本的存在。她猜他的动物身体被杀掉了,而他的精神还没从打击中恢复过来。这应该就是他暂时失去身体控制能力的原因。

但他失去主动权的时间是不确定的,他现在只能盘踞在他们的身体里,而她可以随心所欲做自己想做的事。和她退居其次的时候一样,他也可以直接通过思想和她交流,但他们不能直接看穿彼此的思想,只能接收到对方有意传达的思想。

而现在,本显然并不想说什么。

在她身旁,莎莉慵懒地翻了个身,面朝着薇薇安。薇薇安没有动弹,不想把她吵醒。然而,莎莉的手随意地抚摸着她的腰,一路滑到两腿之间。

薇薇安紧张起来,轻柔地把莎莉的手移开,下了床。她希望莎莉仍旧在睡着。然而,薇薇安刚坐起来,把脚放到地上,莎莉就用手肘撑着探起身来。

"你是谁?"她的声音里充满睡意,"本在哪?"

薇薇安站起身。"我是本的姐姐。本走了。"

"走了?天哪,他为什么不——嘿,你为什么和我一块儿躺在床上?"

薇薇安迟疑地站在燥热的房间中央,身上除了古钱币项链,一丝不挂。她紧张地摆弄着项链,打开灯。

莎莉被光亮晃得眯着眼退缩了一下,坐起身来。

"你走吧。"薇薇安说。

"什么?拜托,本说我可以在这里过夜。再说,现在刚几点?"

"我说了让你走。"薇薇安瞥到莎莉的衣服,拾起她的大号带钢丝文胸,"给你。"她把文胸扔过去。

莎莉把文胸从脸上扯下来,努力想说些什么,但哑口无言。

在莎莉穿衣服的时候,薇薇安捡起了本的衣服,心中默默决定明

WILD CARDS

天要去买点合适的衣服。至少他遵守了他们之间的基本约定；那条牛仔裤虽然对她来说太肥大了，但正好能贴合她的胯部。保暖内衣、高领毛衣和厚袜子也都是中性的，而她也从不穿文胸。本的靴子对她来说有些大，但并没有大太多；在身体变化时，他们的脚没有很大的改变，而且厚袜子也可以填补一些空间。

莎莉气得涨红了脸，但又无话可说。她穿好文胸后，踢开被子，站起身来，背对着薇薇安穿好其余的衣服。

明天早上薇薇安会去找大楼管理员，假装不知道本的去向。她会假装成为本感到担忧的姐姐，然后把房租交了。根据她的记忆，本租下这房间的时候，大楼管理员并不在乎他姐姐是否来同住，只要按时交房租就行了。

莎莉穿好外套，系好围巾，转过头来。"谢谢你这么贴心，"她嘲讽道，"就算这个时候我上街不被人杀死，也会被冻死的。"她猛地拉开门，走了出去，金发在身后飞舞。

薇薇安压下心中的一阵负罪感。既然莎莉已经到了能在酒吧被搭讪的年龄，那么她一定也能独自走夜路回家的。她锁上门的时候，很不情愿地想到自己并不能怎么责怪本。莎莉的确很漂亮，而且这是她自愿的。

"说再见，本。"她轻声奚落道。

再见，本在她的脑海里酸涩地咕哝道。

♠ ♥ ♦ ♣

无人知晓我的困苦

沃尔顿·西蒙斯 著

法庭里挤满了人,这里的记者简直像两周前布什就职典礼上一样多。其余的人是海勒姆的朋友和敌人,还有来看热闹的人。房间里没有别的鬼牌在,只有比勒陀利乌斯格外引人注目。肯尼斯帮杰里搞到了一个座位。

"全体起立。"

法官走进来,整个房间安静了。年迈的女法官缓步走到自己的座位前坐下来。

法官清了清嗓子。"关于海勒姆·沃切斯特一案,我已了解到检方愿意以过失杀人罪进行起诉。这是否属实?"

检方起立说道:"是的,法官大人。"

"辩方是否认罪?"法官问道。

比勒陀利乌斯站起身:"认罪,法官大人。"

"果然是辩诉交易。"在人群的低声交谈中,肯尼斯说道。

"沃切斯特先生,"法官说道,"请起立。"

海勒姆站起身来,尽量挺直身子。

"考虑到你的社会地位,以及此案的特殊情况,我认为将你关进监狱对于社会和你本人都是无益的。因此,我判你缓刑五年。在此期间,如若你使用了王牌能力,将是对于缓刑相关规定的违反。你拥有异禀的天赋,如果用这份力量夺走别人的生命,你应当以此为耻。我们的社会已经深受此类愚蠢行为之害。我们希望,你在将来可以成为正面的例子。如若不然,法庭将不会对你施与怜悯。"

海勒姆虚弱地点点头,用手蹭了蹭眉毛。比勒陀利乌斯站起来,用手臂搂了搂他。

房间后方,沉重的木门猛地被推开。一名生着四条腿的鬼牌冲了进来。"杀人犯。你就是一个有钱的杀人犯。"

两名警官抓住了他,把他按倒在地,铐住他。

"我们早晚会让你付出代价的,沃切斯特,"被拉出房间时,鬼牌仍在叫喊,"我们要让你没命,就和蝶蛹一样。"

"天哪,"杰里用胳膊肘轻轻推了推肯尼斯,"蝶蛹是死于意外,他们就不明白吗?当时海勒姆疯了。他已经很受折磨了。"

"可能是,"肯尼斯说,"不过真正在乎蝶蛹的人可能并不同意。这是由他们的利益决定的。"

比勒陀利乌斯和海勒姆开始穿过人群,向门厅走去。记者一拥而上,就像簇拥卵子的精子。

"今晚我不想待在鬼牌镇。"肯尼斯说。

"没错。"杰里说。

♥

大卫·巴特勒开着一辆破旧的雪佛兰,这已经很奇怪了。杰里今天又决定来跟踪大卫,但没想到一路跟着他来到了鬼牌镇。上次在会员制酒吧跟丢大卫之后,杰里又跟踪了他好几次,但每次都无聊得要命。有一次,他甚至跟着他去听了一场歌剧。

他们路过一栋建筑,墙外画着一颗巨大的红色桃心。还有不到三周就要到情人节,但杰里唯一想送花和巧克力的对象只有贝丝。这只会让肯尼斯生气。虽然肯尼斯并没有暗示什么,但他能够感受到他越来越抵触自己。不过这并不是最让他担忧的事情。现在,他正在打着出租车,跟踪着一名杀人嫌疑犯。天开始下雪。

独眼杰克

他几乎就要放弃,让出租车司机带自己回家,就在这时,远处的一辆车突然爆炸,被火焰包围。杰里的车打着滑停住,冲上人行道。司机猛地一踩刹车,车撞上一根路灯杆。引擎盖里开始冒出白烟。那辆车的残骸飞溅到他们的出租车上。一旁的街里冲出一大群鬼牌,有几个人注意到那辆车,正指着它。

"我的天哪,"杰里说,"咱们得赶紧离开这地方。"

司机转动着钥匙。车发出短暂的咔咔声,随后陷入沉默。"车抛锚了。我们只能跑了。"

杰里爬出车门。大卫丢下雪佛兰车,跑向一条巷子。那群鬼牌朝杰里他们靠近,杰里不明白他们在说什么,但是可以判断出语气并不友善。他去追大卫,但有一小撮鬼牌来阻拦他。在他们离他还有十多码的时候,杰里先一步拐进了那条巷子。

他开始改变自己的外形。他让自己的眉骨变宽,又把颅骨整体变得饱满了些,关节处长出了丑陋的肉瘤,虽然不是很夸张,但一定不会被人当做奈特。

大卫边跑边回头,看到杰里和追他的鬼牌,加快了脚步,和杰里拉开了更大的距离。杰里咬紧牙关,也加快了速度。寒冷的空气刺激着他的喉咙和胸口,他还要特别留神自己的意大利皮鞋,不要在结冰的地面上打滑。雪越来越大,开始随着风打起转来。

前方传来尖叫声。大卫转过转角,消失在杰里的视野中。杰里用尽最后的力气,加速冲刺。转过转角的时候,杰里摔倒了,看到前方有一大群人。至少有两三百名鬼牌挤在街上。有几辆车被点燃,周围的建筑都被火光映亮。一个被塞得鼓鼓囊囊的假人被他们扔来扔去,不停撕扯着。显然,那是沃切斯特的形象。

杰里找不到大卫的身影,但看到附近有一条小巷的入口。杰里溜进小巷,在他的视野范围内并没有别人。前方不远处,有一扇虚掩的门。杰里推开门,走进屋里,等着自己的眼睛适应黑暗,但仍旧看不

WILD CARDS

太清楚。他走出昏暗的门廊,紧张地听着室内的声响,但只有隐约的滴水声。停顿良久后,杰里才转身打算走出门去,这时却看到一群奈特走过。他们共有五人,两男三女,大概不到二十岁。其中一个女孩留着黑色刺头,另一人将头发剃光了。她们一左一右簇拥着一个男孩,显然那个男孩是他们的头儿。那是大卫。

那群鬼牌爆发出一阵叫喊。杰里透过那几个年轻人看去,有一名九英尺高的绿皮肤鬼牌向人群中央走去。是巨魔,塔基扬则坐在他的肩头。有几个人发出愤怒的咆哮,但大多数鬼牌保持着安静。

杰里听到身后传来一阵隆隆的咆哮。他转过头,看到一双绿色的眼睛正盯着自己。从眼距判断,肯定不是猫。杰里把自己的牙齿变长变尖。如果要爆发战斗,至少他能有一样武器。一边的獠牙刺痛了他的下唇。

"我的朋友们,听我说。"塔基扬大声喊道。杰里勉强能听清他说的话,但是在亚特兰大,哈特曼做出那样的事之后,还管鬼牌叫朋友似乎太狂妄了。"我能理解你们的愤怒,但这样无法解决问题。你们在这里点燃的火焰,只会烧毁你们自己的家园,伤害你们自己的同胞。海勒姆·沃切斯特不是你们的敌人。无知和偏见才是每一个鬼牌都必须面对的敌人。而我们必须用正直和尊严打倒它。"

"咱们找点乐子吧。"大卫悄声说。

"请回家去吧,"塔基扬继续说着,"为别人树立起榜样,无论是鬼牌,奈特,还是王牌。"塔基扬用一种恳求的姿态举起双手。大卫身边的两个女孩紧紧抓住他的胳膊,他的身体颤抖起来。

巨魔笑起来,他揪着塔基扬的白大褂,把他提了起来,塔基扬的两腿乱蹬着。人群中传出喊声。

"巨魔,"塔基扬大叫,"你在干什么?"

巨魔把塔基扬打着旋扔了出去,摔在一群鬼牌的身上。杰里可以看到他正费力地挣扎着站起身来。

独眼杰克

"我们来烧一把火，让海勒姆在王牌云巅都能看到。"巨魔喊道。人群立刻同意了他的提议，朝天挥舞着拳头，激动地叫喊着。

杰里又听到身后传来叫声，这次更近了。他深呼吸了一次，冲出门，撞到了大卫他们的身上，有三人都被他推上了大街。巨魔看到人群一角发生的骚乱，转头直直盯着他们，脸上流露出恐慌。他巨大的身躯摇晃了一下，随后摔倒在地。

刺头女孩把大卫扶起来。"妈的，咱们赶紧走吧。"

杰里在地上翻了个身，看到光头女孩岔开两腿，站在他正上方。她抬起腿，正要朝他的脸踢去。杰里连忙向旁边躲闪，用肩膀承受了冲击，随后用尖牙穿透她的牛仔裤，直接咬到她的小腿。那女孩尖叫着跑开，一瘸一拐走向同样畏缩着的其他人。杰里吐出嘴里的血，站起身。鬼牌四处乱跑，火情不断蔓延。巨魔摇晃着朝塔基扬靠近，后者正用意识操纵着几个鬼牌站在周围，保护自己。巨魔跨过他们，动作轻柔地把他扶上自己的肩膀。塔基扬疑惑地看着他，随后示意他前进。巨魔背着他走向四散的人群。他的诊所就在几个街区开外的地方。杰里意识到那里是目前最安全的地方，于是也跟着巨魔走去。

杰里听到警笛从许多方向传来，全都越来越近。他磕磕绊绊走向人群边缘，刚刚走上人行道，就看到警车出现在视野里。一颗子弹打在他身后的砖墙上，溅起的小石子打在他的脸上。杰里不知道是谁开的枪，也不想弄清楚。他拐进一条小巷，继续朝诊所走去。

♣

布拉斯让杰里紧张，甚至有些害怕。这个红发男孩在窗前站了半小时，脸上挂着微笑，默默看着这场骚乱。警车和救护车的警笛声响个不停。突然，布拉斯转头对杰里说："火和血。到处都是。真美。"除了这句扭曲的观察感想之外，他似乎把杰里当做隐形人。杰里一言不发地坐着，手中摆弄着自己的支票。

凌晨两点,塔基扬回到了办公室。他的右半边脸青紫肿胀,完好的胳膊被吊了起来。"你应该等以后再来,杰里米亚,"他说着,瘫坐在椅子上,"今晚这么混乱,钱的事可以以后再说。"

"不是关于钱的事,"杰里把支票交给他,"不过我可以顺便把钱给你。我是因为别的事才去那里的。对了,巨魔怎么样了?"

"很困惑,还觉得很羞耻。他不记得把我扔出去了。我潜入了他的意识,发现那段时间他的记忆是一片空白。似乎意识被掐断了一样。"塔基扬摸着眼睛上方青色的皮肤,抽搐了一下。"在这种时候发生事故,真是太不巧了。"

"我们能私下谈谈吗?"杰里瞥了一眼布拉斯。

布拉斯憎恶地瞪了一眼杰里,然后看向塔基扬,塔基扬只是指着门。布拉斯在原地站了片刻,随后大步走出房间。

塔基扬叹了口气。"那么,你想和我谈什么?"

"巨魔身上发生的并不是事故。他把你扔出去的时候,身体里是别人的意识。你有没有听说有人能和别人交换身体的报道?有一起银行抢劫案——"

"听说过,"塔基扬打断了他,"我们的精神科病房里有一对母女,说她们两人的精神被别人对调了。你觉得在巨魔身上发生的也是一样的事吗?"

"我知道这是怎么回事,"杰里说,"而且,我觉得我知道这背后是谁。"

"是谁?"塔基扬的疲倦一扫而空。

"大卫·巴特勒。他在我弟弟的律师事务所上班,叫莱瑟姆·施特劳斯。"杰里向前探出身子,"我最近断断续续地在跟踪他,今晚的骚乱人群里,就有他和他的朋友在。"

塔基扬叹气,点了点头。"如果是在一年前,我可能忍不住要亲自去调查,但现在我已经知道这样做太蠢了。我觉得最好的选择就是把巴特勒先生移交给警方。你说的都是真话吧？"

"当然是真话，"杰里说，"我没有把握，是不会随便说别人是罪犯的。我的弟弟可是个律师。"

塔基扬按下电话上的对讲机按钮。"能请马斯雅克中尉接听吗？"

杰里并不确定这个办法是否合适，但塔基扬似乎认定了它。但是，什么样的监狱才能关得住大卫？

♠

杰里坐在他弟弟办公室外的沙发上。他表面上是说来找肯尼斯吃午饭，但其实是想看看警察来抓大卫的时候，大卫脸上是一副什么表情。他让塔基扬帮他查清了警察具体在什么时候来抓人。他提供了这么宝贵的信息，要求别人行个方便没什么大不了的。看着这位美少年被捕，可以给他提供某种他急需的满足感。他粗略地翻看着一本《王牌》杂志，在"他们如今在何方？"栏目里，他发现有一段提到了自己。上面还印了一张他巨猿形态的照片，下方有"隐退"字样。这些人什么都不知道。

门打开了，两名侦探走进来。至少杰里猜他们是警探。

"可以请大卫·巴特勒出来见一下我们吗？"两人中较为年长的说着，亮出自己的警徽，"我们有些公事找他。"

秘书很快打了个电话，没过多久，大卫就出现在门口。看到两名警察，他皱着眉头停了一下，才走过来。

"你是大卫·巴特勒吗？"

"是的，有什么事吗？"

"我们有些事想问你。"两名警察走向他，"你有时间吗？"

"当然有，"大卫生硬地说，随后转向秘书，"转告一下莱瑟姆先生，可能我今天下午都要外出。"

"好的。"她说。

"我们走吧?"大卫问道。

两名侦探分别站在大卫两旁,一左一右随他走了出去。

杰里叹口气。他本希望大卫的反应会更加激烈,倒并不是突然崩溃、自首所有罪行之类的,但如果他能稍微呜咽一下就好了。希望过一会儿他会有这种反应。杰里没办法亲眼见到,他感到十分遗憾。

◆

电话吵醒了杰里,他拿起听筒,打了个哈欠。"不好意思,你好。"

"杰里米亚。"是塔基扬,他的声音非常严肃,"我有些坏消息要告诉你。"

杰里坐起身来。"但愿不是太坏的消息,我不知道自己能不能接受得了。"

"大卫逃跑了。"

"什么?"杰里下意识地大叫出来,"怎么会这样?"

"警察什么也审不出来,所以想找一个能读取表层思想的人来帮忙。"塔基扬停顿了一下,"大卫突然陷入惊慌,和其中一名警官交换了身体。他用这个人的身体打晕另一名警官,又把意识放回自己的身体。那名警官受了太强的冲击,昏了过去。然后,大卫显然就直接走出门了。之后就再也没有人见过他。"

"真是好消息啊,医生。"杰里不想让自己的声音听上去太愤怒,但他就是很愤怒,"谢谢告知。"

"抱歉,杰里米亚。我已尽己所能,做了我认为应该做的事。"

"我明白,再见。"杰里挂上电话,在名片盒里翻找着杰伊·阿克罗伊德的电话号码。或许杰伊可以帮上些忙。如果他也束手无策,那么杰里就没有别的办法了。

独眼杰克

♥

　　杰里坐在自己的放映室的沙发上,用手抚摸着下体。他刚才看了一半《鬼牌镇》,看到尼克尔森的鼻子被撕裂之后,就看不下去了。实在是太压抑了。他换上一碟色情录像,但并没能很好地调动起自己的兴致。他还有一部情色电影,《鬼牌和金发女郎》,但是对他的口味来讲有点太怪异了。

　　他关上电视,叹口气。几杯威士忌下肚,他感觉大脑很柔软,下体也没有多硬挺。他想着楼上的肯尼斯和贝丝,他们可能正像两只鼬鼠似的在床上缠绵呢。"祝你们开心。不用挂念可怜的老杰里。替我高潮一回吧。"

　　他不止一次动过心思,想过去楼上偷听,但从来没有真的实施过。或许今晚就是时机成熟之日。杰里站起身,穿过客厅,上了楼梯。他停在楼梯最上端,把身子伏在扶手上。贝丝在床上大概很出色,这样才符合她的性格,因为她在其余方面也都很出色。他朝他们的卧室门走近一步。

　　不行,他心想,你还没堕落到这个地步。这种事和你无关,你这样真是丢人。

　　杰里转而走进楼上的卫生间。他迅速脱下衣服,打开喷头。水很冷,和外面的空气一样冷。但是没有浇灭他的心思。

♠ ♥ ♦ ♣

如今克兰西也不能歌唱

维克托·米兰 著

马克·梅多斯开口说:"当心,这里有危险。"

他高大的身子摇晃得厉害,就像在狂风中摇曳的无线电天线。于是他坐到一辆停在商店门口的加长豪华轿车边,等着眩晕感消失。刚刚他口中发出的是一个女人的声音,带着亚洲口音。

在他身边,一名苗条的小女孩密切观察着他,她显得很关切,但她以前也见过这种情况,所以并不担忧。

他来回扫视着整条街。菲茨-詹姆斯·奥布莱恩街和往日并无区别。这条街处于村子的边缘,近几年越发混乱,但整个社会也是如此。大多数人都抛弃了他。

但他还有"朋友"。

你们几个最近很不安分,他心想。他感到大脑深处有什么鬼鬼祟祟的活动,但他们没有再说什么。

见自己的爸爸没有什么事,小女孩开始拉着他的胳膊来回摇晃,不断说着:"我们到家啦,爸爸,我们到家啦。"她的声音停留在四岁,但其余的一切都是十二岁。

他低头看着她,心中涌起爱意。他把她拉近,抱了抱她,站起身来。

"对,斯普劳特,我们到家了。"他打开门,墙外有手绘的笑脸太阳,还有"宇宙南瓜——身、心与灵的食粮"字样。

室内寒冷昏暗。过去,这里在春天时是阳光明媚的,但现在他们

独眼杰克

把玻璃窗换成了木板。店员打开音响，里面播放着新世纪风格的音乐。对他而言，这种音乐有些过于寡淡，但也比最近流行的邦妮·莱特的斯卡音乐要好。

下午的生意不错，他心想，随后感到一阵条件反射的悔恨。一名年轻人在玻璃柜台前徘徊，端详着里面陈列的吸毒辅助工具。他长着尖尖的大鼻子，身穿一件类似丝绸质地的夹克，背面印有一家脱衣舞俱乐部的标志。他似乎想要勾搭一名留着平头的矮胖店员，后者正在清扫食品柜台，嘴里咕哝着没风度的牢骚，朝他抛去充满憎恶的眼神。她看到马克进来后，也恶狠狠地瞪了马克一眼。他是男人；这都是他的错。

还有一群人围坐在一边的桌子旁，一边喝着花草茶，一边埋头看着赛马新闻。一名留着黑色长发的女人背对着他站在漫画书架前，翻看着一本影印版的旧版《怪人兄弟》。

马克用手理了理头发，他的金色长发现在已经接近灰色，在脑后用蓝色皮筋束在一起。皮筋有点紧，扯得他的头皮有些疼。到今年春天为止，他已经留了十九年的长发，但还是没有掌握梳马尾的要领。

他的女儿尖声喊着"布兰达阿姨"，跑去给了那名店员一个拥抱。马克无奈地笑了笑，他从来都认不清楚他手下的店员。不过，反正他们也都觉得他是个瘾君子。

刚刚那名长发女子转过身来，用一双紫罗兰色的眼睛看着他，低声道："马克。"

突然，他觉得好像有一名自己年轻时无比害怕的足球运动员猛地踹了一下他，他的盆骨快和脊椎脱节了。

"向日葵。"他努力用干涩的嗓子发出一点声音。

他听到他女儿的运动鞋在地面上摩擦出的吱吱声。沉默在空气中凝结，痛苦地拉伸着，就像一块太妃糖。随后，斯普劳特大喊着跑了过去，一双纤细的手臂用尽全部力气拥抱着那个女人。

"妈咪。"

长着一张老鼠似的脸的男人从柜台边走过来。他的眼睛水汪汪的，小胡子就像涂了睫毛膏。马克小心翼翼地眨着眼看向他，好像生怕自己的眼睛会碎掉。

小个子男人猛地扔给他一沓文件。"法庭见，雅痞士。"说完，他就侧身出了门。

马克低头看着手里的文件，认出了上面盖的公章，还有"对他们的女儿斯普劳特的监护权之判定"的字样。

其余的客人仿佛被一根看不见的绳子牵引着一哄而上，举起粗大的相机镜头直直对着他的脸，众多闪光灯生生把他逼回了门里。

他的视野里充满刺目的闪光灯，马克冲进卫生间，在吉米·亨德里克斯的海报注视下呕吐起来。幸好海报是上了封层的。

♣

金伯莉·安浑浑噩噩摸回加长豪华轿车里，用红肿的眼睛看着"宇宙南瓜"的店门口。透过木板的缝隙，她能看到摄影师的闪光灯亮得像电焊。

"可怜的马克。"她轻声说。泪水模糊了她的睫毛膏，沿着一边的脸颊流下来。

"真的有必要让他面对这些吗？"

坐在后座上的另一个人用鲨鱼般冷漠的眼睛看着她。"有必要，"他说，"你还想不想夺回你的女儿？"

她十指紧扣着放在大腿上，低头盯着自己的手。"非常想。"她大声说。

"那么你就要付出相应的代价，古丁女士。"

♠

"梅多斯博士，我给你的建议就是，"比勒陀利乌斯靠回椅背上，按压着布满老茧的大手上的关节,"转入地下。"

马克盯着他的手。这双手和他其余的部分很不协调,虽然他总体来讲就很另类。他留着长发,身穿几千美元的昂贵灰色套装,胸前的口袋里露出金色的怀表链。这种组合有种不和谐感,就像他的办公室一样——这里有着奶油色的墙纸和胡桃木的护墙板,散发出优雅的气氛,但它所处的位置却被小报称作"鬼牌镇腐烂化脓的深处",并且弥漫着一股粘着脓水的绷带的气味,马克觉得这气味仿佛粘在了自己的鼻子里。

马克无法再回避这个问题了。"抱歉,请你再说一遍?"他说道,愤怒地眨着眼睛。在他的椅子后面,斯普劳特正认真观察被整齐钉在画框里的各色昆虫,小声地自言自语。

"你也听到我说的了。如果你不想失去你的女儿,那么作为律师,我能给出的最恰当的建议就是转入地下活动。"

"我不明白。"

"'我的天哪,'"比勒陀利乌斯引用了一句话,"'你是从60年代来的人。'这没有让你想起什么吗?你没有看那部 W. P. 金塞拉的自传改编的电影吗?好吧,你肯定没看过,你还在看《2001 太空漫游》呢。"

他叹了口气。"难道你不懂得'转入地下'是什么意思吗?休伊·牛顿、帕蒂·赫斯特,去年这些名人都是这样的。"

马克紧张地朝后瞥了一眼自己的女儿。她几乎把鼻子贴到了玻璃上,看着里面一只像是十英寸长的树枝一样的昆虫标本。马克以前从没感觉昆虫这么让自己紧张。

"我知道这个词的意思。我只是不知道——"他伸出手,竭力寻找着恰当的措辞。在突兀的灯光下,他突然觉得自己的手就像是从比勒陀利乌斯的画框里逃出来的昆虫标本。除了某一个特定的方面之外,他从来都不擅长表达自己的思想。

比勒陀利乌斯快速地点点头。"你不知道我是不是认真的，对不对？我是认真的，非常认真。"

他把手放到面前的桌子上，搭在朱贝尔给马克的一份《邮报》上。"你真的了解对方是什么人吗？"

他用粗糙的手指指着报纸上的照片，金伯莉·安的脸从斯普劳特的肩头露了出来。"对方是我的前妻，"马克说道，"她曾经使用向日葵这个自称。"

"现在她的自称是古丁女士。我了解到她和自己经纪公司的合伙人结婚了。"

他用一种控诉般的眼神盯着马克。"你知道她雇的律师是谁吗？圣·约翰·莱瑟姆。"

他说出这个名字的时候，就像在念魔咒一般。斯普劳特走过来，把手放到她爸爸的手里。马克笨拙地伸出另一只手抱住了她。

"这个叫莱瑟姆的有什么特殊的吗？"

"他是最强的律师，而且是个彻底的混蛋。"

"所以我才来找你。你的能力也很好。既然有你的帮助，我为什么要考虑躲起来？"

比勒陀利乌斯从牙缝里挤出一句："虽然跑题跑得厉害，但还是谢谢你的抬举。"

他向前探身。"你要明白：现在是80年代。这句话多么令人憎恨啊。梅多斯博士，你说你自己是王牌对吗？"

马克涨红了脸："这个，我……"

"'远行队长'这个名字和你有什么关系？"

"我——那是——对，那是我。"马克盯着自己的手，"这本应该是保密的。"

"远行队长这个形象对于鬼牌镇、对于整个纽约的王牌界，都是个保留节目。而他戴过面具吗？"

独眼杰克

"这……没戴过。"

"的确没戴过。所以这是一位并不隐藏自己、但是地位又显然没那么重要的王牌，他用所谓的'秘密身份'在白天从事着与众不同的活动，而我们的社会有一条重要原则就是'枪打出头鸟'。圣·约翰·莱瑟姆是一个为了胜利不计手段的人。不计任何手段。你现在是否明白你是有多么的，怎么说呢，地位不利了吗？"

马克用手捂住脸。"我只是不能……我是想说，向日葵是不会对我做这种事情的。我们，我们就像是战友。我在伯克利大学就认识她了。肯特州示威游行——你不记得那件事了？"他的迷惑化作非难迸发而出。

他以为比勒陀利乌斯会对自己发火。然而，对方只是点了点头。他的一头银发完美地梳成马尾，让马克看得又惊讶又羡慕。

"我记得。当初一个国民警卫员用刺刀刺了我的胯，我现在走路都跛脚。"

比勒陀利乌斯坐了回去，盯着天花板。"她在 70 年代还是个激进分子，到了 1989 年就成了企业高管。这其中相当蹊跷。不过，至少她还没有和禁药取缔机构合作。提到这一点，我注意到你对于娱乐性药物并不持反对态度。"

"因为它并不会伤害任何人。"

"对，这完全是自己对自己负责的事情，我理解。可是在 30 年代的纽伦堡，当犹太人似乎也不会伤害到任何人，但他们还是受尽了迫害。"

他闭上眼睛，用力摇头。"博士，在如今的政治气候下，你太容易成为众矢之的了。那个该死的圣·约翰·莱瑟姆一定会在法庭上让你输得体无完肤。所以我告诉你，跑吧。要不然，你的人生就要发生翻天覆地的变化了。"

马克做了个无助的手势，准备站起身。"还有一件事。"比勒陀利乌斯说道。

马克停下动作，比勒陀利乌斯看着斯普劳特。她是个害羞的小孩，只有在熟人面前才比较活泼。虽然比勒陀利乌斯很有威压感，她还是毫不畏缩地看着他。

"现在需要问的问题是，你想怎么样呢，斯普劳特？"比勒陀利乌斯说道，"你想和妈妈一起生活，还是继续留在爸爸身边？"

"我——我会遵循她的意愿的。"马克说道。这简直是他最难说出口的一句话。

她在比勒陀利乌斯和马克之间来回打量。"我想妈妈。"她用充满童稚的声音回答道。马克感到全身的骨头都散架了。

"但是我想和爸爸在一起。"

比勒陀利乌斯严肃地点了点头。"那么我们就尽力满足你的愿望。但最终的结果"——他看向马克——"取决于你的父亲。"

◆

七点的钟声准时响起。正当门外有个女人想要推门进来时，苏珊大步走向门口，挂上"打烊"的牌子。

苏珊怒视着女子，没有给她开门。马克从柜台后面走出来，用围裙擦着手，这时，他突然感到胃部被拧紧了。

"没事的，"他竭尽全力才用沙哑的声音说出，"让她进来吧。"

苏珊的怒视转向马克。"我已经下班了，你这个恶霸。"

马克无奈地耸耸肩。门外的女人灵巧地迈进屋里，她身材高挑，穿着带有垫肩的黑色西服裙套装，里面搭配一件深紫色衬衫。随着岁月的流逝，她眼中的紫罗兰色愈发浓郁，在衬衫的衬托下闪闪发光。

"我是以私人身份来的，不是公事，"她对苏珊说，"我们没事。"

"好吧，如果你和他独处真的没问题的话。"苏珊嗤笑道，最后对马克怒目而视了一眼，推门走入黄昏中的村子。

独眼杰克

金伯莉转过身，投进马克的怀抱里。他几乎瘫倒，呆呆地站了片刻，双臂就像人偶一样僵硬地挂在她身上。随后，他用少年般的炽烈抱紧了她，在短暂的一瞬间，她的身体也仿佛融化了，但很快，她就像一阵轻烟离开了他的臂弯。

"你一个人似乎过得挺好的。"她说，示意了一下这间商店。

"呃，是啊。谢谢你。"他从桌子边拉来一把椅子，"来，坐吧。"

她微微一笑，接受了邀请。他绕到柜台后面，装作在忙。她点燃一支香烟，默默看着他。马克没有向她指出身后挂着的"请勿吸烟"标语。

她不像当年那么苗条柔软了，但也不像1981年他们婚姻刚刚出现问题时那样，由于酗酒和抑郁而蓬头垢面。他心想，别人可能会管这种身材叫"圆润"。他向后瞥了一眼，等着热水烧开，随后想到这个词似乎是委婉地暗含了"发胖"的意思。她并不胖，那么"丰满"这个形容更合适一些。总之，她年逾四十，仍然很从容。

……其实这些都不重要，他仍然疯狂地爱着她，就像他第一天遇到她时一样，三十多年前，彼时他们在南加利福尼亚，他正骑着三轮自行车回家。

天光越来越暗，食品柜台上只剩下一道若有若无的反光。马克点上蜡烛和一截檀香木。温德姆·希尔的音乐已经成了历史。现在录音机里播放的是真正的音乐。他们的音乐。

他把一对陶土茶壶和配套的马克杯放在托盘上。往桌子上端的时候，他差点绊倒，洒了一点花草茶在红白格子的桌布上。金伯莉坐在原地看着他，脸上的笑容中并无嘲讽的意味。

他把淡琥珀色的茶汤倒进杯子递给她，其间只洒出来一点。她啜饮一口，表情明亮起来。

"仙境牌茶叶搭配邦尼·瑞特风味。"她微笑道，"你真好，还记得这些。"

WILD CARDS

"我怎么忘得了呢?"他对着马克杯里升起的热气,喃喃地说道。

珠帘发出一阵响声,只见斯普劳特出现在店面后方的角落里。"爸爸,我饿了——"她开口说道。随后,她看到了金伯莉,便飞奔而来。

金伯莉拥住她,说道:"宝贝,宝贝,没事的,妈妈在这儿呢。"马克坐在旁边,心不在焉地抚摸着女儿的长发,感到自己被排除在外。

终于,斯普劳特松开金伯莉的脖子,盘腿坐在地上,靠着她妈妈的小腿。金伯莉轻轻抚摸着她。

"我并不是想把她从你身边夺走,马克。"

马克的视野扭曲了,他感到眼睛刺痛,舌头仿佛打结了。"那——那你为什么要做这种事?你说我一个人也过得很好。"

"这不是一回事。这是钱。"她又指了指整间商店,"你觉得这样的环境真的适合小女孩的成长吗?在这里她每天都被瘾君子包围。"

"她挺好的,"他不悦地说道,"她很开心。是不是,宝贝?"

斯普劳特瞪大眼睛,严肃地点点头。金伯莉则摇起头来。

"马克,现在已经是80年代。但你并没有跟上时代,你是个瘾君子。你要怎么把女儿养好呢,再说斯普劳特还是一个这……特别的孩子?"

马克停住在衣兜里翻找烟丝和卷烟纸的手。他突然意识到他们之间的鸿沟已经有多么巨大。

"我只需坚持我现在的做法,日复一日。"他说道。

"哦,马克,"她说,同时站起身来,"你这话好像在戒酒治疗中心的发言似的。"

现在,录音机里播到布法罗·斯普林菲尔德的音乐。金伯莉抱了抱斯普劳特,绕过桌子来到他面前。

"一家人就应该生活在一起,"她沙哑地耳语道,"哦,马克,我

独眼杰克

真希望——"

"希望什么？你希望什么？"

但她已经离开，话音的回响和香奈儿五号香水的气味一起消散。

♥

床上和书架上的毛绒玩具被摆成半圆形，屋顶上的灯泡也眨着全神贯注的眼睛，听着小女孩讲话。马克站在走廊向里面看。她没有挂上棉布窗帘，表明此时她并不需要彻底的隐私。

她向前倾着身子，低声说着什么。在这种时候，他总是听不清楚她在说些什么。但是她说话时句子的长度和语音语调似乎比任何时候都成熟，但这种成熟只会出现在她小小的卧室里，出现在各个毛绒玩具的面前。但如果此时他试图走进屋里，好好听清楚她说的话，她就立刻沉默不语了。无论马克是多么地想要了解，她唯独在此时把他排除在自己的人生之外。

他转身离开，赤脚走过一个昏暗的隔间，这是他自己的卧室，床垫直接摆在地上，他穿过房间，来到实验室。这间实验室占据了宇宙南瓜商店二楼公寓的大部分面积。

红色的长明灯在玻璃和各色仪器的表面洒下碎片状的光斑。马克摸索到桌子前坐下。大麻烟的味道就像一双手臂缓缓拥紧了他。不觉间，他的脸颊已经被泪水浸湿。

他推开一个带滚轮的抽屉柜，露出后面的壁炉遮板，他翻开遮板，露出一个储物架，上面摆满了玻璃瓶，里面蓝色、橙色、黄色、灰色、黑色和银色的粉末搅拌在一起，但却并不互相融合。他注视着玻璃瓶，用手指拂过它们，就像用树枝拂过一排栏杆。

很久之前的那一天，一个梳着寸头的消瘦年轻人第一次尝试致幻剂，随后就恐惧地逃进小巷子里，躲开了人民公园里国民警卫队和学生之间的冲突。没过多久，一名金光闪闪的王牌就此诞生，他是为革命而生的。他和命运乐队的主唱——蜥蜴王汤姆·道格拉斯合力击退了安全帽。随后他们彻夜狂欢，还遇到一个美丽的年轻活动家，名叫向日葵。他则自称为激进。

第二天早上，激进消失了。在那之后，再也没有人见过他。与此同时，一名生化系的书呆子从小巷子里步履蹒跚地走出来，脑中全是光怪陆离的回忆片段。

重新变成激进——如果他真的成为过激进的话——成了马克永远的追求。他并没有成功。他只是发明出了颜色鲜亮的各种粉末，虽然这不是他追求的，但也是一种接受现实的办法。至少在嗑药的这一个小时里，他能够成为某个古埃及作家说的"有效人格"。

他感到骨架背后传来某种震颤，就像听到远处有孩子们在边玩边叫。他压下这份感觉，从储物架下方取出一个布满污痕、开裂了的大麻烟斗。现在他需要一种更加传统的药物，来做他的化学避难所。

♣

他从房顶上飞起来，从一切肮脏的迷雾中飞升到清晨湛蓝的天空，随着他升高，天空不断变暗。下方的村子越缩越小，最终融入曼哈顿这片水泥疥癣之中，成为处于长岛和泽西海岸中间的一根手指，戳在蓝丝带般的河流中，消失在卷动的云层里。云层遮掩住从港口不断向大西洋倾泻的垃圾，对他现在的心情来说，真是再好不过了。

他继续上升，感到周身开始发冷，空气越来越稀薄，最终空气也不复存在，他只是漂浮在黑暗之中，在他和太阳灼热的眼瞳之间，什么也不存在。

他伸展肢体，感到体内充满了狂野的能量，这是太阳的赐予，它是创生一切的存在。他变成了星光；他不需要呼吸，也不需要进食。他只需太阳的光。太阳的光照耀着他，就像毒品带来的快感——虽然，无论是可卡因的冲击还是病毒的刺激，他都只能通过马克·梅多斯来体验。

身处绝高的太空，就看不到人类如何污染自己的家园。他渴望通过自己的诗和歌唤醒世界的警觉，但自由的时刻太少，太少……

他感到体内来自其他声音的压力，企图把他拉回地球。马克现在遇到了问题，他知道这短暂的自由时刻是马克在试图向他征求建议。马克对其他的朋友也是这么做的。

人生中的变化是不可规避的，马克·梅多斯，他想到。但这会是什么样的变化呢？既然他自己没办法做到，那么他希望马克可以更多地融入这个世界，来表明他的立场。他希望马克不再滥用药物——虽然这对他来说很讽刺，因为如果马克从此彻底戒毒，也就意味着他的消灭，他无法再像这样在世界的上空翱翔。

他俯瞰着世界银色溶解的边缘。阿拉斯加的海岸边，一大片泄漏原油正不断扩散；而他又有什么能做的呢？他能够让酸雨停止降下吗？他能够让亚马逊雨林不再萎缩吗？

最后一样他甚至真的尝试过。他曾经乘着光的翅膀飞到巴西，放出光束破坏推土机和工棚，让工人四处逃走，后来有一架武装直升机来攻击他，他直接烧掉了直升机的机翼。但之后他接住了直升机，把它放到了适宜降落的柔软沙地上。他不希望机组人员的死成为他灵魂的污点。

那一次，他实在是太全神贯注，超过了自己的活动时间，导致马克被抛在亚马逊雨林深处，被无数愤怒的巴西军人包围。马克大费了一番周折才回到美国。之后气得马克半年没有再召唤星光。

当然，他的所作所为是毫无用处，巴西政府从世界银行借来了更多的钱，买来了更多、更大的机器，尽情踩踏大地。毁灭还在继续，他甚至没能让这一切停下止步片刻。

其实，这个世界并不需要更多的王牌，他想到，这个世界根本就不需要我们。我们什么真正的事情都做不了。

他直视着太阳。它高歌的生命和刺目的光辉充斥着他的全身，令他睁不开眼睛。虽然欣喜，但他只是一粒微尘——是一颗飞速消逝的星火。

他知道，他明白了自己的真实。

♠

比勒陀利乌斯向后靠回自己的转椅里，在鼓起的肚子上方叉起手臂。今天他穿了一身白色的西装，看上去就像嬉皮士风格的山德士上校。

"那么，梅多斯先生，可以告诉我你的决定了吗？"

马克点头，开口准备说话。比勒陀利乌斯身后的门开了，刚要说出口的话语突然卡在马克的喉咙里。

一个女子悄声走进屋里，或许应该说是个女孩；她看上去就像视觉特效，不像真人。她有五英尺半高，瘦得不像人类，通体发出蓝绿色的淡淡荧光。房间里原本就低的温度明显变得更低了。

"你还没见过我的卫士吧？梅多斯博士，我来和你介绍一下，这位是冰蓝先知。"

她看向他，或者说是把头朝他转过来。她有一种硬玻璃的质感，但又仿佛在持续地轻微变化着。她似乎有着高颧骨，身形挺拔，但让人很难确定。她的身体就像棚头傀儡，几乎没有性别的特征；虽然她似乎并没有穿衣服，但小小的胸口没有乳头，下面也没有外阴。不过，她身上仍然有种异质的、妖精般的气质，她冰蓝色的注视让马克的胯下有了一种独特的反应。

她转向比勒陀利乌斯，有意地用手碰了碰脸。马克感觉他们之间进行了某种交流。比勒陀利乌斯点点头，冰蓝先知用一种复杂而非人类的优雅动作走向门口。她停下脚步，最后看了一眼马克，就走了。

比勒陀利乌斯仍然在看着他。"你决定了吗？"

独眼杰克

马克伸出手,把女儿抱在怀里。"决定了。我现在能做的事只有一件。"

◆

"你好?有人在吗?"塔基扬小心翼翼地走进打开的门里。今天他穿了一件18世纪风格的桃色外套,里面是浅粉色的衬衫和带蕾丝的淡紫色马甲,搭配深紫色的绸缎马裤,膝部文着金色的圆形花饰,下面是藕粉色的袜子和金色的鞋。今天他没有戴义肢,而是在断肢处绕了一圈蕾丝花边,中间伸出一枝玫瑰花。

他震惊地停住脚步。宇宙南瓜店内一片狼藉。桌子被翻了过来,柜台也被砸烂,杂志书架倒在地上,墙上的迷幻年代海报都不见了。某处传来音乐声。

"发生了什么?马克!马克!"

店面后面的走廊没有珠帘的掩盖,显得空荡荡的。一个身材显眼的身影从里面走了出来。它穿着破旧的卡其色裤子,皇后杀手乐队的T恤衫快被它那大得不成比例的胸膛撑裂开。它长着一颗小脑袋,上面则有着妖精般的精致的五官。他看上去就像是被压扁了一英尺的尚格·云顿。

他停下来,冷静地对塔基扬笑。"哦。是小王子。"他说话有种奇妙的东欧口音,和塔基扬一样。

"你把马克怎么了?"塔基扬威胁地问道。他完好的手摸向放在腰后枪套里的枪。

对方伸出手,扯掉衣服。"我忠心不贰地服侍他,这是莫拉克应该做的。"

莫拉克更应该被灭绝,塔基扬心想。他正要把这话说出口,突然看到莫拉克身后冒出一个更奇怪的东西。他穿着黑色无袖运动衫和撒满涂料的粗布工作服,瘦得像路标牌,灰金色的头发剪得很短。他好像身上只有鼻子、喉结和胳膊肘。

"医生！你好吗？"这个稻草人似的家伙说道。

塔基扬斜眼看着他。"你是什么人？"

那人眨眨眼，好像要哭出来了。"是我啊，老兄，我是马克。"

塔基扬瞪大眼睛。这时，一个金发的人影冲了出来，一下子撞到莫拉克宽阔的后背上，像小猴子似的攀上他的身体，一双细瘦的腿挂在他犀牛般粗壮的脖子上。

"塔基扬叔叔！"她招呼道，"德加叔叔正驮着我玩呢。"

"是啊。"塔基扬无视了莫拉克愤怒的目光，上前亲了亲小女孩主动凑上前的脸蛋。

德加·特-莫拉克是地球上除王牌群体以外最强的人：他虽比不上金童或是哈莱姆铁锤，但远比普通人强壮。他不是人类，而是塔基斯星人——他是一名莫拉克，万雅法家族通过基因改造创造出的超级战士，而万雅法家族和塔基扬的依卡赞家族是死对头。德加·特-莫拉克是随塔基扬的另一名敌人——他的表亲扎博一起来到地球的。

在他与马克的"朋友"月之子搏斗落败之后，便全心全意侍奉马克。他和塔基扬完全是看在马克的面子上才勉强容忍彼此的存在的。

塔基扬拉住老朋友的胳膊。"马克，老兄，你这是怎么了？"

马克露出一副苦相。塔基扬才发现自己一直没看到他有下巴。

"是打官司的事，"马克说着，瞥了一眼自己的女儿，"他们马上就要开始录取证词。比勒陀利乌斯说我需要……就是，矫正一下自己的形象。"

德加明白了马克的示意，便拍拍斯普劳特的小腿。"我们去散个步吧，小姐。"他们推门走入菲茨-詹姆斯街的阳光中。

"比勒陀利乌斯。"塔基扬厌恶地重复了一遍这个名字。他们两人就像争抢同一块土地的两条狗。"他觉得你应该屈服，然后改变你的生活方式是吗?"

马克无助地耸耸肩。"他说和体制对抗一定会输。"

"可能只是因为你请的律师太差劲。"

"大家都说他是最好的律师。他就像法律界的你。"

"是吗。"塔基扬用手指抚摸着自己瘦削的下巴,"我觉得这个名号不太合适。你怎么把店面拆了?"

"比勒陀利乌斯说,如果我以毒品商店的店主身份过去的话,法院那边的人一定会对我感到很愤怒。所以我打算把这些东西都转手卖掉,然后把宇宙南瓜变成一个新世纪风格的场所,起个'健康中心'之类的名字。"

塔基扬皱了皱眉。

"对,我明白。但是,毕竟,现在是80年代了。"

"是啊。"

马克回到店面后方,拿起几袋垃圾准备扔到门外的垃圾箱去。塔基扬跟在他的身后。

"这是什么音乐?"他问,指着一台带有衣架形天线的录音机。

"布法罗·斯普林菲尔德。'如今克兰西也不能歌唱'。"他用手指按了按自己的眼角,"总是让我掉眼泪。真讨厌。"

"我能理解。"塔基扬从残肢那边的衣袖里掏出一块丝绸方巾,抹了抹优雅地挂在他的额头的汗珠,"那么,比勒陀利乌斯认为事到如今再改变你的生活方式,可以让法庭方面对你的印象改观吗?这种应急手段似乎太幼稚了。"

"他说在法庭上,外表是很重要的。法官最终决定举办公开听证会,而不是像一般的抚养权纠纷一样,录取口供就了事。而且比勒陀利乌斯说向日——金伯莉的律师想要把媒体也请来,他们想把这件事闹大,扯上王牌问题等等。所以,你也能明白我们现在是多么受人关注。这种面子工程就像是,如果有个摩托车飙车族涉嫌杀人,他去受审的时候也得把胡子刮干净,穿好正装。"

"但你不是去受审的。"

"比勒陀利乌斯说我就是在受审。"

"嗯。法官是谁?"

"玛丽·康诺沃。"他弯腰捡起一个箱子,"她应该是一个自由主义者;她非常支持杜卡基斯。她不会让那些憎恨王牌的人为所欲为的,是不是?"

"我记得在竞选的时候见过她。如果是去年秋天,我可能还会同意你说的话。但是现在……我不能确定。似乎在两党里,我们的朋友都很少。"

"也许比勒陀利乌斯就是因为这个,才建议我不要打官司,直接转入地下。但我一直觉得自由主义者就意味着要相信人们的权利。"

"我们很多人曾经也是这么想的。"箱子里的东西吸引了塔基扬的目光。他像老鹰般弓起身子。

"马克,不要!"他大叫道,挥舞着自己的紫色帽子。

马克依旧拿着箱子,躲避着他的眼神。"我必须改变形象,必须戒毒。比勒陀利乌斯说,如果不这么做,他们可能还会告到食品药品监督管理局,把我搞到破产。"

"你的向日葵真的会这么对待你吗?"

"她的律师会,那个人叫莱瑟姆,他们叫他圣什么的。"

"圣·约翰。对,他的确干得出这种事,他什么都干得出来。"他收回帽子,"但是这个?"

泪水不断从马克的脸颊上滑落。"这是我自己的决定。我把手上的用完,就不会再做新的了。风险太大,我无论如何也要留住斯普劳特,无论付出什么代价。"

"那么远行队长——"

"只能让他先销声匿迹了。"

独眼杰克

♥

"你是否吸食过成瘾性药物，梅多斯博士？"

马克花了很大力气才把精神拉回自己身处的问询室。墙边的橡木护墙板仿佛在挤压着他，就像是受审的萨勒姆女巫。他的注意力好像在脑子里面不停打旋。

"呃，60年代的时候吸过。"他对圣·约翰·莱瑟姆说道。这是比勒陀利乌斯指使他说的，但马克自认为隐瞒得太多。他已经改头换面，从一个大麻烟枪摇身一变，变成了世纪末的潮人。

"之后没有复吸过？"

"没有。"

"那么你是否吸烟？"

他揉了揉眼睛，开始觉得头疼。"我在1978年就戒烟了，老兄。"

"酒精呢？"

"我偶尔喝葡萄酒，并不频繁。"

"你吃巧克力吗？"

"吃。"

"你是一位生化学家。我很惊讶你竟然不知道这些都是成瘾性的药物。"

"我知道。"马克极其平缓地回答道。

"哦，那么你是否服用阿司匹林？服用过是吗？青霉素呢？抗组胺剂呢？"

"是的。我，呃，我对青霉素过敏。"

"那么，虽然你刚刚口头否认，但你的确仍然在使用药物，包括成瘾性药物。"

"我不知道你指的是这些。"

"还有什么药物是你否认吸食，但事实上仍然在吸食的？"

WILD CARDS

马克瞥了一眼比勒陀利乌斯,后者只是耸耸肩。
"没有了。我是说,呃,确实没有了。"

♣

他们从莱瑟姆的办公室回到村子里的时候,马克可以看得出斯普劳特累了,因为她并不像平时和爸爸出门时一样又跑又跳地撒欢。她穿着轻薄的裙子和平底鞋,长长的金色直发在脑后梳成一个马尾辫。马克用手指按摩着后脖颈,春日下午的暖风带着无数种芳香烃吹来,但他的后背仍然感到阵阵寒意。

马路对面走来几个身穿短裤、戴着自行车头盔的少年。他们盯着斯普劳特看,毫不掩饰自己的兴趣。她正在迈向成熟,不过身材仍然瘦得像根天线。但她的脸出落得越发漂亮,有种天真无邪的气质,十分引人注目。

他条件反射地把她拉得更近了。我要变成暴躁老头子了,他心想,随后拉了拉松弛的白衬衫衣领。他已经把领带摘下来,塞进灰色大衣的口袋里。刚才这领带快把他的脖子勒坏了。

落日的余晖像玻璃碎片般散落在街边的商店橱窗和车窗上,让他的视野里充斥着发光的残片。即使在这么偏僻的一条街上,附近车辆的噪声依旧吵得像是在他身体里安了一台发动机。

多年以来,马克一直生活在大麻的烟熏缭绕之中。他也尝试过其他种类的毒品,但是是抱着一种以自己为对象做生化实验的心态,召唤出了激进和其他的"朋友"们。他最爱的还是大麻,从60年代末、70年代初就是这样了。

现在,他走出烟气的环绕。没有了大麻,这个世界好像变得更加光怪陆离。

有人走进店里,面孔被宽大的帽檐遮住。马克把手伸向大衣内侧的口袋,那里放着他仅剩的存货。

独眼杰克

斯普劳特张开双臂，飞奔而去。来人跪下来，抱住她，随后露出帽檐下的紫罗兰色眼睛，仰视着马克。

"马克，"金伯莉说，"我必须来见你。"

♠

皮球在中央公园的草地上滚着，斯普劳特追着球，开心地又叫又跳。

"你丈夫怎么看待这件事？"马克问道。他用手肘支撑着身体，躺在一块海滩浴巾上，这是金伯莉同皮球一起带来的。

"什么事？"她问他，并没有摆出之前那种公事公办的面孔。她穿着印象派花纹的棉布上衣和一条磨破的牛仔裤，看上去就像是被她穿破的，而不是买来时就是如此。她弓腿，把下巴放在膝盖上，头发在脑后编成一条麻花辫，今天的她看上去就像当年的向日葵，让他几乎窒息。

他想回答"关于官司的事"，但也想说，"关于你来见我的事"，但这两个念头纠结在一起，就像两个胖子想要同时挤出洗手间的门，于是他只得很模糊地在空中挥挥手，说："关于，呃，这些事。"

"他出差去日本了，T. 布恩·皮肯斯想要打开日本的市场，科尼利厄斯是他的顾问之一。"她说话时似乎有种不熟悉的感觉，但他一直也分辨不出这到底是怎么一回事。这是他们之间存在的众多问题之一。

他正打算找些话说，这时向日葵——不对，金伯莉——突然抓住他的胳膊。"马克，看——"

他们的女儿追着皮球，闯到一家子波多黎各人席地而坐的毯子上。一名穿着浅绿短裤的矮胖女人几乎被她一脚踩到，一名文着花臂的矮瘦男人一跃而起，开始数落她。五六个小孩围着他们，其中有一个和斯普劳特年龄相仿的男孩子，面目凶狠。

"马克,你不采取点什么行动吗?"

他疑惑地看着她。"采取什么行动?她没事。"

"可是那些……那些人,斯普劳特撞到了他们,他们挺生气的——"

他笑了。"你看。"

那几个波多黎各人也笑了起来。矮胖女人抱了抱斯普劳特,面相凶恶的小男孩笑着把球扔给她。她转过身,跑上山坡回到父母身边,笨拙的步态中带着浑然天成的优雅,就像刚出生的小马驹。

"你看,她和别人相处得很好,就算……"他没有把话说完,涉及这种话题时,他总是这样。

金伯莉看上去仍然心怀疑虑。马克耸耸肩,条件反射似的摸了摸他在大热天仍旧穿着的粗棉布上衣的口袋。

或许他的确太依赖自己的"朋友"们了。他也必须戒断这一点。这些人格没有被频繁地召唤,有时候他能够感受到来自他们带着怒气的压力,不过他已经和"朋友"们解释了他要做的事情,他们也基本上接受。但是最终,药品会用光的。

如果比勒陀利乌斯知道他还私藏了一些药品,一定得要了他的命。他们一致认为那些人可能会搞突袭检查,而他的药品里包含了太多非法成分。

但是我该怎么办呢?难道要把它们倒进下水道吗?那简直就是谋杀。

这时斯普劳特的手臂抱住他的脖子,他们三人一齐倒在草地上,大笑着。那一瞬间,他几乎感受到一丝真正的生活的气息。

◆

比勒陀利乌斯和莱瑟姆轮流举证专家证人,这一漫长的过程从春天一直延续到夏天,比勒陀利乌斯管它叫"说谎者的列队游行"。在这一年的夏天，真主之光的狂热追随者在伦敦的海德公园用玻璃瓶和砖头袭击了一场鬼牌权益集会，获得了西方世界的穆斯林宗教领袖的一致支持。"世俗的法律必须遵从神的法律，"一位巴勒斯坦裔的普林斯顿大学教授宣布，"而鬼牌这样的生物是被真主所厌弃的。"

一名光头党青年用球棒活活打死一名鬼牌，媒体义愤填膺。但是人们发现早在1973年，众议院政策委员会的总参谋长就试图干出相同的事，他促成了很多考虑周全的法律通过，而现在这个贱人还活着。

金伯莉像一只飞蛾，从马克的生活中飞进飞出。每次他以为自己能够抓住她时，她就躲避开了。她既不会来得太频繁，也不会长时间不出现。

听证会开始了。

♥

比勒陀利乌斯为马克找来了寥寥几名品德证人。这之中自然有塔基扬，还有卖报纸的海象朱比；智力发展迟缓的鬼牌面团不断地抽泣着，讲述着马克和他的朋友们是如何救他免于谋杀罪的——顺便从群虫的手里救下了地球。皮莱尔·阿鲁佩中尉言简意赅的证词也证实了面团的说法，她原本永远叼着小雪茄的嘴间换成了一截牙签。比勒陀利乌斯原本想把那个名叫萨拉·摩根斯特恩的记者也请来，但是从去年亚特兰大噩梦般的事件后，她就销声匿迹了。

马克的证人里没有王牌。王牌云巅的那些人最近行事很低调，而且，他们中的很多人似乎觉得远行队长和他身处的困境令他们很没面子。

他只是不属于80年代。

♣

"梅多斯博士，你是王牌吗？"

"是的。"

"你是否介意向我们描述一下你能力的性质?"

"是的。"

"你是什么意思?"

"我的意思是,我,呃——我介意。"

"法官大人,我希望法庭能够注意到当事人的不配合态度。"

"法官大人——"

"比勒陀利乌斯博士,请不要打手势了。请你和莱瑟姆先生就坐。"

♠

比勒陀利乌斯一直觉得这个法院就像牙医的等候室般毫无人情味。过于明亮的荧光灯刺痛了他的眼睛。

他坐回座位的时候不快地注意到,那些媒体又卷土重来了。原本他们已经有一段时间对马克失去了兴趣。

"法官大人,梅多斯博士拒绝回答一个重要的提问。"莱瑟姆说道。

"他不能被强迫回答问题。"

此时蓝眼睛、梳着内卷金发的玛丽·康诺沃法官看上去比任何人都要美。她的皮肤显得有些干燥紧绷,就像一个经历了沧桑的啦啦队长。

"这不是刑事法庭。"她说。

"那么我提出异议,有一些问题是不相关的。"

康诺沃扬起眉毛看着莱瑟姆。"这倒是有道理。"

"古丁女士认为,她前夫的王牌能力对于她女儿的福祉造成了威胁。"莱瑟姆说道。

"这太荒唐了!"比勒陀利乌斯说道。

独眼杰克

"我们将向您证明此观点并不荒唐,法官大人。"

"好,"康诺沃说,"你可以进行证明。但当庭不会强迫梅多斯博士描述他的能力。"

◆

莱瑟姆在马克面前站了片刻,一双充满恶意的眼睛几乎要在他身上烧出洞来。有人在旁听席咳嗽了一声。

"你的朋友里有王牌吗,梅多斯博士?"

马克看了一眼斯普劳特,她正忙着在比勒陀利乌斯的笔记本上涂鸦,他又看了一眼金伯莉,她今天打扮得就像《福布斯》杂志插页里的女人,她回避着他的目光。最终,他把目光转向比勒陀利乌斯,后者叹了口气,点点头。

"有。"

莱瑟姆缓缓点头,似乎这是什么重大消息。马克感觉到媒体的人蠢蠢蠕动,就像从树叶堆里探出身子的蛇。他们发觉他被设计了;他发觉自己被设计了。他又瞥了一眼比勒陀利乌斯,后者只是耸耸肩,表示"随他们去吧"。

"有人认为,你和纽约最为强大的几名王牌交往甚密。这种说法是否恰当?"

马克努力没有再把目光投向比勒陀利乌斯。他不希望康诺沃法官觉得自己贼眉鼠眼,左顾右盼的。法庭上的流程比他想象的要复杂得多。

……他意识到自己根本不知道如何回答这个问题。他只能想到"不是的,我本身就是很强的王牌",但显然不能真的这么说。他涨红了脸,说话也结巴起来。

"那么是否可以这样说,"莱瑟姆继续说道,露出一丝微笑,向马克表明一切进退尽在他的设计之中,"你与某些特定的王牌交往甚密，包括跃闪杰克？"

"嗯……对。"

"请向我们简要介绍一下跃闪杰克的能力。说吧，没有必要扭怩作态；这并不能算是秘密。"

马克并不是在扭捏作态。莱瑟姆自以为是的态度让他很难作答。

"哦，他，嗯——他会飞。还有，就是——他能用手发射火焰。"

那是等离子体，蠢货，他脑内有个声音响起，我只是把它伪装成火焰。天哪，你真是搞砸了。

他四下环顾，担心自己把这话说出了声来。但人们脸上只是挂着茫然等待的神情，莱瑟姆返回他的桌边，取来一个牛皮纸信封。

"请法庭注意我手中的这张照片，"莱瑟姆说道，"这张图像证据上，展示了这位喷火的王牌铸成的恶果。"

人群中，有人倒抽一口冷气，有人发出干呕的声音。莱瑟姆像个斗牛士似的，举着照片来回转动身体。马克看着那张照片，感到胃里渐渐绞在一起。从照片里的人穿的裙子和童鞋来看，应该是个和斯普劳特差不多大的小女孩。

但是从腰部往上，她的身体被烧得干枯焦黑，面部萎缩成一个恐怖的笑容。

♥

比勒陀利乌斯用手杖大力敲着地面，发出来复枪似的响声。"法官大人，我需要以最严厉的措辞反对！这位律师以为自己在搞什么，恐怖秀吗？"

"我只是在阐述事实。"莱瑟姆平淡地说道。

"一派胡言。法官大人，照片中的受害者的凶手，是一名被媒体称为火球的疯子，他在今年春天，于辛辛那提被西北风逮捕。无论是马克·梅多斯还是跃闪杰克，都和我们在座的人一样，和这个人没有一丝关系。在这里展示这张照片是和本案无关,并且充满偏见的。"

"你的意思是我会被与本案无关的证据所蒙蔽吗?"康诺沃温和地问道。

"我的意思是,莱瑟姆先生想要引起媒体的注意,从而达到哗众取宠的目的。"

康诺沃皱眉。"莱瑟姆先生?"

莱瑟姆好像很吃惊似的摊开双手。"那么我应该怎么做呢,法官大人?对方律师主张王牌的力量是无害的。我则举出了反例。"

"我并没有主张这种愚蠢的观点。"

"或许他主张的是,杀人的不是王牌能力,而是人。我认为这种能力的潜在破坏性极强,并不是靠简单的三段论就能推翻。"

比勒陀利乌斯笑了。"我必须夸奖一下你,圣·约翰。你在大肆批判一个根本不存在的假想敌。"

他把手杖挪到行动不便的腿边,转身面向法官。"莱瑟姆先生强行提及这样一桩残忍的犯罪,但它和跃闪杰克关联甚微,只是凶手也有操纵火的能力而已。即使跃闪杰克与此案有关,我们也不能为此就起诉马克·梅多斯。"

"那么如果有证据证明梅多斯博士与麦德林联盟的成员有关联,"莱瑟姆用一副光明磊落的态度说道,"法官大人,您是否还会认为这个证据与他的抚养权资格无关呢?"

康诺沃紧紧抿着嘴唇。"很好,莱瑟姆先生。请陈述你的证据。另外,比勒陀利乌斯博士,我需要和你强调,决定证据价值的人是我。"

♣

马克觉得这是他人生中最毫无隐私、丢尽脸面的时刻。他这辈子都在回避来自公众的关注,至少他自己的人格是这么做的。可是现在，这么多的陌生人都在盯着他和斯普劳特看，心里还想着那些恐怖的照片。

比勒陀利乌斯在座位上转过身去，双眉紧锁。莱瑟姆走近证人席，就像手持火把的异端审判官。

金伯莉死死盯着自己的指甲。马克看着斯普劳特。她似乎感受到了他的注视，抬头迎上他的目光，对他粲然一笑。

他很想死。

♠

"我们还需要做更多，古丁女士。"圣·约翰·莱瑟姆说道。

"做什么？你已经把我的前夫堵得毫无还手之力了。"

莱瑟姆站起身来。她还坐在沙发上，但似乎只是在努力防止自己滑到黑色的大理石地面上。她的语气里充满嘲讽，好像她和马克才是一头的，而莱瑟姆是对手似的。即使莱瑟姆听出了她的讽刺，他也没有表现出来。

"比勒陀利乌斯博士是一位浪漫主义者。他对于人性和人与人之间的关系的理解很怪异。不过，他也不是个彻底的傻瓜。他很狡猾，而且熟知法律。而且，你也并非没有弱点。"

她把只抽了一半的香烟扔进自己的水杯，伸手按倒了桌上的不倒翁。"比如什么？"

"比如在第一次听证会上你在法庭上崩溃了。这对你是很不利的。"

古丁家的客厅有一扇跨过墙角的落地窗。金伯莉透过窗户眺望着曼哈顿的街景，觉得这就像一张黑天鹅绒刮画。这种带有全景落地窗的房子，在电影里总是看起来更好。

"我那时候压力很大。"

"你现在仍是这样。比勒陀利乌斯很可能逼你再次在听证席上崩溃。"

她看着他。"换成是你，你就会这么做对吗？"

他沉默。

她又点起一支烟，朝着他喷出一阵烟雾。"好吧。你都有什么想法？"

"我需要你前夫王牌能力的切实证据。或者是他和跃闪杰克、月之子等人密切关系的证据。"

她眯起眼睛。"你是什么意思？"

"如果你前夫真像他声称的那样爱你女儿，那么他若感到她可能身受威胁，一定会动用一切能动用的力量。"

她脸色变得煞白，全身紧张起来，仿佛要跳起来打他。然后，她又坐了下来，故意仔细端详着自己的指甲。

"你确实是个混蛋，这并不意外，莱瑟姆先生，"她说，"毕竟，我就是因为这个才雇用你的。但是我现在发现——"

她放下手，对他展露出一副恶毒的微笑。"我发现，你就是个疯子。你想用我女儿当诱饵？"

他并没有退缩，连眼睛都没眨一下。

"我说的是感到有可能受威胁，古丁女士。这只是我的计策，只是逢场作戏，不会有真正的风险。"

她也和莱瑟姆一样面无表情，突然拿起自己的杯子朝他的脑袋扔去。他一闪身子，杯子从他的肩头飞过，在玻璃窗上撞得粉碎。在纽约，有规定要求落地窗必须使用高强度的玻璃。

"我花钱雇你是要打赢官司，你这个不要脸的家伙。我不是让你来玩弄我女儿的生命的。"

他对她隐隐一笑。"法律就是玩弄人的生命。否则你以为是什么？"

"滚，"她说道，"从我家滚出去。"

"没问题。"冷静,他永远那么冷静,是那么地刀枪不入、那么势不可挡、那么令人愤怒,"我会满足客户的一切要求。但是请你考虑清楚:如果你想要回女儿的愿望不够强烈,不愿意做出一定牺牲的话,连我也没办法帮你把女儿争取回来。"

◆

斯普劳特紧紧拉着父母的手。"妈妈,爸爸,你们要好好相处,"她严肃地说,"在那个叫法庭的地方,所有人好像都很生气。让我觉得很害怕。"

她开始止不住地抽泣。"我害怕他们把我从你身边带走。"

她的妈妈紧紧抱住她。"宝贝,我们会永远在你身边。"随后她从兜帽下方瞥了一眼马克,"我们之中,会有一个人一直在你身边的。"

金伯莉把她放到摆满毛绒玩具的床上,她睁着大眼睛仰望着她。"你能保证吗?"

"我保证。"她妈妈说道。

"对,"马克说道,感到喉咙被什么东西哽住了,"我们两个人里,会有一个人一直在你身边,我们可以和你这样保证。"

♥

金伯莉啜饮着基安蒂红葡萄酒。"少了和迷幻剂有关的一切,你的房间看上去真是空荡荡的。"烛光让她眼瞳中紫水晶色的高光隐去了,"谁能想到,你的床头会少了汤姆·马里昂的海报呢?"

他悲伤地笑了。"我把以前的床垫换成了日式蒲团,结果糟糕极了。有时候,就像什么都没垫似的。我起床的时候胳膊肘和膝盖都被硌得酸疼。"

金伯莉又喝了一口红酒,叹了口气。马克努力不去注意她单薄的衣衫下起伏的胸脯。他已经孤单了太久。

"哦，马克，我们这是怎么了？"

他摇头。在思维深处，他能够感知到跃闪杰克和宇宙穿行者一起嘲讽着他。他们两个很少达成一致。他还能感受到月之子无声的关心，而宝瓶座则毫不在意。星光对此隐约持反对态度。他可能只是不想让马克开心。

她润了润自己的嘴唇。"我知道圣·约翰对你很过分，真希望事情没有发展成这样。"

他望向她，似乎每呼吸一次，眼中的水雾就少一点，几乎没有泪水在眼眶里打转。但奇怪的是，他几乎要哭出来了。

如果我祈求她，会有帮助吗？他心想。

哦，拜托，宇宙穿行者说道。

她靠在他的枕头上。即使到了80年代，人也是需要枕头的。她在那里半躺着待了一会儿，翘着一条腿，微卷的秀发散落在眼角和肩头。他觉得她从没有这么美丽过。

她再次叹气。"我总是觉得自己不好看。"她开口道。

马克不由自主说道："哦，亲爱的，别这么说，你美极了。"跃闪杰克和宇宙穿行者发出各种噪声，又叫又骂，就连月之子都皱起眉头。

金伯莉没有回答他的话。"我似乎总是在寻找某种参照物，用他们来定义自己：橄榄球运动员、激进分子。"她笑了，"还有你。"

她把头发拢到脑后，朝一边歪着头。"你能明白吗？"

马克认真地应声，她只是微笑着摇头。

"我们分开后，我接受了几年的心理治疗。我猜你也知道，是不是？后来，我决定要尝试一些新事物，和以前接触的都不一样的全新事物。我选择了我能想到的最出格的事情：创业，当企业家。是不是很奇怪？"

她笑起来。"然后我去做了，马克，我真的去做了。我和商界的人一起打壁球，共进工作餐。我甚至请了个肌肉发达的小伙子当秘书，虽然他是个同性恋。你根本难以想象我在这一切里投入了多少，这还不包括圣·约翰的天文数字辩护费。"

马克移开目光，忍不住自私地想，他自己也在这一切上投入了太多，而且远不止金钱。

"后来我遇到了科尼利厄斯。他真的是个很好的男人。如果你能认识他，一定会喜欢他的。不过，你们两个……活在不同的世界。"

她给两人都续上酒。"我真是个小女人，是不是？我最近有种可怕的想法，无论我多么坚信自己是自由主义者，但本质上依旧是诺曼·洛克威尔画上的那种女人。就像我们小时候，《星期六晚邮报》上刊登的那样。别对我做出那副表情，我知道这很可笑。但我想抓住那种感觉。"

她倾身靠近他。他无比渴望摸一摸她的头发。"你想要什么都可以。我希望你快乐。"

她微笑起来。"虽然我们现在处在这样的处境里，但你是认真的，对吧？"

他有太多的话想说，但是话语争先恐后想要涌出，反而堵住了他的喉咙。

她凑近他的脸。她浓密的秀发在他们两人的脸上投下阴影。

"还记得我高中的时候交往过的人吗？那个金发的大个子，还是足球队长？"

马克皱着眉，努力唤起遥远的回忆。"嗯。"

她柔声笑了。"他打断你鼻子的三周之后，又打断了我的鼻子。"她把酒杯放到日式蒲团边上，轻轻吻上他的嘴唇。

"有时候事情的结局就是这么有趣，对吧？"

突然，他的嘴唇麻木刺痛起来，仿佛有人照着他的嘴打了一拳。

她把手滑到他的脑后，把他向自己拉近。他几乎要向后躲闪。随后，他们的嘴唇再次触碰到了一起，她的舌头滑进他的嘴唇，在他的唇齿间挑逗着。他像一个溺水的人一样抓住了她，随后用手臂、用嘴唇、用灵魂紧紧拥住她。

斯普劳特在睡梦中突然发出一声大叫。

他们立刻站起来，马克推着金伯莉冲出自己的小卧室。

斯普劳特安稳地躺在床上，抱着维尼熊嘟哝着什么，随后翻了个身，又陷入沉沉的梦乡。马克和金伯莉屏息看着她，一言不发。

金伯莉转身离开，坐回日式蒲团上。马克瘫倒在她身边，向她伸出手。但她只是全身紧张，并不回应。

"对不起，"她说，并没有看他，"这样不行。你看不出来吗？我尝试了，但已经回不到过去了。"

"但是我们可以在一起。我可以为你——为斯普劳特做任何事。我们可以，可以，再次变得像家庭一样。"

她转头瞥了一眼他，眼里闪着泪光。"不，马克，不可以。你过于自由了。"

"自由有什么错？"

"我们还需要负责任。"

"我可以为你改变！我可以为你做任何事。我可以做你的参照物，让你定义自己，只要你想要。"

她摇头，带着悲哀的笑。金伯莉站起身，面对着他，捧起他的脸。"哦，马克，"她说着，给了他一个轻柔而纯洁的吻，"我的确是爱你的。"

她走了。马克想要追上去，但已经听到她下楼的声音。他伫立在门边，心脏突突地跳着。他能感觉到自己的下腹和大腿内侧阵阵胀痛。

他几乎忘记了勃起后却得不到发泄的感觉。

这种破事,跃闪杰克说道,必须要停止了。

♣

"比勒陀利乌斯博士,您这样子出现在法庭上是什么意思?"

"您是指这个吗,法官大人?"他指了指自己的右腿。剪裁得体的裤子在膝盖处戛然而止,露出下面绿中带黑、长满肉瘤的腿,就像青蛙的下肢。他的腿上还有十几处病变区域不断渗出黄色的脓水,气味让康诺沃法官皱起了鼻子。

"这是我的百变王牌。它把我变成了鬼牌——还在缓慢向上延伸,当触及到腿以上时,就会要了我的命。所以,我想这也可以算是黑桃王后,虽然很缓慢。"

"这令人作呕。你是想要借此讽刺这个法庭吗?"

"我只是想展现出存在的东西,法官大人。无论是一名鬼牌的身体缺陷,还是偏执地谴责感染了鬼牌病毒的人的心理缺陷。"

"我有理由怀疑你蔑视法庭。"

"您不能这样做,"他友善地说道,"鬼牌有在公开场合露出其鬼牌特征的权利,不可强迫其隐藏,除非与《猥亵暴露法》相冲突。本州以及联邦的法律都是这样规定的,您是否需要我给出具体的引用来源?"

她的脸颊几乎夹住了自己的鼻子。"不必了,我懂得相关法律。"

他转向金伯莉,她仿佛一尊冰雕似的坐在那里。

"古丁女士,您过去也曾在法庭上争取斯普劳特的抚养权。当时发生了什么?"

她的眼中燃起怒火。他故意展露出一丝微笑。

"你很了解当时发生了什么。"她冷硬地说道。

"请向出席的各位说明。"他在她面前刻意看向挤满媒体记者的法庭。他和马克最近注意到许多诸如"远行队长女儿抚养权案律师称

独眼杰克

王牌与毒枭相同""律师称王牌能力可伤人性命"等的新闻标题。他想要金伯莉和莱瑟姆也尝尝这种味道。

还有一篇文章声称,布什总统虽然在竞选期间特别保证过不会这么做,但最近竟然又试图重启《王牌注册法案》。当然,这事与本案无关。只是标志着时代变化的又一个事件。

她在胸前交叉双手。"当时我承受着巨大的压力。我们的女儿情况特殊,而且我与马克的婚姻状况也很不乐观。"

说得好,他心想,但这并不会给你带来任何好处。

"那么之后发生了什么?"

"我在法庭上失态了。"

"说是彻底崩溃比较恰当,您不这么认为吗?"

她抿紧嘴唇。"我一直受到疾病的困扰。我并不为此感到羞耻,为什么要羞耻呢?我也接受了治疗。"

"确实如此。和那时相比还有什么环境条件发生了改变呢?"

"这——"她看了一眼马克,后者一如既往像一条金毛犬似的盯着她看,"我的人生变得更加稳定了。我有了自己的事业,并且找到了一位十分出色的丈夫。"

"也就是说,和过去相比,您现在可以为斯普劳特提供一个更加稳定的家庭环境了?"

她惊讶又谨慎。"是的,当然。"

她希望莱瑟姆能在这时候提出异议,打断这一长串不知指向什么方向的问话。你也不是永远不会出错,对不对,混蛋?

"所以您的意思是,因为现在您更加富有了,所以能够成为更加称职的家长?那么您想表达什么呢,富人比穷人更有资格做家长吗?"

这话终于惊醒了莱瑟姆。他一跃而起,提高声音开始反驳。

康诺沃法官敲响法槌,提醒所有人保持肃静。当然,她必须要保持矜持。但是他注意到她眼中一闪而过的动摇。他戳到了她作为自由

WILD CARDS

主义者的某根神经。

"天哪,有时候我都恨我自己。"

♠

下午开庭后,比勒陀利乌斯问道:"您是否曾使用过非法药物,古丁女士?"

"是的。"她直视着他的眼睛,并不打算隐瞒,因为她知道他一定能拿出证据,"很久、很久之前我使用过。已经成为过去了。"她微微笑了笑。"我们也曾经愚蠢过。"

干得漂亮。"您是否服用过 LSD – 25?"

短暂的停顿。"是的。"

"您曾经常服用它吗?"

"这要取决于你如何定义。"

"我相信您自己的判断,古丁女士。"

她惊讶地瞪大眼睛。"当时是 60 年代,人人都在做这种事。我们在进行试验,想要让我们的肉体和意识全都得到自由。"

"那么您是否曾经考虑过这种试验会给基因带来什么伤害?"他进一步说道,"您有没有替自己未来的孩子的福祉考虑过,古丁女士?"

法庭再次沸腾了。

♦

康诺沃法官宣布休庭后,马克如坐针毡地等待着比勒陀利乌斯,法院的椅子坐着很难受,它们似乎是专门按照人体工程学设计,尽量适应所有人的身形,但牺牲了个人的舒适。

"你刚才说的都是什么玩意?"他怒气冲冲地对比勒陀利乌斯说,"没有证据表明迷幻剂会导致胎儿畸形。这和,和酒精不一样。"

"问题不在于酒精。现在社会上没有禁酒。莱瑟姆想利用毒品做文章，那我们就将计就计，用毒品说问题。"

马克气得支支吾吾，终于费劲说出。"那……那你不管事实到底是什么样的吗？"

"事实。"比勒陀利乌斯低低发出一声酸楚的嗤笑，"你现在是在法庭上，年轻人，事实并不在这里讨论的范畴之内。"

他叹口气，坐回椅子。"不要以为靠拳头打官司的时代已经过去，现在打官司仍然是一场决斗。但是新的战士们变得聪明了，他们改写了规则。我们不再使用暴力决斗，而改成使用文书和案例。在决斗中，受到威胁的也不再是我们的性命，而变成了客户的钱，或者人身自由。"

他把双手都搭在手杖的兽头上。"你反感我现在做的事情。年轻人，我自己也反感。但你雇了我当你的战士，我便认真对待这份工作。为了胜利，即使要使用肮脏的手段，我也会去用。

"现在就和迫害女巫的时代一模一样。你想改变这个事实，我也想。但如果我只做这些，你就会失去你的女儿。这就是为什么体制被称之为体制，马克。因为不管你喜不喜欢，它就是所有事情运作的规则。如果你公然反对它，只会输得一败涂地。"

♥

马克和金伯莉约了周五晚上见面，但她并未赴约。他并不意外，甚至都没有责怪她的意思。比勒陀利乌斯对她使的手段让他觉得自己也变得肮脏了，他觉得羞耻。

他心里感到最难受的是，自己没有阻止比勒陀利乌斯。

到了周六，这种罪恶感膨胀得越来越厉害。马克提早结束了健康中心的营业，头脑中一直回响着一种声音，有件事他必须去做。

WILD CARDS

♣

小个子男人蹬着一双红色阿迪达斯,一脚跨在楼顶护栏上,俯瞰着鬼牌镇混乱的路况。他身穿一件橙色T恤,外面套着红色运动衫。他长着一张狐狸似的窄脸,一对眉毛弯曲成带有讽刺的弧度,下面生着一个尖尖的鼻子。赤褐色的头发在寒风中飘扬,就像跃动的火。

他伸出一只手,食指指尖冒出了火苗。随后火苗变成了火球,在手指之间传递。他翻过手来,火球膨大成排球大小,落在他的手心里。火球静静燃烧着,在阳光下显得有些暗淡。他着迷似的盯着看了片刻,便让火焰从手掌喷薄而出。

他看着火焰飘散,弯起一边的嘴角,笑着长吁了一口气。

"该开始了。"说完,他就向着楼顶下的深渊踏了出去。

他自由下坠了大约十五英尺,看到飞速倒退的窗户里错愕的脸孔。随后他挺直身子,把手臂伸到前方,用跳水运动员般的姿势飞了起来,并没有过分惊吓这里的市民。鬼牌镇的这些蠢货已经够受的了。

他朝着中央公园一路向北飞去,心想,马克这次真是把事情搞得一团糟。这可怜的呆瓜,没有勇气和自己的过去彻底一刀两断。他还不够冷酷,没能把所有药品存货都倒掉,让他的其他人格流进下水道里。

谢天谢地。他和其他人格的人生已经够令人恼火的了,他们就像是无力的旁观者,坐在老旧的电影院里,看着动不动就断片的电影。他只能在马克默许的边缘生活,只能短暂地拥有自己的身体、飞翔在空中、感受气流冲刷自己的头发。对于他这样一个充满生命力的人来说,这简直就像是地狱。

在他的观念中,地狱是一个阴冷的所在,而他体内狂热的生命,则是火焰。

独眼杰克

一架直升机出现在他的左前方。他倾斜身体,朝它飞去,在离直升机还有一千码左右的时候,发射出了几道火焰,就像地对空导弹。他螺旋着上升,在身后留下一道旋转的火焰,直升机从火焰中冲了过去。

是一架交通直升机,上面的人认识他,新闻播报员笑着朝他招手,他的助手把直播摄像机对准了他。

超级明星跃闪杰克——他笑着挥手。但飞行员被吓得脸色煞白,显然他以前没遇到过这位跃闪杰克。

这样也好。跃闪的心里其实有一点卑鄙的成分,他需要寻找一个无害的发泄口。

……这时,他才意识到自己实际上在往什么方向前进。他残忍地笑了。他的潜意识很明白自己想要做什么。

♠

金伯莉·安·考达那·梅多斯·古丁从杂志上抬起视线。在她所处的顶层公寓窗外,有一个男人飞在空中,伸出手指敲了敲玻璃。她倒抽一口气,连忙把淡紫色睡衣的腰带拉紧。

他做出手势,催促她开窗户。她咬着嘴唇摇摇头。

"这窗户是打不开的。"她说。

"该死。"他用口型说道。他后退六英尺左右的距离,伸出手掌,姿势就像电视主持人介绍嘉宾上台。橙色的火舌从他的手掌喷出,冲向玻璃窗。

金伯莉向后一躲,几乎惊叫出来。

玻璃窗摇晃起来,中央熔出一个椭圆形的洞。一阵带着汽油味的热浪席卷而入,身穿红衣的男人走了进来。

"抱歉烧坏了你的窗户,"他说,"我会赔钱的。我必须找你谈谈。"

"我的丈夫很有钱。"她说，声音温和得像拂过丝绸。

"我是跃闪杰克。"

"我认识你。我在《游隼的栖木》里见过你。"

他没打招呼就坐了下来。"对，你也见过你那个该死的律师拿出来的照片。在一个我连去都没去过的地方，有个可怜的小女孩被一个疯子给烧焦了。"

她看着窗户，倒灌进的风吹拂着她的头发。"那么你应该直接去找莱瑟姆。"

"不，我找的是你。你为什么和马克·梅多斯厮混？"

她一跃而起。"你凭什么这么和我说话？"

他笑了。"你要发火也可以。自你和他认识以来，就没改变过。你挑逗他，然后又溜走。他这个人有很多缺点，但你也不应该这么对他。"

他歪着头，看上去格外像一只狐狸。"还是说，你只是在耍他？"

她的脸色煞白，愤怒地扬起眉毛，随后背对着他踱远了。他看着她臀部的线条在厚重的睡衣下摆动。

"看来他和你说了不少自己的事。"她尖刻地说。

跃闪的脸上掠过坏笑，他举起手，交叉着手指："我们的关系就像这样。"他的笑容更明显了，"回答我的问题，宝贝。"

她站在被熔化的玻璃洞边上。"你以为我就很轻松吗？"

"在我的角度看来，"他说，"你简直是世界上最轻松的人。"

"我爱马克，真的，"她的声音沙哑，"他是全世界最善良的人。"

"他是全世界最蠢的笨蛋，因为你觉得善良就等于弱势，对不对？"他站起来，走到她的面前。

她抽泣着背过身去。他抓着她的肩膀，强迫她转回来。他的拳头上点起了细小的火苗。

"有太多的女人，"他说，"都畏惧着自己。她们被迂腐的犹太教、基督教洗脑，相信自己是邪恶的、堕落的，所以想要寻找能够虐待自己的男人，来惩罚她们的罪。就比如那个打了马克又打了你的运动员。你是不是就是这么想的，金伯莉女士？"

她倒抽一口气，一缕烟雾盘旋到她的鼻尖，突然，她的睡衣被火舌吞没了。

金伯莉尖叫着，想要逃跑，但跃闪拉住了她。他的另一只手用力一扯，就为她褪下了烧着的睡衣。

她跌在地上，吓得不断抽泣。跃闪熟练地把燃烧着的衣物卷起来，火苗熄灭了。他把烧毁的睡衣扔在墙角，跪到她的身边。

她紧紧抓住他。他只是抱着她，下意识地抚着她的头发。过了一会儿，他推开了她。

"来看看你的身体有没有事，或许我能帮你。"

他无视了她迟来的愤怒和羞耻，上下打量着她。别的地方没有受伤，只有一道红色的烧伤从左肩延伸到胸部。他把手放到伤痕上，向下抚摸。

她想要躲开。"你想干什么？"

"我要把热能吸取出来，"他答道，精力集中在手上，"就像用冰块处理轻微烧伤。如果处理得及时，就不会留下伤害。"

她盯着他，低声说："我以为你的能力是控制火。"

"没错。"他的手覆过她的胸。他的手掌所经之处，皮肤又变得雪白，没有了伤痕。"这只是一个小把戏。"

"在你身边太危险了，跃闪先生。"

他用拇指抚摩着她的胸，她吸了口气，身体僵直。她对上他的眼神，嘴唇弥漫起湿气。

"我不是属于 80 年代的人，"他用沙哑的声音说道，"和马克一样。他是 60 年代遗留的一片柔软的雪片。

"而我是属于 90 年代的坏蛋。"

她抓住他的脖子，拉近他的脸颊。

♦

马克·梅多斯坐在公园大道边的一条小巷里，头埋在两膝之间。

这梦寐以求的时刻，我已经追寻了多久？我想拥她入怀，感受她的体温，她的气味，看着她的眼神渐渐变得深邃，看着她弄乱自己的头发，看着她抱紧自己，听到她的呻吟……

他感到自己对她不忠了，他觉得自己就像个偷窥狂，他觉得自己像个傻瓜。

他用蜘蛛般瘦长的手覆住脸颊，哭了起来。

♥

那一夜，马克独自喝了一整瓶葡萄酒。金伯莉玩着自己的儿童工具箱，始终没有来。

最终，马克坐在他和德加一起重新铺的白色油毡地面上，陪斯普劳特一起拼了一架螺旋桨能转的飞机。但飞机没能飞起来。

♣

"我可以做。"她说。

他看她的眼神就像动物园里，被关在玻璃后的眼镜蛇看着游人的眼神一样。毫无兴趣，连看都不想看。

"可以做什么，古丁女士？"

"做什么——你让我做什么都可以，只要我能留下她。"

她站在原地，整个身体都很紧张，憋着一股气，几乎撑得胸腔炸开。她等着他问自己为什么改变了主意。

但他并没有如她所愿。他只是点了点头。她发觉自己对他的这份自信既痛恨又很需要。

独眼杰克

♠

周日太阳西沉的时候,马克家的门铃响了。马克透过玻璃看了好一会儿,才打开门。

她脸颊发红,双眼明亮,呼吸急促,好像外面很冷似的。今晚,她穿着一件宽松的深色罩衫和牛仔裤。

"想去散步吗?"她问道。

"那天在法庭上发生了那样的事情,你还能像往常一样和我说话吗?"

她略微退缩了一下,垂下目光,吻了吻他的脸颊。"当然能,马克。在法庭上发生的事不必带到法庭外。走吧。"

♦

后来,他一直回忆不起来他们具体聊了什么。他只记得,自己有种感觉,无论之前发生了什么,她这次真的可能要回到他身边了。

他们拐过一个街角,突然停住脚步。街边停着两辆警用摩托车,夜色中,火舌不断从前方的一栋楼里窜出。消防车停在楼下,高压水枪对着火场喷射弧形的水柱。这时,一支高压水枪的水断掉了。

他向前冲去,甩脱金伯莉拉着他袖子的手。他能感觉到火焰的热量炙烤在脸上。前方,有一群光头党正弹冠相庆,另一人刚刚冲回他们中间,穿着厚重靴子的消防员迈着沉重的步伐在后面追着他。马克惊恐地明白过来,那名光头党刚刚砍断了一条输水管。

"这是怎么回事,老兄?"他问一名围观路人。

"有人在旧公寓里纵火。三楼住的一家子想在家开裁缝店。"他朝路边吐了一口口水,"要我说,是他们自找的。想钻租房政策的空子,把住宅变成商用房。他们肯定是和房东串通好了的。"

一群警察包围了光头党的人。斯普劳特叫着"爸爸!"挣脱金伯莉，朝他跑去。金伯莉追在后面，想拉她的胳膊。

火场边停了一辆救护车，在车旁边，一对亚洲男女吼叫着，挥舞着细瘦得惊人的胳膊，想要挣脱警察和消防员的阻拦。一名穿着石棉防护服的人吊在卡车的升降架上，等着卡车把他带到可以破窗而入的地方，但火舌不断冲击着他，让他难以靠近。

另外几名身穿防护服的人站在地上的水洼边，摘下了头盔。"你必须要进去，"戴着长官肩章的男人喊道，"里面还有一个小女孩。"

"这是死路一条，屋顶马上要掉下来了。"

马克在他装毒品的口袋里翻找着。金伯莉追上了斯普劳特。

"马克！怎么回事？"

他心不在焉地摇摇头。黑色和银色，不对。黄色，也没用。灰色，更不行。焦急之中，他把不用的粉末全扔到了地上。他的生命被摔成碎片，散落在柏油路面上。

"马克，怎么回事——你究竟在干什么？"

最后的两瓶。一瓶是蓝色的，另一瓶——谢天谢地，是橙色的。他把蓝色药瓶放回口袋，仰头吞下橙瓶里的药物。

金伯莉看到他蹒跚着后退两步，然后变身了。她所熟悉的线条不断变幻，变得模糊起来。

一个完全不同的男人出现了，他有着明星般英俊的面容，长着犹太式的鼻子，脸上挂着恶魔似的微笑。他身穿橙色T恤衫，外面套着一件红色运动衣。

跃闪杰克伸出一根手指朝金伯莉敬礼致意。"一会儿见，亲爱的。照顾好孩子。"

他纵身一跃，飞向天空。

♥

吊在梯子上的男人喊了几遍"万福玛利亚"就准备跳进窗户。

他准备赴死。但这总好过在余生的每一天，一闭上眼睛就听到那个小女孩的哭声。

他跳了进去。但突然有人从身后抓住他的防护服，把他扔回了升降架。

"我不能看着你送死，老兄，"飞在半空的男人说道，"交给专业人士来处理吧。"

"跃闪杰克！"那个消防员惊讶地说道。

跃闪杰克冲进了大火的中心。

♣

跃闪杰克浑身燃烧着。

但他的身体并没有焦黑皱缩，他的眼球也没有熔化，甚至连吹好的头型都没有乱。地狱的中央，对他来说就像天堂。火舌的舔舐，就好似按摩浴缸里舒适的水流。

幸好，他能听到小女孩仍然在哭。"宝贝，你在哪？"他喊道。但她似乎没听到，只是不断大声哭叫着。但这就够了。他冲过两侧都在燃烧的门廊，空气在高温中扭曲，环绕着他周身的火焰都显得黯然失色。

一个梳着马尾辫的小女孩坐在全屋唯一一处尚未被火焰吞噬的地方，身上的睡衣已经在阴燃。他走上前去，跪在她身边，对她露出一个微笑。

屋顶塌了下来。

♠

一连串塌陷的巨响传来，连在场的消防员都发出震惊的抽气声。几道火光从浓烟中伸出。斯普劳特尖叫着"爸爸！"向前冲去。

一名戴着防爆头盔的波多黎各裔警察抓住了她的胳膊。"别去，

WILD CARDS

小姑娘，"他说，"你爸爸没事的。"然而，脸上的道道汗水证明了他在撒谎。

♦

跃闪杰克抱着小女孩趴在地上，感觉背上压了千钧的重量。他动了动，感到断裂的肋骨在互相刮擦。

小女孩被他的身体护在下面，还活着。她的肺没有被热气灼伤，真是个奇迹。他向上看去，上面的建筑还在不断坍塌。虽然他不会被火焰烧伤，但很可能会被砸死，而且小女孩随时可能会被灼伤呼吸道。

"胡柏主教说得好，"他咕哝道，"'让火焰来得更猛烈些吧。'"他抱紧小女孩，一跃而起，火苗立刻贪婪地一拥而上。

♥

窗外升降架上的人举着水枪，忽然被一阵热浪几乎吹飞。灼热的气体混合着被汽化的水泥和钢筋，几乎和太阳一样明亮。片刻之后，强光淡去，摇曳着熄灭了。

一个男人从烧开的洞里飞出来，火焰围绕着他和他怀里抱着的小女孩。他轻巧地降落在她的家人身边，收起火焰。

"给你，女士，"跃闪杰克说道，把小女孩交给她的妈妈，"最好别急着拥抱她，先让医护人员检查检查。"

他们还没来得及拥抱他，他就转身离开，匆忙在人群中找寻着斯普劳特的身影。马克的各个分身都有着共通的对斯普劳特的爱，这是不受他们控制的。而且，他本来就很喜欢这个小孩。

♣

"圣母玛利亚啊！"波多黎各警察说道，盯着跃闪杰克。

独眼杰克

金伯莉·古丁踉跄着走开了，脑中一片混乱。

随后，她看到了他。他站在街角，穿着骆驼毛大衣，一尘不染、气定神闲。他注意到她的目光，朝她点了点头。

这是她第一次看到圣·约翰·莱瑟姆露出了类似感情的东西。他显得……十分得意。

她终于明白过来，自己落入了一个怎样的圈套。

金伯莉用手捂住脸，让指甲缓缓陷入脸颊，在眼睛下方划出道道血痕。

♠

"莱瑟姆先生，"康诺沃法官严肃地问道，"你的委托人在哪里？"

"她现在在一家私人精神诊所接受照顾。"

"她现在情况是怎么样？"

莱瑟姆短暂地顿了顿。"法官大人，她现在很脆弱。"

"好的。莱瑟姆先生，比勒陀利乌斯博士，请上前来。"

今天法庭里挤满了人。马克穿着一件轻便的黄色上衣，覆盖住包裹着上半身的绷带。跃闪杰克的肋骨断了，马克·梅多斯也会受到一样的影响。马克注视着他的女儿，她坐在两方中间，正对着法官席。

"本庭注意到，古丁女士的精神处于不稳定状态，无法承担斯普劳特·梅多斯的抚养职责。"

比勒陀利乌斯屏住呼吸。难道——

"但与此同时，"法官转向他说道，"你的委托人事实上是一位王牌——或许是多位王牌，和极为冒险和不负责任的行为有密切联系。另外，根据在昨晚火灾现场附近发现的药品遗留的化验结果，他仍然在使用危险药品，这和他提供的证词相矛盾。在本庭的程序结束后，梅多斯博士将被移交给缉毒局。"

"考虑到上述状况，我无法将他女儿的抚养权交给他。因此，我

WILD CARDS

宣布斯普劳特·梅多斯受政府监护,她将被送往青少年寄养中心,等待接受领养。"

比勒陀利乌斯用手杖大力敲着地面。"这太残忍了!你们询问过小女孩本人的意见吗?询问过吗?"

"当然没有询问过,"康诺沃说道,"我们参考的是一位儿童福祉权威人士的意见。在如此重要的案件上,我们显然不能参考一名未成年人的意见,即使她并不……特殊,也不可以。"

斯普劳特跳起来。"爸爸!爸爸,不要让他们把我带走!"

马克跳到桌子上,两个满头大汗的法警连忙把他压下来。几名穿着西装的人从法庭后面走上来。

马克竭力把手伸向上衣口袋。他掏出了什么东西,放进嘴里。

"快制止他!"法官高声说道,"氰化物!"

一名法警向他冲来,然后穿过了他,撞上一排镜头和闪光灯。刚刚那两名和他较劲的法警猛地撞在一起,向后倒下。

在马克原本站的地方,出现了一个浑身散发着蓝色光芒的人,他穿着带兜帽的黑色斗篷,衣褶间仿佛闪烁着星光。他裹紧斗篷,陷下桌子,陷进地面。

♦

比勒陀利乌斯猛地把威士忌酒瓶放到桌上,用眼睛粗略测量着自己一口气喝下去了多少。大概有四分之一,他心想。他把酒瓶递给桌子对面的马克。

"我们搞砸了。"他说。马克的喉结上下鼓动,吞下威士忌。

"不是的,博士,"马克喘着气说道,用手背抹了抹嘴,"这不是你的错。"

"胡扯。我让你跑,我应该更坚决。现在你只能独自逃了,没有了女儿……对不起,我不应该再和你提这事。"

马克摇头。"不用你提。"他安静地说。

比勒陀利乌斯叹气。"你知道我们做的是什么吗？我们妥协了。你剪短了头发。而我违背了委托人的意图，还自以为是为他好。一个老嬉皮士和一个老自由主义者：我们拼尽全力，得到了什么？一无所有。"

他摘下眼镜，抹了抹眼角。门打开了，冰蓝先知开始用那双蓝色的手为他按摩肩膀。

"你现在打算怎么办，马克？"他问。

马克凝视着窗外，黑暗覆盖着鬼牌镇。"我要把她夺回来，"他说，"但不知道要怎么做。"

"我来帮你，马克。我会尽我所能，哪怕也要转入地下。"他捏了捏自己的肚子，"我的身体和精神都越来越松懈了。逃亡生活能让我紧张起来。在如今这个'更加善良、更加温和'的美国，我猜早晚我也必须逃亡。"

马克一言不发，只是注视着窗外。

在鬼牌镇外的某处，他的女儿正在哭泣。

♠ ♥ ♦ ♣

不被爱的人不过是无名氏

沃尔顿·西蒙斯　著

杰里第一次见到王牌云巅这么萧条的样子，三分之二的桌子都是空着的，在场的一位名人也没有。整间餐厅弥漫着一股紧张的安静气氛。海勒姆不在。不过还好，这一切并没有影响杰里的胃口。

他从沙拉里挑出虾仁和其他自己喜欢吃的东西，准备开始吃牛排。他刚刚向杰伊·阿克罗伊德付清费用，现在，杰伊正坐在他的对面大嚼羊肉，时不时用丝绸餐巾拭去嘴边的肥油。

"你现在不再成天想着维罗妮卡的事了吧？"阿克罗伊德问道。

"不了。我现在已经放弃了这种害人的女人，但愿以后我也不会沉迷于这种人。"杰里切开牛排，牛肉的切面显露出诱人的粉红色，流出汤汁。他看了看，随后放下刀叉，吞下一大口葡萄酒。"而且，我已经不在乎她了。"这个谎言他已经练习了好几周。"我们聊聊另一个人吧？"

"好。"阿克罗伊德从公文包里抽出一个文件夹，交给杰里，"这里面是我找到的关于大卫·巴特勒的所有资料，主要是有关他的背景的。他很有钱，接受了优质教育，家庭很好，前程远大。他在生活上放荡不羁，不过大多数有钱人家的孩子都是这样。他频繁出入各种酒吧，可能还是双性恋。但毕竟这就是纽约。"

杰里接过文件夹，大致翻看了一遍。"但你不知道他现在在哪里？"

"不知道。"阿克罗伊德咽下一口羊肉，"你好像专门对失踪人口感兴趣,是不是?"

"可能是吧。"杰里懒得隐藏自己的失望之情。如果没有听信塔基扬的劝说去联系警方,可能他现在就能亲自解决大卫了。"还有什么别的可疑动向吗?"

"艾利斯岛有情况。有一群青少年,几个危险的鬼牌,可能还有一个王牌,都藏在那里。他们自称'火箭',只有小年轻才会取这种名字。可能是最适合逍遥法外的小孩去的地方,现在警察都不去那里了。"杰伊叫住一名路过的服务员,"问问海勒姆能不能过来,好吗?和他说是杰伊问的。如果他不来的话,那么,就告诉我你什么时候下班。"他朝她眨了眨眼,塞给她十美元。

"你就像是刚发工资。"杰里说。

"我一直都这样,"杰伊说,"你好像有点消沉。高兴点吧,不然我给你讲几个笑话。"

"抱歉,我平时不是这样。肯定是因为今天天气不好,"杰里说道。这句话有一半是真的,现在是深冬,天空一连几天都是灰暗阴沉的。阳光总是能让世界显得美好,没有了阳光,原本美好的事物都有些黯然失色。"情报只有这些吗?"

"当然不是。我花了好几周才收集到这些信息,"阿克罗伊德说,"我发现了一件很重要的事,在很多起和'传心者'有关的案件中,大卫·巴特勒都有很好的不在场证明。"

"也就是说?"

杰伊·阿克罗伊德稍作停顿,仿佛是在等着杰里自问自答。"心灵传输者不止一个,而且谁也不知道究竟有多少个。"

"那可真是太棒了,"杰里说,"现在这个世道就需要这种事。"

"还有什么别的事困扰你吗?"阿克罗伊德揉着自己的脸。杰里没有回答。"拜托。"

"好吧。我家里的气氛有点紧张。我和我弟弟、弟媳住在一起。

但我弟弟肯尼斯似乎很反感我和他老婆在一起相处,而他自己工作又总是太忙,没时间关心她。"杰里耸耸肩,"但她对我并不感兴趣。就算全世界就剩我一个男人,我都怀疑她愿不愿意和我约会。"

阿克罗伊德沉默片刻。"希望天能快点放晴。另外,你也许可以考虑搬出去自己住,这样可以缓解现在的状况。只是一个建议。"

"嗯。"杰里看向另一边,海勒姆从办公室出来了,绕过餐桌,向他们走来。他炭黑色的西装一如既往地剪裁得体,但本人看上去却状态不佳。他的脸上有深刻的皱纹,眼睛周围尤甚。

"海勒姆,"杰伊说道,"来一起坐。一起来点甜点和餐后酒。我们两个太无聊了。"

海勒姆虚弱地笑了笑,用抽筋似的动作四下环顾了一圈。"真的谢谢你,但是不了。我要做的事太多了,还有很多别的事要处理。"他顿了顿,"而且,嗯,现在被人看到你们和我待在一起可能不太好,鉴于有些人的道德连坐想法。"

"我们并不怕这个,"杰伊说道,"而且——"

厨房里传来一声巨响,火苗从门里窜出。杰里被震飞到旁边的桌子下面,胳膊肘撞到桌子腿,感到一阵尖利的疼痛。烟雾在餐厅里弥漫开来。

杰里挣扎着站起来,杰伊和海勒姆朝厨房冲去。还能站得起来的顾客都争先恐后逃跑了,留下受伤的人呻吟尖叫。杰里听到厨房里传来喷灭火器的声音。

"快开排气扇。"海勒姆一边指挥,一边冲进厨房,杰伊跟在他的身后。

杰里缓慢地跟着他们,被浓烟呛得咳嗽不止。他穿过餐厅,朝厨房里探头张望。有一扇转门的合页脱落了。海勒姆跪在一个人身边,抱着他的头。

"对不起,"海勒姆说,"对不起。"

独眼杰克

杰伊把他拉起来。"海勒姆,快给塔基扬打电话,和他说我们这里有几名重伤员,马上就送过去。快。"

海勒姆点点头,走出厨房。杰里后退一步,让出门。他能看到海勒姆眼中的痛苦和愤怒。相比之下,他关于维罗妮卡的自怜自哀显得太自私了。杰里走进厨房。

"有什么我能帮忙的吗?"他问杰伊。

"我们不是医生,什么也做不了。"杰伊伸出手指一指,"砰"的一声,有一个呻吟着的男人消失了。接着,又响起两声"砰"声。杰伊跪在最后一个伤员身边,摇了摇头。"已经太晚了。"

"如果别人能得救,也要归功于你。"杰里说道。

"还是要归功于塔基扬,"杰伊说着,抹了抹眼睛。"但我们必须尽力而为,只要是能做到的,绝对不能不做。"

"对,"杰里说,想起了大卫,"绝对不能不做。"

♥

他可以直接让肯尼斯给他大卫的资料,但这就会向他暴露自己的怀疑。而且,大卫的资料可能在圣·约翰的办公室。莱瑟姆·施特劳斯公司在雇用员工时非常挑剔,希望他能得到一些大卫的下落的线索。至少,这份资料是一个起点。

莱瑟姆的办公室门比金中尉的要难开,他指尖的皮肤被磨破,露出了骨头。杰里舔去指尖咸咸的血液,走进屋内。他打开台灯开关,荧光灯泡被点亮,泛绿的灯光笼罩了书桌。他打量着昏暗的办公室。整洁而乏味,给人带来压迫感。没有植物,没有个人照片,没有任何杂乱的地方,毫无一丝生机。杰里试着拉了拉抽屉,是上锁的。他认为自己找的东西肯定在文件柜里,但文件柜的钥匙在抽屉里。

杰里穿过房间,来到文件柜前。他朝手掌吹了口气,热度立刻就消失了,虽然窗户上镶着双层玻璃,但仍旧有冷风漏进来。这边的抽屉也上了锁。杰里不想再弄伤自己的手指,但似乎又没有别的选择。

他听到门外传来声响,立刻不敢动弹了。他虽然知道存在这种可能性,但还是选择相信运气。片刻的犹豫过后,他开始模仿莱瑟姆的外表。他心里想着:冷淡、没有人情味,努力压下心里的一切情绪。他深呼吸了一下,关上台灯,朝门口走去。只要不是莱瑟姆,就不会有事。

她在门口等着他,身穿高档的蓝色露肩长裙,精心梳理的头发垂在肩头,身上的香气美妙而奢侈,正如其人。杰里很快想起她是谁——幻想,或者叫阿斯塔·伦泽。她绝不是什么简单女人,而是玛娜·洛伊般的人物。

他咳嗽了一声,打破沉默。"你有什么事?"

她叹口气。杰里感觉似乎从她的吐息里闻到了酒味。她的眼神非常涣散,教人看不出眼珠究竟是什么颜色。"我只是想找个人陪我。我听说你,怎么说呢,最近更加愿意接受肉体上的诱惑。"

杰里努力不让心中的兴奋流露出来。他不仅不会败露,甚至还能睡到女人。而且,肯尼斯和贝丝在一场资金筹集晚宴上,还见过阿斯塔的裸体。时来运转,这回轮到他了。不过,他必须显得冷静,否则她就会发现他不是真正的莱瑟姆。"这可能不假。但是不能去我的家里。"

她用手指揉搓着他的领带,优雅地转了一圈,把他拉向办公室的门。"我最喜欢下流绯闻成真的时候。"

♣

她的顶楼公寓装潢豪华而摩登,有着宽敞的吊顶,客厅里充满黑色和银色的装饰,比停满跑车的车库还耀眼。她调暗灯光,蹬掉鞋子。

"来吧,大律师。你想去一号卧室,二号卧室还是三号卧室?"

幻想把手指抵在红唇间,"不,别告诉我答案。三号卧室。我的直觉永远不会出错。"

幻想半是走路、半是跳舞地来到卧室门口,抬起下巴,走了进去。

杰里脱下大衣,扔到身边的椅子上,跟了上去。她在宽敞的黄铜床边,正褪去裙子,下面只穿了一条系带式的黑绸内裤。她用夸张的动作解开系带,缓缓转过身子,让他看到她的背面。

杰里只是凝视着她。她的身体完美无瑕,至少在昏暗的灯光下,没有显露出任何一丝不完美。她的胸脯小巧,但这正是他喜欢的。"你的身材真完美。"

她走上前,开始为他宽衣解带。"你知道吗,万一这件事被金福发现,我俩就完了。"

"是吗?"杰里不认识金福,而且也根本不在乎。万一败露,那也是莱瑟姆的麻烦。现在他只是在考虑把自己的下体变成什么尺寸。阿斯塔解开他的腰带,手朝下摸去。他迅速决定,把它变成色情杂志《阁楼》里那样的大小。

她全裸着躺在床上,在他的鼻子下面掰开一片药片。他往后躲了躲,鼻子感到一阵刺痛,随后什么也没有发生。"不过,金福现在并不会对你出手。他的兴趣全在你手下的那群年轻人身上。"

杰里心想这或许和大卫有关系,便默默记下了这件事,以备今后需要。她覆上他的嘴唇,他被愉悦感冲刷着,心里只剩下欲望。她张开唇瓣,把舌头伸进他的口中,和他的舌头纠缠在一起。杰里压下身子,把她拉近,在她柔软的身体上摸索着。她的身体抚摸起来也是完美无瑕的。

幻想的吻激烈而富有侵略性。她的手指抚摸着他的胸口和腹部,时而用指肚轻柔地触碰,时而用指甲轻轻刮擦,一路向下摸到双腿之间。虽然尺寸颇大,但杰里不费吹灰之力就让它站起来了。他抚摸着她下体的毛发，不时用手指玩弄着几缕。

她按住他的男根，力道几乎弄疼了他。

"上帝啊。"他说道。

"怎么回事，大律师，我怎么不知道你还是信教的？"她牵起他的手，吻了吻，"你的抚摸很温柔，但我想要来点更激烈的。你有反对意见吗？"沉默。"那么，我要传唤第一位证人了。"

阿斯塔跨坐在他的身上，俯身贴近他的嘴唇。她身上昂贵的香水味扑面而来，毫无疑问她在大腿之间也涂了香水。他用舌头舔舐着她，想要尽可能往里伸，这对他的能力来说轻而易举。

幻想喘息一声，俯视着他。这是他见过的最纯粹的享乐主义的神情。

"我知道，律师最强的武器就是他的嘴，"她说，"但我以前可不知道，这武器是这么危险。"

"律师最强的武器是绝不认输的精神。"杰里说道。她刚刚给他吸的东西开始起效，他开始感觉浑身有力。

"这是给胜利者的奖赏。"阿斯塔说完，把头发拢到脑后，倾下身子吻住了他。

杰里用舌头轻轻拍着她，随后又戳了进去。幻想喘息了一阵，随后低下头，把他含在了自己口中。他感到快感通达四肢。维罗妮卡的嘴上功夫了得，但远不如阿斯塔几个简单的动作流露出的热情。杰里缓缓长出一口气，继续动着舌头。她发出含混的笑声。今夜一定美妙至极。

♠

《夜长梦多》已经看了一多半，他手中的薄荷杜松子酒也喝了一多半。这时，他听到一阵敲门声。

"请进。"他应了一声，暂停了电影。

贝丝在他身边坐下来，一脸不快地看着他的酒瓶。

"我很消沉，所以在喝酒，"杰里解释道，"这是一项悠久的传统。"

"你在消沉些什么？"

杰里思考片刻，把一切都和她说了。他讲了维罗妮卡的事，还说了自己的王牌能力恢复的事，还讲了自己和幻想共度良宵。他并没有提自己对大卫的怀疑。她可能只会把这当成是他的嫉妒。

贝丝自始至终都坐在一边，用手撑着下巴听着。

"我和你说，最有意思的是，"杰里说，"我和阿斯塔度过的那晚是我至今为止最享受的一场性爱，可能以后也不会再有了。我被这件事搞得很消沉。你知道为什么吗？因为它不是属于我的，我只是一个替身。不会有人愿意和真正的我那么亲热。"

"或许吧。但或许不是这样。"贝丝摇头，"这很重要吗？"

"当然重要。现如今，成功的标准是什么？对于一个男人来说，就是你能挣多少钱，有多少女人愿意和你翻云覆雨。我已经很有钱了，只能在女人的方面弥补自己。"

"天哪，杰里，你没必要相信那种鬼话。你的人生是否快乐，是你自己决定的。不要被麦迪逊大道或者别的潮流影响了。"

杰里侧开身子。"你说着很容易。你现在结婚了，活得很快乐。你已经得到自己想要的一切。"

"对，因为我清楚自己想要什么，然后去为之付出努力了。这不是别人为我做的。"

"那我就只是懒。就是这样。"杰里转回头，看着电视。

"你并不是懒，你的心理年龄就像个六岁小孩。你只能看到自己的感情和需求，但不能理解别人的。如果你只是利用女人来证明自己，那你永远也没办法获得女人的欢心。"贝丝顿了顿，"我不由得好奇，你是怎么看待我的？"

WILD CARDS

"我现在也对此挺好奇的。"杰里转向她。他从她的眼神看出，她有些受伤。既然已经说了过分的话，不如全都说清楚。"我信任你，把我所有的秘密都和你说了，而你只知道批评我。你不要再待在我这里了，回去舔肯尼斯的老二去吧。"

贝丝缓缓起身离开，无声地在身后关上门。

"对不起。"杰里等到确定她一定听不到了，才小声说道。他又喝下一大口杜松子酒。换做是亨弗莱·鲍嘉，他一定不会这么做。"天哪，不仅仅发生了这么多事，现在我还变成了一个大混蛋。"

他按下播放键，希望电影里的男女主角能给他带来一些安慰，但他们只是彼此含情脉脉地眉来眼去。

♦

空气潮湿寒冷，杰里抱着一摞箱子搬进货车。复活节就要到了，真是祸不单行。他朝二楼的窗户瞥了一眼，那是肯尼斯和贝丝的卧室。贝丝看了他一眼，就转过了头。这最后的一眼几乎将他击垮，他觉得心里有什么东西永远地死去了。

肯尼斯拉出两个行李箱，小心地把它们放到货车上，关上了车门。

"你只是赌气才这么做的，"肯尼斯说，"及时回头吧。你和她道歉，她也会见好就收。相信我，这是我的经验之谈。"

杰里紧紧盯着肯尼斯。"你是明白的。我搬出去，是因为你们两个都认为我很蠢，自己都打理不好自己的人生。这让我感到很疲惫。"

"你不仅蠢，还以此为傲。你就是这样的人，"肯尼斯愤怒地转过身去，"你爱怎么着就怎么着吧。"

杰里上了车，转动钥匙，发动了引擎。他们很快就会后悔的。他已经想出了一个办法来确认这一点。

♠ ♥ ♦ ♣

暗室中的断线

卡里·沃刚　著

乔安妮不知道比利·雷喜欢什么样的花。她根本无法想象他会在房间里摆花瓶，插着玫瑰或是郁金香。于是去医院看望他时，她带了一株仙人掌，放在陶土花盆里，上面顶了一朵蔫了的小黄花。似乎挺适合他的，如果是更加娇贵的东西，很可能被他养死。

"下午好，雷，"她在门廊说道，给自己留出了一点时间观察病房和雷本人的状况。她调整了一下罩在黑色短发上的兜帽，又抚了抚斗篷，确保自己的能力得到了很好的隔绝，不会在无意中伤到别人。今天她没有穿自己那件包裹严实的制服，而是穿了一身简单的便服。但是为了避免意外的触碰，她仍旧戴着皮手套。

她的王牌能力是吸收能量———一切能量。她甚至能够感受到一股微弱的力量从手中的仙人掌传输而来，那是它的生命力。她小心翼翼地只拿着花盆，避免碰到植物。如果她碰到仙人掌，可能就会要了它的命。她和雷的病床保持着一定的距离。

雷的身材中等，有着一头黑发。他看上去颇为憔悴，从床上坐了起来，嘴里咕哝了些什么，她就把那当作是问候了。随后他就继续用左手摆弄电视遥控器。他的右手被吊在胸前。之前被砍掉半张手掌，而现在五根手指都已经长回来了。新的手指呈现出粉红色，没有老茧，显得弱不禁风。

在亚特兰大的民主党全国代表大会上发生了那样的事之后，他现在的状态可以说是恢复得很好了。当时他的身体就像一条鱼似的从头到脚被剖开，内脏飞溅，半个下巴都没了。不过百变王牌病毒救了他。麦凯·梅塞尔这样的人是要不了他的命的。医生想方设法把他拼了回去，他则发挥超人的愈合能力，自己又长了起来。这是他至今经历过的最长的恢复期，一定快把他逼疯了。

经过这次的折腾，他的脸会变得更加诡异。他的下巴基本已经长出来了，但现在那部分的皮肤是粉色的，而且呈现出片状。

她看不到被子下面的部分恢复得如何。他一反往常，躺得很老实，似乎他的肌肉还没完全恢复。一想到这里，她感到有些恶心，连忙止住自己的念头。

电视上播着访谈节目，人们在讨论着最近的总统大选，还插播了几段哈特曼议员的讲话。她不希望雷这样虐待自己。

"你没有看自己发生事故时的视频吧。"她问。

"没有。太恶身了（太恶心了）。"他冷淡地说，语气中透着厌烦。他的下巴还没愈合，吐字很不清晰。

"我给你带了个仙人掌。"她把仙人掌放在手推车上，上面还放着一瓶插着吸管的矿泉水和一盘土豆泥。可能是为了方便嘴部残缺的人吃起来方便，她心想。他手边还有一份《时代》杂志新刊，封面上是哈特曼，正抬手挡住自己的脸，躲避着镜头。

"哦，"他嘟哝，"有意是（有意思）。"

"它让我想起你。"他没有赶她走，于是她拉来一张椅子坐下，用斗篷把自己裹了起来。似乎并没有什么人来探望他，没有卡片，也没有花，只有一棵短粗的仙人掌。她朝杂志点点头。"在补最近的时事？"

"你知道他续了哪吗？他现在在汗什么？（你知道他去了哪吗？他现在在干什么？）"

"你问谁，哈特曼议员吗？"他凶巴巴地瞪着她。当然是哈特曼议员了。"我估计现在正在躲风头吧。"

独眼杰克

"我秀了他一命,他连张哈都没细给我。(我救了他一命,他连张卡都没寄给我。)"他的脸上终于出现一丝失落。她不知道该回答些什么。在那场灾难过后,谁也不知道哈特曼的行踪。

"我对这一切感到很遗憾。"

"没事。你遇到痕么问题了?(你遇到什么问题了?)"他问。

"你怎么知道我遇到问题了?"她努力想让自己的口气显得很平常。

"一看就知道。你魂不守赫,心失一直在别的地方。(你魂不守舍,心思一直在别的地方。)"

她并不想向雷倾诉。现在的他不适合当倾诉对象。他虽然对自己的愈合能力很自豪,但现在看上去还是很狼狈。他的肋骨也不太对劲,在被单下面凹进去一块。可是——只有雷才能明白这件事,所以她才会过来。她叹了口气。"我刚刚去参议院王牌资源强化委员会开会了。"

他轻笑起来,声音水汪汪的,有些怪异。"那么,现在续风当航头儿了吗?(现在飓风当上头儿了吗?)"

"他还在为此努力呢,但是他,嗯,之前在一个共和党的资金募集晚宴上出了点事情,所以最近没怎么抛头露面。"当时一整个琥珀厅里全是有钱的社会名流和王牌,而一场惊天盗窃就在他眼皮底下发生了。飓风不想听任何人提起这件事。

雷又笑了。"这真有意是。你能给我看看报号吗?(这真有意思。你能给我看看报告吗?)"

"他想尽量掩盖这件事。不过他或许仍然能升值,因为他知道该巴结哪些人。"

"而你还是满脑子的剩义,伸理。(而你还是满脑子的正义,真理。)"

"或许你有朝一日也要考虑转职做管理岗的,"她并没有在开玩

241

WILD CARDS

笑。雷很清楚该追随哪些人，而且岁月不等人，她已经三十多岁，已经在参议院王牌资源强化委员会和司法部工作将近十年了。雷一直和她一起工作。出外勤虽然有趣，但没有进一步的职业发展。雷究竟有没有想明白这一点呢，还是说他只是非常享受到处揍人？"这样你肯定能少住院。"

"我就喜欢户院。（我就喜欢住院。）"他皱眉说道，"没有，我骗你的。那他现在打换怎么办？（那他现在打算怎么办？）"

"这么说吧，我们靠抽签决定的，结果我抽中了下下签。"

"不对。我筛筛，你们并不是收签决定的。你是自愿绳担的这份工作，因为你总是这样，自愿续做别人不愿意做的事。（我猜猜，你们并不是抽签决定的。你是自愿承担的这份工作，因为你总是这样，自愿去做别人不愿意做的事。）"

她投降似的举起手。"被你猜中了。不过飓风根本不想让我干这件事，因为，他的原话是：'这不符合我们的公开服务大众的标准。'"

他嘟哝："续风真是个混蛋。（飓风真是个混蛋。）"

"他对于很多事的优先级排序很奇怪。"比如《纽约时报》对他的报道长度有几行，《王牌！》杂志请了他几次当封面人物……

"那到底是什么事呢？"

"纽约出的一点麻烦。"

"是联邦调啥局需要我们帮着刷抢银行的王牌？还是有鬼牌黑帮炒当地警察的麻烦？（是联邦调查局需要我们帮着抓抢银行的王牌？还是有鬼牌黑帮找当地警察的麻烦？）"

"国家公园管理局要我们协助调查野生动物死亡案件。"

他瞪着她。"乔安妮，我们的工作是俗止暗杀、些穿国系阴谋，不是轰园环理员，不是帮人家刷狗的。（我们的工作是阻止暗杀、揭穿国际阴谋，不是公园管理员，不是帮人家抓狗的。）"

她挑起眉毛。"那么你赞同飓风的想法了?"

"不是,只是——"

"我们协助国家机关处理与百变王牌有关的各类案件。这个案子有很多疑点,我觉得应该给予足够的关注。"

"那好吧。祝你工作愉快。"

"这是我必须做的。"

"既然你这么说,就当是这样吧。至少你不太可能被卷入善斗。(至少你不太可能被卷入战斗。)代我和斯莫基熊①问好。"

乔安妮站起身来,斗篷沙沙作响。"你恢复得很好,雷。我是说真的。"

"当然了,我一定得快点输院,我快烦使这儿了。(我一定得快点出院,我快烦死这儿了。)你带我走吧。"

"你应该抓住机会尽量放松。"

他的咕哝模糊不清,不知究竟是赞同,是烦躁,还是无意识的噪声。她摆了摆手,他就转回头继续看电视了。

♥

乔安妮和公园管理局的接待人约定上午见面,她担心自己会找不到地方,就提前到了几分钟。见面地点在曼哈顿中城区,她没想到这是一个十分显眼的殖民时期新古典主义大楼,有着大理石立柱和宽阔的楼梯,正前方还有一尊乔治·华盛顿像。她从墙上密密麻麻的标牌中得知,这是美国成立之初的第一个国会大厦,华盛顿的就职典礼就是在这里举办的。结果,她发现已经超过约定的时间了。

在楼里,她走错了好几次,而她披着斗篷的样子也引来了不少人的目光。她是一个身材健壮高大的黑人女子,是少有的会穿着类似制

---

① 美国的森林防火宣传吉祥物。——译者注

服的服装出门的王牌。她已经习惯了人们的目光。她其实对此心怀感激——如果人们感觉她很怪异，就会主动保持距离。

这栋大楼的地下部分铺着标准的瓷砖地面，头顶上是熟悉的忽明忽灭的荧光灯，这里变得更有政府办公室风格了。她终于来到了那个名牌的门前。门是开着的，乔安妮便走了进去。和普通的政府办公室相比，这里稍有不同——憨态可掬的斯莫基熊在海报上劝解人们注意防范森林火灾，虽然这里是曼哈顿城区，根本没有森林；墙上还挂着漂亮的风景日历；公告板上还有很多图片，似乎是这份日历之前的月份配图：有海岸悬崖、沙漠日落，还有湖上的鹅群。几张桌子上堆满了文件，还有古旧的电话，以及不那么古旧的电脑。有一棵树的立牌上戴着一顶公园管理员的帽子。

乔安妮四处寻找着接待处或是前台之类的地方，却并没看到。这里的开放空间也没有等级划分。

一个西班牙裔女子在角落的桌子后面打着电话，她看到乔安妮，朝她一笑。"能等我一下吗？谢谢。"她放下听筒，"嗨，你就是参议院王牌资源强化委员会的杰佛逊吧。"

"哦，这么明显吗？"

对方身材矮小，活力四射，身穿彩色上衣和单色的宽松长裤，她用手比画着乔安妮的斗篷和帽子。"挺明显的。我叫玛利亚·富恩特斯，公园主管的助理。"她大步走来，想要和她握手。乔安妮和往常一样向后躲了躲。

"抱歉，我不能摸任何人。但是很高兴见到你。"她朝她点点头。玛利亚的脸色苍白了一下，但立刻就恢复了正常，朝她点了点头。她的态度很专业，没有强求她解释自己的王牌能力，甚至是展示能力。"来点咖啡吗？这壶是刚做好的。"她指了指咖啡机，旁边放了很多一次性泡沫纸杯、袋装砂糖和咖啡伴侣，"我要先把这通电话打完，一分钟就好。"

独眼杰克

"没问题。"乔安妮说完,就独自在办公室四下溜达张望起来。

富恩特斯回到电话旁边。"对,我们没有公园地图……我知道马上可以送到……好的,可以。你去复印吧,我可以批准赔偿,只要金额不超过三十美元。"

乔安妮想象着让飓风处理这种日常琐事的电话。根本不可能。在旁边的墙上,她注意到公告板上钉了几张图片。是建筑简图,水彩勾勒出了公园里漂亮的林间小路,围绕着一栋古老的红砖建筑,是笨重的19世纪市政大厦,墙上有拱形的窗户,楼顶上还有花哨的尖塔,铜制的塔顶已经生锈变绿。乔安妮觉得自己应该认识这个地方,但最后也没想起来。

听筒被放回座机上。"抱歉让你久等了。"

"这是哪里?"富恩特斯走过来,乔安妮便问她。

"是规划,"玛利亚带着点遗憾地回答道,"是过去的规划。直到去年,艾利斯岛还是归公园管理局管。我们计划了好几年,想把那里的主楼改造成移民纪念馆。离投入实施只有几年了。但现在发生了那些事,一切都不可能了。现在谁也不想要那个地方。"

"我听说了很多传闻,据说黑帮和毒贩把那里占领了?"

"信息很琐碎,这是一个问题。本地的执法机关不去那里执行司法权。缉毒局、烟酒枪炮及爆炸物管理局、国家安全局全都让我们去找联邦调查局,但是如果没有确凿证据表明存在违法行为,联邦调查局就拒绝介入——"

"而且因为这件事只牵扯到鬼牌赫尔和毒品贩子,所以所有人都说这事不归自己管。"

玛利亚耸了耸肩。"标准的官僚作风。"

乔安妮想起飓风和他裱起来的《王牌!》杂志封面,不由得笑了。"谁也不愿意干这不讨好的活儿。"

"看来你很理解。我猜这就是为什么你来了,而没有让别的人过来?"

"说对了一部分。我很愿意做些力所能及的事情帮忙。你们要我处理的问题和艾利斯岛的事有关系吗?"

"没有,至少我不知道存在关联。说实话,我不知道现在是怎么回事,所有人都一头雾水。"

"你可以和我说说具体情况吗?是有关野生动物的问题吗?"

她噘起嘴。"我直接带你看看比较好。我们要去一趟动物管理局,你不在意吧?"

乔安妮扬起眉毛。她的兴趣被提起来了。

♣

富恩特斯开着公园管理局的车,带她来到附近的一处动物管理局。

车开进两栋楼中间的小巷,停在一处货物装卸站下面,旁边就是一块写着"禁止停车"的牌子。

"没事,"富恩特斯愉快地解释道,"是政府公事。"

乔安妮品味了一下在曼哈顿开政府公车的兴奋。

看来富恩特斯经常出入这里,前台的人看到她,直接挥手示意让她进后面的房间。但他一个劲盯着乔安妮看,好像他在曼哈顿这块地方见到的穿着制服的王牌还不够多似的。不过,乔安妮的外表的确非常特别,她披着特殊的斗篷,有着深色的皮肤,而且流露出一种坚定的气质。

这里并不是一个收留流浪猫狗,等人收养的地方,或许这栋楼里别处有这种场所。这里是工作人员接电话、办枯燥公务的地方。走廊另一端,某扇门的背后传来几条狗的叫声。

富恩特斯推开一扇门,把她让了进去。屋里气温很低,狗吠声被隔开了。这里似乎是停尸房。屋子中央有几张金属实验台,只有正常的一半大小，顶多可以放下一只大型犬。桌子和药品柜靠墙摆开，上面摆满了医疗用品、试管、显微镜和棉球等等。旁边是一排金属冰柜门，正好是能把尸体袋放进去的大小。空气里弥漫着令人不快的陈旧消毒水的味道。在瓷砖地面的中央，有一个排水孔。

"这里平时主要是做狂犬病检查的。"富恩特斯解释道，"但这个……这个不太一样。给你，戴上吧。"她从冰柜旁的抽屉里拿出一副橡胶手套和一个医用口罩，递给乔安妮。乔安妮不想让自己的皮手套被弄脏，便换上了橡胶手套，也戴上了口罩。

富恩特斯打开了柜门，拉出抽屉，向后退了一步。

托盘上是一具狗的尸体。至少乔安妮觉得看着像狗，黑色拉布拉多犬混血。它只剩一张狗皮，仿佛骨头和内脏都被挤了出来，眼窝裂开了。如果她没有看到实物，只是通过照片看到的它，多半会以为这是用橡胶做出来的，是某种恶作剧。可能这就是富恩特斯专门带她亲自来看的原因。如果不是亲眼所见，她一定不会相信。

乔安妮鼓起勇气伸出手，戳了戳瘫软的爪子，掀起一块不成形的皮肤看了看。这是一条死狗，她可以随便摸，不用害怕吸走它的能量。

"我们在巴特里公园河岸边的地方，发现了几十具这样的尸体，"富恩特斯说，"一个半月以来，基本上天天都会发现这种……这种动物的皮。我们不知道这里面有没有危险隐患。公园管理局和其他机关都不愿意介入调查——但必须有人负责调查，是不是？动物管理局过去从没见过这种情况。"

"有穿刺伤吗？有没有被武器袭击的痕迹？"乔安妮在尸体上寻找着，它不自然的扭曲和折叠让她感到恶心。

"没有。就好像它们里面的身体组织直接消失了一样。"富恩特斯又拉开几个抽屉，里面是死状相同的城市其他常见动物，猫、狗和松鼠等。

WILD CARDS

"这是浣熊吗？"乔安妮指着一具腮上长着胡须的小动物尸体问道。她只能通过条纹状的尾巴依稀辨认出来。

"对，"富恩特斯说，"基本上城市里有的所有四条腿的动物，都出现了这种状况。"

"然后你就认为这和百变王牌有关了。"乔安妮无法掩饰自己的怀疑。

"否则还能是什么人呢？毕竟这实在是……太诡异了。"

现在的问题就是这样。人们只要遇到稍微有些诡异的事情，就立刻把它和百变王牌病毒联系在一起。只要发生了什么怪事，就一定是某个疯狂的王牌或者鬼牌搞的鬼。但乔安妮并不相信这一套。

"你检查过它们感染的疾病了吗？会不会是某种猎食动物搞的？"

富恩特斯无奈地叹口气，把手叉在腰上。"我们全都检查过。病理学家检查了所有的尸体，全都没有伤口。由于只牵涉到动物，没有更高层的人愿意出动。警方还有无数别的问题要处理，疾病控制中心的人根本请不来。而你——你是第一位愿意稍稍重视一下这件事的人。这事说明曼哈顿南边一定有问题，可是我——我不知道该怎么办。"

而黑女士乔安妮·杰佛逊是最后的救命稻草。前提是她真的能救什么东西，真的有什么可以救。她皱着眉头，看着富恩特斯收集的所有证据——十几具干枯的尸体，几乎只剩一团皮毛。单个而言，这算不上是什么悲剧。只是城市里存在的无数小小受害者之一。但把它们放在一起，就形成了一个谜团。乔安妮不知道自己能否解开。

"好吧。最近一次发现尸体的地点是哪里？"

♠

她只在动物控制中心的停尸房待了半小时，但现在很想洗个澡，冲掉鼻子里那股发霉腐烂的动物皮毛的气味。但事与愿违，她现在只能坐在富恩特斯的车里。

"所有尸体都是清晨发现的？案发时间是夜里？"

"对，"富恩特斯说，"从巴特里公园南端，一直到鬼牌镇，一路的沿岸上都发现过。似乎有某种规律，但我不能理解。"

"没有发现过人类尸体？"

"没有。"

显然没有过。如果真的出现了只剩人皮的尸体，这件事肯定早就闹大了。尸体上没有检验出任何病原体。尸体是随机出现的。乔安妮认为这多半是被捕食者杀害的，在这条河岸沿线，有某种动物在夜间捕猎。但是什么动物可以不破坏外部皮肤，把内脏全都抽走呢？

她们的车停在河畔仓库边的一条林荫道上。北边是一个运动场，有垒球场地和跑道。富恩特斯担心经常在这一带活动的人的安全，她的担心是有道理的，这里离居民区很近，有很多小孩在附近玩。这里是鬼牌镇的最南端。

乔安妮扫视着整个区域，心中生出一计。她可以解决这个问题。如果有某种东西——无论那究竟是什么——在这里捕猎，她可以把它找出来。

"我先去调查一下，稍后回来和你交换信息。"

"就这样直接去吗？"富恩特斯问道，"你自己一个人去？"

乔安妮笑了。"我答应了帮忙，就一定能帮上忙。相信我。"

◆

时过午夜，乔安妮终于回到河边。此时的曼哈顿毫无入夜沉睡的迹象，但唯独这个公园创造出一隅的安静，把这里和全球最大的都市隔离开来。公园周围的树木看上去并不密集，但起到很好的隔音效果，切断了城市的喧嚣。脚下的草坪柔软湿润。即使是面积如此小的一块自然区域，仍然有很高的密闭性。这份宁静一直延伸到附近的仓库区域，以及人行道远处的几座码头。她能听到河水拍打水泥和木头的声音，令人感到安心。远处的街灯发出暗淡的橘色光芒。

乔安妮向后拉了拉兜帽，让自己的视野宽阔一些，侧耳倾听。一棵树后面传来嘟哝声，有个披着大衣的人影从人行道边走了过来，推着一辆载满私人物品的童车。他后面还有几个流浪汉，准备来公园过夜。乔安妮不知道他们有没有看到过什么，不知道有没有人询问过他们。或许可以找他们聊聊。

她边走边密切观察着，寻找着小动物的踪迹。呵，一名接受过专业训练的政府特工，如今在曼哈顿下东区追野狗。或许飓风说的是对的。

河边有一排路灯，但大多数不是碎了就是灭掉了。远处某座码头的灯光传来仅有的微光，橙色的光点映照在墨一般漆黑的河水上。几个小时过去，什么也没有发生。几只猫在打架，对着彼此又挠又叫，最终，有一只猫败下阵来，逃进一边的小巷子里。胜利者仍然弓着背，看着对方撤退，随后像旗杆似的高举着尾巴走进阴影中。没有别的东西袭击猫。除了她，似乎根本没有人看到这一切。

河上的日出很美。第一道银色的微光被淡橙色的光吞没，随后又转变成灰色，太阳缓缓、缓缓地升起来，几乎不易察觉，最后在河水上洒下粼粼的金光。

再坚持一晚，如果还是什么都没有，她就打算直接建议富恩特斯增加安保措施或者安装监控摄像头。不过她怀疑富恩特斯会说他们没有足够的预算。毕竟，如果死的只有猫猫狗狗，不会有人重视这件事的。但乔安妮明白她的忧虑：会不会这只是个时间问题，早晚会有人类受害，只剩一张恐怖的人皮？

她叫了辆出租车回酒店。司机并没有多说什么，但不断从后视镜瞥她，握着方向盘的手或许比平时更加用力。乔安妮并不会读心术，但她能猜出他在想什么：她是王牌吗，还是假装自己是王牌的疯子？

独眼杰克

她是不是要找麻烦,她会给他找多大的麻烦?下车时,她说不必找零了,付钱时特别留意不碰到他的手。对方连提都没提一句女性最好不要在凌晨时分独自出门。

♥

第二晚的情况并没有什么变化,同一棵树下传来一样的咕哝声,是同一批流浪汉又来这里过夜了。她选择了一条不一样的路线,沿着河边的码头走了更远,不断在视野中搜寻着小动物或是小动物的尸体。她发现了一只死兔子,但并没有什么疑点,它身上有被咬的痕迹,还有干枯的血痕。

她正准备掉头回去,突然听到附近的码头边响起水花四溅的声音。她的脑海中闪过各种可能的情况:有人或者动物从水泥墙边掉了下去,或者要从岸边爬上来。是一条大鱼吗?还是传说中的下水道鳄鱼?乔安妮听说过曼哈顿的下水道里住着一名半人半鳄鱼的王牌的传言,但不知道是否属实。水声没有停止,于是她蜷伏着身子,躲在阴影里观察。水声越来越响,她想看得更清楚些,便蹑手蹑脚朝着岸边靠近。

有什么东西在水下散发着磷光,缓缓升起,最终冲破水面。这简直是乔安妮见过的最为怪异的鬼牌。

他的身体呈半透明的球形,上方有一张扁平苍白的脸,长着人类的眼睛和嘴。乔安妮看到这张脸,才能判断出这东西是某种生物的身体。这个膜状球体有大概八英尺宽,好似一个胃。乔安妮心想,如果凑近仔细看,没准还能看到里面消化了一半的东西。一想到这儿,她自己的胃里也翻江倒海起来。

他用上百根纤毛似的触手滑动着水,来到岸边,仿佛一艘船靠岸。前方传来什么人低声说话的声音,随后是一阵脚步声。两个弯腰驼背的人一边鬼鬼祟祟地四处张望,一边朝水里飘着的鬼牌冲去。

WILD CARDS

乔安妮裹着斗篷一动不动,暗中观察。

新出现的这两个人也是鬼牌,虽然这形容不是很恰当,但他们的外表相对来讲不是特别异常。他们的外形还是人类,只是动作姿势有些怪。周围一片黑暗,乔安妮看不清他们的具体样貌。其中一个人两手抱着塞得满满的纸购物袋。低声交谈几句后,他把手里的东西交给水中的鬼牌。就当是"交给"吧,乔安妮实在想不出别的词汇来形容。他把袋子直接压在那个鬼牌的膜状身体上,然后袋子就穿了过去。就像是放大的细胞膜。这两个人也走上前去,伸手抵住他的皮肤——那究竟是皮肤还是什么玩意儿?——整个人都钻了进去,皮肤立刻合上了。

就在这时,又有一个人从街上朝码头飞奔而来。"别走!带上我!求求你们,带上我!"来人是一个骨瘦如柴的白人男孩,他一脸胡楂,头发脏得打绺,身上穿着大了两号的军装背心、破牛仔裤和几近解体的旅游鞋。

透过半透明的身体,她仍能看见鬼牌体内的两个人。他们转头看着这个小男孩,满脸焦急,就像刚刚抢完银行,坐上车着急逃跑。球状鬼牌的身体增加了重量,在水中下沉了一些。他的薄膜重新闭合好后,就开始摆动纤毛,从岸边飘走。

"你走吧!"他愤愤地说,和岸边拉开了一段距离。他体内的两个人明显放松下来。

有那么一瞬,那个瘦弱的小男孩仿佛想做最后的挣扎,跳到那个鬼牌的身上,此时那个鬼牌诡异的脸上终于出现表情——他的嘴愤怒地向下撇,目露凶光。看来他不欢迎那个小男孩,乔安妮猜就算他跳下去,也只会从那气球般的身体上滑落到河水中。

最终他没有跳。他哭泣着,崩溃般倒在码头边。那个鬼牌游了二十英尺左右便缓缓沉入水中,只留了一点若隐若现的光斑,很快就消失在水面之下。

独眼杰克

"求求你了!"小男孩最后对发着微光的水泡乞求。

他蹒跚着站起身,用衣角抹了抹脸,迈着沉重的步伐原路返回。

根据那个小男孩对于码头地形的熟悉程度,以及那个鬼牌的态度判断,类似的情景一定不是第一回发生。

这显然也是个谜团,但不是今天她要解决的这个。她可以问问警察,或许当地警察了解这回事。她还可以找些有关艾利斯岛和周边的新闻看,但现在想找到能连成线索的新闻都不容易。只有少数几篇新闻被登在《时代》杂志第十页左右的地方,警方发布了几篇报告,还有《海岸警卫队》上的几篇文章。这几家机构彼此似乎并没有就此事进行过沟通。责任划分不清,所有人都希望别人能牵头解决这个问题。这种奇怪的关系和这个案件有关吗?

怪不得没有人能来帮富恩特斯调查小动物死亡的案件,因为这里发生的各种案件实在是太多。而且这些事似乎都应该归王牌资源强化委员会管,不过她估计也没办法说服飓风来介入调查。

不过就乔安妮所知,理论上那个能潜水的鬼牌和"搭乘"他的人都没有犯法。或许可以用擅自闯入罪起诉他们,或者是夜间游荡?这个漂在水里的鬼牌是不是应该申请船舶驾驶证?他搭载了乘客,是不是应该申请出租车经营证?或许可以从这些角度入手。不过目前看来,除了向相关部门通报一下,没有什么是需要她做的。

球形鬼牌已经消失不见,乔安妮折返回公园,想去人烟稍多些的地方打辆出租车回酒店。就在此时,她突然听到一声尖叫。她立刻停住,拉下兜帽侧耳细听。她立刻反应过来,这不是人类发出的声音,而是一只猫的尖声号叫,戛然而止。

声音是从公园和码头库房之间的树丛间传来的,她立刻飞奔而去,这就是她一直在找的。

或许,只是野猫在打架。但她没有听到连续的号叫或是逃窜的声音,而是一声吮吸。声音不大,透着湿答答的感觉——令人恶心。她小心翼翼地接近，不想惊动那个东西。如果能看清楚的话——

她看到了他——是刚才被遗留在水边的男孩。他举着一具猫的尸体，吸血鬼一般贪婪地吮吸着。他并没有咬或是嚼，然而猫仿佛被抽走内脏，只剩一张干瘪的皮。那个小男孩就像是想用吸管喝干最后的一点汽水似的，没有给猫留下任何外伤，就吸走了它身体里的所有东西。

这谜题终于算是解开了一点。

他扔下猫，眼睛半闭着，仿佛喝醉了酒。他肯定有某种特殊能力，通过渗透的方式吸干猎物，以此为生。这是被强迫的吗？他是不得不这样做，还是主动选择了这种做法？她觉得现在最好的办法就是直接去问他本人。

"嘿，"她柔声说道。那男孩闻言立刻浑身紧张，作势准备逃跑。她料到他会这样，连忙说，"没事的，我只想和你说几句话，不会给你找麻烦。"

她也料到他不会听话，他冲进树丛，逃走了。她已经摘下手套准备抓住他，只需追上去就行。

她以为他和刚刚在码头边一样身体虚弱，很容易被追上。他那么瘦，一定总是忍饥挨饿。但是这一回她失算了——他已经吃饱了，他刚刚做的事情就是在给自己补充能量。现在他充满力量，飞快地跑过树丛，消失在黑暗中。

她追上去。她并不需要抓住他，只要能碰他一下就行。

公园的地形限制了他。只要能到大街上，他立刻就能逃脱，可这里没有直接通往大街的路。他在草坪上飞奔，寻找着出口。她猛地加速，手掌拍到了他的后背——把他拉了过来。一股能量顺着她的胳膊涌进身体，而她的身体则渴求着更多，想把他的能量一丝不剩全都吸走。她抽回手，用斗篷把自己和他隔离开来。这是一种折中的办法，她不喜欢这样使用自己的力量。万一没有把握好力道，没有在合适的时机抽手，后果不堪设想，她必须非常小心。

那个小孩无助地哭了出来，又踉跄着往前跑了两步，就跪在了地上，喘不过气。"怎么……怎么回事……"

"是我干的，"她说道，蹲到他的身边，"我的力量不止这些。"

"什么——你是——"

"我只想问你几个问题。可以吗？"

"你对我做了什么？"他动作迟缓，像个老翁。

"我吸走了一部分你的能量，这是我的特殊能力。"

他一屁股坐在地上，哭起来，黏糊糊的鼻涕从鼻孔里淌下来。他的手无助地举在半空中，好像连擦脸的力气都没了。

"对不起！"在终于能说出话来之后，他抽噎着说道，"我没有别的办法，我自己也不想这样，我试着停手，但我……我停不下来，我必须要这样，别的都不行，我克制不住——"

"慢点，你说什么？停不下来是什么意思？"

"我不能吃真的食物！我只能……只能那样！你看到了！"

"你就是那样进食的吗？你必须那样才能进食？"

"我也想停下，但是做不到！"

她能猜出大概：这个小孩感染了百变王牌病毒，这就是结果。一开始没有任何外在迹象，但他的整个消化系统其实已经面目全非。他不能再吃普通食物，只能像吸血鬼一样吸取活物的骨头和内脏。这肯定能用生物学解释，细胞渗透之类的原理。但这也足以毁掉他的整个人生。他也许是被家人赶出来，也许是自己逃走。他想了很多别的办法，寻找替代品，但没有成功。他看上去大概十六七岁，坠落到人生的最低谷，流浪在社会边缘，靠捕食小动物为生。

"你有没有向别人求助过？"她问道，"你去过鬼牌镇诊所吗？他们是专门治疗你这种患者的。"

"为什么……他们为什么会帮助我？"

"他们就是专门做这个的,你应该去看看那里的医生,和他们说清楚你的情况。诊所就在这条路上。"

"那……你不是来……对我实施逮捕,之类的?"

之类的。乔安妮不知道他还想到什么,毕竟她突然袭击了他,他肯定被吓坏了。

"不是的,我只是想来搞清楚这里的野生动物为什么离奇死亡。现在我弄明白了。你把公园管理员都吓坏了。"

那个小男孩笑了笑,但只是发出几声磕磕绊绊、有气无力的声响。"我不是故意给他们添麻烦,我只是不知道该怎么办。"

"你需不需要我帮你给诊所打电话?或者我可以直接带你过去。"

他瞪大眼睛,乞求似的盯着她。"真的可以吗?"

"可以。来吧。"依照传统的社会礼仪,这个时候她应该伸手扶他起来。但她只是后退一步,给他让出地方,因为她不能伸手。他一开始还有点疑惑,还在等着拉她的手站起来,但随后就自己缓缓站起来了。"你叫什么名字?"她问。

"弗……弗拉德。"

她很怀疑:"真的吗?"

他摇头。"只是别人都这么叫我。"

"别的什么人?"

"流浪汉,鬼牌,之类的人。"

"好吧,弗拉德。别人都叫我黑女士,你也可以叫我乔安妮。再告诉我一件事:刚才在水边是怎么回事?那个像个气球的鬼牌——"

他不说话了,好像被按下开关,表情突然变得紧张起来。看来他们不让他说这件事。这涉及了某些阴暗的事情,他也参与其中,或者想要参与其中。于是乔安妮改变了策略。她真希望自己的外表不这么叫人害怕。但她戴着兜帽、披着斗篷,要做到这一点实在是很难。不过,反正她喜欢挑战。

独眼杰克

"嘿,没事。我已经说了,你不会有麻烦的。我只是想弄明白这件事。"她希望自己的语气足够和蔼,最好还能充满母性,但不知道能否成功。"咱们去诊所吧,如果你不想说,就什么都不必说。"

最后这句话是为了避免前功尽弃,效果不错。他抱着胳膊,两脚互相摩擦着,但并没有迈开步子。乔安妮指着一条通往公园外面的小路,示意弗拉德和她一起走。他们沉默地走了一会儿,她偶尔瞥一眼他,他一直跟着,逃跑的迹象渐渐消失。

弗拉德终于开口了。"他是卡戎。他可以把人带到火箭堡——"

"你是说艾利斯岛吗?"

他固执地摇摇头。"已经不是了。现在那里就叫火箭堡。"

"卡戎可以把人们带到那里去。"

"应该说只有通过他才能到那里。但是……但是……他不带我去!因为我不是……我不是鬼牌。他说我不是。但我真的是!至少我感觉自己是!"

她能理解他,感到一阵难过。她不能和任何活物进行肢体接触。她永远被孤立在自己的斗篷里,永远被自己的力量囚禁。这难道不是一种缺陷吗?就和整个消化系统都被彻底改变一样,而且外表上什么也看不出来。

弗拉德又揉了揉自己的脸,趁眼泪还没流出来就擦掉了。"我就是想和他们一起去,可他们不带我!我去不了,他们不接纳我。"

他在外表上不是鬼牌,他的外表是不被接受的,所以他们把他抛弃在了岸边。被社会所拒绝的人,又拒绝了他。

♣

急诊门口明亮的灯光衬托得弗拉德更加瘦骨嶙峋、了无生气。他擦干眼泪,显得很紧张。他们在门口站了一会儿,才适应诊所和黑暗的外界的巨大反差。乔安妮可以感觉到一股能量刺痛着自己的皮肤,她用斗篷紧紧地裹住自己，让自己与外界隔绝。

"准备好了吗？"她问他。

"没有。但是我们来都来了。"

急诊室很空旷，里面摆着一排排塑料椅子，还有一个不大的接待处，以及通往医院其他地方的门。黑女士乔安妮立刻引起了人们的注意。她旁边的人纷纷转身看她，他们的动作又吸引更多人的注意力，最后整个急诊室的人都在看她。她还没出名到能让人一眼就认得出来的地步，不像游隼、飓风或杰克·布劳恩那样。但是所有人都看得出来，她显然也算是一号人物。她没有理睬他们，带着弗拉德来到接待处，后者在众人的注视下畏缩不前。

刚刚在路上，她一直都在琢磨如何解释这一切，因为她不确定弗拉德是否愿意自己说明情况。但这时她看到一个身材矮小的红发男走进来，立刻觉得得救了。塔基扬医生抬起头，表情明亮起来。

"黑女士！见到你真高兴，近来可好？"

她和塔基扬医生是在一年前的世界卫生组织出游期间结识的。那之后又发生了很多事情。很多。她的目光移向他的右手——现在已经安上了义肢。让他失去右手的人也重伤了比利·雷。她很高兴看到他恢复得很好，又能工作了。

"没想到今天你值班，医生。"乔安妮说道。

他豪爽地朝天举起手。"这是唯一能让我感觉到自己有用的地方。我睡不着，还是来工作好了。"

从他的黑眼圈看来，他最近经常通宵。

"你要照顾好自己，这里非常需要你。"

"有时候我也说不准，"他自言自语道，"那么，你有什么事？"

"医生，这位是弗拉德。他……嗯，他的情况很有意思。"

"哦？"出于专业素质和极强的好奇心，塔基扬突然集中了精神。弗拉德显得更紧张了。

独眼杰克

"没事的,"乔安妮安慰着他,"你可以信任这个人。"

她能碰到塔基扬真是十分幸运。他被调动起兴趣,他们没有排队,直接去了诊室。弗拉德急切又磕磕巴巴地诉说着自己的情况,乔安妮一直陪在他身边。塔基扬拿出一副听诊器,耐心地问他能不能检查一下,他轻轻点了头。虽然他犯过错误也有很多缺点,但塔基扬是一名很好的医生,他能够帮助弗拉德。

"如果可以的话,我希望照几张 X 光片,"他说,弗拉德点点头,这次动作稍微明确了些,"可以等我们一下吗?"

他朝乔安妮点点头,他们来到走廊。

"如何?"她问。

"我不知道病毒在他身上起了什么样的反应。我还以为我已经见过了各种各样的病例,可是——"他摇摇头,"而且还牵扯到法律问题。他还没到十八岁吧?你知道他父母在哪里吗?"

"不知道,我和他只认识了几个小时,想趁他被警察抓走之前送来医院。"

"有道理。"

"我不知道该拿他怎么办。但你们有自己的顾问,有社工,对于处理这种事比较有经验。也许你能帮他过得稍微好一点。"

塔基扬吁了一口气。"我也不知道我们能做多少,但我们会尽力的。"

"谢谢你。"

"有事和我说就行。"

♠

乔安妮感觉自己的确是做了一件好事。她帮助了富恩特斯,还救了弗拉德。飓风可能会说这不够光鲜,上不了杂志封面。他想把这种事写成新闻通稿,当成王牌的伟大胜利来宣传。是啊,她在夜里四处打探,保护猫猫狗狗,顺便规劝感染了百变王牌病毒的少年不要走上歧途。真是光鲜。但她自己感到很满足。

回到酒店,她睡了几个小时,赶在中午去旧国会大厦大楼见了玛利亚·富恩特斯。她在伏案工作,桌上的文件和昨天相比只是换了个摆放方式,一点也没有减少。

"应该不会再有动物离奇死亡的案件困扰你们了。"见面寒暄之后,她便说道。

"你调查清楚了?"富恩特斯站起身,脸上的表情立刻明朗起来,"你解决了?"

"应该是的。"

"到底是怎么回事?"

她不希望弗拉德面对指控。他已经有很多值得忧心的事了。"我说事情已经解决了,你可以相信我吗?"

"只有你愿意相信我们这里真的出了问题。如果你说事情解决了,不会再发生——那我肯定相信你。"她的笑容无比真诚,"谢谢你,杰佛逊。"

"叫我乔安妮吧。"

"好的。虽然不知道我这里有没有什么能帮得上你们的,不过——"

"有事和你说就行。没问题。"乔安妮说。

◆

她乘当晚的火车回了华盛顿,回到家让她感到很开心,然后就着手准备下一个任务。飓风喜欢那些花里胡哨的东西,但她喜欢真正帮助到别人,尤其是受百变王牌病毒困扰的人。当她的王牌能力出现时,身边的人也给了她很大的帮助。

家里的长辈和她讲,在内战刚刚结束后,她的曾曾曾祖母从乔治

独眼杰克

亚州的一处种植园逃了出来，著名的废奴主义者哈丽特·塔布曼亲自帮助了她，之后她又帮助了无数出逃的奴隶，在他们北上的路途中为他们提供食品和遮风挡雨的歇脚点。这个家族传说已经永远无法求证，没有人知道她的曾曾曾祖母是不是真的见过那位名人。出逃的奴隶纷纷改了名字，融入到新的集体中，"地下铁路"组织并没有逐一记录每一名他们帮助过的奴隶的具体信息。但这个故事非常引人入胜，她的父亲经常为她读哈丽特·塔布曼的故事，而且一遍遍地告诉她："这就是真正的英雄该有的样子。英雄就是帮助别人的人，只要我们努力，我们也可以成为英雄。"

有时候，乔安妮觉得自己相信这些有些蠢。

第二天早上，她刚刚走进王牌资源强化委员会办公室，部门助理就递给她一张纸。

"纽约的公园管理部门里有个人找你，我记得是叫玛利亚·富恩特斯？她没说具体有什么事，但听上去好像很急。"

乔安妮皱着眉头坐在桌边，拿起电话。

"喂，是玛利亚吗？"

富恩特斯焦急的声音传来。"乔安妮，又出事了。又发现尸体了。凶手又出现了，或者还存在别的凶手……我不知道该怎么办！你不是说已经解决了吗！"

乔安妮揉着额头。"等等，你说又出什么事了？"

电话那头传来她沮丧的叹气声。"又出现了死状相同的动物尸体。有一名公园管理员在晨间巡逻的时候发现的，还是在一样的地方。是不是意味着凶手不止一个？"

"不一定。给我几个小时的时间，我要联系几个人。如果需要，我今天就回纽约。我们会处理好的，别担心。"

"我真的很难不担心。"她昨天的如释重负全都消失了。乔安妮应得的信任也不复存在。

"我明白。你等着,我得到消息之后就联系你。谢谢告知。"

她挂上电话,翻找着鬼牌镇诊所的电话号码——它就在王牌资源强化委员会联系簿上——拨通了电话。

"喂,这里是布莱思·范·伦斯勒纪念诊所,请问您找哪位?"

"塔基扬医生在吗?"

"抱歉,他现在没时间——"

"和他说黑女士找他。他会接的。"

"我不确定——"

"就说我是参议院王牌资源强化委员会黑女士。"

对方迟疑了一下。"好吧,请稍等。"

乔安妮等了很久,心里都已经想好要怎么和他发难,电话那头终于又有了声音。

"喂?"塔基扬疲惫的声音传来。

"我是乔安妮·杰佛逊。我想问问弗拉德的事,听说他逃走了?"

他哀叹一声。"哦,真抱歉。真是一场悲剧,不幸的悲剧。"

"怎么回事,医生?"

"对不起,我们没能留住他。他不肯待在这里。"

"为什么没能留住?"她原本不想让自己的口气这么尖刻,但她实在没有耐心。

"我不知道。他是一个被吓坏的小男孩,做出什么事都有可能。他待在封闭空间里,周围有太多的人,他就感到害怕。他不肯入院,虽然我们有专门的项目可以帮他这种情况的患者承担医疗费用——我不明白,我真的不明白。"

"你就不能把他控制起来吗,这也是为他好啊?"

"从技术上讲,他并没有生病。他显然不会传染给别人什么病毒,所以我们不能控制他。他只有一点抑郁和焦虑,这种症状对于他这个年龄又无家可归的人来说非常正常,但除此之外他没有任何问题。"

"但他情绪抑郁,还无家可归。"

"嗯,是的。我们向他介绍了几处收容机构和青少年救助中心。但是,哎。他好像一点也不感兴趣,一心只想离开。我们这里不是监狱。平时基本上不是。"

乔安妮意识到,弗拉德并非不想留在诊所,而是想去别的地方。他发现诊所的人也不能治好他,只能提供一些辅助手段,于是就离开了。"因为他想去火箭堡。"她说。

"我最近总听人提起那个地方。那里是什么情况?"

"我也很想知道。"

"好吧。如果你再次见到他,能够劝他回诊所的话——"

"我会尽力的。谢谢你,医生。"

她挂上电话,发现特里正在自己的工位看着她。"怎么回事?"

乔安妮冷笑一声。"我可能又得去纽约了。"

♥

她想尽快去东河岸边找弗拉德,和他谈谈。如果他愿意听的话。她想告诉他,逃到艾利斯岛那帮混混的地盘不是解决问题的办法。她还没想好要怎么和他说。但愿他见到她,就能明白她是关心他的,是真心希望帮助他。或许这种想法有些天真,但是试一试也没什么损失。

她没想到玛利亚·富恩特斯在河边等着她,就在第一次她送她来的位置。她穿着便服套装和一双矮跟鞋子,在黄昏的公园里显得格格不入。她连臂章都没戴。公园管理员戴臂章吗?

"富恩特斯女士,"她语气平淡,"你好。"

"你现在可以告诉我到底是什么情况了吗?到底是什么人干的?"

"我觉得你不要来比较好,至少今晚不要来。"

"我有权了解事情的真相。究竟有多危险?这里在我的管辖范围内。"

  这不是绝对的。其实可能有五六个部门都声称这里归他们管辖。而根据不同情况，他们说的都有可能是对的。"这里归我管辖，因为我是唯一愿意处理这件事的人。你可以让我善始善终，把这件事处理完吗？"

  "我想留下来。我必须要留下来，亲自把情况了解清楚。"

  乔安妮长叹一声。"那好吧。但你一定要小心。"

  太阳落入曼哈顿的高楼下，没有坏掉的那几盏路灯亮起橙色的光。富恩特斯拿出一支手电筒，在公园周边的小径上来回扫射。

  "请你放下这个。"乔安妮告诉她。

  "为什么？"

  "因为这样会吓到他的。我们必须等着。"

  富恩特斯皱起眉头，一脸怀疑，但还是关上了手电筒。乔安妮沿着之前的路线走着，检查几天以来这里有没有发生什么变化。并没有变化，这里仍旧是个仿佛被抛弃的场所，流浪汉藏身在阴影中。对于不愿被外界发现的人来说，这里是个很好的藏身之地。乔安妮静静地四处窥看。富恩特斯紧紧跟着她，跟得太紧了，乔安妮感到皮肤都刺痛起来。

  "你还是没有告诉我，我们究竟在找什么。"富恩特斯小声说。

  "如果他愿意出现，你很快就能见到他。"

  "见到谁？"

  其实，她也不知道自己在等的究竟是卡戎还是弗拉德。如果前者不来岸边，后者也不会现身。她只能希望两个人都能出现，但一点把握也没有。

  "我们可能得等很久。"乔安妮叹气道。

♣

  几个小时过去。富恩特斯终于回到自己的车里。她说想要睡一会儿，有情况就叫醒她。但乔安妮并不想休息。

她继续巡视着。今夜阴冷潮湿，她抱紧自己，斗篷发出窸窸窣窣的声音。被城市的灯光和污染染成橙色的天空并没有下雨的迹象，但空气中充满水汽。如果一会儿开始下雨，她就打算就此作罢，明晚再来找弗拉德。他并不会伤害自己，应该也不会伤害别人。但是她很希望他能得到帮助。他很需要帮助。如果他能接受别人的帮助就好了……

气温似乎越来越低。

弗拉德为什么会回到这里来？因为他要等卡戎，他是鬼牌的摆渡人。过去的一个半月里，他一直在这条河的岸边来回徘徊，最后终于找到卡戎的靠岸地点。他想要去艾利斯岛，所以乔安妮打算拦截他。他一定不会离这里太远的。

终于，水里出现一道亮光。他平稳而笔直地朝岸边靠近，所以一定不是什么普通的自然现象。虽然她已经见过这个场景，但卡戎那诡异的身体和动作依旧给她带来极大的震撼。这个人是怎么活着的呢？在他的体内某处，一定有内脏器官在运作。或许没有。

她心想：这个鬼牌会不会和她说话？如果他见过弗拉德，会不会告诉她？她悄声走近岸边，用斗篷隐藏着自己。

这回，卡戎是载人来陆地，不是带人去岛上的。有两个和弗拉德年龄相仿的孩子挤在他的身体里。卡戎靠岸后，他们就用手分开他的皮肤，挤了出来，仿佛破茧而出的昆虫。

乔安妮默默远观，没有上前。那两个小孩穿着二手的破旧军装和军靴，打扮成朋克风格，头型十分有趣，好像自己动手不照镜子剪的。他们从她眼前跑过，没有注意到她，急着去执行他们的任务。

赶在卡戎转头离开之前，她摘下兜帽，上前问道："嘿，我能和你说句话吗？"

卡戎用他鬼鬼祟祟的眼睛打量着她，随后又看向她的身后。乔安妮转身,看到一个佝偻瘦弱的身影飞奔而来,他一心只注意着水里的卡戎,没注意到一旁的乔安妮。

弗拉德冲向码头,双手像爪子似的伸在前面。"让我进去,让我进去。"他咆哮着。

卡戎瞪大眼睛,类似头部的部分向后仰着。他的触须在水中焦急地快速摆动,从岸边飘走。

弗拉德大叫一声,快跑两步,向卡戎纵身一跳。卡戎怒吼着,弗拉德试图撕开他半透明的皮肤,但他的身子没有打开。卡戎努力用触须保持平衡,在水里翻滚着。

"弗拉德,快停下!"乔安妮跑到码头边。

卡戎不会帮助他。他可以控制自己的身体依据自己的意愿进行开合,所以他一定不会让弗拉德进入。弗拉德似乎也明白了这一点,于是放弃了沟通,加大手上的力道,紧紧抱住他的身体。卡戎呵斥着他,或许是吃痛,或许只是出于厌烦。他向水中沉下去,打算把弗拉德拉到水下。

就在这时,弗拉德张大了嘴,像鳗鱼似的吸住卡戎,不断向他的身体里挤压,企图进去。他的嘴边渐渐隆起一个肿块,卡戎呻吟着,眼珠上翻。

这是人身攻击,已经是犯罪了。

"弗拉德,快放开他!"可是他已经迷失在愤怒和饥饿里,完全听任自己诡异能力的摆布,全部精力都集中在猎物身上。

卡戎惊慌地想要把他用开,但只能在水里来回抖动翻滚,就像一条上钩的大鱼在水面上挣扎。乔安妮想要阻止这一切,但不知道该怎么做。

来不及多加思考,她就行动起来。她解开扣子,一把脱下斗篷,扔到地上。能量从四面八方奔涌而来,流入她的体内。她的神经爆裂,皮肤发出莹莹的光。甚至好几码以外的街灯都闪烁起来,随后便熄灭了。更多，她可以吸收更多，可以吸收全部……

卡戎滚动着向岸边游来，背对着她。乔安妮竭力伸出手，抓住弗拉德，她的力量也接触到了弗拉德。他的全部都向她涌动着，流入了她。他吃痛尖叫，向后弯着身子。但他的手已经松开，她一把将他拉上岸。

他的能量还在向她奔流。她的皮肤泛起粉色，血流快速奔涌——她还能吸收更多的能量。他的身体开始变冷，全身肌肉僵直。她闻到一股硫黄味。

她被能量冲刷得头昏目眩——她想象着，自己仿佛能看见能量在自己的皮肤上擦出火花——放开了手。她强迫自己和他拉开距离，切断能量的流动，压制住自己王牌能力的欲求。她要控制住，不能让百变王牌病毒控制自己。她捡起斗篷，重新披好，把自己再度隔绝开来，能量的流动终于中断。她深呼吸了几遍，等着神经中的亢奋消退。她的头脑清醒过来。

现在，她终于可以看清自己干了什么。

卡戎靠在码头边上，身体看起来好像瘦了一点，头上的伤口里流下一道血痕。

"你受伤了吗？"乔安妮走过去，"需要我帮你吗？"

他茫然地四处张望，调整回直立的姿势，重新鼓起身体，随后用虚弱而嘶哑的声音说道："你必须离开这里。这一切都和你无关。"

"我想帮助你——"

"我给你个忠告：不必。"卡戎对她怒目而视。他用触须推开墙，缓缓沉入水面，直到消失不见。

弗拉德躺在地上，双目紧闭，一动不动。乔安妮想摸摸他，把一下脉搏，拉一拉他的手或者帮他理一下头发，但她不能。无论她触碰到哪里，她的能力都会自动从他身上吸走能量。

但是她从弗拉德身上感受不到能量了。

WILD CARDS

她跪在他身边,还没喘匀气,脑中一片混乱,不知道刚刚自己应该怎么做。他的嘴轻微张开,看上去似乎毫无异样。她没有碰她,她不想碰任何东西,只是裹紧了斗篷,沉默地坐在一边。

"这是怎么回事?"一个震惊的声音突然响起,"你干了什么?"

玛利亚·富恩特斯跪倒在地,双手捂在嘴上,满脸震惊。她全都看到了,还可能被乔安妮的力量弹开了。整个仓库区域,一直延伸到公园,都陷入黑暗,河水一片漆黑,没有反射一丝光亮,岸边就像一个山洞。

"你究竟是什么人?"富恩特斯尖叫。

我是一个杀手,乔安妮心想。她迎上富恩特斯的目光,平静地说道:"我制止了他。这就是我的能力。"她向前走去,没有提高音量,想要和富恩特斯商量接下来该怎么办。但还没走出几步,富恩特斯就叫道:"离我远点,别靠近我!"她踉跄着站起来,向后退,她的目光死死盯着乔安妮,充满恐惧。随后,她转身跑了。

那么,雪上加霜,现在乔安妮也不能请她开车送自己走了。

♠

无需乔安妮自己联系警方,富恩特斯就已经报警了。她离开后大概过了二十分钟,码头边就被警笛的声音和红蓝色的警灯占领。乔安妮跷着腿坐在原地等着他们,亮出参议院王牌资源强化委员会的徽章。灯光聚集在她身上,四处响起喊声,无数枪口对准了她。这本应该让她感到紧张或是愤怒,或是既紧张又愤怒,这都是很自然的。但她只需脱下斗篷,就能轻松放倒所有人。

警察不断朝她大喊,让她举起手来,她疲惫地说了好几次"我是联邦探员,司法部的!"才让警察住口。她早就把手举了起来。或许他们差一点就要开枪射击。但毕竟这里是充斥着王牌和鬼牌的曼哈顿,而她又穿着神秘的斗篷。他们终于让她开口解释状况了。

独眼杰克

他们似乎是鬼牌镇片区的警察。领头的探长正靠在警车边上对着对讲机说话,他的头上长着一对弯曲的羊角。其他的五六名警察在她看来也是一副漠不关心的样子,仿佛在说,这里可是鬼牌镇,命案天天都有,只不过是个无家可归的小孩而已。终于,头上长角的探长——他的姓名牌上写着"斯托格曼"——过来和她说这明显属于正当防卫,只要办一些手续就可以了,例如验尸等等。"验尸之前联系一下塔基扬医生,"乔安妮说,"或者是鬼牌镇诊所的验尸官。这孩子感染了百变王牌病毒。"斯托格曼快速做了记录。他的搭档耸耸肩,转过身去,乔安妮怀疑他们根本就不会照做。

接下来的几天,她给富恩特斯打了五六通电话,每次都被转到自动应答。

她把报告尽量写得详细客观,描述了她为什么介入调查、公园管理局与此事的关系,还有弗拉德所做的事情,说明了自己对他使用能力的正当性。她还记录了卡戎和他搭载乘客的事,并注明他们与艾利斯岛的联系值得调查。但她并没有把握真的会有人调查此事。但至少,现在有纸质报告了。如果有人想要调查,或者想知道乔安妮为什么没有再深入了解,就能通过白纸黑字的卷宗了解到前因后果。

至少,她现在做了一个合格的官僚该做的事。

◆

她走进病房,还没瞥一眼一如既往满脸乖戾的雷,就先注意到了自己几周之前带来的仙人掌。它现在被放在窗台上,原本胖墩墩的身体干枯成一具仙人掌骷髅,花变成骷髅顶上几片棕色的干枯叶片。仙人掌惨死了,但不是她干的。

"雷,你怎么把它养死了!"

他顺着她惊恐的目光看去。"什么?哦,那个啊。我不知道。它就……它自己就……"他的下巴已经基本变回原样,或者至少是恢复到了极限,只有脸颊边还有一道伤口没完全愈合,让他看上去就像戴了半张面具。他已经可以口齿清晰地说话了。

"那可是仙人掌啊!你怎么连仙人掌都能养死?"

"我也不知道!我浇了很多水——"

乔安妮勉强没有用手捂着额头叹气,她坐到床边的椅子上。"那你今天感觉如何?"

他上身坐直了,穿着棉布睡衣,一条腿耷拉在床下面,晃动着。"我已经可以工作了。回去和飓风说,我已经能回去上班了。"

乔安妮抱起胳膊,瞪着他。"你现在能跑多远?"

"我……我能跑。"

"用跑步机?你出门了吗?"

"我的腹肌还没有完全归位——"

"比利……"

"你是谁啊,是我妈吗?"

她怒目而视,他也回瞪着她,脸上的伤疤扭曲起来,让他看上去尤其刻薄。但他的眼里写满沮丧,让人发不起火。

"早晚有一天,你会受无法挽回的重伤。你……慢慢恢复,行不行?"

"我知道。我会的。"他靠回床边,打量着她。他目不转睛地盯着她看,让她有点别扭。

"纽约的事怎么样了?"他问道,让她更震惊了。她一如既往戴着兜帽,整张脸都被藏起来了。一定是肩膀的弧度泄露了她的心事。她一直情不自禁地想着那件事。

"我杀人了。他真的还是个孩子。他需要帮助,我努力了,但是……"她耸了耸肩,又抱起双臂,欲言又止。

独眼杰克

最后她还是把事情和盘托出，一直讲到她决定动用力量。她意识到，当时自己已经知道可能会杀死他，但还是采取了行动。即使重来一次，她还是会做出一样的选择。但是，她还是为弗拉德的死感到惋惜。

她叹气。"他在伤害别人，我不知道他当时是不是有意的，但是……我必须要制止他。"

"是啊。"

"我想不出还有什么别的办法。"

"你只是做了你必须做的事。"他说，带着一种她没有的坚定。

"我只是希望……我连自己的力量都控制不了，感觉自己根本就不是王牌。"

"我注意到一件事，"他说，"我们不会叫自己王牌、鬼牌之类的称呼。这都是别人用来称呼我们的。这是他们决定的，而不是我们。那个男孩——他算是王牌还是鬼牌呢？毕竟，他那种能力，可以帮助他成为极佳的暗杀者——"

"比利——"

"你明白我的意思。别的都不重要，重要的是我们怎么运用自己的力量。"

听上去几乎算是睿智的发言了。

"另外的那个人怎么样了？"他问道，"你真正救下来的那个人？"

"卡戎？"她觉得自己应该是救下了他。他差不多相当于感谢了她。就她的经验而言，地下世界的人们如果规劝你和他们保持距离，就说明他们其实有点喜欢你。

"对。他是怎么回事？"

她耸肩。"不知道。他是摆渡人，和艾利斯岛有关联。"

"那边又是怎么回事呢？"

WILD CARDS

"我不知道。但……我总是有种预感,这一切早晚会出事,会出大事。"

"只要能再过几个礼拜,等我恢复了,我就可以解决所有问题。"

他露出歪曲的微笑,她并没有感到放心。

♠ ♥ ♦ ♣

没有人是傻瓜

沃尔顿·西蒙斯　著

熹微的晨光映在水面的雾气上。杰里坐在汽艇的方向盘后,研究着怎么启动。他从白鹭会的人手里拿到的手枪正放在他的口袋里。他已经尽力清理过了,这把枪应该不至于在他手里爆炸。

大卫在艾利斯岛的火箭堡,杰里愿意拿生命打赌。他准备冲到岛上,开枪打死大卫,然后像个英雄一样英勇牺牲。他在自己的公寓里留了一张字条,解释了所有事。他希望贝丝是第一个发现字条的人。

杰里发动引擎,船尾升起黑烟。他解开绳索,小心翼翼离开船坞。这是他租来的船。既然有去无回,根本没必要特地买一艘。离开码头后,杰里就改变了行进方向,向前驶去。他转动着方向盘,踩下油门,十八英尺的船便乘风破浪,朝着艾利斯岛驶去。冰冷的水雾冲刷着他的脸颊。杰里后悔自己没有事先吃点晕车药,他的胃感觉很异样,但他害怕的时候也是这种反应。不过,面对大卫总比面对贝丝容易。至少在大卫面前,他还有胜利的可能。

一艘拖船从前面开过去,高速行驶的汽船撞上了拖船的艉伴流,杰里从座位上摔出来,撞在挡风玻璃上,嘴唇磕破了。

"该死,"他说,"我就什么都做不好吗?"他把船头对准艾利斯岛,把油门踩到底。

开了一英里半左右,他突然感觉自己的整个胃都打了结,早餐快要吐出来了。杰里弯下身子,用手捂住嘴,感到眼冒金星。天空仿佛在不断变色,一会儿是蓝色,一会儿是绿色,一会儿又是紫色。杰里

WILD CARDS

感觉好像有无数铁锤在敲打着自己的身体，猛地一阵冷战，倒了下去，松开了方向盘。他的耳中充满了噪声。杰里伸出手拉回油门，随后就晕过去了。

他醒来的时候，看到旁边有一艘巡逻船，船上一个穿着黄色雨披的男人揉搓着手腕。杰里缓缓坐起身，耳鸣得厉害。

"你没事吧？"穿雨披的男人问道。

"不太好，不过死不了。"杰里慢慢坐直，环顾四周。他已经漂了很远，偏离了艾利斯岛。

"你想去艾利斯岛？那地方现在已经变成老鼠窝了。"那个人摇头，"你疯了吗？"

"没有。我只是很热心。"那个人没听出他是在引用《金刚》里的对白。

"需要我拉你回去吗？"

"好，谢谢你，"杰里说道，"如果方便的话。"

这明显不是一个明智的决定，但事后诸葛亮已经没有意义了。

♥

杰里凭直觉，感觉应该去莱瑟姆的公寓试试运气。并没有什么因果逻辑，不过一个优秀的侦探要相信直觉。至少，电影里是这么演的。这次，他做对了。

时近午夜，一辆车停在楼下，走下一个年轻男子。杰里瞬间就认出了他。大卫走路的姿态里永远有一种自大的气质，即使他现在是个通缉犯，依旧不改。莱瑟姆在门口迎接他。他们拥抱了一下，随后莱瑟姆说了些什么，大卫点头。对话很简短。杰里看得不真切，但他们似乎轻轻接了个吻，然后大卫才小步跑回车里。

杰里尾随着大卫来到中央公园。他知道，入夜以后这里很危险。过去，他还没变成巨猿的时候，这里就很危险了。大卫走在他前面大

独眼杰克

约二十码的地方，走得很快。

在一座植被丰富的小山后面就是纽约动物园。二十年来，他一直是那里的招牌展品。如果他还是一头巨猿，或许就能毫不费力地拿下大卫。但现在他必须依靠自己的力量，以及偷来的枪，还有一丝运气。

一阵冷风吹过他的后脖颈。他为了让自己看上去强悍一些，在脸上变出了几道伤疤。杰里知道，他现在做的事情可能会要了他的命，可是现在他的人生也没有别的意思了。如果他能用生命换来世界的一点积极的改变，那么或许人们想起他的时候，就不会全是坏事。尤其是贝丝。

大卫离开公园里的人行道，走向树林里。杰里慢慢跟上去，看着眼前的阴影，捕捉任何的动态。走到大卫消失不见的地方之后，杰里停了一下，随后也钻进树林里。他每走一步都很小心，不弄出太大的声响。前方不远处，有一个空啤酒瓶反射着银色的月光。杰里又往前走了几步，发现来到了一小片空地旁边。他把手伸进口袋，确认了一下手枪。突然，他感到有人从后面抓住了他，死死锁住了他的脖子，随后又感到有一只手从枪套里把他的枪抽走了。他竭力挣扎着，但无法呼吸。

"看看这是谁？"大卫说道，走入他的视线。杰里听声音就认出了他。周围光线昏暗，他的视野已经模糊。

杰里想要说话，但被卡住咽喉，只能发出嘶嘶声。

"我们把他放到池塘里淹死吧。"一个年轻女子的声音说道。

"没有必要，茉莉，"大卫说着，靠近杰里，"我可以放开你一会儿，但你要告诉我为什么跟踪我。"大卫举起手枪。"不许有所隐瞒。"

锁住他的手臂松了一些，他跪倒在地，大口喘着气。最好撒一个简单的谎，不疼不痒那种。"我……我只是想要你的……钱。"

有几个小孩笑了。大卫摇摇头。"你想抢劫我？真是个蠢蛋。你根本不知道我是什么人，小东西。"大卫声音冷酷，但在月光下，他却有种诡异的美。杰里想，这可能是他人生中见到的最后一张面孔。

"做掉他，"一个沙哑的女声从后面传来，"如果你不愿意，可以由我来折断他的脖子。"

长久的沉默。"我认为还是不要这么做，"大卫说，"他比我们弱小太多，毫无娱乐价值。"大卫捏着杰里的脸。"看着我，小偷，记住我的脸吧。我很快就会出名的。所有人都会惧怕我。因为你无足轻重，我才放你一条命。有多远就滚多远。如果敢再次出现在我们的面前，你就死定了。明白了吗？"

杰里点点头。他感到难受极了。或许他们只是在捉弄他，最后还是要杀了他。

大卫把杰里手枪的弹夹拆出来，扔向树林，随后用枪托砸向杰里的脑袋。杰里跌倒在地，前额阵阵剧痛。

"手枪还你，小偷。"大卫说道。

杰里感到手枪被扔到他的后背上。他听到大卫一行人跨过灌木丛离开了。他趴在原地喘息了一会儿，挣扎着坐起身，从嘴里吐出几片草叶。他差点没命。很可能没命。突然，英雄式的牺牲失去了一切吸引力。他捡起手枪，放回枪套，往和大卫他们相反的方向走去。如果他的人生是一场电影，那么这场电影的剧本必须得重新编排。

♠ ♥ ♦ ♣

十六支蜡烛

史蒂芬·利　著

离百变王牌一角博物馆三条街区开外的地方,"我们永恒苦难的圣母"教堂敲响午夜的钟声。

"祝我们生日快乐,祝我们生日快乐,祝异人生日快乐,祝我们生日快乐。"

歌声支离破碎,不成音调。"看,这是我送我们的礼物。"他说道。

异人的手里拿着一把沉甸甸的.38口径手枪。喷气机小子蜡像发出的光亮照射在枪管上,反射到异人戴着的击剑面罩里,面罩的钢丝像廉价的分光镜,把优美的反光分割成暗淡的颜色。

埃文感到这枪就像是在电视上看到的,仿佛别人的手在拿着它。

[十六年了。我已经在这怪物一般的身体里被困了十六年。] 埃文在他们的思维中说道。

[埃文,别这样。] 帕蒂说道。她现在是副人格,异人的痛苦对她来说减弱了一些。[你可以休息了,我来掌控异人,直到约翰醒过来。你现在可以转成深层人格去休息了。]

埃文没有理会她。在思维深处,她能听到约翰的声音,他是异人的第三个人格。现在约翰扮演深层人格,在他们三人错综复杂的思维深处沉默着,而异人的痛苦只是像遥远的海潮般轻微影响到他。深层人格可以感知到外界的动向,但不能介入,他可以选择向另外两个人格开放思想,也可以封闭;另外两人可以自由选择是否接收他的声音。约翰现在完全没有隐藏自己的想法。

［……该死的可恶我受不了那种痛苦我没有勇气去他的感性帕蒂可能会喜欢吧我受不了这些抱怨了太痛苦了不只是他我们都太痛苦了他不明白吗我们的力量……］

［不要，约翰，］埃文对他说，［我不在乎力量。我只希望能独处。独处。我爱你们两个，但我被囚禁在这个身体里——］

埃文停住了。情感的涌动让异人抽泣起来。埃文举起异人的左手，它基本上是约翰的手，不过，坑洼不平的手掌边缘，长出的似乎是帕蒂的小拇指，而大拇指则呈现出埃文的淡棕肤色。手臂不太听埃文的使唤，因为帕蒂现在想要成为主人格，试图让他让位。埃文集中精神，异人的手举了起来，拉下沉重的兜帽，又摘下击剑面罩。异人呻吟着，它的手指因痛苦而扭曲，皮肤下的肌腱纠结在一起。

空气柔软的触感令异人的脸颊感到刺痛，一切的触感都让它感到痛苦。冰凉的感觉就像蛀牙突然接触到冰水。现在没有了面罩的阻挡，异人手中的枪显得无比真切，它散发出机油、火药和暴力的味道，有一种邪恶的吸引力。

离闭馆时间已经过去了三小时，博物馆里只有寂静，而异人的头脑里却十分吵闹。周围一片漆黑，只有喷气机小子的蜡像发出彩色的亮光。这个展品出自埃文之手，他是抓紧自己当主人格，并且异人的双手基本属于他的时候做的。虽然帕蒂和约翰总说这是心理原因，但埃文就是没办法用他们两个的手干活。他们的手没有那种手感。

只有在偶尔出现的极为珍贵的时刻，埃文才可以忘却他们三人的身体在异人体内缓慢地纠结、缠绕，才可以感受到自己是一个人。

［独处，］帕蒂同情地重复了一遍，［我懂，埃文。我们都渴望独处，但是做不到。］

埃文张开异人的嘴。嘴唇薄而粗糙：这是约翰的嘴。埃文把.38手枪的枪管放进口中，然后闭上约翰的嘴，舌尖感受到金属尖锐而强烈的味道。

埃文心想，不知道扣下扳机会是什么样的感觉。

"异人——埃文……"

异人的内部传来柔和的声音。埃文没有理会这声音，想要弯曲异人的食指。和异人超乎常人的力气相比，扣动扳机所需的那一点力气不值一提。只需小小的一个动作，埃文就能得到赦免，就能得到孤独。

[埃文，我爱你。无论如何，你一定要记得。我爱你，约翰也爱你。]

"埃文，你手里是我的枪。我是为了自卫才买的，不是为了干这种事。"

[……连扣动扳机都做不到，连他唯一真正想做的事都做不到……]

埃文在思维的深处发出沉重的抽泣声。拿着枪的手滑落，垂向庞大的身体一侧。

异人转头，看到查尔斯·达顿站在喷气机小子展厅的门口。埃文知道他在对方的眼里是什么样子：脸部就像熔化的蜡像，一部分是埃文，一部分是帕蒂，还有一部分属于约翰。而他的身体则仿佛装在布袋子里的无数蠕动的蛆虫。就在对方看着的时候，他的脸也在不断变化，松弛的皮肤下，三个人的面庞不停融合又陷落。他全身各个东拼西凑般的部分唯一的共同点，就是他们全都在缓缓纠缠蠕动。

然而达顿连眼睛都没有眨一下。毕竟，他每天都要面对镜子里自己那张与骷髅别无二致的脸。

"达顿，"异人开口，他的声音沙哑粗糙，就像 B 级片里的怪物，"我太痛苦了……"

埃文感觉到自己支离破碎的脸颊湿润了。他的左手（现在彻底变成了帕蒂的左手）抬起来擦了擦脸。

"我懂,"达顿说道,"我懂,我也很同情你。但我认为这不是解决的办法。请把我的枪还给我吧。"他伸出手。

异人又看了一眼手里的枪。埃文犹豫着,用肌肉扭动的手把玩着它。他可以现在举起枪,把枪口对准异人那骇人的太阳穴,然后下手。他可以。

帕蒂试图强迫他把枪还给达顿,但埃文拿着枪不放手。达顿耸耸肩。

"我今晚看了亚特兰大事件的雕像,"他说,"你做得真不错,尤其是那个哈特曼的蜡像。我觉得手部做得比面部还出彩。虽然哈特曼没有看他身后的屠杀场景,但他的手紧紧抓着讲台,给整个场景增添了很大的张力。"

帕蒂的那只手无意识地抽动了一下。一条胳膊从异人的胸口冲破皮肉伸了出来,撕开了胸前的衣服。"他们击溃了他,"异人用低沉而粗糙的声音说道,"是他们的阴谋,不是哈特曼的错,他是想帮忙的,但他……很脆弱,而他们知道这一点,于是击溃了他。"

"你指的是谁,埃文?"

"我不知道!"异人挥动着肌肉发达的手臂,达顿向后退了一步。被这只手臂打一下,可能会没命。"可能有巴奈特。一定有塔基扬那个叛徒。可能还有仇视鬼牌的右翼分子的阴谋参与其中。我不知道,但总之他们陷害了哈特曼。"

他又垂下拿枪的手。达顿静静看着。"只有痛苦,达顿,"埃文继续说道,"所有的鬼牌,他们的人生都只有黑暗的痛苦。鬼牌镇在滴血,没有任何人、任何事物可以愈合这伤口。我——我们——憎恨这一切。"

"你们为这里就做了很多好事,埃文——你,还有帕蒂和约翰。"

异人发出一声讽刺的笑。"是啊,我们干了许多好事。"枪管反射着闪光,异人再度把枪举起,又放下。

"这是帕蒂想要的吗？约翰呢？"

异人轻蔑地哼了一声，一团黏液从鼻孔里飞到脸上。"约翰就是一个殉道者。他几乎对此感到很兴奋，因为痛苦让我们显得很高尚。而帕蒂"——异人的声音柔软下来，嘴角似乎闪过一抹微笑——"帕蒂不放弃希望。或许塔基扬能找到治愈的办法，或许病毒会自愈，或许以后又会发生一次克罗伊德那样的病毒爆发，能把我们三人分开。"

异人在笑，但声音中毫无笑意。手枪沉重地碰到他的大腿上。

"都是扯淡，达顿。你知道问题出在什么地方吗？在鬼牌镇，没有任何人能有好的结局。没有人可以善终。"

异人颤抖起来，它重新戴好兜帽，弯腰拿起击剑面罩。它戴上面罩，看向喷气机小子像。

"一切都是从这里开始的。这位英雄，他本来应该赢的。多可惜啊。真是太可惜了。"

异人好像又注意到手里的枪。他抬起手，把枪举到击剑面罩前。"我没做完哈特曼的蜡像。"埃文说道。

"他的蜡像可以往后放一放。有个人联系我，说他有刽子手那天晚上穿的战斗服。如果我能买下来……"达顿耸耸肩。

"你太残忍了，达顿。"

达顿几乎笑出来。"而公众也是一样。"

"你这个僵尸，还真是愤世嫉俗。"异人说道，声音高了一些，不那么刺耳了。

他的手颤抖起来，反握住枪。"查尔斯……"

达顿伸出瘦骨嶙峋的手，把枪收回自己的口袋。

"谢谢，帕蒂，"他说，"埃文呢？"

"潜入深层人格了，"异人答道，"我们尽量让他沉默几天。他累了，查尔斯，他很累。"一团肿块在异人的后背游走，面罩后传来一声轻微的呻吟,随后叹了口气。"我们都很累。但谢谢你倾听,也谢谢你的帮助。"

"毕竟我不想失去我们博物馆的雕塑家。"

异人发出一声干巴巴的刺耳笑声。"有很多人比我强。我差不多该走了,埃文可能很长时间都不会浮上主人格了。"

异人转身准备离开,斗篷上的阴影变幻着。

"帕蒂?"

面罩的金属网格反射出一道亮光,他转过头,但没有说话。异人迈着沉重的步伐离开了。达顿目送着她/他们(达顿一直不知道该用哪个词)关上了门。他转身看着在黑暗中被照得光鲜明亮的喷气机小子雕塑。

"其实他们说得对,"他对喷气机小子说道,"你本来应该赢的,结果你搞砸了。"

达顿动作粗暴地关上雕塑的照明,回办公室去了。

他把手枪锁在博物馆的保险柜里。

♣

时值五月,但今天很凉爽。异人穿的及脚长的黑天鹅绒袍子在这种天气里很舒适。冷锋过境,把仲春的潮湿和雾气都扫进海里。空气干爽清明。透过鬼牌镇低矮、老旧而肮脏的建筑,帕蒂可以看到曼哈顿摩天大楼的灯火。

1973 年的 5 月 14 日,那曾经是个美妙的夜晚。

帕蒂闭着眼睛,在高潮中叹息着。"好……"埃文对她耳语,而约翰则在下面满足地笑着。持久的高潮结束后,帕蒂抱住了他们两个人。

"你们两个太可爱了。"她笑着推开埃文,下了床,赤裸着身子,打开阳台的门。清风吹起她的发梢,带进温暖的雨水的气息。纽约的

独眼杰克

繁华就在二十层楼以下。帕蒂张开双臂,拥抱着晚风和雨滴。水珠落在她的发丝上、皮肤上,仿佛闪亮的水晶。

"天哪,帕蒂,别人会看见我们的……"约翰也一丝不挂,从身后抱住她。埃文轻轻抚过他们两人,来到阳台的栏杆边。"太美了,"他说,"谁在乎他们会不会看到呢,约翰。我们很快乐。"

埃文朝他俩微笑着。他们三人拥抱在一起,彼此亲吻、抚摸,任由雨水打在身体上。时机成熟,他们再次回到床上……

那一晚,他们睡去后就再也没有醒来。在15日早晨,醒来的是异人。恐怖的异人,给他们带来折磨的异人,这就是百变王牌病毒对他们三人关系的嘲讽。

从此世上再也没有一个叫帕蒂的社会工作者,也再没有名叫埃文的新秀黑人艺术家、名叫约翰的年轻律师。他们就和此前无数的鬼牌一样,消失在鬼牌镇的深处。

异人注视着曼哈顿辉煌的灯火,呻吟着,肉体的痛苦和精神的痛苦一齐折磨着它。

〔至少,在鬼牌镇里,你不会顾影自怜,因为每一天都能看到一样无助又恐怖的同类。异人的身体素质和王牌不相上下。〕约翰说。

〔胡扯,都是企图自我安慰的胡言乱语……〕埃文在意识深处对他吼道,〔好痛苦,好痛苦……〕

〔休息吧,〕帕蒂对埃文说,〔抓紧时间休息几天。很快我们会需要你的。〕

约翰嘲笑他:〔我并不是在自我安慰。这是事实——在鬼牌镇,异人可以做一些有贡献的事。〕约翰尤其喜欢扮演替天行道、伸张正义的角色。异人:鬼牌的保护者,哈特曼的左膀右臂。

哈特曼的失败仍然令人心痛,约翰的内心尤其苦涩。但约翰足够坚强,而埃文不够坚强。帕蒂用意识向他说:〔我明白,埃文。约翰也懂,只要他好好考虑。我们都懂,真的。我们爱你,埃文。〕

［谢谢，我也爱你，帕蒂……］埃文完全可以单独和帕蒂说，但他故意让他们两人都能感知到他。

约翰阴沉着；帕蒂知道，他一定察觉到埃文在故意冷落他。［他可真会变着法表达自己，是不是？］

［约翰，拜托……埃文比我们两个更需要休息。你要有同情心。］

［去他的同情心，他差点没杀了我们。我还不想死，帕蒂。我不在乎活着有多痛苦。］

［埃文也不是真的想死，否则他早就下手了。我是阻止不了他的，约翰。自杀只是说辞，他只是想得到解放。他被困了十六年，我不能怪罪他产生这种想法。］

［他开始恨我了，帕蒂。］

［他没有。］但她除此之外什么也说不出了。约翰嗤笑一声。

某一天的晚上，他们三人躺在沙发上，喝着红酒。约翰说："其实，我们的关系很稳定，唯一的不同之处就是我们有三个人。我们不会出轨，不会和别人上床。在这场三人的关系里，我们就和非常保守的家庭一样，忠贞不贰。"

"你是在抱怨吗，约翰？"帕蒂笑道，用手指抚摩着他的大腿，一边观察着他脸上的反应，"你对我们感到厌烦了吗？"

约翰呻吟了一声，他们都笑了。"没有，"他说，"我永远不会厌烦的。"

［好吧，可能说"恨"有点夸张，］约翰说，［但他对我没有爱或者喜欢了。已经很久了。是不是，埃文？］

［该死的，你太自我中心了，不是的，我只是想出去，我想一个人……］随后他的意识不加遮掩地盘旋着：［约翰对不起对不起……］

［这种事早晚会发生，］帕蒂对他们两人说道，［就算没有异人，也会这样。当时和现在不一样，价值观也不一样。］

独眼杰克

[对。但是我们不能在异人里离婚,是不是?]

[正因如此,我们才需要学会同情和理解——我们所有人。]

[你总是像个圣人似的,帕蒂。]

[闭嘴吧,约翰。]

[我真希望我也能这样,帕蒂。真的。]

♠

鬼牌镇夜夜无眠。

午夜刚过,主干道上依旧热闹。在黑夜的映衬下,有些人的怪异身体被隐藏,有些人则更加显眼。夜晚是最好的面具。

最近的几个月,很少有奈特来鬼牌镇。仅有的几个观光客也只在白天到访,这里入夜之后太危险了。

夜晚的鬼牌镇,就像一场与世隔绝的噩梦。

鬼牌们依旧游荡在外,异人选择穿行在阴暗的小巷。约翰有些喜欢抛头露面,接受来自他人的崇敬,甚至是直白的阿谀奉承。但是帕蒂并不喜欢。帕蒂可以原谅约翰的这一点自我中心——这是缓解痛苦的一点润滑油——但她自己既不需要也不喜欢,尤其是像今天这样的夜晚。

这里是吉姆利只剩皮肤的尸体被发现的地方,离水晶宫酒吧只有几条街远。异人看着汤姆·米勒的尸体曾躺着的地方:又一起命案,又一场无名者的暴力。帕蒂认为吉姆利是被某个王牌杀害的,而埃文觉得他可能死于克罗伊德传播的病毒,约翰(他总是持怀疑论)则认为这是哈特曼的阴谋。[而且这样一来,哈特曼也摆脱了他。]约翰在帕蒂的意识中说。

异人继续前行,步态一摇一摆地,因为他现在有一条腿是帕蒂的,被固定在臀部,无法活动。每走一步都很疼,异人一边呻吟一边继续走着。

"该死的,她就是个玩具。不值得我们浪费时间。"

"嗯,但她下面一定很不错,是不是?"

异人拐进小巷,声音立刻止住了。有三个男孩,看上去全都不超过十六七岁,都穿着脏兮兮的皮衣。其中一人看上去一脸孩子气,还没到青春期;另一人长着满脸的粉刺。但中间的那个人让异人迟疑了一下。他身材高挑,白皮肤,在肮脏破旧的皮衣和牛仔裤下面,可以看出他拥有一副战士的体格,精瘦而健硕,一双明亮的眼睛藏在凌乱的刘海后面。他看上去虽然颇为英俊,但两眼充血,正处在吸毒之后极其危险的时期。

异人认识那个倒在地上抽泣的鬼牌。她叫芭比,有着完美的成熟女性身材,但身高还不到两英尺,脸上有永远定格的微笑。她看到异人;她的嘴角不自然地上扬,但蓝色陶瓷般的眼睛里充满乞求。

约翰心里立刻升起一股怒火;帕蒂可以感受到这份发红的灼热。"嘿!"异人喊道,攥紧了硕大的拳头,"快放开她!"

"妈的,"满脸粉刺的男孩说道,"怎么能允许一个该死的鬼牌这么跟我们说话,大卫?不过他或许很有趣,体型够大,是不是?可能也很强壮呢。"

领头的男孩大卫双手叉腰,盯着异人。帕蒂可以感到约翰想要掌握异人的控制权。[教训教训他们。趁他还没反应过来要跑,照着他的脑袋来两拳。]

帕蒂并不需要他的怂恿。异人向他们冲去,对方突然亮出刀子。异人大吼一声,从地上拔起了一块"禁止停车"标志牌,像链枷似的挥舞着,铁管发出呼呼的风声。

异人的攻击毫无策略性可言,他巨大的身躯冲向他们,标志牌打中长粉刺的男孩,把他甩到一边的墙上;他继续挥动标志牌,不让另外两个人近身。"快跑!快!"异人对芭比大喊。她挣扎着站起来,迈着小碎步跑远了。

独眼杰克

异人转过头寻找大卫，他们觉得只要拿下领头的，另外两个小孩也会溃不成军。于是异人再次向那几个斜睨着自己的小孩冲去。

但已经晚了。大卫突然失去意识似的倒了下去，长粉刺的男孩扶住了他。

[帕蒂……？]

与此同时，约翰和埃文感到帕蒂的存在从异人中被剥去，某个冷酷、邪恶又自以为是的存在取代了她原本的位置：那是大卫。他立刻把握了主动权，在思维内部宣示着自己的胜利，但这只持续了很短的一个瞬间。

痛苦淹没了他。

异人发出一声长久的尖叫，丢下手中的标志牌，当啷一声掉在地上，仿佛敲响了警钟。

约翰和埃文已经在异人错综诡异的神经系统中生活了十六年，他们明白入侵者突然面对的是怎样的痛苦。他们几乎本能地做出了反应：约翰的意识飞速升起，把握住了主人格的控制权，把大卫那尖叫着、无比恐慌的意识向下压。

有一双手抓住异人，用刀刺他的衣服。是长粉刺的男孩，他刚刚爬起来，就又对异人发起了攻击。然而异人正忙着处理意识层面的较量，于是他大吼一声，一下就把那男孩甩开了。现实世界里的声音仿佛从很遥远的地方传来。"糟糕，出事了，大卫在尖叫。妈的！""该死，出问题了，出问题了……"

粉刺男孩抓住异人的袖子，他嚎叫着摆动身体，随后听到有人重重摔在水泥地面上。"这家伙太强了！抬着大卫的身体，快回火箭堡！"

约翰和埃文知道出问题了。"帕蒂！"他们同时喊道。盛怒之下，约翰鼓起足够的力量，把大卫彻底从异人的主导意识中踢走了。

约翰正把这个传心能力者从意识中赶走，埃文又试图从深层人格变成副人格。这个过程很艰难。大卫感到自己失去了控制，异人的痛苦渐渐消退，他又准备夺取主导权。

在争夺过程中，埃文和大卫的精神游走在深层人格和副人格的交界处，他们的意识对彼此完全敞开了。埃文立刻了解了大卫，感到十分抵触。他能感觉到大卫在劫掠自己的感情、思想和记忆，被毁坏的愤怒让埃文再次奋起，和大卫较量。

埃文和大卫都尖叫着，他强行向上层意识挤去，大卫终于颤抖着落入深层意识之中。

［约翰？］

［我在控制异人，埃文。你把那个混蛋压制住。］

异人四处找寻。"该死。该死！"

那几个男孩不见了，连脚步声都听不到了。他们在意识中的战斗可能持续了好几分钟，谁也不知道。

［帕蒂？］埃文朝着异人的内部，充满希望地轻声问道。

没有回答，只有来自深层人格的微弱的嘲笑声。

异人在阴暗的小巷里仰天长啸。

♦

她不觉得疼了。这是她第一件意识到的事。

十六年来，她一直活在持久的痛苦中。十六年来，在异人的牢笼中，韧带扭转着，肌肉抻拉着，骨头互相摩擦着，一切都带来巨大的痛苦。

她不觉得疼。

她现在是独自一人。

屋里还有六七个小孩——她觉得应该是奈特——但在她的身体里，她是独自一人。

那几个小孩在争吵着什么，但她没有留意内容。

"嘿，兄弟，你刚才描述的那个鬼牌就是异人。他把大卫带走了，没了。"

"不可能，茉莉。"

"怎么不可能？他肯定没法控制异人，是不是？"

"如果大卫不在了，我们就没有头儿了。某些人倒是得意了。你记住吧，茉莉。其实，你也有一样的想法。"粗暴的笑声，脚步声，关门声。

这都是来自外界的声音。在帕蒂的意识之内，没有声音。

［埃文？约翰？］没有回答——只有沉默，还有她自己的意识。

帕蒂把手伸到眼前，惊叹着。

"该死，她不应该能动弹的。"粉刺脸男孩的脸上半是愤怒，半是恐惧。帕蒂没有理会他，全神贯注地看着自己的手，动动手指，又把手转过来看着手上的老茧。

这不是她模糊的记忆中，70年代时自己的手。但这也不是异人那盘根错节的手。这双手的手指修长，被咬坏的指甲下面藏着泥土，左手上有条状的老茧，这表明这个传心者会弹吉他，因为帕蒂以前也有过和他相似的老茧。

她能够闻到这副身体散发的汗味，感觉到牛仔裤在胯下有些紧。她低头看去，发现有一团凸起。她能感受到一根阴茎长在自己的身上。她可以让它动。

她觉得震惊，一下子笑出了声。她的声音是低沉的、属于男性的声音。"怎么了，蠢货们？"她的语调中带着自己意识不到的装腔作势。"没想到我能醒过来？"

她以前看过相关的新闻。从今晚发生的一切看来，她遇到的就是传心者。被他们袭击过的人都有一样的反应：精神被交换的期间，他们都陷入了昏迷。帕蒂推测，这个传心者的同伙会保护好他的身体，直到他的精神回来。精神交换肯定给受袭者带来了巨大的惊吓，这就是他们陷入昏迷的原因。

但是帕蒂并没有感到什么特别的恐惧。她已经习惯待在怪异的躯壳里了；她已经习惯精神变化的感觉了。她已经恢复过来，明白现在自己身在何处。虽然一路过来的方式十分奇特，（真的是一个活着的凝胶状大气球把他们送过来的吗？）但她知道他们带她来的这个地方是哪里。

艾利斯岛。火箭堡。

想到这里，她立刻清醒了。不同的人对这里的描述极尽不同，有人说这里是一个鬼牌互相帮助的避难所，有人则说这里是一处城市毒瘤，是所有最可怕的鬼牌聚集的地方。

"去火箭堡就是死路一条。"帕蒂见过用彩漆喷在鬼牌镇的标语。"来火箭堡吧——我们正好缺食物"。过去的几个月，几百条这样的标语如雨后春笋般冒了出来。据她所知，在那里待着一不小心就会送命，而且死状各异，周围总能发现漂在水上的各种尸体。

帕蒂的愉快感消失了。无论火箭堡是避难所还是人间地狱，总之这里的空气里弥漫着垃圾、粪便和腐烂的味道。

［我的两个爱人……］而且她孤身一人。这是最糟的。

她身处的房间是一间简陋的棚屋，比她在社会福利中心工作时见过的还要惨不忍睹。四壁用残破的瓦楞板围起，似乎是从旧雨搭上拆下来的。水泥地面肮脏不堪，唯一的光源就是一颗吊在破电线上的灯泡。屋门是一块歪歪扭扭的复合木板，上面系了根绳子，权当是门把手了。帕蒂坐着的躺椅是全屋里唯一的家具。

帕蒂试着站起身来。虽然这个身体满身尘土，肺里呛着残渣，还在头晕目眩，但他的体格十分健康：精瘦、完整而有力。不过，站起身还是很费劲。她膝盖一软，又坐了回去。帕蒂强迫自己露出微笑，显得和这个身体之前的主人一样趾高气扬。

那几个小混混堵在门口，瞪着她。现在他们只有三个人，其余的

独眼杰克

人似乎离开了。帕蒂认出了刚才和大卫在一起的那个满脸粉刺的男孩。他的腿上有一道青肿的伤痕，鼻子血肉模糊。这是和异人搏斗留下的。他的大臂和脸上还留着擦伤，一侧的脸肿得变了色。他身边站着一名身材娇小的漂亮姑娘，看上去顶多十三岁，背心下的胸脯才刚刚发育。她瞪着大眼睛看着帕蒂。她的脸圆圆的，有种脆弱的魅力。粉刺脸男孩用手臂环抱着她，手指玩弄着她右边的胸。她生气地看了一眼他，从他的臂弯里逃开了。她仍然用怪异的目光紧紧盯着帕蒂看。

另外一个年轻女孩一脸怒气，穿着一件肮脏的 T 恤，两手叉着腰。从粉刺脸看着她的样子里很容易看出，他是听她指挥的。

"你他妈是谁？"她说。

帕蒂不想暴露自己是女人。"我是异人的一部分，"最终，她说道，"你们可以叫我……帕特。"她嘲讽地笑了。[哎，埃文，真可惜你当时不是主人格。那样的话你现在就要扮演白人了，不过至少性别是对的。]

脑海中没有回答，她几乎感到震惊。

[天哪，独自一人的感觉真奇怪。]

"茉莉，我们要向膨胀报告。"粉刺脸说道。

"现在先不用，也许大卫一会儿就能回来。"她似乎不是很乐意，"他知道我们在这里，对吧？他会自己回来的。"

帕蒂又站起来，这次站稳了。粉刺脸瞪着她，右手死死攥着一截钢管。"我们应该把他绑起来，茉莉。如果我们伤害了他的身体，大卫一定会发火的。"

"你为什么觉得大卫一定会回来呢？"帕蒂问。[哇，真是饱满的嗓音，政治家梦寐以求的声线。你说是不是，约翰？]一阵沉默，[我不能再这样了。他们不在。]"异人里还有两个人格呢。你们跑的时候，是他们控制着异人的主动权，不是大卫。"

WILD CARDS

这是在虚张声势。被迫交换精神后,帕蒂看到了他们争夺主动权。没有人掌握主人格;异人只是胡乱晃着身体,彻底失控了。还没等他们分出胜负,她就被那几个小孩抬走了。帕蒂相信约翰一定有足够力量迅速取得主人格,但是埃文……

她不知道现在会是什么样的状况。如果大卫真的赢了,那么现在异人在鬼牌镇做的事情,她连想都不愿意想。

[你现在什么也做不了。活下去就行了,努力想办法逃离这里。]

"他会回来的,他回来之前,你就会待在他的身体里。"粉刺脸紧张地说。他舔舔嘴唇,看了一眼茉莉,想寻求认可。但茉莉还是一言不发地盯着她看。"你根本不了解大卫。他永远能赢,他厉害极了。而你——你现在在火箭堡,是瓮中之鳖。"

"大卫不懂异人内部究竟是什么状况,"帕蒂欺骗他们,"他可能永远出不来了。我挺喜欢这个身体的。"

粉刺脸看了一眼茉莉。另一个女孩瞪着她。

"怎么?"帕蒂问,"有什么问题?"

茉莉只是耸了耸肩。但粉刺脸愤怒地说:"他和别人交换精神从来不会超过几个小时。谁也不知道潜入别人的身体时间太长会发生什么。"

"或许膨胀知道。"粉刺脸说。

茉莉嗤笑一声。"你凭什么觉得他就知道?你以为他会传心吗?"

"但是他会读心啊?"

茉莉的眼神更凌厉了。"这事和膨胀无关。"

"火箭堡里面没有和膨胀无关的事。"粉刺脸坚持道。他吸了吸鼻子,用胳膊一抹,脸上的鼻涕和血混合在了一起。

茉莉叹口气。"好吧,也许我们应该向膨胀报告发生的事情,可能他已经知道了。你能看好他吗?"

粉刺脸瞪了她一眼。"妈的,"他说,"当然可以了。我和凯丽待在这儿监视他。"

凯丽的目光从未离开帕蒂。她的眼珠颜色介于蓝和灰之间。

"你看到她看你的样子了吗?"她调笑地对埃文说道,借着酒劲咯咯笑着。约翰为哈特曼的首次议员竞选而举办的筹资派对上一片喧闹。"就是那个画着浓妆的瘦子,在你雕的雕塑旁边。她自打进门就一直盯着你看。"

"天哪,帕蒂,你的思想太下流了。她是沙霍夫家的女儿,高中还没毕业呢。她爸爸上个月买了两幅我的画。"

"我也像她那么年轻过,我觉得这就是少女时代的单恋。我也经历过。荷尔蒙分泌,不受控制。你觉得如何,埃文?她年轻又富有,缺乏经验,但很主动。白人女孩,对黑人的大家伙充满好奇。"

"帕蒂——"

帕蒂笑了,亲了亲埃文。那个女孩转过身去,脸上的表情几乎是愤怒……

帕蒂对那小女孩笑了笑。她好像被吓到了,躲在粉刺脸身后,害羞地也冲她笑了笑。

[我必须离开这里。必须去找约翰和埃文。]

帕蒂立刻想到了如何逃跑。她恨自己知道这些,但她就是知道。

♥

[你想出来我知道我能感觉到我可以帮你我可以放你出来但是必须快点我可以带你去火箭堡但是必须快点……]

他们站在百变王牌一角博物馆门口,橱窗里贴着叙利亚特展的海报,鲜艳得过分。展厅里,哈特曼议员的蜡像作势让别人撤退,他的外套被枪口渗出的鲜血染红。举着乌兹枪的保安面对着另一个展台,女巫撕裂了她哥哥真主之光的喉咙。布劳恩闪着金光;刽子手的白色战斗服也闪闪发亮;塔基扬抱着头,卧倒在地。

约翰不知道他们为什么来到这里。一连几个小时，他们在鬼牌镇漫无目的地游荡，想要寻找那群小混混，但希望渺茫。

他们攥紧拳头又松开——右手是埃文的手，左手是约翰的手。异人身上没有多少帕蒂的肢体部分。她的精神不在之后，肢体似乎也不成形了。

［我们必须去找她，约翰。大卫说要把她带到火箭堡。他说我们必须尽快找到帕蒂，他害怕了，我能感受到。离开自己的身体太久，会产生让他害怕的后果。帕蒂可能被困住了。］

［我听不到他的声音，埃文。我们把他压进深层人格了，相当于把他锁进了地下室。咱们根本听不到那混蛋的声音。］

［别告诉他埃文我可以把你从这个身体里解放你只要帮我出去要快我知道你可以我知道……］

大卫绝望地不断重复着他的恳求。

埃文了解现在的情况。约翰已经疲倦了；埃文知道，如果约翰不再扮演主人格，只凭他自己是无法压制住大卫的。而大卫也知道这一点。从这时候起，埃文就能听到大卫的声音了。一直不断。

埃文现在身处副人格的位置，异人永恒的痛苦冲刷着他的灵魂。他感到大卫的话语里饱藏着救赎。

［你想出去我知道……］是的，大卫知道埃文的弱点。他非常了解，埃文一直在听着他的话语。

他们的身体猛地颤抖了一下，眼睁睁看着异人的右臂变短，改变了颜色。这次的痛苦来得格外剧烈，仿佛约翰和埃文分担了原本属于帕蒂的那份痛苦。那只手痛苦地攥成拳头，指甲陷进肉里。拳头松开后，手上的皮肤变成了约翰和埃文的肤色互相夹杂的颜色。

［你能坚持当主人格多久呢？］埃文喘着粗气，［约翰，如果不能轮流潜入深层人格得到休息，我们会失去理智。当副人格也太痛苦了。约翰……求你了……］

独眼杰克

[我可以和其他人交换精神我会找一个你痛恨的人你和约翰都压制不住的人这样一来你就只能和这人一起被困在这个身体里帕蒂就回不来了你也永远别想摆脱这个身体除非你现在就帮我……]

[帕蒂在火箭堡,] 埃文说, [在火箭堡。我的天哪——]

[我们没有行动计划,不知道去那里找到她之后该怎么做。]

[我们先去吧。现在就去吧,约翰。否则一切就太晚了。]

异人呻吟着。他的身体继续变化,痛苦加剧。他尖叫着,拉扯着博物馆门口的消防栓,似乎想借此减轻痛苦。消防栓的顶部发出刺耳的摩擦声,水柱喷涌而出,冲刷着他的黑色斗篷,流过肮脏的排水沟,在一角博物馆门前形成一个小瀑布。

在精神深处,大卫笑着对埃文低语。

[到那里以后我就可以给你找一个身体你想要哪个身体都行只要你现在帮我……]

♣

"当男人是什么感觉?"

"嗯?"

帕蒂亲吻着埃文,双腿缠绕着他,用力拥他入怀。在他们身边,约翰正在熟睡,鼾声响亮。

"就是说," 她咯咯笑道,"进入别人,而不是被进入的感觉。感受到女人的温热环绕着自己的下体。释放的感觉。强烈而短暂的高潮,而不是绵长的高潮,是什么样的感觉?"

"你想的就是这个?" 埃文装作很生气,帕蒂拍拍他的屁股,让他翻过身来,骑坐在他身上。她抚摸着他深色皮肤的胸膛上蜷曲的体毛。"这么说,你想当男人?想变得阳刚,强健?"

"男人不过都是用下体思考的动物," 她反驳道,"拜托,埃文,你就没有好奇过当女人是什么感觉吗?" 埃文耸肩,但她摇头。"承认吧,你一定想过。"

"好吧,"他说,"可能偶尔想过。但你永远都不可能真的体验到变性的感觉,是不是?"

然而,现在这成真了。

动一动手臂都带来一阵狂喜,脸上胡楂的触感无比愉悦,牛仔裤摩擦在腿上都令她陶醉。粉刺脸递给她的温啤酒更是美味至极。虽然她仍担心着约翰和埃文他们的事,虽然她仍对火箭堡感到恐惧,但这都没有影响到帕蒂享受自己的这副身体。她已经忘记了这是一种何等美妙的感受。虽然这是个男性的身体,而且很可能染着毒瘾,但这都不重要——她自由了,她现在可以独自行走,独自说话,精神世界里不再有别人的存在。

[这个身体现在是被通缉的,而且可能还存在更糟糕的问题。如果他有艾滋病怎么办?如果有不为人知的百变王牌病毒症状怎么办?如果他有梅毒、得了癌症呢?性方面该怎么办?如果经过尝试之后我还是只喜欢男人怎么办?约翰和埃文现在和那个混蛋一起被困在异人的身体里,他们怎么办?]

但这一系列的问题并未带来什么影响。毕竟她现在就身在此处,在大卫年轻的身体里,帕蒂不得不承认,她很享受这种感觉。她又喝了一口啤酒,细细品味着这份清凉、啤酒花的气味和麦芽的香气。

凯丽依旧目不转睛地监视着她,粉刺脸在门边徘徊。

"你干吗一直盯着我看?"帕蒂问道,低沉饱满的声音让她很是享受。

粉刺脸替她回答:"凯丽吗?她是新来的。她看上大卫了,可是大卫不肯睡她。她做梦都想和他交欢,想让他分开她的大腿——"

凯丽对粉刺脸竖起中指:"闭嘴,听见了吗?你就是嫉妒,因为我不跟你睡。"

粉刺脸笑了。"妈的,"他对凯丽说,"少胡扯。你肯定愿意为我张开腿。不会传心,就不能真正算是这里的一员。和老大睡过才能得到传心能力,但你还得等好久,因为他最近不怎么来。别和我装清纯。不一定非得和老大睡,凯丽。你在等大卫和你睡,但这就是浪费时间,大卫想睡谁就能睡谁,他不需要你。和我睡也可以。"

"我可不想要你那细得像铅笔的玩意。"凯丽啐道。她双手抱膝,蜷缩在帕蒂旁边,而粉刺脸得意地笑着。"狗娘养的。"她咕哝着,又气又羞,满面通红。

"我也像她那么年轻过……我也经历过。"

"对不起。"帕蒂真诚地对凯丽说道。她用眼神传达出谢意,于是帕蒂只得又对她笑了笑。但粉刺脸的话在她的心里引起了其他的反应。"当男人是什么感觉?"许久之前,她曾这么问过埃文。现在,她感受到了一部分。下体传来一股温热,她的牛仔裤突然变紧了些。"你很漂亮。"她低声对凯丽说,不让别人听见。虽然这话说得有些让人尴尬,但凯丽还是对她笑了笑。

帕蒂憎恨自己的卑鄙。"如果你想要的就是大卫,我可以让你拥有他。"她对她耳语,粉刺脸无法听见她说的话。

"但你不是大卫。"她说,并没有生气。

"对,"帕蒂承认,"但是或许,等大卫回来之后,他的身体会记得……"

"你曾经很丑,我在鬼牌镇见过一次异人,谁也不愿意和长成那副样子的你上床。"

"你真美,帕特里夏。"约翰说道。那是他们三人确认关系的周年纪念日。他们开玩笑地把这一天称为"生日"。埃文烤了一块蛋糕,约翰则用气球和彩纸把房间装饰起来。她刚一进门,他们就往她的头上戴了一顶滑稽的帽子,又朝她的手里塞了一杯香槟酒。"你是个完美的人,我根本无法想象我以后会爱上你以外的任何人。我知道,埃文也是这么想的。我们都很幸运。"

帕蒂点点头，努力忍回眼眶里的泪水。她能感觉到凯丽的视线。

"对，"帕蒂说道，"没有人愿意和那样的我上床，已经很久了。很久，很久。"

凯丽伸出手，摸了摸帕蒂/大卫的脸。她的目光里有一种温柔和同情，帕蒂努力维持着冷酷的外表，但心里已经很喜欢她。她对凯丽微笑，凯丽也报以微笑。她微笑时，感到大卫的面部肌肉很陌生。

"好吧，"凯丽柔声说，"或许……"

凯丽站起身，去和门边的粉刺脸低声说了些什么。"我不走。"粉刺脸大声说。

"他还能跑到哪儿去？这里可是火箭堡，傻瓜。你可以在外面等着。"

"要不然，我就在你们旁边看着吧？"

"你去外边自己解决吧。"凯丽打开门，把粉刺脸往外衮。

粉刺脸气愤地哼了一声，朝帕蒂比了个下流的姿势。"我就待在外面。你敢从屋里出来一步，我就做掉你。"他打量着帕蒂和凯丽，又嗤笑几声，就出门了。

凯丽站在门边许久，没有看帕蒂，随后似乎叹了口气。

帕蒂主动走到她身边，张开双臂，抱住了凯丽。她的身高比以前高了很多，让她感觉很陌生。帕蒂能够很清晰地感到凯丽的存在，能感觉到她的胸脯挤着大卫的胸膛，能闻到她头发的气味，能感受到她的大腿贴着她的身体。凯丽伸手环住帕蒂的头，把她的脸拉近自己。

她们的吻柔软而缠绵，随后凯丽张开了嘴。[真奇怪……]帕蒂能感到[他的]身体起了反应。她探着身子，紧紧抱着凯丽，她能够感到自己的下体勃起肿胀，急切地想要得到释放。

[哦，埃文，太奇怪了，太奇怪了……]

"真是急切，"她喘息着，"没有耐心。"

"什么？"凯丽问。

"没什么。"她再次抱住她。

勃起的感觉里有一种她从没体验过的坚决。或许是因为她已经太多年没有体验过欲望，令她淡忘了这种感觉。但是这种感觉更加不稳定，更加危险。这并不是因为凯丽——帕蒂以前进行过几次浅尝辄止的尝试，发现女性对自己并没有吸引力。帕蒂松开拥抱着她的手，轻轻颤抖着，离开了她的嘴唇。她帮凯丽脱去上衣，解开自己的牛仔裤。凯丽确实很有魅力，帕蒂客观地想。她有一种青春的美。帕蒂先是试探地抚摸着她，随后越来越激烈，她的手从胸部游走到她双腿间的绒毛里，凯丽闭上了双眼。

她们一同卧在地板上，凯丽的腿缠着帕蒂，拉下她的牛仔裤拉链，掏出她胯下的硬物。

忍住不释放比帕蒂想象中困难许多许多。凯丽的嘴唇和手都无比急切；她能够感受到她的温度。帕蒂想要和她亲热，想要把自己的欲望融入她潮湿的温热里……

"对不起。"她低声说道。帕蒂抬起身子，用大卫的手一拳打中凯丽的下巴。这副身体充满力量，她的拳头陷进她的下颌骨里。

凯丽哼了一声，嘴唇的伤口里流出鲜血。她闭上眼睛，四肢也没了力气。

帕蒂从地上站起来，隔着门叫粉刺脸。"嘿，兄弟！想不想来一块玩？"

门开了；粉刺脸探头进屋，看到凯丽赤身裸体倒在地上，张大了嘴巴。

帕蒂把两手攥在一起，锤向他的后脑。粉刺脸踉跄着向前倒下，帕蒂抬起膝盖，撞向他的脸。她听到鼻子断裂的声音。

粉刺脸倒在地上，帕蒂一扯绳子做的把手，拉开了门。

帕蒂冲入了黑夜中的火箭堡。

WILD CARDS

♠

艾利斯岛离泽西海岸的船坞有四分之一英里远，距曼哈顿最南端的巴特里公园则只有一英里多一点。

但是从这两个地方都不能去艾利斯岛。当然有人想过从这里过去（也的确付诸了行动），全都是出于好奇心才去的奈特。奈特如果误入火箭堡，只会得到粗暴的对待，甚至会丧命。艾利斯岛的管辖权就像是块烫手山芋，被国家公园管理局丢给新泽西政府，又被新泽西丢给纽约警方，终于，最近几个月以来，纽约警方对艾利斯岛也撒手不管了。但是仍然会有巡逻船拦截想要坐船或是游泳前往艾利斯岛的人，虽然政府无法封锁火箭堡，但至少可以控制进出火箭堡的交通。

去火箭堡的人都知道，想要安全抵达火箭堡就必须去找卡戎，而卡戎只会出现在鬼牌镇边缘的东河沿岸。

异人能够听到水浪拍打码头排桩的声音。他将一盏煤油灯放在船坞边，网状的灯丝在河风中忽明忽暗。

大卫在异人的精神深处朝埃文哭诉，同时将约翰的意识排除在外，不让他听到自己的声音。

［随便谁都可以你只要告诉我然后那个人的身体就归你你就自由了只要你在到达火箭堡之后帮助我快快快……］

［我什么都没看到，］约翰的主人格在精神中发出的声音不如以往那么强健，但仍然盖过了大卫的诱惑。［可能达顿的消息是错的，埃文。］

［不是的没有错卡戎会来接我们的他就是从这里接走她的……］大卫只让埃文听见自己的低语。

［卡戎会来的，］埃文对约翰说，［再耐心等等。］虽然表面上这么说，他自己也觉得希望渺茫。无论如何，他们必须尽快做决断。虽然昨天才休息过，但现在约翰已经疲惫不堪，不能一直坚持当主人格

独眼杰克

了。而对埃文来说,不经休息就从主人格转换到副人格,也是很艰难的。等约翰坚持不下去时,就要由埃文来接替他当主人格,如果他没能把握住主人格的位置,大卫就会趁机篡夺主动权。一旦真的发生这种情况,他们就全完了。

约翰也很清楚这一点,他把火撒到了埃文身上。

[你让我怎么耐心?谁也不知道现在帕蒂是什么情况。如果他们胆敢伤害她,我发誓,我一定把他们杀个精光。]

[他们不会伤害她的,约翰。她现在在大卫的身体里——他们一定会谨慎的。] 随后,[约翰,如果她自己愿意留在那个身体里怎么办?]

约翰连想都不愿意想这个可能性。埃文能听到他仿佛在精神世界里摔上了门。[不。她肯定不会愿意的。]

黑暗中,传来靴子踏在木板上的声音,还有喘息。

异人猛地转身,身上沉重的斗篷也跟着转动起来。有四名少年从一摞木头货箱后面跑了出来。他们是传心者。其中一人染着一缕橙红色头发,手中拿着一只铝制球棒。另一个人拿着一截铁链,其他两人则握着弹簧小刀。

"你们要干什么?"异人朝他们咆哮。

"大卫?"拿铁链的问道。

异人发出咕哝般的嗤笑。"大卫不在,"他用粗粝的声音说,随后又嗤笑几声,"滚吧,否则后果自负。"

拿铁链的看了一眼染头发的,后者耸耸肩。"大卫已经在里面待了三四个小时了。"拿铁链的说。

"天哪,那可真够长的,是不是?"染发的少年坏笑道,露出残缺不全的牙齿,"简直和跟香皂交换精神一样糟糕啊?"他笑着。

大卫的精神在深层人格中挣扎着。[不知道是茉莉让他们来的还是他们自己来的她可能希望我永远不要回去如果这是她派来的人我他

妈的要把她杀了……]

"嘿，大卫能不能听见我说话？"染橙色头发的少年问异人，一边用球棒砸着自己的手掌。

"问这个干什么？"

"因为有几件事我觉得应该告诉他。他应该想知道。"

"那就说。"

橙色头发的少年笑了。"转告大卫，他不必回火箭堡了。我们会妥善处理他的身体。"他的话让异人体内的三人都陷入震惊，脑内只有空白。"现在我们就是来把剩下的事也一并处理了。"

说完，那少年向前一跃，向外场手击球一样挥动着球棒。

他从侧面不偏不倚地击中了异人的头。

异人踉跄几步，几乎摔倒。痛苦尖厉无比，异人号叫着，喉咙几乎撕破。约翰渐渐把握不住主人格了，但埃文和大卫都无法掌握主动。随后，约翰的狂怒支配了异人。橙色头发的少年收回球棒准备发动第二次攻击，另外三人也围拢上来，异人强迫自己站起身。球棒刚刚落下，就被一只力道惊人的手接住，它把球棒一扭，橙头发少年的手腕也跟着扭曲了，他发出一声号叫。

异人把球棒挥得呼呼作响，橙头发少年匍匐在地上，才捡回一条命。另一名少年挥舞着铁链，但异人一把抓住链子，猛地一拉，把他扔向了货箱堆里。

另外两人已经跑了，橙头发少年也追了过去。异人再次怒吼着，把球棒朝他扔去，但球棒只是消失在远处的黑暗中。

[他们杀了她！他们杀了帕蒂！]约翰狂怒地喊道。

[不！]埃文对他喊，[不！我不相信，一定是他们在吓我们。约翰，拜托！]

一阵微弱的水声打断了他们的争论。一个散发着磷光的诡异身影从肮脏的河水中冒出来，身上挂了一条破轮胎、两个垃圾袋和一条纸尿裤。除去粘在他上面的垃圾之外，这个身体几乎有种美感。他是一个直径大约八英尺的凝胶状空心大球，除去一些肌肉组织外，通体都是半透明的。光带在他水母般的身体上呈涟漪状地交替闪现，有淡淡的绿色、黄色还有蓝色。在接近球体顶端的部位，长着很接近人类的眼睛和嘴，轻微向外凸起。

是卡戎。

"过路费？"他发出沙哑的声音。

[埃文？]约翰的盛怒并未消退，而是变得更加冰冷而危险。

[必须找出来……]大卫似乎震惊又恐惧，不知所措。

[好吧，约翰，]埃文对他说，[只好去了，如果不去，我们就什么消息也不知道。]

异人拿起放在地上的两个购物袋，走近卡戎，向他展示里面的内容物：各种日用杂货，还有罐头食品。"好，"卡戎说，"放进来吧。"

异人将袋子挤进卡戎肌腱之间黏滑的皮肤里。皮肤表面又湿又凉，被压力挤得变形，直到突然分开，袋子掉进卡戎身体里的"地上"。在他扁平的身体下方，生着无数蠕动的触须。

"你真的想要去火箭堡？你确定？"卡戎发问。

"是的。"

卡戎沉默片刻，球体上方的排气孔里发出哼声，在水里向下沉了一点。"大卫在你身体里。"

"你怎么知道的？"异人低声问。

"我能感应到那孩子漆黑、扭曲的灵魂。进来吧。"

卡戎没有再说什么。

异人走上前去，挤进卡戎的身体里，那潮湿黏腻的触感令他们十分反感。他们在他体内坐下，卡戎便渐渐沉入东河的水下。在充满淤泥和垃圾的河底，借着卡戎身上发出的微光，异人可以看到无数触须摆动，搅起乌云般的污物，推动着卡戎的身体缓缓前进。

他们无声地朝着西南方向的艾利斯岛进发。

◆

活动身体就是一种享受。奔跑……啊,奔跑……

拂面的风,胸腔和肺叶的鼓动,飞快的心跳——这份愉悦几乎让她忽略了身后步履蹒跚大声叫喊的粉刺脸、还有周围火箭堡的破败景象。

几乎。

在变成异人之前,帕蒂曾经很沉迷维多利亚时期的英国小说。这些小说通过描绘伦敦的贫民窟和孤儿,营造了一种光怪而污秽的现实感。火箭堡也笼罩着一种狄更斯式的晦暗,充满明暗对比的阴影,但这里的现实更加粗粝。简易棚屋像蘑菇般拥挤在艾利斯岛破败的建筑周围,屋子之间的小巷肮脏泥泞。

就仿佛地狱中的狄更斯式景象。

现在时值凌晨,小巷里空空荡荡。她偶尔能瞥见几个住在这些棚屋里的人,感到火箭堡就是浓缩升华了的鬼牌镇,它集合了鬼牌镇最触目惊心的残渣。这里的鬼牌是帕蒂见过的最为畸形丑陋的,几乎不能被称作是人类。

"你想跑到哪儿去,帕蒂?没有可以藏身的地方。"粉刺头和凯丽在她身后喊道,他们的声音回荡在棚屋之间。他们没有昏迷多久。〔这是你自己的错。他们还只是孩子,你不想把他们伤得太重……〕

帕蒂能听到身后追兵的脚步声。她盲目地左转,从两栋歪斜的房子之间看到曼哈顿的灯火和河水的波光。粉刺脸和凯丽一边追她,一边高声叫骂、嘲讽,有几间房子里的灯亮了起来。

刚转过拐角,帕蒂就撞上一个人,对方的皮肤就像浸湿的天鹅绒。她瞥到一双多面体状的黄色眼睛。"对不起。"她说着,从那人身边挤过去,手上沾满那人皮肤的分泌物。旁边的窗口里探出两个脑袋好奇地张望，这两个脑袋长在同一个粗壮的脖子上。某个没有腿的东西从她面前蜿蜒爬过，留下一股薰衣草的气味，但马上又变成一股酸苦的味道。某两栋房子中间的阴影里传来一声咆哮，但语句含混至极，根本无法听懂。

有一只手从身后抓住她，帕蒂尖叫起来。与那只手相连的胳膊像太妃糖似的拉长，那只手依旧紧紧抓着她的胳膊，看上去很像狗爪子，但又显然是属于人类的手。那只胳膊拉长到只有铅笔粗细，终于放开了她，帕蒂几乎摔了出去。

帕蒂没有回头看那究竟是什么，只是继续向前跑。

她在很多年前来过一次艾利斯岛，记得这是一个U字形的小岛，中间的航道两旁有许多码头。海关大楼屹立在岛的一边；另一边则是扣押外国人的建筑。帕蒂能看到远处的海关大楼，可以闻到港口的味道。大卫的身体累得气喘吁吁，但她已经甩开了追兵一段距离。

她跑向开阔地，寻找着小船一类的涉水工具。如果有必要的话，她也可以游泳——她自己就会游泳，而这副身体比她以前的体格还要强壮。曼哈顿和新泽西看上去就近在眼前。

"膨胀说，让你想想被巡警抓住后会是什么下场，帕蒂。"

帕蒂站住。一个身影从她和港口之间的阴影中走出来。他仿佛一只人形大小的直立行走的蟑螂。他身边还有两名鬼牌，手握冲锋枪和小口径猎枪。蟑螂人拿起一只廉价的塑料壳对讲机。"膨胀派我来捉你。"

粉刺脸和凯丽也从后面的小巷中追出来。"嘿——"粉刺脸喊道。帕蒂又开始逃，可是前面已经没有路了。或许那个蟑螂似的鬼牌不能高速移动；或许拿枪的那两人会射偏；或许她可以跳进水里，顺利逃走。

或许。

蟑螂人的对讲机里发出吡吡声。"膨胀说，现在这个季节河水还很冷,游不到一半,你就会痉挛溺水。他说他有个办法。"

粉刺脸和凯丽马上就要跑到她面前。她必须逃。

"膨胀是不伤害鬼牌的,帕蒂。他说,他记得你还和埃文说过,要他珍惜生命。"蟑螂人的声音仿佛一声叹息,带着一丝怪异的悲伤。

这句话仿佛鞭子抽在她的心里,帕蒂的呼吸几乎变成抽泣。然后一切都太晚了。粉刺脸一把抓住她的胳膊,凯丽跑上前挡住她的去路。她只穿了一条牛仔裤,目光里充满冰冷的愤怒。

"这是传心者之间的问题,卡夫卡。"粉刺脸粗暴地对蟑螂人说。卡夫卡身边的两名鬼牌威胁性地向前踏出一步,但卡夫卡挥挥手,示意他们退下。

"已经不是了,"卡夫卡说道,声音柔和,甚至有种羞涩。"膨胀要见她。你们还想不想在火箭堡活下去?那就好好考虑一下要怎么做。你们只是租客;只是因为你们付给膨胀一定的好处,才能在这里享有特权。"

"我们不听膨胀的命令。"粉刺脸恐吓地说。

而卡夫卡只是等着。粉刺脸放下了手。

甲壳下那张非人的脸上露出一抹笑意。"很好,我们真的不必闹出不愉快。请……跟我来。"卡夫卡说。另外两名鬼牌一左一右把帕蒂他们围在中间。卡夫卡点点头,领着他们走向海关大楼,一路上发出窸窸窣窣的脚步声。

他们见到了膨胀。

膨胀坐镇岛上,火箭堡永不沉没。

膨胀宛如长城。

帕蒂也见过这种街头涂鸦。

帕蒂对膨胀的第一印象就是一块硕大无朋的脏面团,上面还被恶作剧的小孩插上了牙签。膨胀的身躯充满了海关大楼的大厅。临时钢架从凹陷的地面上支起,维系着他的身体;一条条管道插进他庞大的

独眼杰克

身体里,仿佛巨大的点滴注射管。他的身躯已经大得超出人类的理解范围,不成形的肚子流在地上,一直填进后面的门廊里。他的头就像一颗肉瘤长在身体顶端,几乎教人找不着。肩膀和胳膊已经退化,又细又短,淹没在山丘般的身体中。膨胀无法移动,也无法被移动。

还有熏天的臭气,臭得就像一头栽进堆肥坑。帕蒂不禁干呕起来。

"硕大无朋的脏面团⋯⋯"他急促地说,声音尖细,就像还没经历青春期的小孩。他的话令她震惊。"你的感想已经比大多数人都善良了,帕蒂。不过,你总是以一个善解人意的女人自居。"

"你说这家伙是个娘们儿?"粉刺脸在她身后狂笑,"嘿,凯丽,你差点被一个女的开了苞。"卡夫卡示意了一下,旁边的一名鬼牌瞄准他的肚子,用枪托猛地一撞。粉刺脸呻吟一声,大声呕吐起来。

"老大讲话的时候要保持安静。"卡夫卡平静地说。

粉刺脸朝地上啐了一口:"嘿,操你妈的,蟑螂。"

卡夫卡看了看膨胀,后者示意了一下。于是那名鬼牌又动手了,粉刺脸一下跪倒在自己的呕吐物中。

膨胀贪婪地看着这暴力的一幕。他攥着那小得滑稽的手,来回挥舞,脸上挂着微笑。

"对,我知道他还只是个孩子,但他是个邪恶又危险的孩子,"膨胀说完,帕蒂倒抽一口冷气,她心里想的又被他说出来了,"从这方面来看,他并不比我年轻多少。"

膨胀说个不停,像没了闸的火车,连一口气都不喘。"必须时不时提醒一下这里的某些人,究竟谁才是老大。这里的人一盘散沙,缺少真正的凝聚力。我们这里很有潜力,几乎是无穷的潜力,还有纯粹的力量。大卫手下的小团体就是一个很好的例子,虽然这群人很野,不服管教。不过,我来到这里还不到一年。"

膨胀用他那尖细的声音说,语速飞快、声调高昂,让帕蒂根本没机会打断。

"你究竟——"

"我究竟想干什么?"膨胀打断她,帮她把脑海里的话说完,"很简单。异人,我想要异人。"

"我不知道异人在哪里。"

膨胀闭上眼。"我知道。他们离这里很近了。他们正在过来。"他睁开眼,对帕蒂微笑,"你脑海中的想法真是幼稚,"他那糊状般的嘴唇一开一合,说道。"英雄救美,皆大欢喜。但你没有考虑这之后要怎么办,是不是?但我想到了。异人的力量很有利用价值。当然我要提醒你,这对我来说并不是必要的,只是可以为我所用而已。异人一直是鬼牌镇的朋友。我很欣赏这一点;我们可以说是兄弟了。"

"我看不一定。"

他点点头,不似对她的话语点头,更像是在对她的思想点头。"在火箭堡,鬼牌之间会互帮互助。我们尽全力帮助那些被百变王牌病毒毁掉的人。"

"但却不考虑这样做会伤害到谁。"

膨胀做了个鬼脸。"如果有奈特或者王牌受伤害,我不在乎。去他们的吧。如果这就是代价,那我还会鼓励呢。我有我自己的梦想,我想让火箭堡扩张。我们现在只有这么个二十七公顷的小岛,很快就会人满为患。我想去占领一个更大的岛。"

膨胀吸了口气,帕蒂抓住机会,连忙插嘴:"你想占领纽约?不可能的。"

"不是不可能。根本不是。现在让奈特流血,就可以避免日后让鬼牌流血。"

帕蒂看到周围的人都在认真听着。卡夫卡在她身边,听得入迷。

膨胀继续说着:"无论如何,报复都一定是血腥的。帕蒂,每一夜,我都会做梦。我梦到奈特注定为他们的偏执和仇恨自食苦果。为

独眼杰克

了实现梦想，我需要更多的力量，仅仅有这些鬼牌和乌合之众的小混混是不够的。我们这里已经有几名变节的王牌，还有几名能力出众的鬼牌。我们还需要更多。虽然你不赞同我的手段，但你对我们的初衷还是保有一些认同的。"

他不给她说话的机会，诽谤的言语从他口中喷薄而出。"哦，对，帕蒂，我能够听到你的思想。'异人是不同的。'你们本质上是遵纪守法的——毕竟你们帮助了哈特曼。你觉得没有人能够忍受得了异人的痛苦。"

膨胀咧咧嘴，皮笑肉不笑。"但是他们没必要忍受这份痛苦。大卫，也就是你现在这副身体的主人，他和他手下的传心者可以让人的意识自由出入异人的身体，是不是？"

"那你自己为什么不先试试？你怎么还不抛开这个。"帕蒂指了指他巨大的身躯。

他那小得不成比例的脸皱了皱，做出痛苦的表情。无需他说，帕蒂就明白了，他尝试过，但没成功。过去的回忆让他的脸上布满愤怒，再度开口时，膨胀的声音尖厉了许多："我现在已经知道，异人被替换一个人格，依旧可以正常运转。或许可以换走两个人格，甚至三个全部替换。也许不能。也许在异人的精神里必须保留一个原有人格。我还不知道，但我早晚会知道的。我会不惜一切代价弄明白的。"

[约翰，埃文，我该怎么办？]她脑内的沉默仿佛嘲讽，帕蒂感到孤独又害怕。这份孤立感比她记忆中来自异人身体的痛苦要剧烈得多。

膨胀说完了。在沉默中，一阵长久而柔软的挤压声回响在大厅里，就像有人在滚动充了一半水的水床。膨胀身体上插着管子的孔洞里流出黑色黏稠的物质，沿着管子和孔洞的缝隙间缓缓流下，越来越黏稠，留下一行行棕色的污痕。黏稠物堆在膨胀周围，帕蒂看到他身边的地面早已污秽不堪。

WILD CARDS

片刻之后,恐怖的恶臭袭来:就像浓缩的腐烂下水道的气味。帕蒂几乎要吐出来,而身边的卡夫卡等人则竭力保持不动。几名戴着口罩的鬼牌从旁边的房间里匆匆赶来,有人把污物铲到手推车里,有人擦拭着地面。

"他们管这个叫膨胀排污,"他对帕蒂说,回答了她心中的疑问,"这么大的身体需要不断地摄入供给。百变王牌病毒的效果让摄入变得容易了一些——我可以消化任何有机物。所有有机物。卡夫卡想了一个简单的解决办法;这些管道连接着火箭堡的排污系统。但是无论转化效率有多高,所有人都必须要排出废物。"

帕蒂无法隐藏自己的想法了。

"你觉得很恶心,"他用小男孩般的高音说道,"不要这样。这是百变王牌病毒强加于我的。我的身体需要摄入大量物质,我不得不吸入所有人的粪便、再吐出来,这难道是我的错吗?"他的声音越来越尖锐,盯着帕蒂。"对,我被困在这个身体里,就像你过去被困在异人的身体里一样。我他妈的用不着你来同情,给我听好了!你敢说什么,我就塞回你的喉咙里去!"

帕蒂哑口无言,努力压下怒火,挑衅地对他抬起下巴。"我、约翰和埃文都不会让异人听你的命令。我们不会帮你达成你的愿望。"

"那就走着瞧吧?可能我们最后并不需要你们,别敬酒不吃吃罚酒。"膨胀说着,突然笑了起来。

"我不会帮你的,"帕蒂冷淡地说,"我们都不会。"

膨胀的眼睑垂了下来。"大卫才是关键,不是你。他只在乎自己,但我可以说服他。根据我对约翰的感知,我认为他可能很喜欢体验一次当强者的感觉,去尽情打压奈特。至于埃文……嗯,你的朋友们可能会感兴趣的。毕竟,大卫和他手下的人可以提供狂喜毒品。"

"我不知道……"

"给她看看。"膨胀向他身边的一名鬼牌示意了一下。他上前一

独眼杰克

步,帕蒂可以看到他那张类似犬类的脸上,鼻孔、嘴唇和牙上都沾着蓝色。他掏出一把小折刀,亮出刀刃,帕蒂不由自主后退了一步。但那名鬼牌并没有理会她。他伸出左臂,猛地把刀插进去,深及刀柄,随后又很快抽出刀,伤口血流如注。

他咧嘴一笑,最后又仰头大笑。

帕蒂倒抽一口冷气。

"狂喜可以让一切都变得很舒服,"她盯着那名鬼牌,膨胀在一边说道,"就算你把自己的手砍掉,感觉也像最美妙的性高潮一样。每一种感官都被转化成快感,至少在它起效期间。但是如果长期服用,它会让感官迟钝,最终让人什么都感觉不到,但是对于鬼牌来说这根本就不算问题,对不对?想象一下,异人的痛苦转变成性快感般的愉悦,然后慢慢、慢慢地弱化,最后你什么都感觉不到了。你会不会喜欢这样呢,约翰和埃文喜不喜欢?"

膨胀看到帕蒂的表情,露出可怖的笑。"对,你自己也在考虑。埃文想要从异人的身体里出去,我可以给他自由。你现在还那么确定吗,帕蒂?不,我觉得不了。"

[埃文⋯⋯]

"你害怕了,是不是,帕蒂?你不想和你的爱人们分开。你侧耳倾听,但你的脑海里已经没有他们的存在。但你很享受独自一人的感觉,不是吗?你都不知道还能不能忍受再次回到异人体内的痛苦。你不知道自己是不是应该不顾一切留在大卫的身体里。不过,我告诉你,你不能。我需要大卫。但我也不是恶人,帕蒂。我并不想伤害你。其实我还准备了一份礼物送给你。卡夫卡?"

卡夫卡点点头。他蹒跚地走向与大厅相连的一个房间,推来一个轮椅,上面坐着一名黑发的少女,只有十几岁,颇为漂亮。她的眼睛是睁着的,但帕蒂看她时,感觉仿佛在看死人的脸。她的眼中什么也没有,空洞至极。这具身体仍在呼吸,但一度存在于她体内的精神已经消散。粉刺脸在帕蒂身后嗤笑,凯丽认出了那人,发出一声惊叫。

"我一直留着这东西,"膨胀说,"这个女孩和一只北极熊交换了精神,可后来我们才发现那只北极熊是用香皂变的。真是不幸。不过这样一来我们就有了一副躯壳。"

帕蒂看了一眼这具身体,又瞥向膨胀。她仍然在尝试清空自己的思想,努力让自己和眼前的少女一样脑中只有空白,这样膨胀就不能读取她的思想。但膨胀笑了。〔埃文,约翰……对不起,可是……〕

"的确很诱人,是不是?我们这边的传心者可以帮你把精神传到她的体内,你就又能当回女人了。做回自己。而且也能再次年轻,不会那么老。"

"我不老。我刚四十岁。"

膨胀咯咯地笑了。"真容易得罪。你好好考虑考虑,帕蒂。我们可以现在就帮你做到。我帮助你;你帮助我。考虑考虑。"

♥

透过卡戎半透明的身体,他们已经可以看到艾利斯岛岸边的影子。〔约翰,那边有骨头!是死人……〕在思维深处,大卫笑了。约翰没有回答。

异人呻吟着。约翰没有密切注意卡戎,也没有留心这一路的旅程,他的精力全都放在异人精神里的挣扎和痛苦上。

埃文能够感受到约翰越来越疲倦。异人身上已经看不到帕蒂的迹象。她的身体已经沉入异人体内,其余的部分似乎比平时还要痛苦,好像他们两个平摊了她曾经承受的那份痛苦。主人格、副人格和深层人格之间的界限越来越模糊。更糟糕的是,在转变的过程中,大卫的一部分记忆泄露了出来。

〔杀人太爽了比吸毒还爽无数奈特在时代广场尖叫逃命……〕

〔埃文,如果他掌控了异人,这就是他要做的事。我们决不能让

独眼杰克

他控制异人。]

但埃文并没有听,他在听大卫的声音。[我可以帮你从这个身体中逃出去埃文我可以放你出去我可以……]

[他在对你说什么,埃文?他想把我隔离开,但屏障越来越弱。我几乎能听到他说的话了。]

讽刺的是,有越来越多大卫心中的幻想涌入他们的精神中。[我拿出神父藏在抽屉里的枪逼着一个修女给那个神父跪下然后让另外一个修女含着枪管我说"让它射"然后它就射了把她整个脑袋都打开了花警察破门而入的时候我就用传心逃跑了……]

[他说的全是这种垃圾。约翰,听我说。如果帕蒂不想回来了呢?那样的话怎么办,约翰?我们无法一直压制住大卫。一旦他当上主人格,一定会操纵异人做出可怕的事情,然后用传心逃跑。他会和别人交换精神,他会找一个恨异人的,我们不认识、不爱、根本不喜欢的人。]

想着这一切,他们的精神回到了外界。卡戎载着他们游过水下坟场。很多死尸身上还残留着衣服碎片和人体组织。鱼在肋骨的缝隙间游来游去,啃食着腐肉;鳗鱼从空洞的下颌骨钻进钻出,仿佛死人的舌头。

有什么东西,什么人,正在推异人,让他贴向卡戎身体后侧的内壁。卡戎的身体被抻拉,但他照旧缓缓向前游着。有一只无形的手在挤压他们的胸口,不让他们继续前进,但卡戎仍旧用触须划着水。异人无力地反抗,但这股力量并不松开。[这是膨胀的屏障这是膨胀的屏障……]大卫在深层人格嗫嚅,[是你,埃文,是你。]

除去物理上的阻力,埃文还感到一种心理上的抵触。他不想去火箭堡了。去那里毫无意义。就算帕蒂还活着,也没有用。他们什么也做不到。约翰想要强迫异人挤过那道看不见的屏障,他们可以透过卡戎的后背感受到外面冰冷的水流,但埃文只是在副人格的位置静静

WILD CARDS

旁观。

"停下!"异人叫喊着,但卡戎毫不理会。

[该死,埃文,帮帮我!]卡戎的身体被拉得越来越薄,已经薄到危险的程度。外面漂浮着的骷髅带着呆滞的笑容,等着他们。

[这样或许更好,约翰。这样就结束了。]

[不不不求你了埃文我可以帮你出去我可以……]

[你就是想让我们死。是不是,埃文?你说的其实是这个意思。]异人挣扎着想要向前挪动一步,但没有用。他背部的衣服已经感受到了湿冷。卡戎的身体马上就要被撕裂了。

[你快掌控不住主人格了,约翰。如果你倒下,只凭我是压制不住大卫的。他很强,而且现在他对痛苦也有心理准备。等到他感觉自己的承受能力快到极限的时候,就会和别人交换精神。]

[埃文,如果我们到了火箭堡,他就会利用传心把精神传输回自己的身体里。这样帕蒂就回来了。]

[我可以把异人激活也就是把你们都变成传心者这样你们就能出来……]

[这公平吗,约翰?你的占有欲这么强吗,她已经自由了,你还要让她回来受苦?到底哪个选择更好——是放这个混蛋出去,还是我们做出牺牲?我们可以让帕蒂自由,然后把这个狗娘养的玩意儿压制在身体里带走。哪种选择才是更好的,约翰?]

[我是主人格。]这句话里包含着斩钉截铁的决意。异人歪斜地向前踏出两步,试图回到卡戎的身体中央,河水的冰冷感消退了。[我会一直当主人格,直到找到帕蒂。]

[然后怎么办呢,约翰?之后呢?已经十六年了,约翰。够长了。]

[约翰我也会帮你的只要别让他害我们没命……]

大卫的恐慌让肾上腺素飙升。约翰又试图迈出步子,和卡戎的移动保持一致，异人痛苦地叫喊着。鱼儿被卡戎身体里的骚乱吓跑了。

突然，他们穿过了屏障。没有了阻力，异人失去重心，摔倒了。骷髅渐渐远去，前方出现长满杂草的淤泥，水渐渐变浅。卡戎穿梭在船只的残骸之间，异人的胸口起伏着，身体内部的变换带来的痛苦折磨着他们三个。大卫又试图从深层人格里挣脱出来；约翰十分勉强地把他压制了下去。

他什么也没有对埃文说，埃文也什么都没对他说。

卡戎发出嘶嘶声，周身升起气泡，缓缓上浮，来到一处锈迹斑斑的水泥码头。约翰操纵着异人挣扎起身，愤怒地冲破卡戎的身体，又湿又凉的触感令他厌恶。水泥防波堤上嵌有生锈的金属横档，异人离开卡戎的身体，爬了上去。

他们已经在等他了，一群鬼牌拿着各异的武器，围成一圈。

异人懊悔地怒吼一声。

♣

"多么有意思的思维，"膨胀说道，但他小小的脸上布满痛苦，"他们承受的痛苦让我也感到了不快。不过，多人思维的共生状态还是很有趣的。"

"帕蒂在哪？"异人开口，但声音微弱得几近耳语。约翰的绝大部分注意力都放在维持主人格地位和压制大卫上了。他们打量着周围的鬼牌，又仰头目测着膨胀的距离，斗篷下，异人的身体疯狂变换着。膨胀笑了。

"哦，不等你爬到我身体的一半，他们就开枪把你们打死了，但你已经明白了，是不是，约翰？是约翰吧，对吗？"膨胀摇着头，"你现在应该放下负担，约翰。我想和大卫说话。"

"不行！"异人想要大叫，但出口的只有咕哝声，"先让我们看到帕蒂。"

"我觉得不可以。"

［这就是个僵局，约翰。明白吗？］

［你太轻易就放弃了。］随着时间一分一秒地流逝，约翰的人格越来越模糊，他已经无法再在主人格的位置坚持下去了。他的思维渐渐罩上绝望。异人发出一声颤抖的叹息。

在思维深处，另外两人都在向上浮起。大卫单独对埃文说：［看看这里的身体你想要谁的都可以不必逼英雄让我上去吧让我控制异人我可以让你自由我保证我不会让我们送命……］

"我们要见她，"异人说，"否则就看看是我们杀了你，还是你杀了我们。结果怎样真的不重要，无非是我达成目的或者埃文达成目的。无论如何，输的都是你。"

膨胀叹了一口气。"真是浪费。"他再次叹息，随后用细小的手比了一个手势，"我不在乎这么早就亮出底牌，但我觉得可能没有帮助。带她进来，"他命令道，随后对异人点点头。"你要了解现在的状况。大卫能听到我说的话吗？"

兜帽之下，击剑面罩点了点头。

"很好。他能听到是很重要的。大卫，即使你可以，现在也不要把精神传输回来。哦，她来了……"

一想到帕蒂单独存在于一个身体里，就让他们回忆起她曾经的模样：深棕色的鬈发，她喜欢的牛仔裙，还有没漂白过的棉布上衣。但走进来的人穿的是肮脏的牛仔裤和皮夹克。他的身体毫无疑问是男性。一张年轻而英俊的脸孔，留着不羁的金发。

"约翰？埃文？"他［她？］说，嗓音低沉，"我爱你们两个。我想你们。"

♠

帕蒂说完，流出两行眼泪。在她身后，传来轮椅和地面摩擦的声音。她瞥了一眼身后的鬼牌,他推着的轮椅上安放着一具年轻的传心者的身体。那就是诱饵。是诱惑。

[这是你的。这可以是属于你的。] 这个念头撕扯着她。她又转头看向异人,回想起被困在异人身体里的痛苦。

"帕蒂?"膨胀说,于是她不情愿地看向他,"我要知道你的答案。现在。你愿意与我合作吗?为了你自己,为了所有鬼牌,为了狂喜。来协助我吧。"

帕蒂再次看了一眼那名少女空洞而完美的身体。她知道异人在看着自己,知道约翰和埃文能猜到自己的想法。她隐约看到异人的击剑面罩点了点头,仿佛一种原谅。[去吧,] 她几乎能听到约翰和埃文的声音,[我们理解你。]

帕蒂伸出手,渴望地抚摸着少女的脸,她的皮肤光滑而柔软。她知道,自己会永远记得这份柔软。

她转过身,把这一切印在脑海,记住这独享一切感官、独自一人的短暂时光。

她摇头。

"不,"她对膨胀说,不顾大卫的身体已经开始抽泣,"我憎恨异人,但我爱埃文和约翰。你只想像武器一样利用异人的身体,我不会帮助你的。我宁愿回到过去那样,和我的爱人们在一起。"

♦

"我宁愿回到过去那样,和我的爱人们在一起。"

帕蒂的话令所有人震惊不已。埃文感到震惊进一步蚕食着他仅剩的掌控力。

异人大叫起来。

一瞬间,异人体内的一切都流动起来。人格之间的界限彻底粉碎。

〔约翰?〕

〔我控制不了异人了,埃文。你要——〕

大卫的身体奔向他们,他的〔她的?〕手臂抱住异人,全然不顾异人的身体还在不断变换。异人呆站着,手臂举在半空,仿佛不知道是否该拥抱回去……

〔埃文,抱住大卫……〕

〔我在努力,约翰。〕

帕蒂〔大卫?〕仰望着异人的击剑面罩,埃文掌握了片刻的主人格。"天哪,帕蒂……"他沉吟着,"我们太爱你了……"

"埃文?外面太孤独了。我想你们,埃文,约翰。求求你们……我想回去。"她哭着,抱紧异人,终于,异人那颜色斑驳的手臂也抱住了她。

"但是你自由了,"异人说道,声音模糊而疑惑,"我不明白……"

〔抱住他,埃文,抱住他……〕

〔快,埃文。让我控制异人。〕大卫坚持着。

大卫的意志击破了埃文虚弱的抵抗。他大笑着冲向主人格。异人的痛苦向他的精神袭来,他驱使下的异人立刻呻吟起来。但这次大卫对这种折磨做好了心理准备,他咬定主人格没有放松。

埃文什么也没做。什么也没做。

他没有抵抗,就把异人让给了大卫。

〔你答应过我,〕他对大卫说,〔记住你的诺言。〕

〔该死的混蛋,埃文……〕

"该死的,膨胀,太疼了!"

"大卫!"膨胀很满意,"很好,你控制住了异人,我可以多说几句了。"他俯视着帕蒂,后者在异人的臂膀里挣扎。"控制住这个身体,别让帕蒂伤害到异人,她现在心里想的就是这件事。"

帕蒂咒骂一句，怒视着膨胀。

异人用手臂死死抱住帕蒂。"有话快说，膨胀。虽然我知道这不是你的风格，但我没法坚持多久。"

膨胀笑了。"那就说得简略些。我们现在应该组织起来，传心者应该来帮助火箭堡了。"

异人咯咯笑起来，但随着一阵身体内的蠕动，又开始呻吟。"这就是你和帕蒂说的。那又怎样？你要涨房租了？"

膨胀耸耸肩，窄小的肩膀只是在庞大的身体上无助地抬了一下。"我想肯定有不少鬼牌愿意变成王牌，尤其是在火箭堡的鬼牌。只需要来几次顺利的三连精神交换……就能把鬼牌的精神放到王牌的身体里去，想想看吧，这些人一定能干成大事。"

"尤其是在有膨胀的指挥下。"

"没错。"膨胀笑了。

［埃文，你不可以这样……］

埃文无视了约翰的恳求。［大卫，你答应过我的，对不对？］

［嘿，老兄，我不会食言的。放心吧。］

［那就开始传心吧，我来当主人格。］

帕蒂在异人的手臂之间挣扎，又撕又咬，奈何根本敌不过异人强大的力气。"我们可以谈谈，膨胀，"异人说，"也许你说得对，我们应该组织起来。不过稍等片刻，等我回到自己的身体里。"

"那异人怎么办？"卡夫卡突然打断他，一脸忧虑。

"我同意他的意见，大卫，"膨胀说，"我本以为帕蒂可以帮我们控制他。或许异人实在是太危险了。"

［埃文？］

［快给我身体，大卫。兑现你的诺言。］

"没事的，"大卫对众人说，"不用担心异人。"

异人的内部出现了片刻的空白［……埃文！……］随后帕蒂就回来了，在震惊中，立刻沉入深层人格，约翰最后做了一次绝望的努力，也没能掌握住主人格。

　　埃文轻蔑地把他的人格压了下去。大卫闭上眼睛，片刻之后重新睁开，仰望着异人击剑面具后的面孔。"好了，现在你可以放我出来了。"

　　［约翰，帕蒂，我爱你们两个。对不起。］

　　［埃文——］

　　［是的我们理解你我们……］

　　异人举起手，一只手属于帕蒂，另一只属于约翰。它们迅速一左一右抓住大卫的头。

　　异人使出全身力气，粗暴地一扭。

　　脖子发出的咔嚓声十分响亮。

　　异人放开手，任由大卫的身体瘫倒在地。异人垂下手，最后一次闭上眼，等着膨胀下命令，等着无数子弹将自己打穿。

　　［永别了，帕蒂，约翰。我真的爱你们。］

　　然而，什么都没有发生。

　　膨胀盯着大卫的尸体。卡夫卡则看着膨胀。其他鬼牌手持武器对准异人，做好了准备。

　　但膨胀只是叹了一口气。

　　"大卫原本是关键人物。他愿意听我指挥，赞成我的理想。如果你是游隼、金童或者别的王牌，我根本不会迟疑，"他说着，眼睛依旧看着大卫的尸体，"但我不会对异人下手。因为你们是懂得鬼牌痛苦的人。"

　　庞大的身躯上，那颗袖珍版的脑袋闭上了眼。他的身体泛起一阵波动，又分泌出许多膨胀排污。腐烂的臭气在大厅里无比浓烈。

独眼杰克

"滚吧。"膨胀愤怒地说道,"趁我还没改变主意,你们滚吧。"

♥

达顿终于打开后面的防火门,立在原地,凝望着破晓中的鬼牌镇。他那张和骷髅无异的脸打了个哈欠。达顿系紧了浴袍的腰带。

"异人。"他如释重负,"我非常担心,还给几个熟人打了电话——"

"我们是来工作的。"

"埃文?"达顿瞥了一眼异人的手——大部分是巧克力色皮肤的修长手指。达顿侧身,让异人庞大的身躯进门,随后在身后锁上了门。博物馆里的光线仍然阴暗。"现在刚早上六点。发生了什么?帕蒂在哪?"

"她在。现在是深层人格。约翰也在。都结束了,查尔斯。我们——我——错了。我们想告诉你。"

"错了?"

"关于了结的事。或许,有时候事情是可以得到解决的。传心者的头儿死了,查尔斯。"

面罩后面,异人笑了起来,声音洪亮。这份愉悦让达顿感到很奇怪。"但这并没有解决多少问题,"异人继续说道,"可能什么问题都没解决。但这仍然让事情朝好的方向改变了一点。奈特不会再因为他犯下的罪行来怪罪鬼牌了,他们少了一个借口来压迫我们。"

"你呢?异人怎么样了?"

"还是很痛苦。但我们之中有一个人出去了,虽然只有很短暂的一会儿。我们会一直保留着这段回忆的,也会心怀希望,或许——有朝一日——能有彻底的改变。"

异人叹口气。

WILD CARDS

在他厚重的斗篷下,身体组织不断错综变化。

"你有蛋糕吗,查尔斯?"他们说,"今天是我们的生日。"

♠ ♥ ♦ ♣

我是无名氏

沃尔顿·西蒙斯 著

  杰里沿着石阶走向圣·伊格内修斯·洛约拉教堂。他已经三十年没去过教堂了。他的父母信圣公会教，曾经试着用自己的宗教信仰熏陶他，但他总是在礼拜的时候呼呼大睡，父母就不强求他去教堂了。不过大卫生前是信天主教的。教堂的建筑显露出一种文艺复兴末期的风格，不似常见的哥特式风格那般阴森。

  杰里溜进教堂，坐在肯尼斯和贝丝的后面。不过他们肯定认不出他来。他今天换上了一副苍老的外表，皮肤松弛、体态佝偻、头发花白。杰里很希望能听到贝丝提一句她想念自己，但他们只是一言不发地坐着，听着大卫的悼词。杰里想要站起来告诉所有人，他们追悼的这个人以普通人的标准看就是个十足的坏人，更别提用虔诚的天主教徒的标准要求了。他很想说出来，但最终还是没有。毕竟，首先，如果真有上帝的话，他/她/它并不会在乎。其次，他没法做出证明，这是很致命的。他花了好几个月跟踪他，可什么能拿得出手的证据都没有。只有塔基扬知道他发现了大卫的罪行，可塔基扬又永远那么讳莫如深。

  杰里瞥向过道对面的圣·约翰·莱瑟姆。他用手捂着嘴咳嗽了两声，脖子上有青筋凸起，面色苍白。他的呼吸平稳，但有种强迫的不自然感。莱瑟姆又摇了摇头，从大衣口袋里拿出了什么，擦了擦自己的眼角。杰里恨不得把长椅转过去，强迫肯尼斯和贝丝看向莱瑟姆的方向。他们一定也和自己一样，不相信莱瑟姆的眼泪。

WILD CARDS

莱瑟姆从长椅上站起来，朝教堂后面的大门走去。贝丝和肯尼斯仍然在全神贯注听着神父的讲话。杰里跟上去，但为了和他苍老的外表保持一致，他只得把步子放缓。等他来到教堂外的大厅，莱瑟姆已经不见了踪影。

男厕所门前站着一个男孩，他穿着全新的黑色正装，满脸都是粉刺。杰里做出一副气喘吁吁的样子，走向男厕所。

"抱歉，老头儿，"那个男孩对他说，"现在里面有人。"

"我得去上药，"杰里说道，开始浑身颤抖，"不然我会死的。"

粉刺脸的男孩一脸不高兴。"哦，好吧。不过你快点。"

杰里听到某个隔间里传来抽泣声，不用看，他就知道那是谁。莱瑟姆哭得就像自己的儿子死了。杰里打开水龙头，洗着手。哭声渐渐小了，过了片刻，隔间里的人擤了擤鼻子。杰里关上水，伸手去抽纸巾。莱瑟姆从隔间里走了出来。

"他是个好孩子。"杰里说。

"是的，的确是个很好的孩子。"莱瑟姆转向水槽，往脸上拍着水。他的眼睛红得厉害。没等杰里多说什么，他就走了。杰里推门走出男厕所，正好看到他和刚才的男孩一起离开。

这里面一定暗藏玄机。

♣

杰里细嚼慢咽地吃完最后一点，他已经松了一格腰带，现在腰带又紧了。

"真是不错。"杰里说。

肯尼斯点点头。"嗯。我很高兴你没有在最后爽约。"

"我不是在生你的气。"杰里喝了一口热茶，拿起自己的幸运饼干。

"你喜欢对她发火吗？"肯尼斯问，他的声音平静，听上去并无偏见。

"我也不知道，只是觉得她莫名其妙就对我很刻薄。我现在并不想被人这么对待。"杰里掰开幸运饼干，拿出一张纸条，仔细看着。

"上面写了什么？"

"'你将克服许多困难'，"杰里说，"我不太喜欢这句话。它暗示我将会面对很多难题。"

"换个角度想，可能说明你将会和贝丝和好。这会让我开心很多的。"肯尼斯看了看自己的纸条，皱起了眉。

"写了什么？"杰里问，"无数美女将对你投怀送抱？"

"善良的人树敌虽少，但残酷的人所向无敌。"

杰里做了个鬼脸。"80年代的占卜。铲除一切妨碍你的人。真是鼓舞人心啊。"

肯尼斯付了钱，兄弟二人一起来到中国城拥挤的街上。春天的空气里有一股新鲜的味道，连垃圾的臭气都掩盖不过。

"我们散会儿步吧。"肯尼斯走向运河的方向。

"我没问题。"杰里拍了拍肚子，"我得运动运动，否则身材就要走形了。"

"贝丝和我说，她上周给你打电话了，说你支支吾吾的，不过答应了给她回电话。"肯尼斯把脸转向杰里，"是吗？"

"对，她给我打电话了。我想等我自己准备好再给她回电话。"杰里知道自己一直拖着不理她很不好，但他就是想在不出格的前提下任性一回，放任她心神不宁几天。"我不想再说这个了。聊点别的吧？你觉得纽约尼克斯队这回的表现怎么样？"

"随便吧，只要别对她撒谎就行。她最痛恨撒谎。"

突然，杰里听到街边的建筑里传来枪声，浑身打了个激灵。肯尼斯拉着他伏倒在地，三个戴着滑雪面罩、穿着蓝色绸面夹克的小孩从一家古董店飞奔而出。三人手里都有枪。他们停在杰里和肯尼斯面前,杰里看到一双冰冷的棕色眼睛。其中一人说了几句中文,他们便扬长而去,闪进一条小巷。杰里认出了他们衣服后面绣的鸟类图案。

"白鹭会。"他说。杰里站起身,把肯尼斯也拉起来。古董店里传来痛哭声。

"你说什么?"肯尼斯紧紧盯着他。

"无尘白鹭会,是一个街头黑帮。我在电视上看过一期关于他们的节目。"杰里笑了笑,"没什么大不了的。我们应该报警吗?"

"肯定已经有人报警了。我并不记得有电视节目讲过他们的事。"肯尼斯和杰里继续沿着原来的方向走去,"我听到一些传言,你好像在做类似私家侦探的事。有的人是很记仇的。如果你真的在做,我建议你收手。立刻。"

杰里无法想象肯尼斯是怎么知道的。虽然贝丝还在生他的气,但她是不会说出来的。可能有人提到了杰里雇用了杰伊·阿克罗伊德。他在追查大卫,可大卫已经死了。杰里想套点话出来。"金是谁?"

肯尼斯的脸色变白了。"那么看来被我说中了。你还是别知道比较好,杰里。莱瑟姆比他表面上显露出来的要危险很多,他最近做事尤其出格,所以不要招惹他。"肯尼斯看了一眼手表,"我得回家了。"

"莱瑟姆手上有你的把柄,是不是?"除此之外,杰里想不到还有什么理由能让他弟弟这么害怕。

"这么说吧,现在局势是势均力敌的,但是非常危险。"肯尼斯抓住杰里的胳膊肘。"不要打破平衡。否则你可能害我们都送命。"

一辆警车拐过街角,带着炫目的警灯飞驰而来。"你回家去吧,肯尼斯。不用担心我。我留下来和警察描述一下刚才的情况。"同时,杰里打算暗自记下那几个警察的长相和警号,以后可能会派上用场。

肯尼斯泄气地看着他。"你要多加小心。如果你惹上麻烦,恐怕我都没法救你出来。不过当然,我还是会倾尽全力。"

独眼杰克

"我明白。告诉贝丝，我过后一定会回电话。"杰里和肯尼斯挥手道别，"不用替我担心。我比表面上要厉害。"

肯尼斯有气无力地挥了挥手，转过身去。淅淅沥沥下起雨来，杰里向警车走去。如果莱瑟姆想勒索他的家人，那么他一定要找到他的把柄，狠狠勒索回去。远处的天空响起闷雷。

♠

杰里坐在大厅里，翻着《纽约时报》的体育新闻版。他把自己的眼睛和头发变成棕色，又把皮肤的颜色变深了一点，同时把自己的骨架调粗壮了些。尼克斯队一定能打进决赛。只要他们别在第一轮被淘汰，尤其是别输给波士顿，其他的什么结果他都能接受。

警方没有任何莱瑟姆的案底。看来他的确如肯尼斯所说，做事手段周密。杰里打算跟踪他一段时间，看看能发现什么。只要找到一点把柄，他就转告肯尼斯。这样一来，如果莱瑟姆想要挟什么，肯尼斯的手里就也有砝码了。

电梯响起轻柔的"叮"声，莱瑟姆独自走了出来。杰里小心翼翼地收好报纸，站起身，跟在他身后来到街上。

春风温暖。曼哈顿的天空一片澄净，然而人行道上却不怎么干净。莱瑟姆走得飞快，杰里一路推推搡搡地拨开行人，才勉强没有跟丢他。莱瑟姆在街角穿过马路，人行横道的红灯刚好亮起来。杰里穿过人群，没等他过马路，柏油路面就被川流的汽车占领。

杰里只得站在街角，踮着脚张望。莱瑟姆上了一辆黑色凯迪拉克，车停在违章区域。前排坐了两名年轻男孩，后排则有一名女孩和莱瑟姆坐在一起。那个女孩留着黑色刺头，隐约有些眼熟，不过隔着这么远的距离，无论什么人都难免看上去眼熟。她用胳膊环抱住莱瑟姆，亲吻着他。红绿灯变了，凯迪拉克开上了路，他们仍然在拥吻。杰里还没来得及看清车牌号，车就开远了。

WILD CARDS

  他在一楼的男厕所变回自己的外貌。没有人注意到,有个人进厕所前和出厕所后外表完全不一样了。没有人注意。这是当今纽约的一大优点。他推门出去时,在镜子里检视了一下自己的外表。"就叫我无名氏吧。"他说。这个名字比他想象的还要适合自己。

◆

  塔基扬好像在说教布拉斯。后者就像一只被主人打了的斗牛犬,满脸怒气,好像随时准备回击。

  "现在不行,杰里米亚,"塔基扬说,"我们在说一些家庭内部事宜。"

  布拉斯轻蔑地看了一眼杰里。"对,你不属于这里。"

  塔基扬伸出完好的手,捏住布拉斯的脸。"够了,和施特劳斯先生道歉。"

  布拉斯揉着自己的脸,愤愤地瞪着自己的外公,一言不发。

  "我改日再来。"杰里说着,退出门外。

  塔基扬松开布拉斯,歉意地挥挥手。"稍后再见。今天你来得不凑巧。"

  杰里走出诊所,见海象朱比站在马路边。他身上的夏威夷衫和灰暗的鬼牌镇形成了鲜明的对比。

  "你听说鬼牌镇篮球队中锋的事了吗?"海象问道。

  "没有。"杰里说。

  "他以前七英尺高,但又只有五英尺高。"朱比翘着自己的尖牙笑了,"来一份《鬼牌镇泣语》吧?"

  杰里看到"两起传心者事故"的标题,摇起头来。他一心打探莱瑟姆的事,对于身边的新闻都疏于关心了。"好的。"他从钱包里掏出一张二十美元的钞票,"不用找了。你对传心者有多少了解?"

  朱比耸耸肩。"我知道的不比报纸上多。已经一段时间没出过事,我还以为这个风波已经过去了。"

"我也是这么想的。"杰里说。

"真的不用找了吗?"朱比还没有收起钱。

"不用了。如果你得到什么新的消息,及时告诉我就行了。我知道该去哪儿找你。"杰里伸手招呼出租车。

"没问题。你听说鬼牌出租车司机的事了吗?"

"没有。"杰里有种预感,他马上就要知道了。

♠ ♥ ♦ ♣

恶魔三角

梅琳达·M. 史诺德格拉斯 著

她的指尖温暖干燥，从他的手中划过。旋转木马的上下起伏让他们的手分分合合，只在某些短暂的瞬间，他们的肩头错过同样的高度。

塔基扬半闭着眼睛，看着旋转木马的彩灯飞旋而过。音乐有些刺耳，有些失真，但那是一首华尔兹。

在他的梦中，他们一同起舞。

他小心翼翼地转过头，同时她也把头转过来，这份心有灵犀是他们自相见之日起就建立起来的。科尼岛的旋转木马彩灯勾勒出她的面庞，线条优美，但黑色的眼罩仿佛一道触目惊心的伤疤。的确，这是一种缺憾，但这也是荣誉的证明。这是战斗留下的伤疤。即使是在塔基斯星，人们也会愿意留下伤疤，不替换义眼。

音乐慢下来，马儿们急速的飞奔变得迟缓，随后就停下了。塔基扬没有多想，伸手拍了拍自己的坐骑。他的假手撞上木质的马身，发出丑陋的空洞响声。

他的反应又是那么地激烈。他感到自己的胃仿佛皱起来，贴到了脊椎骨上，眩晕恶心，就像真正的生理疼痛。科迪的手捧着他的脸，但并无温柔感。

"够了，你是失去了一只手，但他当时也可能把你开膛破肚。我失去了一只眼睛，当时那颗子弹也可能直接打爆我的头。你应该聪明一些，能活着就应该谢天谢地。"

"抱歉。我本来不是这么顾影自怜的。"

"你本来就是。"她笑了笑,隐去话语中的尖厉,"你总是为无法挽回的事而痛苦。过去的事已经过去,未来的事还没有到来。我们能做的只有活在当下,塔基扬。"

他们沿着中央的行人步道走着。空气里弥漫着玉米热狗、棉花糖和油脂的香气。云层散射着纽约的灯火,夜空呈现一种奶白色。俗艳的拱廊下,小贩叫卖着。

"看,这是小蒂娜,她是世界上最小的马。"

"一美元扔三次球。只要能打中牛奶瓶,大奖就归你。"

花哨的霓虹灯在各色的游乐设施上闪烁,人们的尖叫在晚风中回响。跳伞机仿佛一朵怪异的百合花,盛开在夜空下。人影坠向地面,又被身后的降落伞拉起。跳伞机将无数渺小的降落伞像种子一般洒向自己巨大而闪耀的身躯四周,这景象几乎像是一种诡异的生殖的隐喻。

塔基扬从跳伞机移开视线,问道:"他们刚才说去哪里了?"

"翻滚飞船。"科迪说。

"真吓人。"

"他们是男孩子嘛。"

他们两人站在翻滚飞船入口处。摇滚乐肆虐着耳膜,贝斯的低音震得脚下的地面都在颤动。飞船仿佛一个巨大的豌豆荚,带着豌豆般的乘客旋转。布拉斯用胳膊环着克里斯,后者吓得步履蹒跚,但布拉斯泰然自若。他的头发被灯光照成暗红色,深色的眼瞳里闪着狂野的神色,露齿笑着。

"你觉得怎么样?"布拉斯问道。

"妈的……太爽了。"克里斯说。

塔基扬和科迪不禁交换了一个眼神,这个小孩在话里加脏字的方式太尴尬了。

男孩终将变成男人，塔基扬心想。但这场转变一定十分艰难。

"克里斯才多大？十三岁？"他问。

"对。"科迪说。

"我十三岁的时候，才刚刚和家里的女性分房睡。"

"真是糟糕的安排。这正是男孩子渴望接近女孩子的时期，却被分开了。"她看着自己的儿子和布拉斯打闹着，"不过仔细想想，这样或许也不错，这个年龄的孩子们荷尔蒙分泌旺盛，免得还要进行亡羊补牢的生理卫生知识讲解。"

"我们有专用的玩具。"

"什么！"

他截取到她想象中恐怖的性玩具。"不是那种玩具，是活的玩具。"

"我觉得那样更可怕。"

她向自己的儿子走去，塔基扬咬住下唇。她是个坚强的女人，对事也有着强硬的态度。他的话是不是冒犯到了她？是不是让她觉得自己拿她当玩具？他快步追上他们三个，心里寻思着怎么弥补。

布拉斯和克里斯争先恐后地说着什么，都在竭力引起科迪的注意。布拉斯跳到她的面前，倒退着前进，灵巧地避开迎面的人群。

或许他的心灵传输能力比我想的要强，塔基扬看着他精瘦的身影，心想。布拉斯十四岁时就已经比自己的外公高出了三英寸，渐渐显示出橄榄球运动员般结实的身材。

而且你在练空手道时，要花很大功夫才能制服他，他的脑海中响起一个不安的声音。

塔基扬压下自己的不安。自打科迪进入他们的生活，布拉斯的表现就好多了。除去没有实质上的夫妻关系之外，他们的关系其实和婚姻一样。科迪对布拉斯时而严厉教育、时而温柔亲切，布拉斯也甘之如饴。她的关怀让他乖张的性格收敛不少。一连几个月，他都没有感受到对自己孙子的恐惧了。

"科迪,"布拉斯说,"你想不想让我帮你赢一只毛绒玩具?我可以做到。"他一偏脑袋,示意了一下射击游戏场。

塔基扬走上前来,对科迪一笑。"或许你应该让我来做这件事。我的经验比他丰富些。"

布拉斯皱了皱眉,塔基扬突然感到尴尬。他在和自己十四岁的孙子抢风头,是谁在和谁竞争?

科迪乐了。"谢谢你们,不过我自己就能做到。"她的手指轻轻抚了抚他的鬈发。塔基扬感到自己的肺仿佛变成了石头,无法呼吸。

"那我们来比赛吧。"布拉斯说,眼睛闪闪发亮。

三人跟着科迪来到射击场,付了钱。她掂量着枪的重量。塔基扬举起来复枪。它是左手式的。虽然他每周练习三次射击,但还有不少要重新学。

工作人员开枪示范,打中一排棕熊形状的靶子。布拉斯比人类男孩水平高些,但他们两个都没达到下一关的标准。布拉斯把来复枪往后一扔,暴躁地用法语咕哝着什么。

塔基扬和科迪走到栏杆前,开始射击。工作人员大张着嘴看着他们俩的比试。棕熊形的靶子被打得四分五裂,计数器不断翻动,克里斯激动得满脸通红,紧紧贴在自己妈妈的左边。布拉斯的目光穿过塔基扬的腋下瞄着靶子,充满怒火。

塔基扬射偏了两发,科迪只射偏一发,如果再射偏一发,他就要被淘汰下场。塔基扬瞄准,吸一口气,屏住呼吸,扣动扳机。然而,棕熊依然得意地站立着。它被运输带拉走,似乎在嘲讽他似的。塔基扬放下枪,科迪还在继续射击。又过了整整五分钟,她才把三次失误机会用光。

工作人员拿下一只巨大的白色老虎玩具,交给科迪,还鞠了一躬。塔基扬则得到了一只罗杰兔当安慰奖。

于是他们领着自己的孩子走回游乐场主干道上。

"你就不感到羞耻吗?"等着布拉斯和克里斯买棉花糖的时候,塔基扬责问道。

"为什么?"

"因为你伤害到了我脆弱的塔基斯式自尊心。"

"塔基斯人大男子主义的自尊心。"她给了他一个讽刺的眼神,"我来给女士赢一份礼物。"她学他。

"别这样,我只有一只手。"

"我还只有一只眼睛呢。别找借口。"

但塔基扬突然没了说笑的兴致。噩梦般的回忆笼罩了他。血浆和骨肉的碎片漫天飞舞。痛苦,痛苦,痛苦!

她伸出手,脸颊散发着温暖的气息。

"怎么了?"

"回忆,"他勉强说出,"我们的记忆比人类要鲜明。这是一种诅咒。"他用拇指抹了抹前额,擦下许多汗水。"抱歉,现在没事了。"

他放下手,把自己的义手放在她的掌心。"你还记得那时候的痛苦吗……?"她的声音越来越小。

"就和昨天发生的一样。"

"天哪,对不起。"

她的嘴唇抵着他的脸颊,耳语着。她的吐息温暖着他的脸颊,塔基扬突然意识到自己已经被她抱在怀里。除了在诊所初次见面的那天,他们还没做过任何比牵手更进一步的事。现在她又抱住了他。他们的大腿轻轻地接触到一起,他完全地勃起了。

两人连忙同时后退,嘴里咕哝着道歉。科迪匆匆去追孩子们,塔基扬则去找男厕所。

"车里见。"他对他们喊了一声,便去找地方用冷水洗脸了。

独眼杰克

♥

罗杰兔无力地趴在办公室的沙发上。台灯在办公桌上杂乱的文件上投下黄色的光圈，办公室的其余区域都笼罩在阴影中。塔基扬揉了揉干涩的眼睛，拿起钢笔，不甚流畅地在捐款书下方签上自己的名字。他右边的义手孤零零地放在文件上方，充当镇纸。

去年七月发生民主党代表大会血案之后，他们收到的捐款就很少了。这份捐款是来自纽约美籍法国人组织的，共有一万五千美元。一万五千美元，大概可以维持布莱思·范·伦斯勒纪念诊所运作两小时二十七分钟。不过积少成多，这些钱最终都能成为鬼牌的救命钱。

塔基扬听到她独有的脚步声在门外响起。门打开了，科迪走进来，身后的荧光灯衬得她只剩一个黑色剪影。

"你究竟在这里干什么？现在是凌晨两点。"

"那你又为什么还在这里呢，外科主任女士？"

"我要查房。"

"我也需要。"

"这些"——她挥挥手，指向一桌子的文件——"不值得你焦头烂额地处理。"她走到办公桌前。"对于患者，我们不是治愈他们，就是安葬他们。而这些"——她拿起一大叠文件，团成一团扔进垃圾桶——"则不是这么处理的。"

"科迪，别这样。"塔基扬捡起被她踩躏的文件。

她抬起半边屁股，坐在办公桌上。塔基扬感到口干舌燥。在游乐园的时候，她穿的是牛仔裤；而现在，令人不解的是，她却换上了一条裙子。她现在的姿势露出了一大片大腿的肌肤。塔基扬不禁被这吸引了注意力。

她发现塔基扬在看自己的大腿，便笑了。她的眼罩和伤疤为她增添了一种危险的捕猎者气质。但是这样的她很性感：天哪，她真性感。

"在游乐园的时候,你的反应可真厉害,"她随意地说,"这让我认清了我在你面前的立场。"

塔基扬强迫自己也用和她一样平淡冷静的口吻说道:"科迪,我们已经一起工作了将近一年。说实话,我都为自己的自制力感到惊叹,我的身体背叛了自己,真的不能怪我。"

"我是作为专业人员在你这里工作的。我是士兵,医生,也是你这里的外科主任。"

"同时你也是一个女人。"他轻声提醒道。

"而你想要我。"

"如果否定,那我就是在骗你。"他拿起义手,安在右臂上,"你有没有可能也想要我呢?"

"我不知道。和你走得太近,让我紧张。"

"为什么?"

"你有过太多女人了。我不希望成为一个可有可无的战利品。"

"你说得我好像非常滥情。"

"你本来就是。某种意义上,你真的很会玩弄别人的感情。"

"既然话都说得这么坦诚了——你也应该知道,我对你非常有耐心,也很会忍耐。我是愿意等的——"

她滑下办公桌,打断他的话:"对。但我值得你等。"

"该死。我想要你!"

"但如果你还是这么风流成性,我就对你没兴趣。如果你想让我走进你的卧室,那我就必须是你的唯一。"

"你想要的是什么?"

"是你的承诺。这个词对我来说很重要。我可以成为你最为忠实的朋友,塔基扬。但如果你背叛我,我就会取了你的命。那么,你还想让我上你的床吗?"

独眼杰克

"我不知道。你有一些……令我害怕。"

"很好。只有这样,才能够让你认真。"

她突然探过身子,快速、又深深地吻了他。

"这是为什么?"塔基扬问。

"因为你足够有男子汉气概,勇于承认我们女人的确是更为危险的性别。"

他往后理了理自己的头发。"你真的让我很困惑。"

"很好。"

她轻轻关上门。

♣

穿着艳丽衣服的小人儿像万花筒似的从眼前驰过。来复枪的枪托光滑地抵着他的脸颊。她的目光灼热地注视着他的后背。他痉挛似的一射,子弹像光柱一般从枪杆里喷涌而出。小小的塔基扬纷纷四分五裂,死掉了。

有个人拿来一个巨大的玩具。他转向她。她脸上的骄傲和爱意令他感到无比温暖,她伸出手,从他的脸颊一路摸索到腰间,解开他的裤子,火热的嘴唇贴上了它。他的心脏整个紧紧皱在一起。

灼热黏稠的精液喷射在他的肚子上。布拉斯从床上坐了起来,剧烈地喘息。

科迪,科迪,科迪。

♠

布拉斯和克里斯回去的时候,科迪刚刚准备离开。她亲了亲克里斯的脸,又摘下布拉斯的帽子,揉揉他的头发。他感到火焰窜过自己的身体,他用充满暗示的眼神紧紧盯着她。布拉斯满意地注意到,她立刻避开了他的目光,去收拾自己的手提包了。

WILD CARDS

"好了,小坏蛋们,我要去医院了。厨房有巧克力蛋糕,冰箱里还有可乐,你们可没有借口不好好学习。这么多糖分,连下个礼拜的摄入量都足够了。"

"好,妈妈。"克里斯说。

"布拉斯,怎么了?你一直跟便秘似的盯着我看。"

布拉斯的脸涨得通红,他的幻想和下体一起疲软下去。"我没事。"他咕哝道。

门在科迪身后关上,但她身上的香气仍然留在他的头发上。

克里斯已经去了厨房,切下两块硕大的巧克力蛋糕。

"代数,"见布拉斯走进厨房,他便说道,"你会做吗?我们为什么要学这东西?"

"你不学也可以,但是我必须学会。代数是微积分和三角函数的基础,我必须掌握这三门学问,才能驾驶太空船。有一艘太空船是早晚要归我所有的。我必须学会如何操纵太空船。"

"真是不错,"克里斯嘴里塞满巧克力蛋糕,含混不清地说,"你有宇宙飞船,还有一个外星外公。"

"没有你想的那么好。"

克里斯瞠目结舌地盯着他。"你在逗我吧,还有什么能比这更棒!"

"我过去的人生就比这要好。"布拉斯小心地刮掉蛋糕上的糖霜,用叉子把它戳成泥。"不用去上学,不用做作业,没有人和我说去收拾房间。我爸爸帮我收拾。克劳德叔叔说,我太重要了,不能被俗事干扰。"

"你有爸爸?"克里斯问道,满是真诚的惊讶。

"我当然有。"

"那……他在哪儿?"

"在法国的某个监狱。"

"为什么？"

"他是恐怖分子。是塔基扬把他关进去的。"

"那很好。"

"为什么？"布拉斯问。

"因为……嗯……因为——"

"克里斯，当恐怖分子是很有趣的。"

"是吗？"

"永远过着动荡的生活。总是要搬家。半夜和军火贩子接头，要用特别的接头暗号。我们永远能比那些愚蠢的法国警察快一步逃跑。我们活在常人之外的边缘。常人要上班、上学。而我们则看着蒙马特的艺术家，在塞纳河左岸的咖啡馆吃着点心。他带我逛博物馆，和我讲画里画的东西，讲我们的历史。'法兰西万岁。'他每次这么说完，就会笑，然后抱抱我。"

"谁？"

"克劳德叔叔。"

"他也是恐怖分子吗？"

"对。"

"他怎么样了？也和你爸爸一样被关进监狱了吗？"

布拉斯极为平静地说："没有，他死了。"布拉斯用叉子捣烂蛋糕，看着蛋糕的糖霜从叉子的齿缝间挤出来。"我觉得是我的外公杀了他。"

"布拉斯！"克里斯睁大眼睛，他的嘴周围还粘着巧克力。他这样看上去年轻得可笑，而且蠢得要命。

"你妈妈真的很喜欢我。"布拉斯突然改变话题。他对过去感到厌倦。回忆过去让他悲伤，让他愤怒。

"啊？"

他丝毫没有理解，这让布拉斯十分恼怒。他抓住克里斯的头发，对着他喊。

"她想要我!她爱上我了!"

"你疯了!"克里斯叫道,"你只是个小孩,和我一样。你就像我的哥哥一样,但你发疯的时候我不想要你这种哥哥。"

"我们永远都不会成为兄弟。"布拉斯放低声音,语气中有种危险的冷静,"如果我们成了兄弟,也就意味着科迪和我的外公——"

"这是有可能的。"

布拉斯又贴上克里斯,他修长的双手握住克里斯的喉咙,但并没有发力。"不,"他轻声说,"这是不可能发生的。"

他放开克里斯,走出公寓。

◆

"塔基扬,我们得谈谈。"

外星医生闻言,从显微镜上抬起头。他挤了挤眼睛,赶走近距离观察时凝结在眼中的水雾。虽然她表情平静、语气平淡,但她的存在本身就搅得他心神不宁。

"科迪。"

他伸出自己的义手。她将手搭在义手和断肢相连的部分。

"克里斯怎么了?"塔基扬说。

"该死。"她咬住了嘴唇,"怎么会这样?"

他谦恭地说:"我不是故意读取你的思想,但它们直接出现在那里了。"

"我是属于我自己的,塔基扬。"她警告道。

"我知道。"他将胳膊肘支在膝盖上,"那么,和我讲讲是怎么回事吧。"

"我很担心我的儿子,但我担忧的原因是布拉斯。"

塔基扬知道自己的表情变得机警起来。他的手胡乱地摆弄着显微镜的焦距装置。

你或许可以欺骗自己，但你欺骗不过全世界，某个讽刺的声音说道。

塔基扬停下动作。

科迪继续说："昨晚，布拉斯把克里斯吓了个半死。"

"他对他使用了精神控制吗？"

"没有，他用手攥住了我儿子的喉咙，还说了某些关于我的话，非常疯狂。"科迪做了个厌烦的手势，"现在说起来很蠢，但我能看得出克里斯眼中的恐惧。"

"布拉斯有的时候……很古怪。但自从你来之后，几个月以来，我觉得他的表现越来越好。你就像他没能拥有的那个母亲一样，所以他想取悦你。他心里的愤怒越来越少——"

"我担忧的不是他的愤怒。布拉斯的心里有一种冰冷，近乎非人类。"

"他原本就不是人类，他是塔基斯星人。"

"这是胡扯，你自己心里明白。人类和塔基斯星人的基因是完全相同的。或许你们是我们的祖先——我不知道，但这和我说的没有关系。我要说的是——"

她突然停住。

"说吧，科迪。"

"塔基扬，他需要帮助。"

"我可以帮他。"

"不，你正是问题所在。"

他站起身，并未直面这个问题的真相。

随后他转过身面对着她，说道："你要明白，他都经历了怎样的过去。他见过、经历过太多的恐惧。"塔基扬紧张地搓着自己的手。他猛然注意到了，才强迫自己停下动作。

"他的童年是在巴黎一群暴力的反叛军之间度过的。去年，他又变成了一个恐怖生物的宿主。在它的束缚之下，他有了人生的第一次性体验。他控制了一名鬼牌的思维，然后强迫那个可怜人把它撕成了碎片。"

她的手覆上了他的，他抬头看到她坚定的独眼。

"塔基扬，我非常愿意理解这一切。他的过去非常悲伤，但这并不会改变任何事实。布拉斯有着反社会的人格，甚至有可能是精神病患者。再这样下去，他还会伤害到别人的。"

"我愿意承担风险。"

"好吧！但你没有资格让别人也身处危险之中。"

"我能怎么办？他的精神力那么强，你以为他会乖乖接受检查吗？"

他看到她的脸上闪过担忧。忧虑感哽在他的喉咙中，令他呼吸困难，塔基扬忽然意识到他体验的是她的感情。她在替他担心。

"塔基扬，你是可以控制他的，是不是？"

"目前可以。"

"目前是什么意思？"

"随着他的成长，他的能力也越来越强。我现在必须随时展开防护壁，才能防御住他的力量。"

"你的防护壁能有多……？"

"有多牢固？"

"对。"

"非常牢靠。"他安慰道。

"我很担心。"

"不必，我会保护你。"他帮她拂开前额的发丝。

"我不需要你的保护！"她尖厉地说。

他震惊地收回手。"我不是想冒犯你。我觉得你也是我的后盾。"

他结结巴巴地说，不断后退。她眼中好斗的光黯淡下去。

"该死！"

"怎么了？"

"你让人太难以抵抗了。"

"为什么一定要抵抗我？"

"因为你太有诱惑性。你太油嘴滑舌、太无懈可击、太伶俐。我不会——"

她猛地转过身，大步离开了实验室。

♥

六月份的明媚阳光照射进灰暗的鬼牌镇一角博物馆，让空中飞旋的灰尘闪闪发光。布拉斯喜欢这样的景象。它们一直等在这里吗？抑或是自己的到来才造就了它们的存在？

别的人会有这种念头吗？布拉斯一边想着，一边漫步走过"恐怖鬼牌宝贝"展区和喷气机小子像。科迪站在他外公的雕像前。布拉斯感到一阵恼怒。

她若有所思地搅拌着手里的意式柠檬冰激凌，吃了一口。

"他看上去多年轻啊。"布拉斯听到她说。

"和现在没有什么区别。"达顿说。他是一角博物馆的主人。

他站在她身后，双手藏在斗篷里。他的斗篷漆黑，只露出和死人无异的脑袋。布拉斯很好奇，他是想吓唬科迪，还是说这只是科迪在这里被接受的一种表现？

科迪又开口了。"不，这是错觉。我看到他的时候，感觉能够看到他经历的这四十三年刻在他脸上的痕迹。"

"你很关心他。"达顿说。

"我对他着迷，"科迪纠正道，随后又说，"那就像一张耽于放浪的圣人的脸。"

"那你就慢慢看你关心的……呃……你着迷的脸吧。"

"你说话真有条理。"科迪干巴巴地说。达顿回自己的办公室去了。

布拉斯可以感觉到睾丸硬挺地抵在自己的大腿上。他用手捂住凸起的部位，出现在科迪面前。

"嗨，科迪。"

"哦，天哪，布拉斯，你吓到我了。"

她伸手捂住自己的喉咙。他能看到她被晒黑的皮肤的边界，能看到边界下面是乳白色的胸部的肌肤。他注意到她戴着一条细细的金项链。项链的金色和她古铜色的皮肤相映成趣，令他十分欣赏。或许彩色的挂坠不适合她？或许她不喜欢？天哪，我太爱你了！

然而，他用紧张的声音说出的却是："我有点东西要给你。"

他在口袋里翻找着，摸到了柔软的皮革袋。他解开系绳，随着清脆的碰撞声，几颗宝石掉在展台的玻璃罩上，一颗钻石闪着光滑向展台的边缘，科迪下意识接住了它。她紧紧攥着手中的东西，缓缓把拳头举到眼前，又小心翼翼张开手指，仿佛对手里拿的东西感到恐惧似的。

布拉斯皱着眉，牙齿咬着下唇。蓝宝石太蓝了，看上去几乎像是假的，红宝石还不错，而黄宝石是最美的。他拿起一块鸽子蛋大小的黄宝石，在科迪的喉咙附近比画着。她脖颈上的脉搏紧张起来。布拉斯很喜欢这样。

"看，这个最适合你。我知道，这种宝石不算特别珍贵——"

"这是哪里来的？"

她的声音尖厉，完全不如他想象中的激动。布拉斯退缩了一下，感到胃酸在胃里搅动。

"收到礼物不必多问，收下就好。"

科迪把宝石拢在一起，它们互相碰撞，发出咯咯声。她从他手中夺过皮革口袋,把宝石倒进去。"布拉斯,你惹大麻烦了。告诉我这是哪里来的,或许我们能解决这件事,不必让你爷爷知道。你是未成年人——"

"科迪!这是给你的!"

"我不想要。我不要你偷来的礼物。"

"我只是想让你开心。"布拉斯说。

"但你得到的完全是相反的效果。"

"科迪。"他的声音变成悲伤的哭诉,"我爱你。"

她的手温柔地放到他的头上,指尖摩擦着他的平头。"每个小孩子都会有这种感觉。我高中的时候疯狂地爱上了自己的历史老师。我们开始懵懂地意识到男女有别的时候,都会这样。少年时代,我们都很没有安全感。如果这时候爱上一个年长的人,就能给我们一种掌控感,来应对一个变幻不定的世界。"

"别这样居高临下地跟我说话!"

"我没有。我想向你表明,我真的在乎你。我理解你,但理解并不代表接受。"

他感到力量就要冲破骨骼的桎梏,他全身都被挤压得剧痛,他想爆发,他想发泄。

"我爱你。"他从牙缝里挤出这句话。

"我不爱你。"

"我可以强迫你爱我!"

他终于看到一丝回应。她的独眼里闪过警觉,然而声音依旧冰冷:"这不是爱,布拉斯,这是强奸。"

他不受控制地挥动着双臂。"是他!是因为他,是不是?"

"你在说什么?"

"我比他更强。我更年轻,更强壮。我可以给你一切。你想要什么,我都能给你。我可以带你去任何地方。"

他开始焦虑地沿着展厅来回踱步。科迪纹丝不动，简直有些吓人。

"这个世界上的任何地方，"他继续说着，"还有地球以外的任何地方。带着克里斯也可以，他可以跟着。不能让他拥有你，不能让他用他那残废的手摸你的胸——"

冲击来得太猛烈，让他立刻住了嘴，后退了好几步。科迪缓缓放下手。布拉斯能感受到脸上火辣辣的疼。所有没能说出口的示爱、对塔基扬的诅咒、对自己英勇的吹嘘，全都哽住了，挤在他的胸口。

"你听着，给我听好！我容忍你这种可笑又幼稚的行为，因为我关心你的外公，我爱你的外公，也因为我体谅你的年轻和愚蠢。"

每一个字都像鞭子抽打着他，布拉斯在她的责骂中畏缩着。他的爱凝固变质，最终化作舌根上的苦涩。

科迪继续说道："但现在我没时间了，也失去耐心了。在某处"——她一挥胳膊，示意整座城市——"一定有一个可爱的姑娘，她可能正在学几何理论，可能正在裁布做裙子，可能正在打网球，然后总有一天，你们会相遇，会快乐地生活在一起。但那个姑娘不是我。"

她拿起装着宝石的口袋，严厉地俯视着他。

"现在你告诉我，这些是哪里来的，我看看能不能想想办法别让你进少年劳改所。你什么也别和你外公说。只要你配合我，我就不会向他说你犯了什么傻。我可以帮你想办法，把它物归原主。"

"我恨你！"

她露出一抹讽刺的微笑。"我还以为你爱我呢。"

他后退两步，伸出一只颤抖的手。"我……我会……证明给你看。"

塔基扬的蜡像立在他的正对面。布拉斯飞起一脚，将那蜡像的头踢飞。塔基扬的头摔在地上，他又飞速把它踢烂。

达顿从办公室飞奔而出。

"嘿!"

他的声音越来越小,看到科迪一动不动地站着,仿佛一尊蜡像。

"我会……证明……给你看。"布拉斯又说了一遍,大步流星走出了博物馆。

♣

"我说的可能听上去可笑又夸张,该死,本来就可笑又夸张,但我真的被吓坏了。"

塔基扬往她的手掌里塞了一杯酒,弯起她冰冷的手指,让她拿好杯子。

"他把蜡像踢烂的时候……"科迪吞下一大口白兰地。

塔基扬走回吧台前,给自己也倒了一杯酒。

"你确定你不是反应过度了?"

"不是!"

他安抚似的举起一只手。"好吧。"

科迪从手提包里拿出一个小口袋,一下子丢在咖啡桌上。口袋和桌面接触时,发出清脆的声响。"这肯定不是我反应过度。"

塔基扬取出口袋里的内容物,惊讶地看着散落在自己深红色手套上的彩色宝石。他抬起眉毛,询问地看着科迪。

"我假装成记者给警察打电话了,"科迪说,"但没有珠宝失窃的报案。"

"我会处理的,"塔基扬说,"你不用担心。"

科迪走向沙发,和塔基扬坐在一起。"塔基扬,你这个笨蛋。我担心的不是我自己,我担心的是你。我在布拉斯的脸上看到的是——"

她停住了,轻轻咬着自己的下唇。塔基扬调整了一下坐姿,他感到自己刚才的姿势就像一只生病的鹿。

"他恨你。"

她说出来了——生硬、丑陋、粗粝的真相。他已经逃避了一年的真相。

他弓起身子，低下头。科迪用手环抱住他。

"我该怎么办？"

"我不知道。"

♠

黑暗中，无数少年追着他，仿佛喷涌而出的暗影，跟随着他，监视着他。布拉斯猛地转身，咒骂了一句。他们后退几步。他犹豫片刻，想发动自己的力量，支配某个人的精神，撕裂他的思想，找出答案。你们是谁？你们想要干什么？但是，在塔基扬身边的生活教会他一件事——谨慎。他们人数太多。他可以控制住八人，甚至十人，但他们可以用人数优势直接制服他。

布拉斯闪进一家无人售货的全自动快餐厅，买了一份三明治、一杯咖啡。科迪把宝石留下了，该死的。不过这样或许也不赖，这些宝石本来就是给她的。就让她留着那些宝石吧，然后好好考虑考虑她拒绝的是什么。她很快就会付出代价的。

而且，现金毕竟比珠宝要好。他用精神控制了一个开着豪华轿车的司机，还控制了里面盛装打扮的乘客，拿到了将近一千美元。这笔钱足够花很久了。但那些宝石的价值比这还高。

火鸡三明治很干，面包团卡在他的舌头后面。布拉斯费力吞下面包，心里又在思量，那个卖报的又胖又老的鬼牌怎么会有那么多宝石呢？也许，他可以再去一趟朱比家，逼他说出来？

一个苗条的身影出现在他旁边的长凳上。布拉斯立刻紧张起来，用余光观察着她。他并没有伸手去摸放在腰间的手枪，因为他的精神控制能力比子弹还快。

那是一名年轻的女孩子，大约十五六岁，染着五颜六色的刺头，穿着故意撕破的牛仔裤，脚上的高帮运动鞋没有系鞋带。

"我们在跟踪你。"

"嗯，我知道。有什么理由吗?"

"你似乎无处可去。"

"我的去处多得很。"布拉斯说。

那名少女吹着泡泡糖。"去了之后，你打算怎么办?"

"自己照顾好自己。"

"你觉得你能做到?"

"能。"他脸上的神色让少女忍不住退缩着身子。

"我不是说你不能。"她说着，伸出一只手。布拉斯看到她的指甲边缘都被啃得露出了嫩肉。"我叫茉莉·博尔特。"

布拉斯无视了她伸出的手。"你想干什么?"

她收回手，用大拇指轻轻搓着另外几根手指的指尖，就好像对自己胳膊上长了手感到很惊奇似的。

"就是我刚才说的，你需要一个去处。如果你想加入组织……想要有人帮你……就到东河边的十一号码头来。我们会去找你的。"

冷掉的咖啡有种油滑的味道。"知道了。"

"好。"

她消失了，和来时一样迅速。坐在旁边餐桌旁的一名打扮得体的男子突然站起身，拉开裤链，就地小便。

布拉斯离开了。这家的食物并不怎么好。他意识到来找自己的是什么人，或者说是什么东西，就立刻失去了胃口。

传心者。

传心者盯上了他。

WILD CARDS

◆

"你能不能别担心了？去吧。去华盛顿，把捐款拿来。我需要新的激光外科手术设备。"

汽车上的电话信号极差。科迪的声音就像从雷暴的中心传来。塔基扬想象着她的样子：头发都梳到脑后，一只手插在白大褂的口袋里，腿不断抖动着，渴望赶紧脱掉裙子、换上裤子。他暂时忘记了布拉斯的事，笑起来。

"你笑什么呢？"科迪的声音里透着疑惑。

"在笑你。你现在抖腿的速度是每秒多少下？"

"你这是在干扰我。"

"那你就耐心些。我值得你等。"

他轻轻笑着，用她的原话反击了她。

"那就向我证明，"科迪说，"去华盛顿，好好游说这边的人。"她又说。"哈特曼议员的事真的很遗憾。或许他是个草包，但他是站在我们这一边的草包。"

塔基扬瞬间回忆起那一天会场上的暗杀者，感到自己的断肢立刻火烧般地疼。那是格雷格·哈特曼派来的暗杀者。格雷格·哈特曼是民主党一方的总统候选人——或者说至少当了一天的总统候选人，随后他的政治野心就永远被塔基扬粉碎了。但是科迪不知道——也永远不会知道——这一切。

"塔基扬，你还在听吗？"

"我在，抱歉。你多保重。周一见。"他刚要挂电话，又急匆匆补充道，"拜托，拜托，一定要保重。一定小心。"

但他听到的只有电话挂断之后的噪声。她听见了吗？她明白吗？塔基扬凝望着窗外，一辆灰色豪华轿车开远了，仿佛一艘装饰精美的小船驶向黑暗的深处。布拉斯就在笼罩一切的黑暗之中，藏身在某个地方。

这个想法令他背脊发冷。

♥

巨魔那九英尺高的身躯倚在接待台前，和鸡脚女士聊着天。这时布拉斯走进来，巨魔立刻站直了，脸上渐渐堆满惊讶和忧虑，就像缓缓移动的地质构造板块似的。

"布拉斯，你的外公担心极了。你跑到哪儿去了？我应该打你屁股的。"

巨魔的身子突然转了个圈，低着头，全速朝墙奔去。他撞上墙，发出炮弹打中城墙般的巨响，轰然倒地。鸡脚女士发出歇斯底里的惊叫，冲向急诊室。

布拉斯继续向前走去，眉头全神贯注地紧锁在一起，两手深深插在衣兜里。

科迪不在办公室。

她也没有在进行手术。芬恩在做手术，他的喊声从口罩后传来，说让他注意手术室要保持无菌环境，一边跺着他的马蹄子。布拉斯没有侵入芬恩的精神，他还挺喜欢这个半人马的。

科迪在停尸房。手术台上放着一具巨型黄蜂般的尸体，布拉斯默默看着她小心翼翼地切开它的胸腔，检视着肺叶。随后，科迪靠近一台小型录音机，她的声音很低，他听不真切，只能听到她那奔流的小溪一般温柔沙哑的声线。她的声音让他颤抖起来，但他不知道是源于愤怒还是欲望。

科迪突然抬起头来，透过停尸房门上的小窗直直地盯着他。布拉斯惊跳而起，又羞又恼。他猛地推开门，但她并没有被他的来势汹汹吓倒。这也令他十分生气。

"你好，布拉斯。上周过得还不错吗？"

"我来取两样东西。我的宝石,还有你。"

她的微笑有些扭曲,带着一丝恨意。"孩子,你的问题就是永远太自以为是。"

"我可以强迫你爱我!"布拉斯大喊。

"不,你的强迫只会让我恨你。爱是要靠努力去赢得的。"

科迪一动不动地站在原地,仿佛一根冰柱。布拉斯打量着她瘦高的身影,注意到她的手藏在白大褂的后面,指尖露出解剖刀的闪光。他笑了。

"科迪,你真蠢。"布拉斯低吟。

解剖刀从无力的指间掉下。

"我根本不在乎你的感受。"

白大褂落在地上,发出轻柔的声响。

"因为我可以……"

上衣也一并落在地上。

"……强迫你……"

她脱下裙子。

"……爱我。"

♣

如果被击中,他的肾可能被打裂。

但是长期的空手道练习让布拉斯提前了一步意识到危机。他纵身躲开塔基扬的飞踢,捉住他的脚踝。塔基扬被狠狠摔在地上,牙齿割破了舌头,他尝到血腥味。他滚向一边,惊恐地看到布拉斯的脚重重踏在他的头刚刚所在的位置。塔基扬刚站起身,布拉斯又立刻冲来。他伸出右手格挡在身前,这只义手无法做出贯用姿势,但坚硬的塑料手指仍能够给他的腹部一记重击。

布拉斯喉咙里发出汽车刹车似的气音,他的思维控制刚一解开,科迪就立刻捡起了解剖刀。

"你能不能把这小子制服!"科迪大叫,"用精神控制住他!"

科迪全身赤裸,挥舞着一把手术刀,就仿佛出现在现代的亚马逊女王希波吕忒。眼前的景象让塔基扬一瞬间分心了。

然而搏斗最基本的守则就是——绝对,绝对,绝对不能分心。

布拉斯一掌打在塔基扬的脸上,随着一声可怖的声响,他的鼻软骨断裂了,鼻血喷涌如注,洒在他考究的桃色外套上。

他防御地举起手,但已经太迟了。他们两人谨慎地周旋着。

佯攻、接着又是佯攻。塔基扬发起精神攻击,但被布拉斯玻璃般平滑的防御壁弹开。他再次发动攻击,这次在防御壁上打出了蜘蛛网般细小的裂纹。照这样下去,不知多久才能击穿他的防御。没有时间了。

他最近喝酒太多,缺乏锻炼,恶果渐渐显露出来。塔基扬开始剧烈地喘粗气。布拉斯的重拳猛地打在他身上,让他回想起去年被打断肋骨的时候。

科迪突然闪出来,她灵巧地在手里一转手术刀,重重给了布拉斯的后脑一击。他蹒跚两步,但随后科迪的身体突然挺直,两腿僵直地朝塔基扬走去。

"你看,"布拉斯的笑容阴郁乖戾,"我可以控制住她,同时还能防御你的攻击。无论是精神攻击还是物理攻击。"

布拉斯的力量是塔基扬见过的最为强劲的,但这股力量只是一种蛮力。他并没有掌握更加精准的精神攻击技法。塔基扬轻蔑地阻断了布拉斯对科迪的控制,站到他们两人之间。他的精神屏障包裹着她,仿佛拥她入怀。

科迪在盛怒之中。她的思维如同熔断的保险丝周围的火花。

该死该死该死。该死的男人。我不是玩具!放开我!

不行。我不敢冒这个险。塔基扬用精神向她说道。帮帮我,他恳求。

塔基扬舔去嘴唇上的血，忍着身体上残留的疼痛，继续向布拉斯靠近。他的义肢如同爪子般锁住布拉斯的大臂。义肢的抓合力足以捏碎一只金属杯子，因此用来对付人的身体组织也是非常可观的。布拉斯不禁大叫起来，塔基扬亢奋地张大了鼻翼，一下又一下地用右手打着他的脸。

你还想碰她？是吗？不！只有我可以！她是我的！我的！我的！

布拉斯想要出拳，但塔基扬敏捷地躲过了，拳头落在他的大腿上。塔基扬反手打中布拉斯的下身，他嚎叫立刻响彻整个停尸房。

塔基扬能够感觉到布拉斯的精神攻击在他的防护壁上摸索着弱点，但他现在被疼痛、仇恨和欲望折磨得晕头转向，无法唤起足够的力量和塔基扬较量。

突然，有一双手在拉他的肩膀。

"停下！快停下！你会杀了他的。"

塔基扬咆哮一声，没有理会她，继续沉浸在痛殴敌手的畅快中。她的手松开了。塔基扬能听到科迪赤着脚跑开的声音。

剧痛！防腐剂泼洒在他的伤口上、他的眼睛里，如同灼烧般地疼。塔基扬和布拉斯终于停下手。他终于清醒过来，他被嗜血和杀戮的欲望蒙蔽，几乎亲手杀死自己的外孙。塔基扬惊恐地后退几步，脚下一滑，跌倒在血泊中。

布拉斯满脸是血，他捂着自己变形的胳膊，对塔基扬咆哮："你死定了！"

布拉斯像螃蟹似的东倒西歪地跑向门口，冲出停尸房。塔基扬终于压下心中的恐惧，勉强挣扎着站起来。

"你要去哪？"科迪喊道。

"我要……追上他。和他道歉。帮助他。"

"已经太晚了！"

独眼杰克

塔基扬踽踽着走向门口,但断裂的鼻子疼得他发昏。他用精神感应大声呼叫巨魔,没想到他立刻就出现在停尸房门口。

"医生,你没事吧?"他问。

"他当然有事。"科迪插嘴。

巨魔盯着全身赤裸的科迪,张开嘴,又合上。

"是布拉斯。"塔基扬用他破裂红肿的嘴唇说道。

"他飞快地跑了,简直像一只被烫了的猫。"巨魔说道。随后又悔恨地说:"对不起,我来得太晚了。因为我把自己给撞晕了。"

"帮我把塔基扬医生送到急诊室,"科迪命令道,"我们得帮他处理鼻子的伤。"

"你穿上衣服。"塔基扬命令道。

"怎么了?你以前没见过裸女吗?"

"我不想让全世界都把我的女人看光。"

"你的女人?你的女人?"

"是口误。"他虚弱地咕哝。

♠

"哎哟!你用的是什么?"塔基扬的声音鼻音极重。棉球和夹板把他的鼻子堵住了,他只得用嘴呼吸,喉咙又酸又疼。"你是用的铲子吗?"

"别这么娇气。"探针被扔回金属托盘,发出清脆的金属撞击声,"我得给你安一个新鼻子。你喜欢什么样的?"

"和我之前的一样行不行?"

"别浪费大好机会啊。"

"为什么要换鼻子?"科迪不喜欢他原本的鼻子,这让塔基扬很恼火。

"你以前的鼻子就像一块松糕。"科迪冷静地说。

"明明很有贵族气质。"

"根本就是个大红鼻头。"

塔基扬没有回话。随后,他终于满不情愿地承认:"我的曾曾曾曾曾曾曾曾祖母一直都不喜欢我的鼻子。"

"那就给我一点发挥的空间吧。"

"好吧。"

科迪安静地操作了一会儿,略带生硬地问道:"你是怎么知道出事的?"

"我还没到机场,突然想到有一张邀请函忘记拿了。"

"是卫生、健康及教育部的那张吗?"她打断他。

"对。"

"在我那儿呢。我下午去你办公室的时候,不小心把它也一块儿拿走了。抱歉。"

"抱歉?你应该谢天谢地,不知道是哪位先人在天上保佑你呢。总之,后来里格斯就带我往回返,开到第五大道附近,我就感应到了你的尖叫。里格斯全速前进,结果就是有辆警车一路追着我们。"

"好吧……谢谢你。"她手底下稍微调整了一下,塔基扬立刻痛得吸了口气,"我好像一直都在让你救我。"

"我很乐意。"

"但我不太乐意。我习惯了自己照顾好自己。"

"换成是你,你也会救我的。"塔基扬温和地说。

科迪先是长长地叹了一口气,仿佛她对这种情感感到后悔似的。"我猜我会的。"

♦

那个女孩又出现了。

"你他妈干吗跟着我?"

独眼杰克

"你似乎很需要我给你提供的去处。"烟卷被轻轻衔在她的两片嘴唇之间,下垂的角度仿佛都在嘲讽着他。

"用不着你帮我。"

"我可以给你看点东西,你一定喜欢。"茉莉·博尔特说。

布拉斯笑了。"你真是个又瘦又丑的小妞。不知道你脱了裤子是不是还能强一点儿。"

那个女孩的脸拉了下来,仿佛一连串被关上的门。"你真是太愚蠢了。好吧,可以,我们让你见识见识。"

他感受到来自某个人的精神压力。随后又来了第二个,第三个,越来越多的精神加入其中,急切地想要对他做点什么。然而,一切都无济于事。布拉斯朝她咧嘴一笑,伸出意识的触手,笼罩了阴影里藏着的几个人。最后他才攻击博尔特。把她留到最后,让他觉得很愉快。布拉斯发出指令,于是暗巷里的八个人全都听凭他的摆布,走了出来,和她肩并肩站在一起。茉莉只能用眼神怒视着他。

"你究竟是什么?"另一个女孩问道,她淡金色的头发在脸孔周围形成了一圈淡淡的光晕。

布拉斯考虑了很久。这个问题值得深思熟虑。最终,他答道:"非人。"

布拉斯从茉莉的身上摸出一包烟,点燃一支,深深吸了一口。"好了,你刚才说想让我见识的是什么?"

"读我的心啊。"茉莉啐道。

但布拉斯不会读心,茉莉的话让他一阵恼火。塔基扬则可以读心。这更加剧了他的愤怒。

"你要把我们怎么样?"茉莉问。

"把你们当雕像卖了。"他嘶嘶地笑起来。

"放了我们吧……求你了。"金发女孩哭道。

"你不会要我吗?"

"我发誓，"茉莉说道，现在她的口气里多了一点恳求，"我们需要你。现在我知道为什么了。"

"你刚才想让我看什么？"

"跟我们走。"

布拉斯放开他们身上的束缚。其实，他的精神力太过紧张，就像一根上得太紧的吉他弦一样，已经开始不稳定。但那几个人类根本没发现。

茉莉伸出一只手，揉了揉自己五颜六色的刺头，带头走进小巷子里。主干道的人行道上挤满了下班高峰的人。太阳仿佛一只鼓胀的橙色大麻袋，缓缓沉入绿棕色的烟霾中。在高楼之间的峡谷里，黑夜已经降临。

"好了，挑一个吧。"茉莉说。

"挑什么？"布拉斯问。

"挑一个人。"一个满脸粉刺的瘦子说。

"干什么呢？"布拉斯问。他厌恶提问，提问题让他显得很蠢。

"侮辱他。"那个金发的女孩用她柔软的童声说道。

"或者杀了他。"另一个人建议道。

布拉斯扫视着街上的人群，听着汽车的笛声。成百上千的轮胎在凹凸不平的柏油路面上滚动。

"快点。"茉莉·博尔特戳了戳他。

布拉斯没有理会她。终于，他找到了中意的对象。那人的一头红发小心地梳理着，身穿一套商务正装，对于这个档次的便宜货来说已经算不错了。他不算高，身材偏瘦。

他一歪头。"就他了。"

"要做什么呢？"茉莉问。

"杀了他。"

独眼杰克

♥

"我没事。只是鼻子断了。不用卧床。"

科迪无视了他,叠好毯子。

"我必须去华盛顿。"

她脱下他染血的外套。

"我必须找到布拉斯。"

她解开他的衬衫扣子。

"你决定好,"科迪说,"去找布拉斯还是去华盛顿。"

塔基扬思考片刻。"华盛顿。"

"好。你今晚出发,蒂塔帮你改签了机票。"

"该死,"他怒道,"不要替我把什么都安排好。"

她从他的肩头褪下衬衫。"总得有人帮你安排。"她指了指他的裤子,"自己脱完。我去给你拿点水吃止痛片。"

和一扇紧闭的门争论也没用。塔基扬只好逆来顺受地脱了裤子和短裤,爬到床上。

科迪拿来一杯水和一个冰袋。塔基扬顺从地吃下药。

"对不起。"他低声说。

"你现在又在道什么歉?"

"因为我控制了你的精神。我知道你极其独立自主,但我必须那么做,否则就不能很好地保护——"

"我知道你为什么那么做。别再提这事了,好吗?"

"可是,你的反应很不给我留情面。科迪,请你理解,不要拒绝我。我保护你,是无意贬低你的。"

"我知道。"

"或许那是我想对你宣示独占,但那也是因为我仍然希望——"

"塔基扬,你闭嘴行吗?"

"但我不想让你生气——"

"你知道你的问题是什么吗？话太多了！"

♣

漆黑的水面如油一般令人恶心。还有那臭气……

布拉斯深吸一口气，受伤的胳膊疼得厉害。港湾里，一艘巡逻船飞驰而过，聚光灯映射着波涛汹涌的河面。

粉刺脸——布拉斯现在知道了他的名字叫肯特——在码头边放下两包日杂用品。茉莉跪在地上，点燃一盏煤油灯。

漆黑的水面泛起涟漪，某个东西缓缓浮了上来。

"见鬼！"

"不，他叫卡戎。"

肯特一推他半透明的身体表层，就把那两包杂货挤进了他身体里。布拉斯的恶心渐渐消退，他意识到，卡戎就类似于塔基扬的活体飞船"宝宝"。布拉斯走向卡戎，茉莉却伸手挡在他的胸口前。

"你究竟有多想去？"茉莉严肃地问。

布拉斯回忆着。刺耳的尖叫。警报的哭号汇聚成疯狂的和弦，红头发的小个子男人被撞到街边的墙上，口中呕出的血飞溅在汽车引擎盖上。

"只要能去，我什么都愿意做。"

"那你就要信任我们。你要成为我们的一员。"

"如果我不呢？"

"你不能通过强迫让我们把能力给你。"金发女孩说，"恐吓我们也不行。"

布拉斯斜眼看着她。"我吓到你了吗？"

"嗯。"

她的单纯和诚恳令人惊讶。布拉斯又看了一眼她，骨相颇好，脸颊上有几个丘疹，除此之外没有别的瑕疵了。她的眼睛是烟灰色的，瞳孔周围有一圈深色。淡金色的长发过腰，在河面上吹来的风中轻轻飘摇。

"那我需要做什么？"布拉斯问，转回身看着茉莉。

"死。"

"啊？"

"一种比喻。"肯特解释道。

"别扯了。"

"不，"茉莉说，"我们是说真的。"她拿起一条长长的铁链，末端有一副手铐。"你跟在卡戎后面走，我们拿着铁链的这一边。"她摇了摇链子，"最后我们会把你拉进来的。"

"最后。"布拉斯在口中反复回味着这个词。

"你要相信我们会及时把你拉进来。"金发女孩说。

"你叫什么？"布拉斯突然问。

她一惊，没有多加思索就回答道："凯丽。"

"别废话了，"茉莉打断他，"你到底有没有勇气？你是懦夫吗？"

"等完事之后再来跟我说这些吧，"布拉斯警告她，"而且这通胡闹的意义到底是什么？"

"想要入伙，就要有死的决心。"一个男孩说。

"不错，"布拉斯咕哝，"真是蠢透了。"

"快做决定吧，小布拉斯。"茉莉低声催促。

塔基扬大口吐血。科迪大睁的双眼中写满恐惧和欲望。她在他身下，滚烫似火。他的手指深深陷进她的脖子，她的嘴角溢满血沫。

布拉斯伸出手，手铐便铐住了他的手腕。布拉斯盯着卡戎。他的一双小眼睛若有所思地看着他，缓缓眨了眨眼。布拉斯笑起来，灼热的欲望和期待冲刷着他。

这一定有趣极了。

WILD CARDS

♠

  他们在他的腰间围了一条安全带,又把他的网球鞋换成了一双铅底的靴子。卡戎已经潜下水面,布拉斯被他拖在身后,仿佛一块石头。

  布拉斯集中精神盯着卡戎成百上千条的触手,它们推动着他的身体,缓缓在河底的淤泥上潜行。他还能坚持多久?最后一点氧气也消耗殆尽,肮脏的河水即将冲进他的肺泡。

  卡戎的身体在黑暗的河水中散发出绿莹莹的光。偶尔,有鱼撞上布拉斯的身体,随后便慌忙逃窜了。他的脚步蹒跚起来,终于跪倒在地。他几乎……几乎要张开嘴。他踩到一具尸体的肋骨。链子被拉了一下,手铐勒着他的手腕。布拉斯狼狈地站起身,急忙追上卡戎。

  他的耳中嗡嗡作响,肺里火烧火燎。他的眼神绝望地停在铁链上。卡戎身体上若隐若现的肌肉严丝合缝地贴合着铁链的周围。布拉斯勉强压制着自己冲上去控制住茉莉的冲动。

  不行!不等动手,他就会没命的。

  现在他感觉自己的生命越来越危险。布拉斯举起手,捂着自己的口鼻。突然,铁链向上拉扯着他,把他拉向卡戎的身体。他贴在卡戎身体的外壁,绝望地又踢又打。卡戎的身体终于被分开了。布拉斯连同河水一起跌落进黏滑的身体内部。

  凯丽把他从积水里拉起来。空气。他深深吸了一口,感受着清凉的空气充满自己刺痛的肺叶。茉莉解开手铐。他们大笑着欢呼,把他抱住,仿佛一只十个头、二十只手臂的怪兽在爱抚他。布拉斯发现自己在哭,但却不理解这是为什么。但一定没有问题,因为还有几个人也哭了。

  布拉斯感应到一道精神屏障。它低声述说着恐惧、死亡、缺失、孤独。他屏蔽了它。其余的传心者紧张地动来动去,茉莉则柔声嘟哝着什么，安慰着他们。

"还差一点，马上就到了。"

"这是什么玩意儿？"布拉斯问。

"膨胀。"他得到的回答很简洁。

肯特突然一跃而起，嘴里念叨着什么，朝半透明的身体内壁贴近。布拉斯一把抓住他的手腕，把他拉到自己的身边。

"坐下！你能经受得住，只是精神力量而已。而且相当弱。"

其余的人惊讶地看着他，除了茉莉。她一脸生气。

"怪不得首领想要找你。"她说。

"你们的首领是谁？"

她只是简单地回答："你早晚会知道的。"

卡戎略微倾斜了一下身体，仿佛所有触须都撑在了河底的淤泥上。他们开始上升。河水如瀑布般从卡戎的背上流下。他们到了。

刚一上岸，布拉斯就抱着胳膊认真打量起艾利斯岛。树木一字排开，犹如恐龙背后的刺。在树冠的后面，巨大的建筑若隐若现，顶上有着许许多多炮楼和漂亮的尖顶。这副景象让布拉斯想起塔基扬曾经给他讲述的塔基斯星童话故事。云雾之巅的失落王国。富丽堂皇的宫殿，吸引着旅人前去一探究竟，然而却在日出之时夺走他的生命。

◆

但这里并不是宫殿，甚至都没法居住。至少布拉斯觉得这里没法居住。他们带他来到海关大楼，现在正待在一间侧翼的房间里。屋里有两张简易床，还有二三十个睡袋。有一些睡袋像毛毛虫似的堆在墙角，还有一些随意地铺在肮脏的地面上。糖纸、零食包装和香肠皮散落在地上，墙角堆起了垃圾山。

木头墙面上的灰绿色油漆纷纷剥落，就像严重晒伤的皮肤。在头顶上很高的地方，污浊的窗户隐约透进月亮的形状。有几扇窗户破

WILD CARDS

了,窗棂仿佛一张惊讶地大张着的嘴,而破碎的玻璃就像嘴里的尖牙。

"挑个地方吧。"茉莉亲切地挥手示意。

"我能拿个睡袋吗?"布拉斯问。

"你可以和我共用一个,"凯丽凑上前来,"直到我们给你找来新的。"在他冰冷的目光中,她只好犹疑地又加上一句。

"最好赶紧休息去吧,小布拉斯,"茉莉说,"你很需要休息。"

布拉斯缓缓转过身,面对着她。"不许你……再……这么……叫我。"

茉莉挑衅地叉着腰,嗤笑道:"否则呢?"

"否则我就杀了你。"

他坚定不移的口吻让她张大了嘴。其余的人兴奋地看着他们,急切渴望见到他们两人开打,仿佛一群老鼠。茉莉揉了揉自己的头发,笑了。

"你试试啊,布拉——"她的话只说到一半,突然,她一转身,走出门去。

"她学得很快。我喜欢。"

男孩子们都笑了。而女孩子们纷纷交换着不安的眼神。

对,布拉斯心想,这一定很有趣。

♥

光线映在她的脸上,创造出各种有意思的效果。她的脸时而显得坚硬如石像,时而又显得柔软脆弱。

塔基扬把公文包抱在胸前。旁边公交车的气压式刹车发出垂死的猪叫般的声音,惊得他眨了眨眼。

"其实没必要,可以让里格斯开车带我去。"

"我想送你去。"科迪说。

她的车技和她平时做事一样，十分稳重。没有多余的动作，手轻轻搭在方向盘上，手腕的动作保持在最小幅度。

"我想确保你平安上飞机。"她继续说着，塔基扬才把全部的注意力从她的手上移开。

"只是鼻子断了而已，我不会因为这就倒下的。"

"我担心的不是你的健康状况。"

"谢谢你。"他的语气里有一丝嘲讽，被她听出来了。她转过头，以便自己的独眼能更好地看见塔基扬。"你能开车吗？"塔基扬突然问。

"现在才想起来担心，有点太晚了。至于飞机的事，我担心你突然心血来潮去找布拉斯。说实话，给诊所筹集捐款可比他的事重要多了。"

"你有时候真的很不近人情。"

"不，我只是很清楚如何止损。"

前面的车突然刹车，车尾的红灯仿佛在衬托塔基扬尖锐的回答。"我并不觉得他是损失！"

"那么你就是个沉迷于幻觉的傻瓜。"

塔基扬把头埋进手里。"好吧，我不想考虑这件事。"

科迪转动方向盘，转向上坡路，上方的标牌写着"出发"。

"该死的，塔基扬，可能再过二三十年我才能让你摆脱负罪感，不再自怜自哀，然后你才能知道少说两句。"

"谢天谢地，我的年龄已经够大了，能够承受得了听你一一列举我的缺点了。"

科迪瞟了一眼他。"对，你的自负心已经够大了。"

"但我也很欣慰。"

"为什么？"

"因为你愿意把余生投入到矫正我的身体、思想和精神中。"

WILD CARDS

科迪在航站楼前猛地刹车,塔基扬的身体差点被安全带一切为二。

"我的原话里应该没有那么深的意思。"

"但是暗含了这一层。"

塔基扬的义手搭上把手,打开车门。科迪来到后备箱前,帮他抬出两个大行李箱。

"你要去几天?"她问。

"三天。"

"你的行李好像是要环游世界似的。"

"拜托,亲爱的,打扮是必需的。"

他气定神闲地朝她微笑,但是突然感到自己的内心铺满了玻璃碴。眼泪在他的眼眶里打转,他咕哝着咒骂了一句。

科迪的手搭在他的肩膀上。"怎么了?你有点不对劲。"

"我不知道。没事。"塔基扬摇了摇头,"我只是突然非常、非常不开心。"

她盯着他看了很久。随后弯下腰,在他的唇边落下轻如鸿毛的一个吻。塔基扬惊讶地看着她。

"为我笑笑吧。"她说,随后自己的嘴唇也弯起一抹微笑。

塔基扬突然大声说:"科迪,陪我去华盛顿吧。"

"什么?你疯了。我没有机票,我没带行李,我的孩子怎么办——"她停下喘了口气,"再说,我不在谁来管诊所?"

他们两人站在航站楼的自动门前,许多人从他们身边进进出出。

"拜托了,我非常替你害怕。"

"如果我需要你,我会喊你的。"

"那我就来不及赶过来了。"

"你太神经质了,是止痛药的影响。"

"科迪,他就是想伤害我们。"

独眼杰克

"你想让我报警,让警察找布拉斯吗?"

"不。"塔基扬严肃地抬头盯着她,"因为如果找到了他,我肯定不得不杀了他。"

♣

如果你此刻全身赤裸,只穿了一件仿佛教堂唱诗班穿的深红色袍子,肯定会觉得自己像个傻瓜。

而且,袍子摩擦的触感让布拉斯勃起得空前坚硬。茉莉领着他走进响着回音的黑暗房间。

茉莉低头看到他那话儿顶在袍子下面,笑了。"你可以的。"她仿佛在自言自语,但刻意让布拉斯听得见。

他没有理会。现在的一切和即将发生的一切都是可以忍受的。等在前面的奖励太诱人,不值得为一点情绪坏了好事。

传心者们沿着墙边一字排开。布拉斯迅速数了一下,一共有四十二个人。但其中还有很多并不是真正的传心者。必须得到开发,才能拥有这种能力。大多数人,比如凯丽,就还在等待着被开发。布拉斯注意到这些人里有三分之二都是男孩。为什么?这个东西——无论这究竟是什么东西——是不是更容易对男性造成影响?传心能力究竟是如何被开发的?

肮脏的瓷砖地面上,画着一颗骇人的五芒星。墙上还画着许多其他神秘学符号。有卐字符、山羊头,还有 666 字样。整个房间的光源来自二十支黑色蜡烛,但这里依旧阴暗,阴影只是被赶到角落里,仿佛潜伏在天花板边上的蝙蝠。

在五芒星的中央摆着一张矮桌。它的高度很怪异,似乎是被当作祭坛使用的。黑色的桌面上摆着三个红色绸缎面的枕头,足以打消布拉斯对于血祭的幻想。

茉莉用手指握住布拉斯的左手手腕,领着他绕着五芒星走了三圈。在正东方向，他们踏进五芒星阵中，旁边的传心者们发出一阵诡异的、高低起伏的叫声。布拉斯强忍着才没笑出声来。

随后，黑暗中响起一个男人的声音："来者是谁？"

"只有一人，首领。"茉莉朗声说。

"他是否够格？"

"他勇敢。值得信赖。"

"他是否愿意奉献？"

茉莉用手肘轻轻推了推布拉斯。

"我愿意奉献。"他答道。显然就应该这么回答。

茉莉示意了一下，肯特连忙上来脱掉布拉斯身上的袍子。所有人都在盯着他看。尤其是凯丽。布拉斯摸了摸自己的胸口，发现自己已经长出了胸毛。他已经成为了男人。他精确地知道那是在什么时候。走进停尸房的时候，他还是个孩子。现在他已经是一个男人。

"趴到桌子上，"茉莉轻声说，"把枕头垫在肚子下面。"

他感到片刻的恼火，这个姿势很不体面——他一丝不挂的屁股就这么朝天撅着。

要耐心。要耐心。

塔基扬大口吐血，全都溅在他的豪华轿车上。不，最好是血溅在科迪的大腿上。

一双干燥的手覆上他的屁股，布拉斯几乎要发作。

傻子也知道接下来会发生什么。

他的臀瓣被掰开。

哦，我一定会尽数报复你的，塔基扬！

他感到一阵钻心的疼痛。

仿佛过了一辈子那么久，终于结束。布拉斯僵硬地从桌子上站起身。他的屁股后面和大腿上都淌着血。

那男人伸手一扫，长袍的宽袖也随之摇摆。"去吧。从他们中选

独眼杰克

一个人，和他们交换。对你来说，应该轻松极了。"

对，布拉斯在心里暗暗咒骂，随后瞄准了眼前的男人。

什么也没有发生。面具后面，那人的眼睛闪闪发亮，嘴角浮现一丝微笑。

"小混蛋，"首领说道，"你果然想挑衅我。放弃吧，对我发动能力，我也不会和你交换精神。"

"那如果我杀你，你会死吗？"布拉斯甜甜地问道，听到茉莉在他身后倒吸一口气。

"会的，但是如果我死了，传心也就不复存在。布拉斯，可别一时热血上头，搬起石头砸了自己的脚。"

首领转身走回阴影之中，长袍的褶皱在他的脚边沙沙作响。

布拉斯转头看着自己的同伴们。他们也看着他，仿佛一个个披着红袍的主教。

"来玩玩吧。"茉莉说。

布拉斯发动了能力。他仿佛从自己的身体里弹出来，如同液体的火焰，弹射而出。他停在肯特的身体里，用一双全新的眼睛看着外面的世界，随后又低下头，打量着右手过长的指甲，还有生着老茧的指肚。这个身体会不会记得怎么弹吉他？布拉斯很好奇。他又注意到了其他的感官，身上的气味也很有趣。布拉斯看向自己的身体。茉莉和凯丽正架着他的身体，把他放平在地上。他……它……肯特——该死！——似乎是有意识的，但是处于神游状态。

布拉斯回到自己体内，拂掉了凯丽拍他的手，站起身。他沙哑地狂笑起来，其余人一言不发，满脸震惊。

布拉斯仰头大叫。

"哦，塔基扬！我一定让你生不如死！"

♠ ♥ ♦ ♣

无名氏归家

沃尔顿·西蒙斯 著

肯尼斯迟到了。中央公园被八月的炎热炙烤着。动物园里,大多数动物都在小睡。杰里坐在那个七十五英尺高的笼子前,他的身体变成巨猿的那些年,这曾经是他的家。一只落单的鸽子踱过来,摇晃着脑袋。杰里把它赶走了。

他感到一只有力的手搭在自己肩头。

"是我,"肯尼斯说着,坐到他身边,"抱歉,我来晚了。"

"怎么了?你在电话里说得很神秘。"

肯尼斯点了点头。"是莱瑟姆的事,我觉得他的精神有问题。他和很多事情都有牵连,比你想象的多得多。多年间,他一直是影拳会里的重要人物。这个组织和很多人有染,狼人帮、白鹭会,还有许多上流社会的商人。莱瑟姆和他们的关系极深。"

"但是他手里也有你的把柄,是不是?"杰里前倾身子。一连几个月,他一直在寻找有关莱瑟姆的情报,但只找到一些有关他在越南的时候的轶闻而已。

肯尼斯移开目光。"有些事我希望贝丝不要知道。我有别的女人。我和贝丝差点离婚,但现在关系已经好了很多,我不想再次陷入婚姻危机。莱瑟姆手上有图像证据。其中一个女人在他手下工作。"他转回头,"这可不能说出去,你懂的。"

"除非有人严刑逼供,"杰里说,"金是谁?"

"我希望你最好不要了解到这些,但也许很快你就会知道。"

"你这是什么意思?"杰里擦了擦汗湿的额头。

"莱瑟姆知道我手上有他的把柄。他想要和我做交易,用他手里的信息和我交换。"肯尼斯摇摇头,"但我很了解他。他肯定会私藏一些信息,用来制约我。"

"那你打算怎么办?"

"如果你接受,我想把我手上的关于莱瑟姆的资料放在你那里。他最近在威胁我。我决不能容忍他潜入我家把这些文件偷走。贝丝可能会受伤。这样的话,我就可以让他明白,文件已经不在我家里了。当然,他会怀疑文件在你手里。"

杰里耸耸肩。"纽约本地人是绝对不会害怕上流社会的匪徒的。"杰里顿了顿,"不过,可能会有点儿紧张。"

"那很好,因为他这个人很危险。"肯尼斯直直盯着杰里,"你真的不介意吗?"

"不介意。你看那边。"杰里指着大猩猩笼子。一只大猩猩攀在树上,朝着地上的另一只在大便。"很快我们就会对莱瑟姆做和这一样的事。"

"我会努力找到方法和他相互制约的。"肯尼斯说。

"我们一起努力。"杰里说,用手拍了拍弟弟的肩膀。

"谢谢。"肯尼斯打开公文包,"我来和你说说去见市领导的事吧。"

"好。"杰里叹了口气,继续盯着大猩猩笼子。有时候,你也得忍着别人在你头上大便。

♠

杰里坐在陈旧的橙色沙发上,来回挪动着自己的重心。房间闷热,他汗湿的大腿透过裤子,几乎黏在坐垫上。等候室十分安静,只有一名男秘书打字的声音、办公室门后传来的模糊的交谈声,还有和他坐在一起的女性鬼牌的呼吸声。

　　肯尼斯已经和他说明了该在哪里签字、该说什么话。他甚至提出作为法定代表陪他来。但是杰里拒绝了，他觉得自己应该有能力处理好自己的事情。不过，现在他还是口干舌燥。去饮水机喝了好几次水，也无济于事。见市领导的确会让人这么紧张，尤其是在纽约。

　　他转向那个鬼牌，她其余的部位一切正常，只有下巴和嘴部的肌肉过于发达。"你签了吗？"他问。

　　她耸肩。"我有得选吗？"她的声音很轻，似乎说话有困难。

　　"我们总是有选择的。"他挺直肩膀，"我就不打算签字。"

　　她点点头，但显得无动于衷。"你是王牌？"

　　"我以前是，但现在已经不是了。"这个谎言，杰里已经很熟练了，"你记得中央公园的那只巨猿吗？"

　　"记得，它被带走拍电影了，是不是？"

　　"对。那就是我。"杰里感到背脊一阵激灵，"塔基扬医生治好了我，但我也失去了我的能力。"

　　"太不幸了。"她说。

　　"也不是，"杰里说，"这样一来，政府的那帮恶棍就不会来管我了。他们为什么会盯上你？"

　　她笑了，露出两排打磨光滑的大理石般的牙齿。"我是贰类鬼牌。"

　　"那是什么意思？"

　　"就是不仅仅只有外表变丑的鬼牌，我猜。我的牙齿和爪子都很强壮。我几乎可以咬穿任何东西。"她四处张望，似乎想找个东西演示一下。

　　"好，我相信你。"杰里把腿从沙发上抬起来，"你叫什么？"

　　"苏珊，"她说，"你呢？"

　　"很久之前，人们叫我放映员，"杰里说。她礼貌地看着他，但眼神里很茫然。"但那时候你应该还没出生。现在我就叫无名氏。别人叫我杰里。"

"反正，平凡的名字才是最好的。"苏珊说。

房间对面，办公室的门打开了。一个身穿正装的男人请出了一名长着六条腿的鬼牌，后者明显在打颤。"施特劳斯先生？"

杰里点点头，站起身。

那个男人请他先进了屋。他是个中年男子，身材微胖，头发稀疏花白，有一双棕色的眼睛。他和杰里握手，杰里握的时候用力捏了捏，对方的力道则更大。

"请坐，施特劳斯先生。我叫威廉·卡恩斯。"

杰里坐下来。卡恩斯放松地坐回自己的座位，他身前的办公桌十分整洁。他舔了一下手指，翻开一份文件。"我看到您没有在15号表格和17a表格上签字。请问这是什么原因，施特劳斯先生？"

"因为我已经不再是拥有能力的王牌了。"杰里说，"所以，我不认为当国家进入紧急状态时，我还需要被强制征兵。另一张表格上说，如果我计划长期度假，就需要向你们报告。这完全没有必要。"

卡恩斯揉着自己的大鼻头。"政府有自己的理由，施特劳斯先生。现在的不配合，可能导致您日后的诸多不便。您应该也注意到了，国会的人最近在讨论是否要恢复旧的《异能控制法案》。"

杰里深呼吸了一遍，他不希望让卡恩斯激怒自己。这是肯尼斯给他的建议。"是的，我在关注最近的时事。但是，我也说了，除了在非常技术性的层面上，我现在已经不能算是王牌了。你应该收到了我的医生的检查报告。"

卡恩斯盯着杰里。"是塔基扬先生的报告。对于他的报告，我们很难信任。如果您同意接受我们的医生的检测，那么或许可以的。但我们并不接受外星来的江湖郎中的检查结果。"

杰里可以感觉到血液冲击着自己的头颅。"我想我没有什么要跟你说的了,卡恩斯先生。"他站起身。

"请坐下,先生。"卡恩斯指着椅子,"否则我可以让您陷入很大的麻烦,比你想象的严重得多。我必须完成我的工作,像您这样的人是不可能阻挠我的。"

杰里感到自己心里的什么变硬了。"是吗?那好,我来和你澄清一件事,卡恩斯先生。你只不过是一个顽固不化的低级官员。而我是一个百万富翁,我认识无数能力非凡的朋友。希望你考虑清楚你在威胁的是什么人。如果你走运,我可能只会让律师来找你。你觉得你走运吗,混蛋?"杰里引用了自己刚看的一部警匪片里的对白。

卡恩斯张开嘴,又闭上。

"那就少来惹我。"杰里走出办公室,大声摔上门。他走向苏珊,后者仍然一脸愁苦地坐在沙发上。"他是个混蛋,不要相信他。"

"我不相信任何奈特,"苏珊说,"再也不相信了。我根本就没有办法和他们相处。"

杰里拍了拍她的手。"嗯,那祝你好运。"

苏珊笑了,她的笑容并不漂亮,或许她会咬烂卡恩斯的办公桌。也许不会。毕竟这种情节只会发生在电影里。

♦

杰里坐在床上给手枪上油。他买了几本手枪保养的书来看。既然他要带着武器,就要好好保养它。最近几周他在练习射击,现在他拿起枪来已经不那么陌生了。

门外传来刺耳的敲门声。杰里把手枪放进衣柜抽屉,用几件T恤盖住。他来到门前,透过猫眼看到一个身穿工装的中年男子,于是打开了门。

"我是来帮你刮墙面的。"对方微笑着。

"好,跟我来。"杰里关上门,领着那男人来到他在墙上装保险柜的地方。只需要把这块墙面刮平，粉刷好，再在前面挂张画就行了。

装修工人在墙前上下打量着。"这个保险箱不错，"他说，"就算整个楼都被火烧干净了，这里面的东西也一定没事。是啊，其实，今天是王的忌日，我不太想在今天干活的。完工之后我就去喝几杯啤酒。你是他的粉丝吗？"

"你指的是谁？"杰里说。

"埃尔维斯，猫王，他死在十二年前的今天。我仍然记得那一年的夏天。第二次大停电就是在那个时候，你记得吗？"

"不记得了，但第一次大停电的时候我在。"其实，杰里就是第一次大停电的罪魁祸首，但他并不想把这件事告诉他，"我年轻的时候也喜欢猫王。"

"不能因为自己年龄大就不喜欢他，这可不能算是粉丝。每天晚上和妻子上床之前我都要听猫王的歌，可以让我更兴奋。"

"你干活的时候我在这边看电视，你不介意吧？"杰里问道。

那人耸耸肩。"没事的。毕竟是你花钱付房租住在这里。"他在墙边展开一块帆布，挑拣着自己的工具。

杰里拿起遥控，播到本地新闻台。

"……这又是一起明显由传心者进行的犯罪。一名小丑称，他在中央公园进行表演时，有别人入侵了他的精神，操纵他脱掉了衣服，还在肛门里插入了一枝菊花。随后传心者又控制着他在公园里四处走动，对路人做出猥亵的姿势。"

"天哪，"装修工说道，"最近半个月已经发生三起了。警察什么时候才能管管这帮传心者啊？"

"可能他们也很怕。"杰里说。

"我能理解。但是纽约警察竟然拿几个毛头小子没办法，还是很让人难过。即使他们是王牌。"

WILD CARDS

"你喜欢王牌吗？"杰里把目光从电视上移开，看向他。

"不不，我可不喜欢，受不了他们。就应该把他们都关起来。"他举着一只沾满腻子的刮刀指着他，"他们就应该这么对付那个胖子，虽然他杀的只是个鬼牌。"

"任何事情都是有两面性的。"杰里说。

"对，现在阵营划分越来越明确。如果你支持王牌和鬼牌，那就是自找麻烦。你这么年轻，可别给自己找麻烦。"

杰里有点想告诉他，他们的年龄其实差不多，但这一定会引起他的好奇心。他关上电视，拿起一本《时尚》杂志。他最近在努力研究女人的心理，但还是怎么都没法开窍。或许厄玛·库尔茨的文章能给他一些启发。

♥

肯尼斯在等他共进午餐，但这回是杰里迟到了。第三大道上堵得水泄不通。他和出租车司机结了账，直接步行进城。还没走过两条街，他的衬衫就已经被汗水浸透。

肯尼斯并没有直说，但杰里觉得他想要把关于莱瑟姆的材料上交。他和杰里强调了好几次不要爽约，这背后一定意味着什么，因为肯尼斯是个惜字如金的人。

他刚走上餐厅所在的那条街，腿就抽筋了。杰里靠在墙边，揉着自己的腿肚，灼热的疼痛过了一两分钟才消退。每个路过的人看到他都摇了摇头。他弯下腰，扳着脚趾，想要拉伸肌肉。疼痛减轻了，他便继续一瘸一拐走向餐厅。有三个年轻人在他前面走进餐厅，衣着看上去颇为高档，但和他们很不协调，就像是小孩在玩过家家。杰里只瞥到他们一眼，但觉得很眼熟。其中一个女孩戴着假发。杰里自己就有好几顶假发，所以离得很远也能看出来。他试着把体重压在刚刚抽筋的腿上，结果腿肚立刻又疼起来。他只好慢慢地用一只脚往前跳，

独眼杰克

进了餐厅,他便恢复了双脚行走。腿仍然酸疼得厉害,但他毫无办法。餐厅里的冷气吹在他汗湿的后背上。他闻到了德国泡菜和炸肉排的味道。

那几个年轻人坐在一处卡座里。戴假发的女孩和一个男孩搀扶着另一个女孩,她似乎晕过去了。有个人从他身边冲了过去,杰里看到那是他的弟弟突然走出餐厅。

"肯尼斯?"

他没有回答。杰里跛着脚跟在他身后。他们走上便道,他伸手去拉肯尼斯的胳膊,想让他转过身来。但肯尼斯头也不回,用胳膊肘猛地把杰里撞开了。杰里倒在便道上,而肯尼斯则直接走上了大马路。

"不要。"杰里大叫,挣扎起身。

肯尼斯回过头,一脸茫然,就像餐厅里那个女孩子一样。尖厉的刹车声突然响起,一辆汽车打横停住,右侧挡泥板撞上肯尼斯,他的身体被撞飞了。肯尼斯号叫着,杰里听到玻璃碎裂的声音,肯尼斯撞在一辆停在路边的车上,身体滑落到地面。

杰里跑过去,腿上的酸疼已经被他抛在脑后。肯尼斯的鼻子和嘴里不断流着血。他的身体诡异地扭曲着,是后背断了。杰里跪在他身边。"肯尼斯,是我。别动弹。"他转向人群,"快叫救护车!"

"杰里。"肯尼斯的喉咙里全是鲜血,声音混沌不清,"是他们干的。交换了身体。太……奇怪了。"他合上眼睛,又睁开。"太疼了。一定是……莱瑟姆干的。告诉贝丝……"他的身体战栗了一下,随后再也不动了。

"不要。"杰里低声说道,抱着他的头待了一会儿,随后放开手,站起身来。他看到那三个小孩消失在街角,其中的男孩拿着一个大信封。杰里挣扎着跑了两步,又停下了。"不。"

有人扶着杰里的肩膀把他带回餐厅。他明白他们在说一些安慰的话,但他一个字也听不进去。他们让他坐下来,一名服务员在他面前放了一杯水和一小杯威士忌。"请您在这里等警察,先生。如果有任何需要,和我们说就可以。"

杰里麻木地一口吞下威士忌,双手渐渐握成拳头。在痛苦和无法接受的冲击之下,某种冰冷的情感渐渐升起。这是他早晚要面对的情感。

杰里想到贝丝,整个人都垮了下来。她一定接受不了。他一直对她犯浑,现在肯定也起不到安慰的作用。但他一定会尽力的。

杰里听到警笛越来越近。他举起手,想再要一杯威士忌,但又考虑了一下,便挥手让服务员离开了。现在不是喝醉的时候。

♣

只有他们两人坐在沙发上。葬礼之后,杰里在礼貌允许的范围内尽可能快地请走了所有亲朋。贝丝虽然表现得很矜持,但他能感觉到她还需要大哭一场。

"我之前没有机会找你谈谈,我想为我自己这几个月以来的行为向你道歉。我知道我伤害了你的感情,我不应该这样的。"杰里吸了吸鼻子,他也很想哭一场,"真的很对不起,如果你再给我一次机会,我不会再让你失望。"他试探性地摸了摸她的肩膀。

贝丝把自己的手放在他手上。"哦,杰里,没事的。我知道你并不是恨我。有时候这种事难免发生。重要的是你现在回来陪我了。"她把头埋在他的脖子旁边,"我需要有能够信任的人陪在我身边,需要能让我感到自在的人。"

杰里抱住她,不知道是他们两人谁先哭了起来。他们紧紧拥在一起。平复一点之后,他拿来一包抽纸,他俩同时擤了擤鼻子,贝丝挤出一丝微笑。

"我真的很爱你,妹妹,"他说,"只是,有的时候我自己没有理解这一点。我现在正在努力,也在努力少喝酒。"

她点头，又擦了擦眼角。"我很替你感到自豪。"

"你在这儿过夜吗？"但杰里其实害怕听到答案。

"我的弟弟说愿意接我过去住两天。我也好几年没回过芝加哥，可能的确应该去探望一下。"

杰里点点头，看着她，但感觉她似乎已经走远。"这样的确对你是最好的。"

她牵起他的手。"我只去几天，很快就回来。"

"我会等你的。"他说。

♠

汤姆林国际机场非常拥挤。现在还在暑假期间，每天都有无数人进出纽约。他和贝丝相对坐在塑料长椅上。她抱着灰色的行李袋，望着窗外滑行的飞机出神，一言不发。他无法想象她此刻是什么感受。她的痛苦比他还要深。

"飞往芝加哥的东部航空178号航班开始登机。"广播员说道。

贝丝站起身，从包里摸出登机牌。她放下行李，和杰里紧紧地拥抱在一起。他知道自己又要哭了，但如果现在哭出来，贝丝也会跟着他一起哭。他不希望她上飞机后还哭哭啼啼的。

"再见了，我很快就回来。我只是需要离开这里待两天。保持联系。"

杰里拿起她的包，伸出一只手臂搂着她走向登机口。"天哪，我一定会很想你的。现在我只有你了。"

"不是这样的，否则我一定不会离开你。"贝丝亲了亲他的脸颊。

杰里把行李袋递给她。"落地之后给我打电话。"

"一定会的。再见。"贝丝转过身，把登机牌交给机务人员。对方拿过登机牌，对她笑了笑，随后她就走了。

杰里回到长椅坐下，盯着窗外的飞机。他揉揉眼睛，试着回忆自

WILD CARDS

己最喜欢的歌，但脑海里一片死寂。他一直盯着飞机，直到它越滑越远，从他的视线中消失不见。

♠ ♥ ♦ ♣

亡者的心跳

约翰·J. 米勒　著

"这是……嘶嘶……是将军的命令，渐隐。"亚龙的话语里夹着嘶嘶声，吐着一条令人恶心的信子，他的眼睛就像两颗扣子，毫无感情。

"怎么我要去见那个老头儿之前还要被搜身？这是什么时候的规矩？"菲利浦·坎宁安问。亚龙是金的忠实仆从。

"嘶嘶……因为将军下了命令。"亚龙的目光冷酷无情。

坎宁安故意叹了口气。"好吧。"他说，随后顺从地把手高举过头，让亚龙在他的身上摸索。

坎宁安用练习过的微笑掩盖了心中突然闪过的不安。他知道了，坎宁安心想，这个老混蛋发现了"新日降临"的计划，所以才要见他。

亚龙咕哝一句，退到一旁。"好了，"他一脸不乐意，"你可以进去了。"

坎宁安犹疑着。他很确定，等在这扇门后面的是怒发冲冠的金，他一定发觉了他篡位成为影拳会首领的计划。坎宁安思索了片刻究竟是谁背叛了他，但随后决定过后再考虑这事。现在他担忧的事情更加根本。那就是生存问题。

或许他可以把新日降临的事栽赃给别人，比如枪眼，或者魔士。魔士是最合适的。

他挺直后背，推开金办公室的门。室内十分安静，灯光昏暗，唯

WILD CARDS

一的光源来自金办公桌边的一盏台灯。房间里的气氛黑暗阴森，玻璃罩子罩着许多昂贵的亚洲古董，正如陵墓里的陪葬品。

"你想见我？"坎宁安走进房间，问道。他突然皱眉，停住脚步。"金？"

巨大的柚木办公桌后面，他的身影笼罩在一团阴影中，只有一点昏暗的台灯灯光照在他身上。坎宁安小心翼翼地上前一步，随后蓦然意识到，影拳会的领袖可能换得比他预期的还要快。

金死了。

前提是，那里坐着的真的是金的话。坎宁安满心的难以置信，缓缓凑近他，不知道他的老大是不是在搞什么装死的把戏。但现在离愚人节远得很，而且金根本不是会开玩笑的人。瘫倒在椅子上的是一具无头尸体，它的手放在桌子上，桌面上还散落着蓝色的粉末。坎宁安认得这只手，他明白这就是金的尸体。除了金之外，还有一具尸体——平时被金养在罐子里的鬼牌保镖，金的铂金裁纸刀把他钉在桌面上，血浆四溢。

坎宁安谨慎地靠近办公桌，先是移动了一下台灯的灯罩，让更多灯光照在尸体身上。他小心翼翼地没有碰到桌子上的蓝色粉末和凝结的血浆，把两只手指放在金的手背上。他的身体尚有余温，还保持着柔软。金的手指尖上沾满蓝色粉末，他浸血的衬衫胸口上涂抹了更多粉末。

"狂喜。"坎宁安自言自语，离开办公桌前。这种蓝色粉末是金手下的影拳会自己制造的。它能够增强所有感官，让普通的食物变得犹如绝顶的珍馐，让任何的触碰化为高潮的愉悦。但它也有副作用。坎宁安心想，金自己被自己做出的东西害死，这么讽刺的天道轮回可能只有劣质电视剧里才会出现。

坎宁安并不觉得自己有多么自命不凡，但他对于娱乐方式的选择是很保守的。他不会轻易碰对人有害的新生事物，例如某些新的化学制品，只有在很多人证明确实无害之后他才会使用。他可不愿意当别人的小白鼠。

但问题是，坎宁安可以发誓金对于毒品的态度比他还要保守得多。他在自己的欢乐宫扮演忽必烈的时候，偶尔会抽上一袋大烟，但东方文化长久以来就对大烟的接受度很高。但仅止于此。除此之外他并不吸食别的毒品，而且很少喝酒。他实在没有想到金会沉迷毒品。

他真的吸毒了吗？

坎宁安仔细研究着眼前的命案现场。金为什么要杀死自己的保镖？如果不是金杀的，那又是谁呢？

是把金的脑袋带走当作纪念品的人。

但为什么要偷死人的脑袋？

为了不让亡首获得他大脑里的记忆。

或许吧。如果真是这样，那这就是内鬼所为。只有影拳会的内部人员才知道，亡首有读取死人大脑中记忆的能力。

坎宁安拔起裁纸刀，把那个两栖类动物般的鬼牌的尸体放到一边。金的办公桌边放着一个小盒子，里面塞满高档包装纸，上面印着"林氏古董店"，这是一家昂贵的古董专营店，属于金的商业帝国的一部分。这里不仅出售古董，同时还向上流社会人士贩售毒品，从大麻到海洛因应有尽有。也包括狂喜。

坎宁安把那个鬼牌的尸体放进小盒子里。虽然他已经死了，但仍旧能回答他的问题。只要有亡首的能力。

坎宁安仔细环视一圈办公室。这里没有窗户，唯一通向前厅的门有亚龙把守。他叹口气。这是一起典型的密室杀人案，只可惜他没看过阿加莎·克里斯蒂。

不过通向办公室的门并没有上锁。门突然打开，亚龙探进头："不好意思……嘶嘶……"但话还没说完就停住了。

莱斯利·克里斯蒂安站在亚龙身后。坎宁安不喜欢这个一脸沧桑的英国人,他去年突然来到影拳会,成为了金的心腹。他是个自命不凡的家伙,浑身散发着丑陋的秘密的臭气。

他们两人盯着金的办公室,克里斯蒂安简洁地说:"那么,你终于出手了?"

一瞬间充满震惊的沉默,随后亚龙那迟钝的脑袋终于理解了他的话,他立刻吼叫起来,冲进办公室,一英尺长的舌头摆动着,尖牙上滴着毒液。

亚龙的脑子并不好使,但他对主子极其忠心。如果他认定了什么想法,就不会再改变。而现在,克里斯蒂安灌输给他的观念深深扎下了根,他认定是坎宁安杀了金。坎宁安知道,自己永远不会有机会和他澄清事实了。

他隐身了。隐身越彻底,坎宁安的视力损失就越大。但日积月累的训练让他强化了其余的感官,他在脑海中再现出金的办公室地形图,绕过一个摆着精美鼻烟壶的玻璃柜子,朝门口走去。

但亚龙的尖叫声却离他越来越近。

坎宁安蹲下身子,亚龙飞身扑上来,几乎扑中他,但却撞到玻璃柜上。他在满地的玻璃碴和古董碎片中摸索着,寻找坎宁安。

到底是怎么回事?坎宁安心想,突然感到亚龙潮湿的信子舔到自己的脸。这混蛋能闻到我的气味,坎宁安意识到。很快,亚龙就抓住了他。

他想甩开,但亚龙的另一只手拽住坎宁安的衣服,把他拉近自己。坎宁安能够想象出他的血盆大口,尖牙上流着唾液,就像一条疯狗。

他根本不是他的对手,坎宁安很明白。

他显示出自己的眼睛,看到亚龙正对着空无一物的地方疯狂地撕咬,于是坎宁安抬起膝盖,击中亚龙的腿。

亚龙尖叫一声,坎宁安立刻抽身,快速打量着房间。克里斯蒂安不见了，还关上了办公室的门。门附近挂着一对仪式用匕首，手柄上镶嵌着珍珠、红宝石和翡翠。他把匕首取下来，带着它再次彻底隐身，他可以感觉到亚龙灼热的吐息喷在自己的后脖颈上。

亚龙撞上他，把他猛地推向墙。坎宁安上气不接下气地挥舞着匕首，但这一对古董太过古老，已经成了中看不中用的摆设，一把匕首划过他的小臂，毫无作用，而另一把匕首直接断裂了。

坎宁安想要咒骂，但根本喘不上气来。亚龙用粗壮的手握住坎宁安的头，手指在他的脸上捏出沟痕。其中一根手指伸进他的嘴里，坎宁安用力一咬。

他尝到一股血腥味，亚龙尖叫着，本能地缩回手。他大口喘着气，根据记忆回身去拿另一件武器：他刚刚放在办公桌上的铂金裁纸刀。他一边跑向桌子，一边显现出自己的眼睛。他的膝盖撞上桌子，一阵刺痛。他在发出恶臭的血浆和蓝色粉末的混合物中摸索着，突然打滑，倒在金冰冷的尸体上。但电光石火之间，他还是握住了裁纸刀。

亚龙紧紧跟着他，张牙舞爪地跃过桌子。坎宁安伸出握着裁纸刀的右手，亚龙撞上他，把椅子、坎宁安和金的尸体全都撞倒在地。

坎宁安被亚龙迎面撞上，又重重倒向地面。他呆愣了一瞬才发觉自己仍然握着裁纸刀，某种又粘又湿的东西顺着他的手向下流。是裁纸刀，他终于明白过来，裁纸刀插进了亚龙的喉咙，刀锋向上，捅穿他的嘴，直接插进大脑。如注的血喷涌在他的手上。

坎宁安在原地躺了一会儿，被蓝色粉末搞得晕头转向。

活着的感觉真好。

◆

金的椅子坐起来很舒服，靠垫柔软奢华，上了油的转轮十分平滑。坎宁安心不在焉地转着椅子，知道自己现在应该走了，克里斯蒂安随时有可能带很多人回来。然而，他就是难以抑制想要静静享受击败他们的愉悦。他停下椅子，不再转动，一只脚踩在金的尸体上，另一只脚踏着迅速冷却的亚龙的尸体。

这就是成为影拳会首领的感觉。混杂着掌控感、大权在握的感觉，还有对于未来的奢靡的期待。当然，坎宁安明白，这种快感一部分是自己吸入的狂喜造成的。他必须尽快清醒过来，可不能在小睡的时候被抓到。

他小心翼翼地伸出手，尽量不要再搅起桌上的粉末。他拿起岌岌可危地挂在桌角的电话，拨通了。

"我是渐隐，"他对着话筒说，"我找魔士。"

他小声哼哼着，等着自己的共犯者接电话。魔士是狼人帮的领袖，他身材高大健壮，没有人知道百变王牌病毒究竟让他的外表变成了什么样子，连坎宁安也不知道。他总是戴着面具。狼人帮的人都戴着相同的面具，这个传统就源自他。他总是戴着名人的人脸面具。无论他选择什么款式、戴多久，他的追随者们通通都会照做。

"我是魔士。"狼人帮领袖的声音低沉、不带感情色彩，但又暗含着某种阴郁冷酷的危险感。在坎宁安看来，狼人帮不过是一群活在自己很厉害的幻觉里的鬼牌。然而魔士是很危险的。他管自己的能力叫"死愿"，这份能力也是极其危险的。

魔士只需要发愿让一个人死，二十四小时之内，他就能如愿以偿。有时候受害者死于心脏病突发，有时候是脑梗，或者有的时候，受害者会在错误的时间出现在错误的地点，一辆路过的出租车便夺走他的性命。甚至有一回，某个人竟然被一颗小陨石砸中丧命。没有人知道他是如何做到的，但他的死愿从未失手。

在他身边必须非常小心。

"'新日降临'计划开始了。"狂喜的药效让坎宁安的声音热情洋溢，"现在。"

独眼杰克

"已经开始了?"魔士沉吟,"原本是定在下周进行的。现在人员都没有到位——"

"我们现在就得开始行动,"坎宁安打断他,随后和他说明了金的死,"我不知道是谁干的,也不知道这是为什么,但克里斯蒂安一定插手了这事。"他接着说。"他出现得太碰巧了,走之前又教唆亚龙攻击我。"

"他有什么动机杀金?"魔士问。

"我不知道,"坎宁安承认道,"但我们抓到他之后就能知道了。现在我们必须行动。必须要快。他已经试图取我性命了,我想他下一次可能会找马苏。"

魔士从喉咙深处发出一点声音,坎宁安立刻明白自己的话说到了点子上。虽然这狼人帮和白鹭会都隶属于影拳会,但他们之间毫无团结友爱的精神。狼人帮里面都是鬼牌,他们身上带着街头的气息。而白鹭会里面都是奈特,绝大部分是乳臭未干的奈特。虽然他们也和狼人帮一样混迹街头,但他们总自认为在影拳会的地位高人一等。而马苏也很提倡这种思想,她是白鹭会的领袖,也是金福的姐姐。

"让狼人帮进入紧急戒备状态,"坎宁安说,"去找鹞鹰,再联系耳语者。我有种预感,不等这事闹大,我们就需要他了。"

"懒龙呢?"魔士问。

"仍然失联,"坎宁安说,"上次我去他家看的时候,他姐姐住在那里,说已经好几个月没听到他的音讯了。我怀疑克里斯蒂安——或者杀了金的人——已经把他做掉了。"

"那枪眼呢?"

坎宁安做了个驱赶的手势。"现在不要管他。他知道去哪里处理尸体,所以可能日后用得着。但现在他不会对我们构成任何威胁。他不过是个律师。"

"好吧,"魔士说,"需要我派几个弟兄去保护你吗?"

WILD CARDS

"我觉得不错。"坎宁安说。他看着放在盒子里的小小的鬼牌尸体。"我要去狼巢了,但我首先要去找亡首。有点东西给他看。"

幸好,坎宁安很清楚该去哪里找他们。

♥

路过自动售货快餐店时,坎宁安竟然抑制不住想买五六个三明治来吃,于是明白了狂喜的药效依然没有消退。他步履坚定地走过食品贩售区,提醒自己他是来找人的,不是来吃低档三明治的。

餐厅里虽然拥挤,坎宁安还是立刻就找到了亡首,他独自坐在一个无人的角落。快餐店的顾客——一般来讲,他们并不是什么讲究人——似乎是本能地远离这个半疯半癫的王牌。坎宁安觉得这不能怪他们。保守地说,亡首也是个十分令人反感的人物。他身上的衣服只比流浪汉强一丁点,头发脏得厉害,已经不知多久没洗过。他死人一般惨白的脸上总在不断抽搐,好像在接受电疗似的。

"你好,格伦,"坎宁安走近亡首的桌子,小心翼翼地说。他看了看他面前的空餐盘,叹口气。这个半疯在吃饱饭后尤其难以对付。"你吃了什么,格伦?"

"没什么,"亡首警惕地说,避免和坎宁安的眼神接触,"我能感应到太阳,我能看到起伏的平原。青草的味道很好。"

"天哪,"坎宁安嘟囔着,"你不会是吃了个汉堡吧?"

"哞哞。"亡首叫道,引来不少人的目光。

坎宁安摆出一副假笑,抓起亡首的胳膊,把他拉起来。"我们走吧,"他说,接着又小声说,"我有点东西要给你。"

亡首点点头,突然趴在地上。

"起来吧,"坎宁安用尽量随意的口吻说,"该回家了。"

亡首只是回答他:"哞哞。"

坎宁安依旧保持着微笑,但弯下腰凶狠地说:"给我控制好你自己。我可不会把你一路拉进车里。"

亡首点点头，站起身来，尽量扯平了衣服。他的眼神望向食品贩售机。"我没事，真的。等我一下就行。"

他走到收银台前，买了一包口香糖，颤抖着双手把每一条都剥开，一条接一条放进嘴里。他心满意足地嚼着，发出一声愉悦的叹息。坎宁安露出理解的微笑，把他拉走了。

"来吧。"他说，带着他沿着马路走向停车场，他的玛莎拉蒂就停在不远处。

亡首逆来顺受地跟着他，眼神迷离地游走在自己脑海深处的画面之中，他正在复原刚刚吃下的牛的一生。坎宁安尽量往好处想：至少亡首没有彻底陷入昏迷。一般他吃过肉类之后很容易昏迷。

他把亡首丢在副驾驶座上，关上车门，站在原地没有动。有一个男人站在他的车前。刚刚他还不在那里。他长着一副亚洲脸孔，戴着镜面墨镜，让他年轻的脸显出一种刚硬。坎宁安知道，他身上的缎面夹克后面一定绣着一只白鹭。对方气定神闲，身后有两个小混混手持冲锋枪。

坎宁安片刻之后才想起那人的名字：杰克·张，白鹭会的一个头目。他对坎宁安笑了。"马苏，"他说，"她想见你。关于她弟弟的头的事。"

♣

"小心点，"坎宁安说。张随意地把他的玛莎拉蒂停在中国城一处小巷的垃圾桶之间。"会把喷漆刮坏的。"

他笑了。"那又怎样？你没买保险吗？"

坎宁安不喜欢张的态度，但他没有说什么，只是和他一起下了车，等着跟在后面的白鹭会成员。现在和他逞强只是白费力气。他喜欢把别人得罪他的事情暗暗记下来，日后等时机到来时再报复。他已经记下了张的仇。

后面的厢式货车刺耳地刹车,轻轻碰上坎宁安的玛莎拉蒂,推得车头又撞上前面的墙,货车司机一直笑着。其余的人也笑着鱼贯下车,坎宁安表面上云淡风轻,但心里又记下一个人的仇。两个人架着神情恍惚的亡首。坎宁安心想,今天一天过去之后,他的报复名单一定会变得非常长。

"走吧,"张说,"小妈妈等着我们呢。"

马苏和她的弟弟一样,十分沉迷东方文化。她让把守着总部的白鹭会成员都穿着传统服装,坎宁安觉得就像《安娜与暹罗王》的戏服一样。不过,他注意到他们除了佩戴短粗的中国剑以外,在腰的另一边还别着十分现代化的手枪。

马苏的总部总是让坎宁安很难受,不仅仅是因为这里仿佛母夜叉的地牢。在古板的砖墙后面,是充满了丝绸珠帘和电子屏幕的神奇所在,电子火炬在墙上燃烧,空气里弥漫着浓郁的焚香。

马苏在会客室里等着他们。她安坐在自己的宝座上,上面木雕繁复,装饰着数以百计的孔雀羽毛。她身穿深蓝色丝绸长袍,上面绣着耀眼的白鹭,那是白鹭会的标志。马苏相貌平平,身材有些矮胖,刚刚步入中年。然而,在温和的外表下,隐藏着的是和她弟弟一样残忍无情的内心。眼下,她看到坎宁安,似乎十分不悦。

"你的野心,"她冷冷地对坎宁安说,"终于让你铸下大错。你不仅杀害了我的弟弟和他忠实的保镖,还毁坏了我弟弟的尸首。你将为此付出代价。"

坎宁安难以判断她是真的认为他杀了金,抑或只是借此机会想要做掉他。他摇摇头:"亚龙的确死在我的手下,但我纯粹是出于自卫。克里斯蒂安教唆他攻击我。我敢肯定,克里斯蒂安还告诉你是我杀了金。"

马苏脸上的表情让坎宁安明白,他的话让她陷入了思索。于是他继续说道："如果真是我杀了将军，我为什么要拿走他的头？"

她笑了。"当然是给那个恶心的生物吃掉，好让你了解影拳会内部的所有秘密。"

"这个猜测很有道理，"坎宁安承认，"但前提是我手上有他的头。但我没有。"

"那为什么，"马苏得意地说，"在我弟弟死后你立刻就去找亡首了？"

"因为我有别的事找他，"坎宁安解释道，"金养在罐子里的贴身保镖也被杀了，一定是凶手要防止他泄密。似乎有人在这件事背后作祟，想陷害我。"

"克里斯蒂安。"马苏若有所思地说。她的目光长久地眺望着迷离的远方，坎宁安的心里终于升起一丝希望。"贴身保镖的尸体在哪？"她问。

"在我车里的仪表盘下面。"坎宁安答道。马苏瞥了一眼张，点点头。张便示意自己的一个手下立刻去取。

"亡首呢？"马苏又问。

"我们把他放在前厅了。"张说。

"把他带来。"

张点点头，也离开了。屋里只剩下坎宁安和马苏，还有五六名一言不发的保镖。她还在默默瞪视着他，仿佛在心里掂量他生命的价值似的。他心想，现在还是不要和她闲聊。

张的手下回来了，把盛放尸体的盒子交给马苏。她看了看，点了一下头，便把盒子交给另一个侍从，后者把盒子放在她的孔雀宝座的上层台阶上，就在她的脚边。片刻后，又有一阵短促而礼貌的敲门声响起。张带着两名手下，架着亡首走进来。

亡首蓬头垢面，用深色的眼睛环视了一圈，嘴里念叨着只有他自己才明白的话。他看着坎宁安，紧张地舔了舔嘴唇。"你有事情让我做吗？"终于，他问道。

马苏点点头，指着盒子。"在这里面。"

亡首用颤抖的手打开盖子。"这么小。"他说。

坎宁安点头。"拿它当个开胃菜吧。"

亡首的笑容渐渐扩大。他从口袋里掏出一个皮革包，口水从嘴里垂下来。包里装着一套精致、尖锐又闪亮的工具，他拿出一支，一边锯着骨头，一边自顾自哼着小曲。他切开那小小的头骨，坎宁安移开视线，但马苏目不转睛地盯着看。

亡首很快就切除了尸体的头盖骨，他暗暗瞥了一眼坎宁安和马苏，把尸体翻了个身。他半遮半掩地把大脑挖出来，丢进自己的嘴里。亡首匆匆嚼了几下，发出响亮的声音，随后吞了下去。他跪在宝座中间的台阶上，脸上带着如梦似幻的微笑，身体不再抽搐痉挛，而是变得平和静止。他闭上眼睛。

"要等多久？"马苏问，她似乎颇感兴趣。

"依不同情况而定，"坎宁安说，"这具尸体比较……新鲜……所以他吸收它的记忆可能会快一些。"

过了一会儿，亡首呻吟起来，扭动着身体。"不！"他大叫着纵身一跳，好像要躲开致命的一击。

坎宁安急切地凑近。

"谁杀了你？"他问。

"红头发，"亡首在恍惚中喘着粗气，"脸上笑着。这个男孩，他很享受杀戮，对。"他又抽搐扭动了几下，发出一声急切的大叫。

"他是独自一人吗？还有别人在场吗？"

亡首前后摇晃着脑袋。"还有一个人。在后面，离得太远。模糊。认不出——"

坎宁安暗自咒骂了一句。守卫金办公桌的那名鬼牌是个高度近视。"金呢？他在房间里吗？"

"在办公桌边。"

"他在干什么？"

"他很害怕。他打开盒子，但他其实并不想。他说，'你为什么要对我这样？我不想。别强迫我。'他把头埋进盒子里——"

坎宁安和马苏面面相觑。"精神控制，"坎宁安说，马苏点头，"有人——就是那个红头发的人——操控他吸入了极大量的狂喜。"

"红头发，"马苏说，"精神控制。"

"塔基扬医生。"他们异口同声。

马苏皱紧眉，摇着头。"我不明白，"她说着，怀疑地盯着亡首，后者正在地上像狗一样地抽搐着打滚，这是他吃了大脑之后的反应，"为什么塔基扬医生要操控金自杀？"

"或许并不是他。可能是其他的红头发、能进行精神控制的人。"坎宁安耸肩，"等亡首恢复过来，可以画出那个人的肖像。"他看着马苏。"总之，你现在也知道了，我说的都是实话。我与你弟弟的死无关。"

马苏的目光又投向远方。"或许的确如此，"她承认，"但我的行动为什么一定要基于事实呢？"她看向坎宁安。"我的弟弟死了，我将会成为影拳会的最高领袖。我不认为你乐意为我做事，渐隐。而且坦白地说，我也并不信任你。"

"那我还是死定了。"他让自己的语气尽量轻率又尖刻。

"可以说是我们的企业准备撤销你的职位。"马苏微笑着说。

"好吧，"他说，"既然如此，去你妈的吧。"

他彻底遁入隐形。他不了解马苏这里的房间地形，但在刚刚尽了最大努力去记忆。他卧倒在地，翻滚着身子，随后又起身匍匐前进，身后传来马苏的喊声，她的手下在屋里四处乱窜。短暂的一阵枪声，紧接着是痛苦的号叫，马苏大喊："用剑，笨蛋，把守住门口！"

他朝着她的声音来源移动，被脚下的什么东西绊倒，似乎是倒地

WILD CARDS

呻吟的广首。他无声地倒在地上,一翻身又站起来,却撞上另一个人。他的手戳上坚实的肌肉,随后感到有剑刃插进自己的大腿里,一阵剧痛。他压抑住自己的叫声,伸手抓向挥剑人手腕的位置。

他一把推开那个人,剑还插在腿上。坎宁安咬紧牙关,把剑拔了出来,把剑也隐形了。他双手握紧剑柄,凌空画着"8"字,感觉到剑刃劈开了无数肉体组织,仿佛烧热的刀刃切开黄油。

马苏又对着保镖喊叫起来,但这是一个错误,她暴露了自己的位置。他朝她靠近,手里挥舞着隐形剑,就像盲人举着手杖。在满屋的混乱和恐慌声中,又出现了新的声音。

某人低沉、嘶哑的喊声及震耳欲聋的枪声回响着。坎宁安冒险露出自己的眼睛,眼前的景象让他安心得大喊一声。魔士亲自领着狼人帮的战队来了。

十多名狼人帮的人穿着毛皮大衣,头戴精致的迈克尔·杰克逊面具,手里握着机关枪和各式武器,武装到牙齿。其中一人扛着一台收音机,播放着《我是恶棍》,声音比枪声还响。

马苏站在宝座前,脸上更多的是愤怒而非恐惧。两名保镖站在她两边,丢下剑,正要掏枪。坎宁安目测了一下他和她的距离,便又恢复了彻底隐身。他无声地向前冲刺,挥舞着锋利的剑刃。

有温热粘稠的东西溅在他的脸上,他解除了眼睛的隐形,反正身上的血迹会暴露他。

有一名保镖被砍倒,但另一名则举着枪指向他。坎宁安紧张起来,随时准备闪避。但还没等这人开枪,一旁的狼人就开枪打倒了他。他朝前扑倒,摔下宝座的阶梯。马苏独自站在宝座前,孤立无援。

她看着坎宁安。"似乎现在是你赢了。"她的语气几乎带着一丝优雅。

他点头。"你说得对,我是不会为你工作的。而且我觉得你肯定也永远不会在我手下干活。"

他举起剑，刺进她的身体。她抽了一口气，倒在宝座上，仿佛盯了他许久许久，才合上眼睛。坎宁安叹口气，转过身去。他以前也杀过人，但像这样杀死一个女人，让他觉得不舒服。虽然他知道，她也对他抱有同等的杀意，但这个想法并不足以让他彻底轻松。

狼人们扫荡干净了最后几名敌人。魔士跨过蜷缩在地的亡首，踏上宝座来到坎宁安身边。

"有一名弟兄看到你被劫走，"他说，"我们就全速赶来了。好不容易找到地方，冲进来——"

他突然停住，紧紧盯着坎宁安。坎宁安猜自己现在看上去一定十分可怖。他的腿剧烈疼挛着，剑伤血流如注，而刚刚被他砍倒的人的血也溅了他一身。魔士盯着他的脸。从那张迈克尔·杰克逊面具后面的眼神中，可以看出他一副见到了鬼的表情。坎宁安反应过来，他一定是误以为他头上的血是自己的。

"别担心"——他笑了——"我没事，不是我的血。"他随手一抹，尽量把血浆擦掉。

魔士好像终于平静下来。"那好，"他说，"你没事就好。我们应该趁着别人还没赶来，快把这玩意儿搬走。"他指了指马苏的尸体。"他们看了一定会发疯的。"

"好吧，"坎宁安说着，看了一眼尸体横陈的房间，大多数都是白鹭会的人，也有几个狼人帮的人倒在马苏的人手下。"回狼巢去吧。我们得找到那个脑袋到底在哪里。"

虽然此处充溢着死亡的气息，虽然伤口还在剧痛，但坎宁安抑制不住地微笑着。结束了。"新日降临"计划实现了。他现在是影拳会的新领袖了。

♠

狼人帮的总部"狼巢"在过去是一家豪华酒店。当年，包厘街

WILD CARDS

还是声色俱佳的夜生活去处聚集地。后来,这里每况愈下,酒店被改造成公寓。再后来这一片地区越来越破败,公寓又变成廉价旅馆,最后彻底被废弃。就这样过了十多年,狼人帮入驻了这栋破旧的大楼,把这里当成了总部。

他们在清洁上花了一番功夫,不过狼人帮的清洁标准当然比不上利兹卡尔顿大酒店。杂乱的房间臭气熏天,所有房间的正中央就是魔士的"中枢"。这个房间隐藏在两扇木门的后面,门上粗糙地刻着一个五芒星,用红油漆潦草地写着"野兽巢穴"。房间里光线阴暗,无数书本从书架上散落下来,堆得满地都是,到处都是神秘学的各色物件,从真人骨头到染了色的大捆鸡毛应有尽有。

坎宁安坐在魔士平时的座位上,面前的桌子上堆满了更多的神秘学用具,背后的墙上挂着谢顶、双下巴的阿莱斯特·克劳利,他是魔士的主保圣人。魔士坐在桌子对面的椅子上,这里一般是为来访者准备的。他认真盯着坎宁安,后者坐在椅子上,绑着绷带的腿僵硬地挺着。他回忆着今天的事件,声音低沉,若有所思。

"是克里斯蒂安,"他嘟囔着,"一定是克里斯蒂安。但那个英国佬,怎么有把握能顺利脱身呢?他在影拳会里没有自己真正的势力。"

"除非,这是他和马苏共同的阴谋。"魔士说。

坎宁安摇头。"她看上去真的很为自己弟弟的死震惊。我觉得她真的以为是我干的。"

"还有枪眼,"魔士说,"他可能也和这事有关系。"

"有可能,"坎宁安表示赞同,"所以我派了几个弟兄去找他。或许,他能够解开一些谜团。"他捏起桌上的一张纸。"比如,这家伙到底是谁。"

纸上是用彩铅画的肖像,正是用精神操控能力杀死金的红发人。亡首的绘画水平的确很高,他抓住了这个少年脸上暴戾而亢奋的神态。如此可怕的表情出现在这样一个年轻人的脸上令人简直不敢相信，他原本有着甜美的五官。

中枢的门外响起礼貌的敲门声。坎宁安从肖像上抬起头，看到两名狼人一左一右带着爱德华·圣·约翰·莱瑟姆走进来。

莱瑟姆身材精瘦，面容英俊。他穿着深灰色的布鲁克斯兄弟牌正装，上面有几乎难以辨出的淡紫色条纹。他走进房间的时候脸上毫无表情，只是朝坎宁安点点头。他直接忽略了魔士，坐到坎宁安旁边，跷起二郎腿，脚踝搭在膝盖上。"我想这时候应该向你道个贺。"他说。

"谢谢你，圣·约。"坎宁安知道莱瑟姆极其不喜欢圣·约这个简称。他是个毫无感情的混蛋，而且理论上非常忠心。他不太可能与暗杀金的阴谋有关。"不过，还有些事我需要处理。"

"比如？"

"比如，你是和我、魔士站在一边的，还是属于将军和他姐姐那一方的？"

莱瑟姆的笑容里毫无笑意。"我已经得知了将军和他姐姐的事。我别无选择，不是吗？"

"我很欣慰你的消息这么灵通。告诉我，关于莱斯利·克里斯蒂安，你了解多少？"

"克里斯蒂安？"枪眼皱紧眉头，"为什么问这个？"

"他不见了。我派狼人全城到处找他，但他消失了。而且消失之前还把金的死栽赃到了我的头上。"

枪眼有一点震惊。"那不是你杀的金？"

坎宁安摇头。"不是。我为什么要做那种事？我猜克里斯蒂安一定和这件事有关系。我刚发现金的尸体，他立刻就出现了，还想诬陷我，然后就消失了。"

"克里斯蒂安为什么要杀金？"莱瑟姆问。

"我不知道。但我们对于克里斯蒂安真正的了解又有多少？"坎宁安问，松动着自己的手指，"他是王牌；他是外国人；他喝酒；他通过某种方式，取得了金的信任。他可能有无数理由想要金死，但我们一个理由也不了解。"

"然而，"莱瑟姆干巴巴地说，"你只有一个理由要将军去死。"

"好吧，"坎宁安做出一点让步，"我和你坦诚相对。我承认，我想当影拳会的领袖，我也有……计划。但我没有杀金。"他把红发精神控制能力者的肖像递给莱瑟姆。"是他杀的。"

莱瑟姆接过肖像画，瞥了一眼。他的脸上飞快地闪过了什么。有一瞬间，坎宁安可以发誓，他看到这个平时永远胸有成竹的律师露出了某种动摇的神情。

"金的贴身保镖看到这个小孩控制了金的精神，强迫他吸入了大量狂喜。然后他把这个保镖杀了。"

"有意思。"莱瑟姆咕哝着。

"这个人是谁，你有什么想法没有？"

莱瑟姆看着他良久，说："或许。"

"你打算向我透露吗？"

莱瑟姆又考虑良久，点了点头。"为了还原事实，"他的语调里毫无讽刺之意，"为了正义。"

坎宁安挤出一丝微笑，但魔士则发出一声响亮的嗤笑。

"他隶属于一个街头黑帮，他们为影拳会做过一些事，"莱瑟姆说，"他的名字是布拉斯，是塔基扬医生的外孙。"

◆

五六名无所事事的鬼牌坐在包厘街中心的电影院外，轮流从一个包在棕色纸里的瓶子里喝东西。他们就像一群蜥蜴，晒着晚秋最后的阳光。

"最近如何，大伙？"坎宁安问这几个流浪汉。有几个人抬起头来看他。"你们能帮帮我吗？我在找人。这个小孩。"他拿出亡首画的肖像。"我听说他和一个街头黑帮经常在这一带混。"他从口袋里掏出一沓钱，抽出一张二十美元的钞票。这又吸引了几个人的注意力。

其中一个人转动着变色龙般的眼睛，盯住坎宁安。"你是条子吗？"

"说对了。"坎宁安说。

"你一看就像条子，长得还挺好看。上过电视的那个条子。是不是？"众人低声附和着他。坎宁安心想，还是快点把话题拉回正轨吧。

"这个小孩，你们见过吗？"

"这个该死的混蛋。他们那群人都是混蛋。这个电影院以前是我们的地盘，现在被他们抢走了，没日没夜大声放音乐。而且你得提防着他们，他们知道政府几号发救济金，刚一发下来，他们立刻就抢走了。"

"他现在在里面吗？"

"在，"那人说，"他在，穿着自己高档的衣服，一看就知道他很有钱。他并不是被迫在这里混的。他就应该把这块地方还给我们，回自己曼哈顿的家里去。所有那些混蛋都是。"

坎宁安笑了笑，扔下二十美元。钞票掉落在那个鬼牌的大腿上，其余人立刻站起来，哄抢着战利品。最后胜利的人跟跟跄跄拿着钱去了马路对面的烟酒专营店。

他也穿过马路，朝着缓缓行驶在路边的车里张望。魔士在开车，副驾驶坐着亡首，和往常一样一副惶恐不安的样子。莱瑟姆坐在后座，两边各有一名凶狠的狼人帮成员。远处，还停了三辆车，里面载满全副武装的狼人成员。

"好吧，"坎宁安说着，深呼吸了一次，"该渐隐出场了。"他笑了。"我试试从后门潜入。你们先在这里等着。"

魔士点头。"小心。"他说。

"我会的，相信我吧。"他对他点点头，回到马路另一边。

电影院的后门上了锁，但锁本身很低档，而且已经老旧锈蚀，坎宁安用探针轻易撬开了。门的后面是一条阴暗潮湿的通道，显然是通向大银幕后方的，随后通道分成两条，通向观众席。突然，坎宁安听到枪声响起，于是蹲伏在黑暗中，侧耳倾听。枪声的音质有种不真实感，随着枪声传来的喊话声高得不像真人发出的。一阵雷鸣般的轰响，紧接着是引擎的声音，还有悲伤的叫喊："我不能死，我还没看艾尔·乔逊的故事！"坎宁安突然明白过来。

有人在放电影，明显是霍华德·霍克斯的《百老汇上空三十分钟》的拙劣翻拍。坎宁安在黑暗中等待着，一阵飞机的噪声充满了整个电影院，飞机在曼哈顿的岸边坠毁，发出巨大的爆炸声响，观众席里传来欢呼和口哨声。看来观众里没什么喷气机小子的粉丝。

坎宁安沿着过道继续前进。他蹭到一块沉重、落满灰尘的布，进入了观众席。上座率颇低，有二十到二十五个小孩坐在靠近银幕的中间几排，都对电影画面不是很感兴趣。有的在大吃冰激凌和糖果，还有几个在卿卿我我——但是借着银幕反射的光，坎宁安看到的景象用"卿卿我我"来形容已经过于保守了。

然而，只有一个男孩在聚精会神地看着电影。即使周围黑暗，坎宁安也能立刻辨认出他那头华丽的红发和精致英俊的五官。他一定就是布拉斯，莱瑟姆口中的塔基扬的外孙。

他目不转睛地盯着银幕，画面里，百变王牌病毒从天空中如雨般倾泻而下，街上的行人在廉价特效中纷纷变身成套着塑胶戏服的怪兽。镜头一转，达德利·摩尔大摇大摆走到画面中央，他装扮成塔基扬的样子，扮相怪异，头上的红色假发粗劣得惊人，身上的服装则像是易装皇后。

摩尔抓着自己的头发，好像在找虱子。"天空在燃烧！"他大叫，

独眼杰克

"我警告过他们！我警告过所有人！"随后，他歇斯底里地崩溃地抽泣起来。

布拉斯站起来，甩开刚刚倚靠在他身边舔着他耳朵的女孩。他抽出藏在腰间的枪，打空一梭子弹。坎宁安连忙匍匐着躲在墙边，在电影院的拢音下，枪声异常响亮，相比之下电影里的爆炸音效都像玩具枪般不疼不痒了。

但布拉斯并不是在向坎宁安开枪，他甚至没有看到他。他射出的子弹穿过了银幕上达德利·摩尔的眉心。观众席上的不良少年欢呼大叫，布拉斯坐下来，嘴上带着邪恶的微笑。那一瞬间，布拉斯邪恶无情的神态比坎宁安在影拳会见过的任何狠角色都更甚。如此年轻的一张脸上出现这么可怖的神情，实在是令人恐惧。

坎宁安颤抖着，继续前进。

影院前厅一片荒凉，阴暗又肮脏。玻璃门被木板封起来，午后最后几缕阳光透过木板之间的缝隙透进来。食品柜台空空荡荡，落满灰尘，但爆米花机里有新鲜的爆米花，柜台上还堆着一盒盒的糖果。糖果看上去颇为新鲜，可能是这群孩子专门买来在看电影时吃的。坎宁安又想起，他刚才还看到有人在吃冰激凌。

他走到冰激凌推车前，打开上层的冰箱门，盯着里面看了好久。冰箱里，在各式冰激凌和三明治之间，放着金的首级，脖子切得血肉模糊。

坎宁安感觉自己非常反感触碰金冰冷的尸体。他并不是一个神经质的人，而且在金生前，他也没有多么敬爱他，但是如此不堪的死法，还是令他感到非常不适。他看着那双凝滞无神的眼睛，叹口气。

但如果不把他的头送到亡首那里，他们就无法得到任何信息。他拿起金的头，感觉它冷得就像一坨冰。他倒出一盒糖果，把首级放进盒子里收起来，这样让他好受了些。

他贴在放映厅门口，往里面瞥了一眼。电影的剧情进行到塔基扬

WILD CARDS

从一群鬼牌抢劫犯手里救下布莱思·范·伦斯勒——伴随着观众的嘘声。

不过是一群乌合之众的小毛孩。虽然,这里面塔基扬的外孙有操控他人精神的能力,但他这边还有好几车全副武装的狼人弟兄。他回到前厅,把放着金首级的糖果盒子放到食品柜台上。随后,坎宁安走到前厅门前,这里的大门把手上缠着一条铁链,上面挂着一道开着的锁。他小心地把门推开一条缝,朝电影院的外面张望。

那几名流浪汉又回来了,他们全神贯注地喝着新买来的酒,根本无暇注意到坎宁安。他朝停在路边的车的方向大幅度挥了挥手,狼人帮的人便鱼贯而出。他们穿过马路,流浪汉们发现了他们,终于意识到要出事了。他们一言不发地离开,紧紧攥着纸包里的酒瓶,好像生怕狼人帮的人抢了他们的酒似的。

"里面有谁?"魔士走上前。

"布拉斯,还有和他在一起的不良少年。好了,一会儿把他们包围起来,但不要动粗。要注意布拉斯,他有枪,还能控制别人的精神。不过,他应该比较机灵,看到我们有这么多人,不会轻易动手的。另外,亡首,"亡首看向他,几乎有种愧疚的表情,"我有个东西要给你。"

"是头吗?"魔士和莱瑟姆同时问道。

坎宁安点头。

狼人帮无声地潜入电影院里。他们共有十二人,高大威猛,身穿皮衣,手里拿着各式步枪,全副武装。坎宁安带着口水直流的亡首来到食品柜台前,给他指了指糖果盒子,便把他一个人扔在了那里。

"记住,"他警告众人,"一定要安静,但万一布拉斯要动手,就立刻制服他。"他转向狼人首领。"魔士,你盯住莱瑟姆。别让他耍花招。"

"你们都听清了吧,"魔士说,"那就动手吧。"

独眼杰克

银幕上,电影演到了经典片段,达德利·摩尔饰演的塔基扬口中衔着一枝玫瑰,笨拙地弹着钢琴曲,皮亚·左达拉饰演的布莱思·范·伦斯勒唱着《异星的爱》,观众们震声狂笑。

现在就让这一切立刻结束,坎宁安心想。他踏进放映厅,掏出枪,对着天花板鸣了几枪。

所有人的注意力都被他吸引。不良少年们扔下手里的糖果和爆米花,一跃而起想要逃跑,但没能跑成。

"所有人,不许动!"坎宁安尽力用威严的声音喊道。或许是他命令的口气起了作用,也或许是十几名全副武装的狼人起到了威慑作用。所有人都不动了。除了布拉斯。

他缓缓起身,站在观众席的中央望向坎宁安。"你想干什么?"电影里,左达拉被达德利·摩尔压在钢琴上,发出愉悦的呻吟,而他的声音盖过了电影对白。

"只是想谈谈,"坎宁安说道,"不用怕。"

"可以,"布拉斯说着,信步走到放映厅最前方。他知道所有人的目光都在注视着他,他在扮演老大的角色。"你想谈什么?"他随意地问道。

坎宁安用头点了点前厅的方向。"去那边谈。"他环视一圈狼人帮,"你们五个留在这里看着这些小孩,其余人跟我们走。"

他们便跟着坎宁安、布拉斯、魔士和莱瑟姆回到前厅。亡首一脸愧疚地四处环顾。"是中餐。"他嘴里塞满脑子,说完就继续吃起来。

布拉斯皱紧眉头。"哦,"他说,"我知道了,你们找到它了。真是糟糕。他说可以给我的。"

"他?"坎宁安问,急切地前倾着身子。

"我。"一个新的声音传来。

众人转过身,看到通向放映室的楼梯上站着一个金发的中年男子,久经风霜的脸上露出微笑。他的微笑里有某种东西,让坎宁安感到浑身冰冷。

"克里斯蒂安，"他说道，把枪口指向这个英国来的王牌，"我就知道是你！你为什么要这么做？为什么要杀金？"

克里斯蒂安的冷笑更深了，他从容地踱下最后几级台阶。"并不是我干的。"他说。

"那你也不能否定，你是这个小混蛋的共犯。"

"我根本没有否定，"克里斯蒂安温和地说，"我只是说，金不是我们杀的。"

"什么？"坎宁安问。

亡首正好在这时候发出一声呻吟，转向众人。"你为什么要这样对我？"他哀号道，"你为什么要偷走我的身体？为什么，金？"

坎宁安感到背脊一阵寒冷。"金？"他低声重复了一遍。

克里斯蒂安倚在食品柜台上。"没错，"他的脸上再次浮现起冷笑，"长久以来，你一直密谋篡我的位。我已经厌烦了。于是我想把所有这些阴谋搬上台面，靠的就是，"他对布拉斯点点头。"这位传心者为我提供的完美伪装。"

"不要，"亡首哀求道，"求求你，不要，我一直对你很忠诚……"

"传心者？"坎宁安说。他意识到布拉斯这一群人是传心者，立刻浑身冰冷。"你和克里斯蒂安交换了身体，伪造了自己的死亡？"

"没错。前一阵子，莱瑟姆带来了几名传心者。不过，我后来决定绕开莱瑟姆，直接来找布拉斯。我在他的帮助下，和克里斯蒂安交换了身体，然后一直利用他的心灵感应能力追踪你们。"

这下全都说得通了，坎宁安心想。幸好他周围有很多友方的狼人。"可惜了，最后的最后，你失算了。"他转向魔士，"做掉他。"

在迈克尔·杰克逊的面具之下，魔士的表情隐藏莫测。他举起枪，枪管抵住坎宁安的下巴。"对不起。"他说。

独眼杰克

克里斯蒂安——金——笑着。"精彩！"

"你在干什么？"坎宁安问，"杀了他啊！杀了他，一切就结束了。"

"结束了，"魔士轻声说，"你也知道，凭借我的能力，我可以在他人的脸上看到他们的死。今天上午，我在马苏那里看到了你的死。那时候我就知道，你活不过今天。"

坎宁安感到前额突然汗津津的。"但你只要杀了他就行了！杀了他！"

魔士摇着头，金不停笑着。

坎宁安转向金。"你之前死了。我以为你死了——"他刚开始说，金就抬起一只手，制止了他。

"别找借口，也别撒谎。我找出了一个叛徒，但自己却被困在一具苍老的身体里。但我觉得，"他说着，死死盯住坎宁安，"我可以再换一具年轻些的身体。"

"不！"坎宁安大叫，想要隐身逃跑，但听到一阵尖声的大笑，他感到自己的大脑仿佛直接被铁棒击中。天旋地转，他感到自己的腿强壮而年轻，可周围的一切都在不断旋转，令他眩晕又恶心，腿根本不听使唤。他的视角又改变了。他一下撞在食品柜台上，倒在地上，想要挣扎着逃跑，但身体太过苍老，而且他头晕目眩，极度疲劳。

他听到远处有笑声，接着是一个年轻的声音说："我来！"

有人把他的身体翻过来，他看到耀眼的红头发，年轻的脸上挂着可怖的微笑，还有巨大的枪管贴住自己的脸。

他闭上眼睛，想要说些什么，但什么也说不出来。或许，他最后听到了那声无比恐怖的巨响。

♠ ♥ ♦ ♣

无人生还

沃尔顿·西蒙斯 著

　　杰里站在莱瑟姆家的马路对面，一阵凉风卷挟着枯叶在他脚边打转。九月末的高温褪去，至少暂时褪去了，早秋的第一丝凉意终于到来。他穿着维修工人的工作装，工具箱里藏着手枪，还放了一些别的东西。他已经尽力做好了一切准备。红灯刚灭，他就穿过马路。

　　他向门卫出示了一张假的施工批准，门卫百无聊赖，随随便便让他进门了。杰里快步走向大厅尽头的电梯，在电梯按钮边挂上"故障"的牌子，随后按下按钮，走进电梯间。莱瑟姆住在顶层，这也是预料之中的。这一部电梯通往高层。最近一个月以来，杰里研究明白了电梯的工作原理。他打开控制板，让电梯一路直升到顶层。电梯开动时，他的腿发软得厉害。杰里把自己的外形和肤色都变出了亚洲人的特征。他从工具箱里抽出变装用的衣服，主要是皮革服装，最外面套了一件伪造的白鹭会夹克。这是他照着巫子的监控录像伪造的。打扮好之后，他又把枪塞在外套下面。电梯停了。杰里切断一条电线，这样一来，电梯就会一直停留在这一层。但必要时，他可以快速重新搭好一条线。

　　杰里走出电梯间，来到莱瑟姆家的门前。他用手指打开门锁，进屋之后轻轻关上门。公寓里很安静，一片漆黑，只有卧室的门后有一道光亮。杰里深吸一口气，蹑手蹑脚走过铺着地毯的客厅，推门走进卧室。

　　莱瑟姆全身赤裸地躺在床上，身上有一层汗水，头发一团乱。被单被丢在地上，上面还扔了一件红色睡袍。莱瑟姆似乎在享受片刻的隐私时光，但他抬起头，看到扮成白鹭会成员的杰里，脸上的微笑立刻消失了。

"谁派你来的？你是怎么进来的？"莱瑟姆的声音里没有了往常的镇定。

杰里拿出手枪，但没有举起枪。"现在由我来问问题。告诉我传心者的事。"他要先了解真相，再杀莱瑟姆。

浴室里走出一个赤身裸体的年轻女子，是那个光头女孩。她的皮肤下面覆盖着强壮有力的肌肉，几乎到了不美的地步，下体的毛发修成了倒三角。杰里举枪对准她的胸口。他在外面监视了两个小时，没赶上看到她进去。即使她与肯尼斯的死有关，他也不知道自己对女孩子是否下得去杀手。

"是他创造了我们，"她说，"我们所有人。用那个。"她坐到床上，弯下身子，吻了吻莱瑟姆疲软的下体。在她舌头的挑逗下，它跳动了一下。

"现在还不是时候，塞尔达。先解决公事。"莱瑟姆把手放在塞尔达的下巴上，让她转头看着杰里。

如果这种感觉再长一些，就有些类似疼痛。杰里感到自己的视线模糊了，等再度清晰起来时，他正俯视着杰里的下体。他的双腿之间传来舒适的温热，这是他从没体验过的。他想要坐起身来，但感觉自己的身子笨拙又沉重。有一只手抓住他，把他的头转了回来。

门口站着一个白鹭会的男孩，举枪对着他。杰里感觉自己的手被弯到背后，冰冷的金属围住了手腕，随后听到两声咔哒声。他张嘴想要说话，却听到他那具变身成白鹭会成员的身体尖叫起来。

那张亚洲脸孔开始融化、流动。他撕裂上衣，露出胸口，上面渐渐生出一对乳房。杰里那副被夺走的身体闭上眼睛，又尖叫起来。他感到一阵晕头转向，然后视野里出现了莱瑟姆和被手铐铐住的塞尔达，后者还在尖叫不止。莱瑟姆把她推下床。杰里想要扣动扳机，才发现塞尔达把枪丢掉了。他撒腿就跑。

他冲进电梯间，从工具箱里拿出备用电线。电线从他汗湿的手里滑落，他连忙捡起来，把它安上，随后按下一楼的按钮。他抬起头，看到莱瑟姆用枪指着他。杰里闪向一边，同时听到枪响。子弹射在他身后的电梯间墙壁上。门关上了，电梯开始下行。

杰里把自己的外表和服装又换回修理工。他不断打着颤，皮肤发冷，于是挺直身子，深呼吸了几次。然而没有什么用。电梯的门在一楼打开时，他还是颤个不停。他迈着小碎步穿过前厅，走入纽约寒冷的夜晚。

他走进附近的一家酒吧，点了一杯双份威士忌。他觉得自己现在需要来点酒。杰里明白，自己刚刚很走运。他没想到塞尔达在莱瑟姆的房间，但塞尔达也没想到自己把控不了他的变形能力。而杰里自己对于这种能力已经非常熟悉，不需要再过脑子，对别人来说可不是这样。如果不是因为这个，他可能已经像肯尼斯等人一样被害了。可能莱瑟姆无法弄清这一切到底是怎么回事，但他从今以后一定会极其戒备。这就让他的行动更加困难了。

"再来一杯吧？"酒保看了看杰里的空酒杯。

"好啊。"没等酒保把第二杯酒放在桌上，杰里就接过杯子，一饮而尽。

♥

他坐在墓碑旁边，用鹅卵石摩擦着刚刚刻好的字。他没有看肯尼斯的碑石。和死去的弟弟说话已经够蠢了，这样似乎让他显得更蠢。

"对不起，我又搞砸了，"杰里轻声说，"我不知道该怎么办。你有什么主意吗？"

风吹动着树梢，干枯的叶片哗哗作响。他听到山坡下面有一辆车停下，车门打开了。他转过身。贝丝慢慢走上山来，朝他挥了挥手。她的手掌都没有举过肩头，却似乎用尽了全部的力气。杰里站起身，下山去迎她。两人会合之后，无声地拥抱在一起。

"家里和你的公寓里都没人接电话，所以我猜你可能来这里了。"风吹着发丝贴在她的脸上；她把头发捋到脑后，用手按住。

"我要是知道你要来就好了。我可以准备一些特别的东西。"杰里说。

"我现在对特别的东西没什么兴趣。"她打着颤，"我也不想回家。可以一起回你的公寓吗？"

杰里眨眨眼，张开嘴，但没说出话。

"不是那样的，"贝丝说，"我只是想和关心我的人一起待一会儿。只是想有人抱抱我。"

杰里点点头，失望的同时又如释重负。从某种角度看，这是她对他的夸赞。"走吧。"他说。

♣

在贝丝收拾行李的时候，杰里全速收拾好了自己的公寓，把脏衣服全都扔到洗衣筐里，又摆正了所有电影杂志。贝丝拉开一个抽屉，咯咯笑起来，拿起一条虎纹开裆内裤。"这是什么？"

杰里用手捂着嘴，片刻后说："是曾经的日子的遗迹。"他叹息，陷入回忆，"维罗妮卡。"

贝丝把内裤放回抽屉。"你真的爱过她吗？"

"我觉得我爱过。我迷恋她，我想让她开心，我绝对很想上她。"他耸耸肩，"我对爱情的了解不多也不少，刚好到能让我无比迷惑的地步。可能我在这方面还残留着巨猿的特征。"

贝丝笑了。"我觉得你在这方面没有问题，你只是不知道该拿这种感情怎么办。"

"不过，别人也不知道该怎么办。我已经好几个月没跟人约会过了。"杰里坐在沙发上，他和维罗妮卡曾经经常一起使用这个沙发。他努力不去想这件事。

"假以时日就会好的。"贝丝坐在床边，摇了摇头，"哎，我就是这样，说一套做一套。"

"你在说什么？"

"嗯，我在芝加哥的时候见了一个旧情人，最后我们两个上床了。我想他只是想让我好受一些。"她咬着已经斑驳不堪的指甲，"我知道这不管用，但我可能还是必须要证明给自己看。那一场性爱很不错，但真的没什么用。结束之后，肯尼斯还是不在我身边，他再也不会回来了。"

杰里快速起身来到她面前，但她已经开始哭了。他不希望自己也被引得一起哭起来，他想在贝丝面前坚强一些。"我希望……"但无论他说什么也无法安慰她，他明白这一点。

贝丝紧紧靠着他。他能感觉到自己的上衣被她温热的泪水浸湿。"有些东西是你无法分担的，只能我自己慢慢消化。但是，我还是很感谢有你陪着我。"

杰里抱着她静静待了一会儿，抚摸着她的头发，一言不发。她渐渐止住了哭，抬头用红肿的眼睛看着他。

"你想喝点可乐什么的吗？"他自己想喝一口酒，但不想当着贝丝喝。

"不了。"她离开他的臂弯，拿起洗漱包，向浴室走去，"我只想睡觉。今天太漫长了。"

"这一整年都太漫长了，"他说，"我也需要睡觉了。"

♠

睡觉之前，杰里搜肠刮肚，把自己记得的所有笑话讲给了她听。

他很紧张，只想尽力消除这种感觉。自从幻想那次之后，他已经好几个月没有和女人一起躺在床上了。

贝丝关上灯，翻身背对着他。她抬起他的手臂环抱住自己，吻了吻他的手背。

"我好爱你，杰里。"

"我也爱你，妹妹。"她觉得此刻，他们格外像一家人。

贝丝很快睡着了。杰里辗转难眠，好几个小时过去，他还是无法放松。他勃起几次，但只是默默等着它消退。

终于，他还是去浴室吃了几片安眠药。他用水送下药片，看着镜中的自己。他的脸还是和塔基扬帮他从巨猿变回人类那一天一样，没有丝毫变老的迹象。但他感觉自己变了。他感觉自己终于学会了关心别人，他的关爱终于能给别人带去帮助。或许这就是成长。

他想变成亨弗莱·鲍嘉的样子，说一句"我一直在看着你呢"，但还是忍住了这份诱惑。他关上灯，回到床上。

他轻手轻脚钻进被子。贝丝呻吟了一声，手臂抽动了一下。杰里温柔地拉起她的手腕，帮她把手臂重新摆在身侧，又吻了吻她的后脖颈。她安静下来，呼吸恢复平稳。透过窗帘，可以看到外面的天空已经染上暗暗的红色。他没想到已经这么晚了。杰里靠近贝丝，闭上眼睛，再次努力入睡。

♠ ♥ ♦ ♣